T0178744

JULIA QUINN

Te doy mi corazón

Julia Quinn

Te doy mi corazón

BRIDGERTON
Una romántica y divertida saga familiar.

TITANIA

Argentina • Chile • Colombia • España
Estados Unidos • México • Perú • Uruguay

Título original: *An Offer from a Gentleman*
Editor original: Avon Books, Nueva York
Traducción: Amelia Brito

1.ª edición Febrero 2020

© 2020 *by* Ediciones Urano, S.A.U.
Plaza de los Reyes Magos, 8, piso 1.º C y D – 28007 Madrid
www.titania.org
atencion@titania.org

ISBN: 978-84-16327-84-3
E-ISBN: 978-84-17780-75-3
Depósito legal: B-25.946-2019

Fotocomposición: Ediciones Urano, S.A.U.

Impreso por Romanyà Valls, S.A. – Verdaguer, 1 – 08786 Capellades (Barcelona)

Impreso en España – *Printed in Spain*

Dedicado a Cheyenne,
y al recuerdo de un verano disfrutando de *frappucinos*.

Y también a Paul,
aunque él no ve nada desagradable en mirar
una operación a corazón abierto en televisión
mientras comemos espaguetis.

Ya está bien avanzada la temporada de 1815, y si bien se podría pensar que en los salones no se hablaría de otra cosa que de Wellington y Waterloo, la verdad es que las conversaciones han variado muy poco desde la temporada del año pasado, las cuales se centraron en el tema más eterno de la sociedad: el matrimonio.

Como siempre, las esperanzas matrimoniales entre las jovencitas que se presentan en sociedad se centran en la familia Bridgerton, muy concretamente en el mayor de los hermanos disponibles, Benedict. Puede que no posea un título de nobleza, pero parece que su hermoso rostro, su gallarda figura y su abultado monedero compensan muy bien esa carencia. En realidad, en más de una ocasión esta autora ha oído decir a una madre ambiciosa refiriéndose a su hija: «Se casará con un duque, o con un Bridgerton».

Por su parte, al señor Bridgerton se lo ve muy poco interesado en las jovencitas que frecuentan los salones de la alta sociedad. Asiste a casi todas las fiestas, pero en ellas no hace otra cosa que mirar la puerta, presumiblemente esperando la aparición de una persona especial.

¿Una posible novia, tal vez?

Revista de Sociedad de Lady Whistledown
12 de julio de 1815

Prólogo

Todo el mundo sabía que Sophie Beckett era hija ilegítima.

Todos los criados lo sabían. Pero todos querían a Sophie; la querían desde el momento en que llegó a Penwood Park a los tres añitos, un pequeño bultito dejado en la grada de la puerta principal una lluviosa noche de julio, envuelto en una chaqueta demasiado grande. Y puesto que la querían, simulaban que era exactamente lo que el sexto conde de Penwood decía que era: la huérfana de un viejo amigo. Qué más daba que los ojos verde musgo y los cabellos rubio oscuro de Sophie fueran idénticos a los del conde. Qué más daba que la forma de su cara tuviera un extraordinario parecido con la de la madre del conde, que había muerto recientemente, o que su sonrisa fuera una réplica exacta de la sonrisa de la hermana del conde. Nadie deseaba herir los sentimientos de Sophie, ni arriesgarse a perder el empleo, haciendo notar esos parecidos.

El conde, un tal Richard Gunningworth, jamás hablaba de Sophie ni de sus orígenes, pero seguro que tenía que saber que era su hija bastarda. Nadie sabía el contenido de la carta que el ama de llaves sacó del bolsillo de la chaqueta que envolvía a Sophie aquella lluviosa noche en que la descubrieron en la puerta; el conde quemó la misiva a los pocos segundos de leerla; observó enroscarse el papel en las llamas, y luego ordenó que le prepararan una habitación a la pequeña, cerca de la sala de los niños. Y desde entonces, ella continuó en esa habitación. Él la llamaba Sophia, y ella lo llamaba «milord», y se veían unas pocas veces al año, cuando él venía de Londres a visitar la propiedad, lo que no hacía muy a menudo.

Pero tal vez lo más importante es que Sophie sabía que era bastarda. No tenía muy claro cómo lo supo, solo sabía que lo sabía, y que tal vez lo había sabido toda su vida. No recordaba nada de su vida anterior a su llegada a Penwood Park, pero sí recordaba un largo viaje en coche a través de Inglaterra, y recordaba a su abuela, terriblemente delgada, la que tosiendo y resollando le decía que iba a ir a vivir con su padre. Y más que cualquier otra cosa, recordaba el momento cuando estaba de pie ante la puerta bajo la lluvia, sabiendo que su abuela estaba escondida entre los arbustos, esperando para ver si la llevaban al interior de la casa.

El conde le puso los dedos bajo la barbilla a la pequeña y le levantó la cara hacia la luz, y en ese momento los dos supieron la verdad.

Todos sabían que Sophie era bastarda y nadie hablaba de eso, y todos estaban muy felices con ese arreglo.

Hasta que el conde decidió casarse.

Sophie se sintió muy contenta cuando se enteró de la noticia. El ama de llaves le dijo que el mayordomo había dicho que el secretario del conde había dicho que el conde pensaba pasar más tiempo en Penwood Park ahora que era un hombre de familia. Y aunque ella no echaba exactamente de menos al conde cuando no estaba, pues era difícil echar de menos a alguien que no le prestaba mucha atención ni siquiera cuando estaba ahí, se le ocurrió que tal vez podría echarlo de menos si llegaba a conocerlo mejor, y que si llegaba a conocerlo mejor tal vez él no se marcharía con tanta frecuencia. Además, la camarera de la planta superior le dijo que el ama de llaves había dicho que el mayordomo de los vecinos había dicho que la futura esposa del conde ya tenía dos hijas, de edades cercanas a la de ella.

Después de pasar siete años sola en la sala de los niños, a ella le encantó esa noticia. A diferencia de los demás niños del distrito, a ella jamás la invitaban a las fiestas ni a los eventos de la localidad. En realidad nunca nadie la insultaba llamándola bastarda; hacer eso habría equivalido a llamar «mentiroso» al conde, el que después de declarar que ella era su pupila y estaba bajo su custodia, jamás volvió a tocar el tema. Pero al mismo tiempo, el conde jamás hizo ningún gran esfuerzo por lograr que la aceptaran. Así pues, a sus diez años, sus mejores amigos eran las criadas y los lacayos, y sus padres bien podrían haber sido el ama de llaves y el mayordomo.

Pero por fin iba a tener hermanas.

Ah, sabía muy bien que no podría llamarlas «hermanas». Sabía que la presentarían como Sophia Maria Beckett, la pupila del conde, pero ella las «sentiría» como hermanas. Y eso era lo que verdaderamente importaba.

Y así, una tarde de febrero, Sophie se encontró en el gran vestíbulo principal junto con todos los criados reunidos allí, esperando, mirando por la ventana para ver llegar por el camino de entrada el coche del conde que traía a la nueva condesa y a sus dos hijas. Y al conde, claro.

—¿Cree que le caeré bien? —preguntó en un susurro a la señora Gibbons, el ama de llaves—. A la esposa del conde, quiero decir.

—Claro que le caerás bien, cariño —le susurró la señora Gibbons.

Pero Sophie vio que en sus ojos no había tanta seguridad como en el tono de su voz. Tal vez la nueva condesa no aceptaría de buena gana la presencia de la hija bastarda de su marido.

—¿Y tendré las clases con sus hijas?

—No tiene ningún sentido que te den las clases por separado.

Sophie asintió, pensativa, y entonces vio el coche avanzando por el camino de entrada. Se revolvió inquieta.

—¡Han llegado! —susurró, nerviosa.

La señora Gibbons alargó la mano para darle una palmadita en la cabeza, pero ella ya había corrido hasta la ventana, y estaba con la cara prácticamente pegada al cristal.

El conde bajó primero del coche y se volvió a ayudar a bajar a dos niñas. Estas vestían abrigos negros iguales. Una llevaba una cinta rosa en el pelo; la otra, una cinta amarilla. Cuando las niñas se hicieron a un lado, el conde alargó la mano hacia el interior del coche para ayudar a bajar a una última persona.

A Sophie se le quedó el aire atrapado en la garganta mientras esperaba la aparición de la condesa. Cruzó los deditos y de sus labios salió una sola súplica: «Por favor. Por favor, que me quiera».

Tal vez si la condesa la amaba, el conde la amaría también, y tal vez, aunque no la llamara «hija», la tratara como si lo fuera, y entonces serían una verdadera familia.

Mirando por la ventana, Sophie vio bajar del coche a la condesa, y sus movimientos tan elegantes y gráciles le recordaron a la delicada alondra que de vez en cuando chapoteaba en el agua del bebedero del jardín. Incluso su sombrero estaba adornado por una larga pluma color turquesa que brillaba al sol del crudo invierno.

—¡Qué hermosa es! —susurró.

Echó una rápida mirada a la señora Gibbons para calibrar su reacción, pero el ama de llaves estaba muy erguida, en rígida posición de firmes, sus ojos fijos al frente, esperando que el conde hiciera entrar a su nueva familia para hacer las presentaciones.

Sophie tragó saliva, sin saber dónde tenía que situarse. Todos los demás parecían tener un lugar asignado. Los criados estaban formados según categorías, desde el mayordomo a la más humilde de las fregonas. Incluso los perros estaban sentados sumisamente en un rincón, sus correas sujetas firmemente por el encargado de los perros cazadores.

Pero ella era una desarraigada. Si de verdad fuera la hija de la casa, estaría junto a su institutriz esperando a la nueva condesa. Si de verdad fuera la pupila del conde, estaría en ese lugar también. Pero la señorita Timmons había cogido un fuerte catarro y se negó a salir de la sala de estudio de los niños para bajar. Ninguno de los criados creyó ni por un instante que estuviera enferma de verdad. Había estado muy bien la noche anterior, pero todos comprendían su mentira. Después de todo, Sophie era la hija ilegítima del conde, y nadie habría querido ser la persona que hiciera un insulto a la condesa presentándole a la bastarda de su marido.

Y la condesa tendría que ser ciega o tonta, o las dos cosas, para no darse cuenta al instante de que la niña era algo más que la pupila del conde.

Repentinamente abrumada por la timidez, Sophie fue a ponerse en un rincón, encogida, cuando dos lacayos abrieron las puertas con ademán triunfal. Primero entraron las dos niñas, que se hicieron a un lado para que entrara el conde llevando a la condesa. El conde presentó a la condesa y a sus hijas al mayordomo, y el mayordomo les presentó al resto de los criados.

Y Sophie esperó.

El mayordomo presentó a los lacayos, a la cocinera jefe, al ama de llaves, a los mozos de cuadra.

Y Sophie continuó esperando.

Presentó a las cocineras, a las camareras de la planta superior, a las fregonas.

Y Sophie continuó esperando.

Finalmente el mayordomo, que se llamaba Rumsey, presentó a la más humilde de las criadas, una fregona muy joven llamada Dulcie que había entrado a trabajar ahí solo hacía una semana. El conde movió la cabeza de arriba abajo, dio las gracias, y Sophie seguía esperando, sin tener la menor idea de qué debía hacer.

Entonces se aclaró la garganta y avanzó un paso, con una nerviosa sonrisa en la cara. No pasaba mucho tiempo con el conde, pero siempre que él visitaba Penwood Park la presentaban a él, y él siempre le dedicaba algunos minutos de su tiempo, para preguntarle cómo le iba en las clases y lecciones, y luego la instaba a volver a la sala de los niños.

Seguro que él seguiría queriendo saber cómo le iba en los estudios, aun cuando se hubiera casado. Seguro que querría saber que ya dominaba la ciencia de multiplicar fracciones y que no hacía mucho la señorita Timmons había declarado que su pronunciación del francés era «perfecta».

Pero él estaba ocupado diciéndoles algo a las hijas de la condesa y no la oyó. Volvió a aclararse la garganta, esta vez más fuerte, y dijo:

—¿Milord? —Notó que la voz le salió más temblorosa de lo que hubiera querido.

El conde se volvió hacia ella.

—Ah, Sophia. No sabía que estabas aquí.

Sophie sonrió de oreja a oreja. No era que él hubiera hecho caso omiso de ella, después de todo.

—¿Y quién es esta niña? —preguntó la condesa, acercándose más para verla mejor.

—Mi pupila —contestó el conde—. La señorita Sophia Beckett.

La condesa le clavó una mirada evaluadora, y entrecerró los ojos.

Y los entrecerró más.

Y los entrecerró más aún.

—Ya veo —dijo.

Y todos los presentes en el gran vestíbulo comprendieron al instante que sí lo veía.

—Rosamund —dijo la condesa girándose hacia sus dos hijas—. Posy. Venid conmigo.

Las niñas se pusieron inmediatamente al lado de su madre. Sophie se atrevió a sonreírles. La más pequeña le correspondió la sonrisa, pero la mayor, cuyo pelo era del color del oro batido, siguiendo el ejemplo de su madre, levantó la cara apuntando la nariz hacia arriba y firmemente desvió la vista.

Sophie tragó saliva y volvió a sonreír a la niña amistosa, pero esta vez la niña se mordió el labio inferior, indecisa, y bajó la vista hacia el suelo.

Dando la espalda a Sophie, la condesa dijo al conde:

—Supongo que tienes habitaciones preparadas para Rosamund y Posy.

—Sí. Cerca de la sala de los niños. Justo al lado de la de Sophia.

Después de un largo silencio, la condesa debió de llegar a la conclusión de que ciertas batallas no han de lucharse delante de los sirvientes, porque se limitó a decir:

—Ahora querría subir a las habitaciones.

Acto seguido se marchó, llevando con ella al conde y a sus hijas.

Sophie observó a la familia subir la escalera y, cuando las perdió de vista en el rellano, se giró hacia la señora Gibbons y le preguntó:

—¿Cree que debería subir a ayudarlas? Podría enseñarles la sala de estudio a las niñas.

La señora Gibbons negó con la cabeza.

—Parecían cansadas —mintió—. Seguro que necesitan dormir una siesta.

Sophie frunció el ceño. Le habían dicho que Rosamund tenía once años y Posy diez. Era bastante raro que necesitaran una siesta.

La señora Gibbons le dio unas palmaditas en la espalda.

—Será mejor que vengas conmigo. Me irá bien tener compañía, y la cocinera me dijo que acaba de sacar del horno una buena cantidad de tortas dulces. Creo que todavía están calientes.

Sophie asintió y la siguió. Esa tarde tendría tiempo de sobra para conocer a las dos niñas. Les enseñaría la sala de los niños, se harían amigas y dentro de poco tiempo serían como hermanas.

Sonrió. Sería maravilloso tener hermanas.

Ocurrió que Sophie no se encontró con Rosamund ni con Posy, ni con el conde ni la condesa, si es por eso, hasta el día siguiente. Cuando entró en la sala de los niños para cenar, vio que la mesa estaba puesta para dos personas, no para cuatro, y la señorita Timmons (que se había recuperado milagrosamente de su dolencia) le dijo que Rosamund y Posy estaban tan cansadas por el viaje que no cenarían esa noche.

Pero las niñas tenían que recibir sus clases, de modo que a la mañana siguiente llegaron a la sala arrastrando penosamente los pies detrás de la condesa. Sophie ya llevaba casi una hora trabajando en sus lecciones, y levantó la vista de su deber de aritmética con gran interés. Pero esta vez no sonrió a las niñas; le pareció que era mejor no hacerlo.

—Señorita Timmons —dijo la condesa.

—Milady —respondió la señorita Timmons inclinándose en una venia.

—Ha dicho el conde que usted enseñará a mis hijas.

—Pondré el mayor esmero, milady.

La condesa hizo un gesto hacia la niña mayor, la que tenía el pelo dorado y los ojos color aciano. Sophie pensó que era tan bonita como la muñeca de porcelana que le enviara el conde desde Londres cuando cumplió siete años.

—Ella es Rosamund —dijo la condesa—. Tiene once años. Y ella es Posy —añadió, indicando a la otra niña, que no había apartado los ojos de sus zapatos—. Tiene diez.

Sophie miró a Posy con gran interés; a diferencia de su madre y de su hermana, tenía el pelo y los ojos muy oscuros, y las mejillas un poco rollizas.

—Sophie también tiene diez años —repuso la señorita Timmons.

La condesa frunció los labios.

—Quiero que lleve a las niñas a un recorrido por la casa y el jardín.

La señorita Timmons asintió.

—Muy bien. Sophie, deja la pizarra. Después podremos volver a la aritmética...

—Solo a mis hijas —interrumpió la condesa, con voz cálida y fría al mismo tiempo—. Quiero hablar con Sophie a solas.

Sophie tragó saliva y trató de levantar la vista hasta los ojos de la condesa, pero no logró pasar más arriba del mentón. Mientras la señorita Timmons hacía salir de la sala a las niñas, se puso de pie, esperando más órdenes de la nueva esposa de su padre.

—Sé quién eres —le dijo la condesa tan pronto como se cerró la puerta.

—¿Mi-milady?

—Eres su bastarda, y no intentes negarlo.

Sophie guardó silencio. Esa era la verdad, claro, pero nunca nadie lo había dicho jamás en voz alta. Al menos no a su cara.

La condesa le cogió el mentón y se lo apretó y tironeó hasta que ella se vio obligada a mirarla a los ojos.

—Escucha —le dijo la condesa en tono amenazador—. Puede que vivas en Penwood Park y que compartas las clases con mis hijas, pero no eres otra cosa que una bastarda y eso serás toda tu vida. No cometas jamás, nunca, el error de pensar que vales tanto como el resto de nosotras.

Sophie dejó escapar un suave gemido. La condesa le tenía enterradas las uñas bajo la barbilla.

—Mi marido —continuó la condesa— siente una especie de equivocada obligación hacia ti. Es admirable que se ocupe de reparar sus errores, pero es un insulto para mí que te tenga en mi casa, te alimente, te vista y te eduque como si fueras su verdadera hija.

Pero es que era su verdadera hija, pensó Sophie, y esa había sido su casa desde mucho más tiempo que de la condesa.

La condesa le soltó bruscamente el mentón.

—No quiero verte —siseó—. No quiero que me hables, y no intentes jamás estar en mi compañía. Tampoco hablarás con Rosamund ni con Posy fuera de las horas de clase. Ellas son las hijas de la casa ahora, y no deben asociarse con niñas de tu calaña. ¿Alguna pregunta?

Sophie negó con la cabeza.

—Estupendo.

Dicho eso, la condesa salió rápidamente de la sala, dejando a Sophie con las piernas y los labios temblorosos.

Y muchísimas lágrimas.

Con el tiempo Sophie se fue enterando de más cosas acerca de su precaria situación. Los criados siempre lo sabían todo, por lo tanto, todo llegaba finalmente a sus oídos.

La condesa, cuyo nombre era Araminta, había insistido desde el primer día en que la expulsaran de la casa. Pero el conde se negó. No era necesario que amara a Sophie, le dijo tranquilamente, ni siquiera era necesario que le cayera bien; pero tenía que soportarla. Él había reconocido su responsabilidad hacia la niña durante siete años y no estaba dispuesto a dejar de hacerlo.

Siguiendo el ejemplo de Araminta, Rosamund y Posy trataban a Sophie con hostilidad y desdén, aunque estaba claro que el corazón de Posy no era dado a la tortura y la crueldad como lo era el de Rosamund. No había nada que gustara más a Rosamund que pellizcarle y retorcerle la piel del dorso de la mano cuando la señorita Timmons no estaba mirando. Ella nunca decía nada; dudaba de que la señorita Timmons tuviera el valor de reprender a Rosamund (la que sin duda correría a contarle una falsedad a Araminta), y si alguien advertía que sus manos siempre tenían moretones, nadie lo decía jamás.

Posy le demostraba amabilidad de tanto en tanto, aunque con más frecuencia que menos se limitaba a suspirar y decir:

—Mi mamá dice que no debo ser simpática contigo.

En cuanto al conde, nunca intervenía.

Y así continuó la vida de Sophie durante cuatro años, hasta que el conde sorprendió a todo el mundo una tarde mientras tomaba el té en la rosaleda, cuando, llevándose la mano al pecho y emitiendo una resollante exclamación, cayó de bruces sobre los adoquines.

No recuperó el conocimiento.

Su muerte fue una conmoción para todo el mundo. El conde solo tenía cuarenta años. ¿Quién podía imaginar que le fallaría el corazón siendo tan joven? Y nadie se sorprendió más que Araminta, la que desde su noche de bodas había intentado desesperadamente concebir al importantísimo heredero.

—¡Podría estar encinta! —se apresuró a decir a los abogados del conde—. No pueden darle el título a un primo lejano. Yo podría estar embarazada.

Pero no estaba embarazada, y cuando se leyó el testamento del conde un mes después (los abogados decidieron darle el tiempo a la condesa para que comprobara si estaba embarazada), Araminta se vio obligada a sentarse al lado del nuevo conde, un joven bastante disipado que se pasaba la mayor parte del tiempo borracho.

La mayoría de los deseos expresados por el conde en su testamento eran del tipo normal. Dejaba legados a los criados leales. Dejaba fondos para Rosamund, Posy e incluso Sophie, asegurando respetables dotes para las tres niñas.

Y entonces, el abogado llegó al nombre de Araminta.

A mi esposa Araminta Gunningworth, condesa de Penwood, dejo un ingreso anual de dos mil libras...

—¿Solo eso? —exclamó Araminta.

... a menos que acceda a albergar, proteger y cuidar de mi pupila, la señorita Sophia Maria Beckett, hasta que cumpla los veinte años, en cuyo caso el ingreso anual se triplicará a seis mil libras.

—No la quiero —susurró Araminta.

—No tiene por qué hacerlo —le recordó el abogado—. Puede...

—¿Vivir con unas míseras dos mil libras al año? —ladró ella—. Creo que no.

El abogado, que vivía con bastante menos de dos mil libras al año, guardó silencio.

El nuevo conde, que había estado bebiendo sin parar durante toda la reunión, se limitó a encogerse de hombros.

Araminta se puso de pie.

—¿Cuál es su decisión? —le preguntó el abogado.

—La acepto —contestó ella en voz baja.

—¿Voy a buscar a la niña para decírselo?

Araminta negó con la cabeza.

—Se lo diré yo personalmente.

Pero cuando Araminta encontró a Sophie se calló unas cuantas cosas importantes.

PRIMERA
PARTE

1

La invitación más codiciada en la temporada de este año tiene que ser, sin duda alguna, la del baile de máscaras en la casa Bridgerton, que se celebrará el próximo lunes. En efecto, una no puede dar dos pasos sin verse obligada a escuchar a alguna mamá de la alta sociedad haciendo elucubraciones sobre quién asistirá y, tal vez lo más importante, quién se disfrazará de qué.

Sin embargo, ninguno de estos temas son ni de cerca tan interesantes como el de los dos hermanos Bridgerton solteros. (Antes que alguien señale que existe un tercer hermano Bridgerton soltero, permitid que esta autora os asegure que conoce muy bien la existencia de Gregory Bridgerton. Pero solo tiene catorce años, por lo tanto no corresponde hablar de él en esta determinada columna, la que trata, como suelen tratar las columnas de esta autora, del más sagrado de los deportes: la caza de marido.)

Si bien los señores Bridgerton son solo eso, no poseen ningún título de nobleza, de todos modos se los considera dos de los principales buenos partidos de la temporada. Es un hecho bien sabido que los dos poseen respetables fortunas, y no hace falta tener una vista perfecta para saber que también poseen la belleza Bridgerton, como la poseen los ocho miembros de esta prole.

¿Aprovechará alguna damita el misterio de una noche de máscaras para cazar a uno de los cotizados solteros?

Esta autora ni siquiera hará el intento de elucubrar.

Revista de Sociedad de Lady Whistledown
31 de mayo de 1815

—¡Sophie! ¡Soooophiiie!

Continuaron los gritos, fuertes como para romper los cristales, o por lo menos un tímpano.

—¡Voy Rosamund! ¡Voy!

Cogiéndose la falda de lana basta, Sophie subió a toda prisa la escalera, pero en el cuarto peldaño se resbaló y alcanzó justo a cogerse de la baranda para no caer sentada. Tendría que haber recordado que los peldaños estarían resbaladizos; ella misma había ayudado a la criada de la planta baja a encerarlos esa mañana.

Deteniéndose con un patinazo en la puerta del dormitorio de Rosamund, tratando de recuperar el aliento, dijo:

—¿Sí?

—El té está frío.

«Estaba caliente cuando te lo traje hace una hora, holgazana pesada», deseó decir Sophie, pero dijo:

—Te traeré otra tetera.

Rosamund sorbió por la nariz.

—Procura hacerlo.

Sophie estiró los labios formando un gesto que los cegatones podrían llamar «sonrisa», y cogió la bandeja.

—¿Dejo las galletas?

Rosamund negó con su hermosa cabeza.

—Quiero de las recién hechas.

Con los hombros ligeramente encorvados por el peso del contenido de la bandeja, Sophie salió de la habitación y tuvo buen cuidado de no comenzar a refunfuñar hasta cuando se había alejado bastante por el corredor. Rosamund vivía pidiendo té y luego no se molestaba en tomárselo hasta pasada una hora. Entonces, lógicamente, el té ya se había enfriado, por lo que tenía que pedir que le llevaran otra tetera con té caliente.

Lo cual significaba que ella vivía subiendo y bajando la escalera a toda prisa, arriba y abajo, arriba y abajo. A veces le parecía que eso era lo único que hacía en su vida.

Subir y bajar, subir y bajar.

Y claro, también estaban el arreglar ropa, planchar, peinar, limpiar y abrillantar los zapatos, zurcir, remendar, hacer las camas, en fin.

—¡Sophie!

Se giró y vio a Posy caminando hacia ella.

—Sophie, quería preguntarte: ¿encuentras que este color me sienta bien?

Con mirada evaluadora contempló el disfraz de sirena que le enseñaba Posy. El corte no era el adecuado, pues Posy continuaba conservando la gordura de cuando era niña, pero el color sí hacía resaltar lo mejor de su piel.

—Es un hermoso matiz de verde —contestó, sinceramente—. Te hace ver muy sonrosadas las mejillas.

—Ah, ¡qué bien! Me alegra tanto que te guste... Tienes un verdadero don para elegir mi ropa. —Sonriendo, alargó la mano y cogió una galleta azucarada de la bandeja—. Madre ha estado absolutamente insoportable conmigo toda la semana por el baile de máscaras, y sé que no veré el fin de eso si no me veo bien. O —añadió arrugando la cara en un mal gesto— si ella encuentra que no me veo bien. Está resuelta a que una de nosotras atrape a uno de los hermanos Bridgerton que quedan, ¿sabes?

—Lo sé.

—Y para empeorar las cosas, esa mujer Whistledown ha vuelto a escribir sobre ellos. Eso solo —Posy guardó silencio para terminar de masticar y tragar— le abre el apetito.

—¿Era muy buena la columna esta mañana? —preguntó Sophie, apoyándose la bandeja en la cadera—. Aún no he tenido la oportunidad de leerla.

—¡Bah! lo de siempre —repuso Posy agitando la mano—. La verdad es que puede ser muy aburrida, ¿sabes?

Sophie intentó sonreír y no lo consiguió. Nada le gustaría más que vivir un día de la aburrida vida de Posy. Bueno, tal vez no le gustaría tener a Araminta por madre, pero no le molestaría una vida de fiestas, salidas y veladas musicales.

—Veamos —musitó Posy—. Había una reseña sobre el último baile de lady Worth, un corto comentario sobre el vizconde Guelph, que parece estar bastante enamorado de una muchacha de Escocia, y luego una larga columna sobre el próximo baile de máscaras de los Bridgerton.

Sophie exhaló un suspiro. Llevaba semanas leyendo acerca de ese baile de máscaras, y aunque no era otra cosa que una doncella de señora (y de tanto en tanto criada también, siempre que Araminta consideraba que no trabajaba bastante) no podía dejar de desear asistir a ese baile.

—Yo por mi parte estaré encantada si ese vizconde Guelph se compromete en matrimonio —comentó Posy, cogiendo otra galleta—. Eso significará que madre tendrá un soltero menos del que hablar y hablar como posible marido. Y no es que yo haya tenido alguna esperanza de atraer su atención de todos modos. —Tomó un bocado de la galleta, haciéndola crujir fuerte—. Espero que lady Whistledown tenga razón respecto a él.

—Probablemente la tiene —contestó Sophie.

Leía la hoja *Revista de Sociedad de Lady Whistledown* desde que empezara a aparecer en 1813, y la columnista de cotilleos casi siempre tenía razón cuando se trataba de asuntos del mercado matrimonial.

Lógicamente ella no había tenido jamás la oportunidad de ver ese mercado en persona, pero si alguien leía la *Whistledown* con suficiente frecuencia, casi podía sentirse parte de la Sociedad londinense sin asistir a ningún baile.

En realidad, leer la *Whistledown* era para ella un pasatiempo verdaderamente agradable. Ya había leído todas las novelas de la biblioteca, y puesto que ni Araminta, Rosamund ni Posy eran particularmente aficionadas a la lectura, no tenía esperanzas de que entrara algún libro nuevo en la casa.

Pero la hoja *Whistledown* era divertidísima. Nadie conocía la verdadera identidad de la columnista. Cuando hizo su primera aparición la hoja informativa hacía dos años, las elucubraciones estuvieron a la orden del día. Incluso en esos momentos, siempre que lady Whistledown comentaba algún cotilleo particularmente jugoso, la dama volvía a ser tema de conversación y de suposiciones; volvía la curiosidad sobre quién demonios podía ser esa persona que informaba con tanta rapidez y exactitud.

En cuanto a Sophie, para ella *Whistledown* era un seductor atisbo del mundo que podría haber sido el de ella si sus padres hubieran legalizado su unión. Habría sido la hija del conde, no la bastarda; su apellido habría sido Gunningworth, no Beckett.

Aunque solo fuera una vez, le gustaría ser ella la que subía al coche y asistía al baile.

En lugar de eso, era la que vestía a las demás para sus salidas nocturnas, ciñéndole el corsé a Posy, peinando a Rosamund o limpiando un par de zapatos de Araminta.

Pero no podía, o al menos no debía, quejarse. Tal vez tenía que servir de doncella a Araminta y a sus hijas, pero por lo menos tenía un hogar, lo cual era más de lo que tenían la mayoría de las muchachas en su situación.

Su padre no le dejó nada al morir; bueno, nada aparte de un techo sobre la cabeza. Con su testamento se aseguró de que no la pudieran echar de la casa hasta que tuviera veinte años. De ninguna manera iba a perder Araminta el derecho a cuatro mil libras anuales echándola de casa.

Pero esas cuatro mil libras eran de Araminta, no de ella, y jamás había visto ni un solo penique de ellas. Desaparecieron los hermosos vestidos que se había acostumbrado a usar, siendo reemplazados por los de lana basta de las criadas. Y comía lo que comían las demás criadas, lo que fuera que Araminta, Rosamund y Posy decidieran dejar de sobras.

Sin embargo, hacía casi un año que llegó y pasó su vigésimo cumpleaños, y continuaba viviendo en la casa Penwood, seguía desviviéndose en el servicio a Araminta. Por algún motivo desconocido, ya fuera porque no quería formar (o pagar) a otra doncella, esta le había permitido seguir viviendo en la casa.

Y ella continuó, claro. Si Araminta era el demonio que conocía, el resto del mundo era el demonio que no conocía. Y ella no tenía idea de cuál podía ser peor.

—¿No te pesa mucho esa bandeja?

Sophie cerró y abrió los ojos para salir de su ensimismamiento y centró la atención en Posy, que estaba cogiendo la última galleta de la bandeja.

—Sí, pesa bastante. Y ya debería estar en la cocina con ella.

Posy sonrió.

—No te detendré más tiempo, pero cuando hayas acabado eso, ¿podrías plancharme el vestido rosa? Me lo voy a poner esta noche. Ah, y supongo que tendrías que limpiar los zapatos a juego también. Quedaron un poco polvorientos la última vez que me los puse y ya sabes cómo es madre con los zapatos. Qué más da que no se vean bajo mi falda. Ella se fijará en la más mínima motita de polvo en el instante en que me levante la falda para subir un peldaño.

Sophie asintió, añadiendo mentalmente esas peticiones a su lista de quehaceres diarios.

—¡Hasta dentro de un rato, entonces! —dijo Posy y, tragándose lo que quedaba de galleta, desapareció en su dormitorio.

Y Sophie bajó a la cocina.

Pasados unos días, Sophie estaba arrodillada con unos cuantos alfileres entre los dientes, haciendo los arreglos de último momento en el disfraz de Araminta para el baile. El traje Reina Isabel había llegado perfecto de la modista, pero Araminta insistió en que le quedaba un cuarto de pulgada más ancho en la cintura.

—¿Cómo está ahí? —preguntó, hablando entre dientes para que no se le cayeran los alfileres.

—Demasiado ceñido.

Sophie cambió de sitio unos pocos alfileres.

—¿Y ahora?

—Demasiado suelto.

Sophie sacó un alfiler y lo prendió justo en el punto donde había estado antes.

—Y ahora, ¿cómo está?

Araminta giró el cuerpo hacia un lado y hacia el otro y, finalmente, declaró.

—Así está bien.

Sonriendo para sus adentros, Sophie se puso de pie para ayudarla a quitarse el vestido.

—Lo necesitaré dentro de una hora si queremos llegar a tiempo al baile —dijo Araminta.

—Sí, por supuesto —repuso Sophie.

Había descubierto que en sus conversaciones con Araminta era más sencillo decir muchas veces «por supuesto».

—Este baile es muy importante —declaró Araminta muy seria—. Rosamund tiene que lograr un matrimonio ventajoso este año. El nuevo conde... —se estremeció disgustada; seguía considerando un intruso al conde heredero, aun cuando era el pariente vivo más cercano del difunto conde—. Bueno, me ha dicho que este es el último año que podemos usar la casa Penwood de Londres. ¡Qué descaro tiene el hombre! Yo soy la condesa viuda, después de todo, y Rosamund y Posy son las hijas del conde.

«Hijastras», corrigió Sophie en silencio.

—Tenemos todo el derecho a usar la casa Penwood para la temporada. ¿Qué planes tiene él para la casa? No lo sabré jamás.

—Tal vez desea asistir a las fiestas de la temporada y buscar esposa —sugirió Sophie—. Deseará un heredero, seguro.

Araminta frunció el ceño.

—Si Rosamund no se casa con un hombre rico, no sé qué haremos. Es muy difícil encontrar una casa de alquiler adecuada. Y muy caro también.

Sophie se abstuvo de comentar que por lo menos no tenía que pagar a una doncella. De hecho, hasta que ella cumplió los veinte años, Araminta había recibido cuatro mil libras al año simplemente por tener una doncella.

Araminta hizo chasquear los dedos.

—No olvides que Rosamund necesitará que le empolves el pelo.

Rosamund iría vestida de María Antonieta. Sophie le había preguntado si pensaba ponerse una cinta color rojo sangre alrededor del cuello. A Rosamund no le hizo ninguna gracia la broma.

Araminta se puso su vestido y se ciñó el fajín con movimientos rápidos y tensos.

—Y Posy —arrugó la nariz—. Bueno, Posy necesitará tu ayuda en una u otra cosa, seguro.

—Siempre estoy feliz de ayudar a Posy —replicó Sophie.

Araminta entrecerró los ojos, como tratando de determinar si eso había sido una insolencia.

—Procura hacerlo —dijo al fin, pronunciando bien cada sílaba. Acto seguido, salió en dirección al cuarto de baño.

Sophie se cuadró cuando se cerró la puerta.

—¡Ah, estás aquí, Sophie! —dijo Rosamund irrumpiendo en la sala—. Necesito tu ayuda inmediatamente.

—Creo que eso tendrá que esperar hasta...

—¡He dicho inmediatamente! —ladró Rosamund.

Sophie cuadró los hombros y le dirigió una mirada acerada.

—Tu madre quiere que le arregle el vestido.

—Quítale los alfileres y dile que ya lo arreglaste. No notará la diferencia.

Sophie, que había estado considerando la posibilidad de hacer justamente eso, emitió un gemido. Si hacía lo que le pedía Rosamund, esta iría con el cuento al día siguiente y Araminta despotricaría y rabiaría toda una semana. Pues no tenía más remedio que hacer el arreglo.

—¿Qué necesitas, Rosamund?

—Hay un descosido en el dobladillo de mi disfraz. No tengo idea de cómo se hizo.

—Tal vez cuando te lo probaste...

—¡No seas impertinente!

Sophie cerró la boca. Le resultaba mucho más difícil aceptar órdenes de Rosamund que de Araminta, tal vez porque en otro tiempo habían sido iguales, y compartían la misma aula y la misma institutriz.

—Tienes que repararlo enseguida —insistió Rosamund, sorbiendo afectadamente por la nariz.

Sophie suspiró.

—Tráelo. Lo haré tan pronto como acabe con lo de tu madre. Te prometo que lo tendrás con tiempo de sobra.

—No quiero llegar tarde a este baile —le advirtió Rosamund—. Si me retraso, querré tu cabeza en una bandeja.

—No llegarás tarde —le prometió Sophie.

Rosamund emitió una especie de resoplido malhumorado y salió corriendo a buscar el traje.

—¡Uuf!

Sophie levantó la vista y vio a Rosamund chocar con Posy, que iba entrando precipitadamente por la puerta.

—¡Mira por dónde andas, Posy! —regañó Rosamund.

—¡Tú también podrías mirar por dónde andas! —replicó Posy.

—Yo iba mirando. Es imposible sortearte a ti, gorda.

Con las mejillas teñidas de rojo subido, Posy se hizo a un lado.

—¿Se te ofrecía algo, Posy? —le preguntó Sophie, tan pronto como desapareció Rosamund.

—Sí. ¿Podrías reservarte un tiempo extra para peinarme esta noche? Encontré unas cintas verdes que tienen un cierto parecido a algas.

Sophie hizo una larga espiración. Las cintas verde oscuro no se verían muy bien sobre el pelo oscuro de la muchacha, pero no tuvo valor para hacérselo notar.

—Lo intentaré, Posy, pero tengo que remendar el vestido de Rosamund y arreglarle la cintura al de tu madre.

—¡Ah!

La expresión de Posy era tan afligida que casi le partió el corazón a Sophie. Aparte de los criados, Posy era la única persona que era medio amable con ella en la casa de Araminta.

—No te preocupes —la tranquilizó—. Yo me encargaré de que lleves el pelo bonito esta noche, tengamos el tiempo que tengamos.

—¡Ay, gracias, Sophie! Yo...

—¿Aún no has empezado a arreglar mi vestido? —tronó Araminta, volviendo del cuarto de aseo.

Sophie tragó saliva.

—Estuve hablando con Rosamund y Posy. Rosamund se rompió el vestido y...

—¡Ponte a trabajar!

—Sí, al instante. —Se dejó caer en el sofá y dio vuelta del revés el vestido para entrarle en la cintura—. Más rápido que al instante —masculló—. Más rápido que el aleteo de un colibrí. Más rápido que...

—¿Qué dices? —le preguntó Araminta.

—Nada.

—Bueno, deja de parlotear inmediatamente. Encuentro particularmente irritante el sonido de tu voz.

Sophie apretó los dientes.

—Mamá —dijo Posy—, esta noche Sophie me va a peinar como...

—Pues claro que te va a peinar. Deja de perder el tiempo y ve a ponerte compresas en los ojos para que no se vean tan hinchados.

Posy se puso triste.

—¿Tengo los ojos hinchados?

—Siempre tienes los párpados hinchados —replicó Araminta—. ¿No te parece, Rosamund?

Posy y Sophie miraron hacia la puerta. Acababa de entrar Rosamund, vestida con el traje María Antonieta.

—Siempre —convino—. Pero una compresa le irá bien, seguro.

—Estás preciosa esta noche —dijo Araminta a Rosamund—. Y esto que aún no has comenzado a prepararte. Ese dorado del vestido hace juego exquisitamente con tu pelo.

Sophie echó una mirada compasiva hacia la morena Posy, que jamás recibía esos elogios de su madre.

—Vas a cazar a uno de esos hermanos Bridgerton —continuó Araminta—. Estoy segura.

Rosamund bajó los ojos recatadamente. Era una expresión que había perfeccionado, y Sophie tuvo que reconocer que le sentaba muy bien. Pero claro, todo le sentaba bien a Rosamund. Su pelo dorado y sus ojos azules hacían furor ese año, y gracias a la generosa dote dispuesta para ella por el difunto conde, todos suponían que haría un brillante matrimonio antes de que terminara la temporada.

Sophie volvió a mirar a Posy, que estaba contemplando a su madre con expresión triste y pensativa.

—Tú también estás hermosa, Posy —le dijo impulsivamente.

A Posy se le iluminaron los ojos.

—¿Te parece?

—Por supuesto. Y tu traje es muy original. Estoy segura de que no habrá ninguna otra sirena.

—¿Cómo puedes saber eso, Sophie? —le preguntó Rosamund, riendo—. No es que te hayan presentado en sociedad alguna vez.

—Estoy segura de que lo pasarás muy bien, Posy —dijo Sophie intencionadamente, sin hacer caso de la burla de Rosamund—. Te tengo una envidia terrible. ¡Ojalá pudiera ir!

Su suave suspiro y su deseo fueron recibidos por un silencio absoluto, que fue seguido por las estridentes carcajadas de Araminta y Rosamund. Hasta Posy soltó una risita.

—¡Ay, eso sí que está bueno! —dijo Araminta, casi sin aliento de tanto reír—. La pequeña Sophie en el baile de los Bridgerton. No admiten bastardas en nuestra sociedad, ¿sabes?

—No he dicho que esperaba ir —repuso Sophie, a la defensiva—, solo dije que ojalá pudiera.

—Bueno, no deberías ni molestarte deseándolo —la regañó Rosa-mund—. Si deseas cosas que de ninguna manera puedes esperar, solo vas a tener decepciones.

Pero Sophie se olvidó de lo que iba a contestar, porque en ese momento ocurrió algo rarísimo. En el momento en que giró la cabeza hacia Rosamund, vio al ama de llaves en la puerta. Esta era la señora Gibbons, que había venido de Penwood Park a ocupar el puesto dejado vacante al morir el ama de llaves de la casa de la ciudad. Y cuando Sophie la miró a los ojos, la señora Gibbons le hizo un guiño.

¡Un guiño! No recordaba haber visto jamás hacer un guiño a la señora Gibbons.

—¡Sophie! ¡Sophie! ¿No me has oído?

Sophie volvió su distraída mirada hacia Araminta.

—Perdón. ¿Qué decía?

—Te estaba diciendo —contestó Araminta en tono antipático— que será mejor que te pongas a trabajar en mi vestido al instante. Si llegamos tarde al baile tú responderás de eso mañana.

—Sí, por supuesto —se apresuró a decir Sophie.

Enterró la aguja en la tela y comenzó a coser, pero su mente seguía puesta en la señora Gibbons.

¿Un guiño?

¿Qué demonios significaba ese guiño?

Tres horas después, Sophie estaba en las gradas de la puerta principal de la casa Penwood mirando cómo Araminta, Rosamund y luego Posy cogían una a una la mano del lacayo y subían al coche. Le hizo un gesto de despedida a Posy, que se lo correspondió, y luego se quedó observando el coche avanzar por la calle hasta desaparecer en la esquina. La mansión Bridgerton, donde se celebraría el baile de máscaras, estaba a solo seis manzanas de distancia, pero Araminta habría insistido en hacer el trayecto en coche aunque la casa hubiera estado al lado.

Era importante hacer una grandiosa entrada, después de todo.

Exhalando un suspiro, subió la escalinata para entrar en la casa. Por lo menos, con la emoción del momento, Araminta había olvidado dejarle una lista de tareas para hacer durante su ausencia. Una noche libre era un verdadero lujo; tal vez releería una novela. O tal vez podría encontrar la edición de *Whistledown* de ese día. Le pareció recordar haber visto a Rosamund entrar con la hoja en su habitación esa tarde.

Pero en el preciso instante en que entró por la puerta, se materializó la señora Gibbons, como salida de ninguna parte, y le cogió el brazo.

—¡No hay tiempo que perder! —le dijo.

Sophie la miró como si hubiera perdido el juicio.

—¿Cómo ha dicho?

La señora Gibbons le tironeó la manga por el codo.

—Ven conmigo.

Sophie se dejó llevar los tres tramos de escalera hasta su habitación, un diminuto cuarto metido bajo el alero. La señora Gibbons actuaba de modo muy peculiar, pero ella le dio en el gusto y la siguió. El ama de llaves siempre la trataba con excepcional amabilidad, aun cuando estaba claro que Araminta desaprobaba eso.

—Tienes que desvestirte —le dijo la señora Gibbons al coger el pomo de la puerta.

—¿Qué?

—Tenemos que darnos prisa.

—Pero, señora Gibbons... —se le cortó la voz y se quedó mirando boquiabierta la escena que tenía lugar en su dormitorio.

En el centro había una bañera, humeante del vapor de agua caliente, y las tres criadas estaban ocupadísimas alrededor. Una estaba vaciando un cubo de agua caliente en la bañera, otra estaba tratando de abrir la cerradura de un arcón de aspecto misterioso, y la otra sostenía una toalla, diciendo:

—¡De prisa! ¡De prisa!

Sophie las miró a todas, desconcertada.

—¿Qué pasa?

La señora Gibbons se giró a mirarla y sonrió de oreja a oreja.

—Tú, señorita Sophie Beckett, vas a ir al baile de máscaras.

Una hora después, Sophie estaba transformada. El arcón contenía vestidos de la difunta madre del conde. Todos eran anticuados, de cincuenta años atrás, pero eso no importaba. Era un baile de máscaras; nadie esperaba que los trajes fueran de la última moda.

Al fondo del arcón habían encontrado un precioso vestido de brillante seda color plata, con un ceñido corpiño con incrustaciones de perla y el tipo de falda acampanada sobre enaguas que fuera tan popular el siglo anterior. Sophie se sintió como una princesa con solo tocarlo. Tenía un cierto olor rancio por haber estado años en el arcón, y una de las criadas lo sacudió para airearlo y lo roció con un poco de agua de rosas.

La habían bañado, perfumado y peinado, e incluso una de las criadas le aplicó un poco de pintalabios.

—No se lo diga a la señorita Rosamund —le susurró mientras se lo aplicaba—. Lo cogí de su colección.

—¡Ooooh, mirad! —exclamó la señora Gibbons—. Encontré unos guantes a juego.

Sophie levantó la vista y la vio sosteniendo un par de guantes largos hasta el codo.

—Mire —dijo, cogiendo uno de los guantes y examinándolo—. El blasón Penwood. Y lleva un monograma, justo en el borde.

La señora Gibbons le dio la vuelta al que tenía en la mano.

—Ese, ele, ge. Sara Louisa Gunningworth. Tu abuela.

Sophie la miró sorprendida. La señora Gibbons nunca se había referido al conde como a su padre. Jamás nadie en Penwood Park había reconocido con palabras sus lazos sanguíneos con la familia Gunningworth.

—Bueno, pues, es tu abuela —afirmó la señora Gibbons—. Todos hemos bailado en torno al tema durante mucho tiempo. Es un crimen que a Rosamund y a Posy se las trate como a las hijas de la casa y que tú, la verdadera hija del conde, tengas que barrer y servir como una criada.

Las tres criadas asintieron, expresando su acuerdo.

—Por una vez —continuó la señora Gibbons—, por una sola noche, serás tú la reina del baile.

Sonriendo, hizo girar a Sophie hasta dejarla de frente ante el espejo.

Sophie retuvo el aliento.

—¿Esa soy yo?

La señora Gibbons asintió, con los ojos sospechosamente brillantes.

—Estás preciosa, cariño —susurró.

Sophie levantó lentamente una mano para tocarse el pelo.

—¡No lo chafes! —gritó una de las criadas.

—No lo chafaré —prometió Sophie, con los labios temblorosos al sonreír, a la vez que trataba de impedir que le saliera una lágrima. Le habían puesto un toque de brillantes polvos en el pelo, por lo que toda ella brillaba como una princesa de cuento de hadas. Le habían recogido los rizos rubio oscuro en lo alto de la cabeza, en una especie de moño suelto, dejando caer una gruesa guedeja a lo largo del cuello. Su ojos, normalmente color verde musgo, brillaban como esmeraldas.

Aunque ella sospechó que el brillo tenía más que ver con las lágrimas no derramadas que con cualquier otra cosa.

—Esta es tu máscara —dijo enérgicamente las señora Gibbons. Era un antifaz, del tipo que se ata atrás, por lo que Sophie no tendría que ocupar una mano en sostenerlo—. Ahora solo nos falta un par de zapatos.

Sophie miró pesarosa sus zapatos de trabajo, prácticos y feos, que estaban en un rincón.

—No tengo nada adecuado para estas elegancias —dijo.

La criada que le había pintado los labios levantó un par de delicados zapatos blancos.

—Del ropero de Rosamund —declaró.

Sophie metió el pie derecho en el zapato correspondiente y lo sacó con la misma rapidez.

—Demasiado grande —dijo, mirando a la señora Gibbons—. No podría caminar con ellos.

—Ve a buscar un par en el ropero de Posy —dijo la señora Gibbons a la criada.

—Son más grandes aún —repuso Sophie—. Lo sé. He limpiado muchas marcas de rozaduras en ellos.

La señora Gibbons exhaló un largo suspiro.

—No hay nada que hacer ahí, entonces. Tendremos que asaltar la colección de Araminta.

Sophie se estremeció. La idea de caminar a cualquier parte con los pies metidos en zapatos de Araminta le producía repelús. Pero era eso o ir descalza, y no creía que los pies descalzos fueran aceptables en un elegante baile de máscaras de Londres.

A los pocos minutos volvió la criada con un par de zapatos de satén blanco, cosidos con hilo de plata y adornados con unas preciosas rosetas de diamantes falsos.

Sophie seguía sintiendo aprensión por usar zapatos de Araminta, pero de todos modos se puso uno. Le calzaban a la perfección.

—Y son a juego también —dijo una de las criadas señalando las puntadas en hilo de plata—. Como si estuvieran hechos para el vestido.

—No tenemos tiempo para admirar zapatos —dijo repentinamente la señora Gibbons—. Ahora escucha atentamente las instrucciones. El cochero ha vuelto de ir a dejar a la condesa y las niñas, y te llevará a la casa Bridgerton. Pero tiene que estar esperando fuera cuando ellas deseen marcharse, lo cual significa que tienes que salir de ahí a medianoche, y ni un solo segundo más tarde. ¿Entiendes?

Sophie asintió y miró el reloj de la pared. Eran algo pasadas las nueve, lo que significaba que tendría más de dos horas en el baile.

—Gracias —susurró—. ¡Oh, muchísimas gracias!

La señora Gibbons se limpió las lágrimas con un pañuelo.

—Tú pásalo bien, cariño. Eso es el el único agradecimiento que necesito.

Sophie volvió a mirar el reloj. Dos horas.

Dos horas que tendría que hacer durar toda una vida.

2

Los Bridgerton son una familia realmente única. Seguro que no hay nadie en Londres que no sepa que el parecido entre ellos es extraordinario o que sus nombres siguen el orden alfabético: Anthony, Benedict, Colin, Daphne, Eloise, Francesca, Gregory y Hyacinth.

Esto incita a pensar qué nombre habrían puesto el difunto vizconde y la vizcondesa viuda (todavía muy viva) a su noveno hijo o hija si lo o la hubieran tenido. ¿Imogen? ¿Inigo?

Tal vez haya sido mejor que se detuvieran en ocho.

REVISTA DE SOCIEDAD DE LADY WHISTLEDOWN
2 de junio de 1815

Benedict Bridgerton era el segundo de ocho hermanos, pero a veces tenía la impresión de que fueran cien.

Ese baile en que tanto había insistido su madre tenía que ser de disfraces, por lo tanto, se había puesto obedientemente un antifaz negro, pero todos sabían quién era, o más bien casi todos sabían.

«¡Un Bridgerton!», exclamarían dando palmadas alegremente. «¡Tú tienes que ser un Bridgerton!». «¡Un Bridgerton! Soy capaz de reconocer a un Bridgerton donde sea».

Benedict era un Bridgerton, sí, y si bien no había ninguna otra familia a la que deseara pertenecer, a veces deseaba que lo consideraran menos un Bridgerton y más él mismo.

Justo cuando estaba pensando eso, pasó por su lado una mujer de edad algo indefinida disfrazada de pastora.

—¡Un Bridgerton! —gorjeó—. Reconocería ese pelo castaño en cualquier parte. ¿Cuál eres? No, no lo digas, déjame adivinar. No eres el vizconde porque acabo de verlo. Tienes que ser el Número Dos o el Número Tres.

Benedict la miró imperturbable.

—¿Cuál eres? ¿El Número Dos o el Número Tres?

—Dos —dijo él entre dientes.

Ella juntó las manos.

—¡Eso fue lo que pensé! ¡Ah, tengo que encontrar a Portia! Le dije que eras el Número Dos...

Benedict estuvo a punto de gruñir.

—... pero ella dijo no, es el menor, pero yo...

Benedict sintió la repentina necesidad de alejarse. O se alejaba o mataba a esa boba gritona, y habiendo tantos testigos, ciertamente no saldría impune.

—Si me disculpa —dijo lisamente—, veo a una persona con la que debo hablar.

Era mentira, pero ¿qué importaba? Después de hacer una seca inclinación de la cabeza ante la vieja pastora, caminó en línea recta hacia la puerta lateral del salón, ansioso por escapar de la multitud y esconderse en el estudio de su hermano, donde podría encontrar un poco de bendito silencio y tranquilidad, y tal vez una copa de buen coñac.

—¡Benedict!

Condenación. Había estado a punto de lograr escapar. Levantó la vista y vio a su madre caminando a toda prisa hacia él. Llevaba un traje de estilo isabelino. Suponía que su intención había sido disfrazarse de un personaje de Shakespeare, pero por su vida que no tenía idea de cuál.

—¿Qué puedo hacer por ti, madre? Y no me digas «Baila con Hermione Smythe-Smith». La última vez que bailé con ella casi perdí tres dedos de los pies.

—No pensaba pedirte nada de ese tipo —contestó Violet—. Te iba a pedir que bailaras con Prudence Featherington.

—Ten piedad, madre —gimió él—. Es peor aún.

—No te pido que te cases con la muchachita. Solo que bailes con ella.

Benedict reprimió un gemido. Prudence Featherington, si bien una persona simpática en esencia, tenía el cerebro del tamaño de un guisante, y una risa tan irritante que había visto a hombres adultos huir con las manos en los oídos.

—Te diré que —propuso en tono halagador— bailaré con Penelope Featherington si tú mantienes a raya a Prudence.

—Eso me va bien —dijo Violet, asintiendo con aire satisfecho, causándole la deprimente sensación de que su intención había sido desde el principio hacerlo bailar con Penelope—. Está allí, junto a la mesa de la limonada —añadió—, vestida de duende, pobrecilla. El color le sienta bien, pero alguien debería acompañar a su madre la próxima vez que se aventuren a visitar a la modista. No logro imaginar un disfraz más desafortunado.

—Está claro que aún no has visto a la sirena —susurró Benedict.

Ella le golpeó ligeramente el brazo.

—No te burles de las invitadas.

—Pero es que lo ponen tan fácil...

—Me voy a buscar a tu hermana —dijo ella después de dirigirle una seria mirada de advertencia.

—¿A cuál?

—A una de las que no están casadas —repuso Violet descaradamente—. Puede que el vizconde Guelph esté interesado en esa muchacha escocesa, pero aún no están comprometidos.

En silencio Benedict le deseó suerte a Guelph. El pobre hombre la necesitaría.

—Y gracias por bailar con Penelope.

Él medio le sonrió irónico. Los dos sabían que esas palabras no eran un agradecimiento, sino un recordatorio.

Cruzándose de brazos en una postura un tanto severa, estuvo un momento observando alejarse a su madre; finalmente hizo una larga inspiración y se giró para dirigirse a la mesa de la limonada. Adoraba a su madre con locura, pero tratándose de la vida social de sus hijos ella pecaba por el lado de la intromisión. Y si había algo que le molestaba más aún que la soltería de su hijo, era ver la cara triste de una jovencita cuando nadie la invitaba a bailar. En consecuencia, él se pasaba la mayor parte del tiempo en la pista de baile, a veces con jovencitas con las que ella quería que se casara, pero con más frecuencia con aquellas feas a las que nadie miraba.

De los dos tipos de muchachas, él creía preferir a las feúchas. Las jovencitas populares tendían a ser superficiales y, para ser franco, un poquito aburridas.

Su madre siempre le había tenido una especial simpatía a Penelope Featherington, que estaba en su... frunció el ceño, ¿su tercera temporada? Tenía que ser la tercera, y sin ninguna perspectiva de matrimonio a la vista. Ah, bueno, bien podría cumplir con su deber. Penelope era una joven bastante simpática, con personalidad y una inteligencia decente. Algún día encontraría marido. No sería él, lógicamente, y con toda sinceridad, tal vez no sería ninguno de sus conocidos, pero seguro que encontraría a alguien.

Suspirando echó a andar hacia la mesa de la limonada. Prácticamente sentía en la boca el sabor meloso y maduro de ese coñac, pero un vaso de limonada lo ayudaría a salir del apuro por un rato.

—¡Señorita Featherington! —exclamó, y trató de no estremecerse al ver volverse a las tres señoritas Featherington. Con una sonrisa que sabía era muy, muy débil, añadió—. Esto... Penelope, quise decir.

Desde unos quince palmos de distancia, Penelope le sonrió de oreja a oreja, y él recordó que le caía muy bien Penelope Featherington. En realidad, no se la consideraría tan poco atractiva si no estuviera siempre acompañada por sus desafortunadas hermanas, las que fácilmente podían hacer desear a un hombre coger un barco rumbo a Australia.

Casi había salvado la distancia que los separaba cuando oyó detrás de él un ronco murmullo de susurros que se iba propagando por el salón de baile. Debía continuar caminando para acabar de una vez con ese baile obligado, pero, misericordia, Señor, su curiosidad pudo más y se giró a mirar.

Y se encontró mirando a una mujer que tenía que ser la más impresionante que había visto en toda su vida.

Ni siquiera sabía si era hermosa. Su cabello era de un rubio oscuro bastante corriente, y con su antifaz bien atado detrás de la cabeza, no le veía ni la mitad de la cara.

Pero había algo en ella que más o menos lo hipnotizaba. Era su sonrisa, la forma de sus ojos, su prestancia, su manera de mirar el salón de baile como si jamás hubiera tenido una visión más gloriosa que la de los tontos miembros de la alta sociedad, todos vestidos con ridículos disfraces.

Su belleza irradiaba de dentro.

Brillaba. Resplandecía.

Era una mujer absolutamente radiante, y de pronto Benedict comprendió que eso se debía a que parecía condenadamente feliz. Feliz de estar donde estaba, feliz de ser quien era.

Feliz de una manera que él escasamente recordaba. La suya era una buena vida, cierto, tal vez incluso una vida fabulosa. Tenía siete hermanos maravillosos, una madre amorosa, y veintenas de amigos. Pero esa mujer...

Esa mujer conocía la dicha.

Y él tenía que conocerla a ella.

Olvidando a Penelope, se abrió paso entre la muchedumbre hasta encontrarse a unos pocos pasos de ella. Otros tres caballeros habían llegado antes a su destino y en ese momento estaban derramando sobre ella elogios y halagos. Él la observó con interés; ella no reaccionaba como habría reaccionado ninguna de las mujeres que conocía.

No actuaba con coquetería; tampoco actuaba como si supusiera que se merecía los elogios. Su actitud no era tímida, afectada, maliciosa ni irónica, ni ninguna de esas cosas que se pueden esperar de una mujer.

Simplemente sonreía. Una ancha sonrisa, en realidad. Él suponía que los cumplidos producirían una cierta cantidad de felicidad a la receptora, pero jamás había visto a una mujer que reaccionara con una alegría tan pura, tan auténtica.

Avanzó otro paso. Deseaba esa alegría para él.

—Disculpadme, señores, pero la dama ya me ha prometido a mí este baile —mintió.

Los agujeros del antifaz de ella eran bastante amplios y él la vio agrandar los ojos y luego entrecerrarlos con unas arruguitas en las comisuras, como si se sintiera divertida. Le tendió la mano, retándola a contradecirlo.

Pero ella le sonrió, con una ancha y radiante sonrisa que le perforó la piel y fue a tocarle directamente el alma. Ella puso la mano en la de él y solo entonces él cayó en la cuenta de que había estado reteniendo el aliento.

—¿Tiene permiso para bailar el vals? —le susurró cuando iban llegando a la pista de baile.

Ella negó con la cabeza.

—No bailo.

—Bromea.

—Pues no. La verdad es que —acercó un poco la cara a él y con un atisbo de sonrisa, continuó—: no sé bailar.

Él la miró sorprendido. Ella caminaba con un donaire innato; además, ¿qué dama de buena crianza podía llegar a esa edad sin haber aprendido a bailar?

—Entonces solo hay una cosa que hacer —musitó—. Yo le enseñaré.

Ella agrandó los ojos, abrió la boca y dejó escapar una risa de sorpresa.

—¿Qué es tan divertido? —preguntó él, tratando de hacer serio su tono.

Ella le sonrió, con ese tipo de sonrisa que se esperaría de un compañero de colegio, no de una damita en su primer baile. Sin dejar de sonreír, ella le dijo:

—Incluso yo sé que no se dan clases de baile en un baile.

—¿Qué quiere decir, me pregunto, ese «incluso yo»?

Ella guardó silencio.

—Entonces tendré que aprovechar la ventaja y obligarla a obedecer.

—¿Obligarme?

Pero eso lo dijo sonriendo, haciéndolo comprender que no estaba ofendida.

—Sería muy poco caballeroso de mi parte permitir que continúe esta lamentable situación.

—¿Lamentable, dice?

Él se encogió de hombros.

—Una hermosa dama que no sabe bailar. Me parece un crimen, es antinatural.

—Si le permito enseñarme...

—Cuando me permita enseñarle...

—Si le permito enseñarme, ¿dónde hará la clase?

Benedict alzó el mentón y paseó la vista por el salón. No le resultaba difícil ver por encima de las cabezas de los invitados; con su altura de más de metro ochenta era uno de los hombres más altos del salón.

—Nos retiraremos a la terraza —dijo finalmente.

—¿La terraza? —repitió ella—. ¿No estará terriblemente atestada? Es una noche calurosa.

—No, la terraza privada —susurró él acercándosele más.

—¿La terraza privada, dice? ¿Y cómo sabe, por favor, de la existencia de una terraza privada?

Benedict la miró fijamente, conmocionado. ¿Era posible que ella no supiera quién era él? Su opinión de sí mismo no era tan elevada como para suponer que todo Londres conociera su identidad. Sencillamente era un Bridgerton, y si una persona conocía a un Bridgerton, por lo general eso significaba que era capaz de reconocer a otro. Y puesto que no había nadie en Londres que no se hubiera cruzado con uno u otro Bridgerton, a él lo reconocían en todas partes. Aun cuando, pensó pesaroso, ese reconocimiento fuera simplemente como el «Número Dos».

—No ha contestado mi pregunta —le recordó la dama misteriosa.

—¿Sobre la terraza privada? —Levantó su mano hasta sus labios y besó la fina seda del guante—. Limitémonos a decir que tengo mis métodos.

Ella pareció indecisa, de modo que le tironeó la mano, acercándola más, no más de una pulgada, pero en cierto modo tuvo la impresión de que ella estaba a solo la distancia de un beso.

—Venga —dijo—. Baile conmigo.

Ella avanzó un paso y en ese instante él supo que su vida había cambiado para siempre.

Sophie no lo vio cuando entró en el salón, pero percibió magia en el aire, y cuando él apareció ante ella, como un príncipe encantado de un cuento de niños, sin saber cómo, tuvo la clara sensación de que él era el motivo de que ella se hubiera introducido furtivamente en el baile.

Era alto, y su rostro, lo que dejaba ver el antifaz, era muy hermoso; unos labios que insinuaban ironía y sonrisas, y una piel tersa, muy ligeramente ensombrecida por una barba de un día. Su cabello era de un exquisito color castaño oscuro al que la parpadeante luz de las velas daba unos visos rojizos.

La gente parecía saber quién era; observó que cuando él avanzaba, los invitados se hacían a un lado para dejarle paso. Y cuando mintió tan descaradamente asegurando que ella le había prometido ese baile, los demás hombres aceptaron y se apartaron.

Era apuesto y fuerte, y por esa única noche, era de ella.

Cuando el reloj diera las doce de la noche, ella volvería a su monótona y penosa vida de trabajo, de remendar, lavar y atender a todos los deseos de Araminta. ¿Tan malo era desear esa embriagadora noche de magia y amor?

Se sentía como una princesa, una princesa temeraria, de modo que cuando él la invitó a bailar, ella colocó su mano en la de él. Y aunque sabía que toda esa noche era una mentira, que ella era la hija bastarda de un noble y una doncella de condesa, que su vestido era prestado y sus zapatos prácticamente robados, nada de eso pareció importar cuando se entrelazaron sus dedos con los de él.

Por unas pocas horas al menos podía simular que ese caballero era «su» caballero y que a partir de ese momento su vida cambiaría para siempre.

No era otra cosa que un sueño, pero hacía tantísimo tiempo que no se permitía soñar...

Arrojando lejos toda prudencia, le permitió conducirla fuera del salón de baile. Él caminaba rápido, aun cuando tenía que abrirse paso por en medio de la vibrante muchedumbre, y se sorprendió riendo mientras trotaba detrás de él.

—¿Por qué tengo la impresión de que siempre se está riendo de mí? —le preguntó él, deteniéndose un instante al llegar al corredor contiguo al salón.

Ella volvió a reír; no pudo evitarlo.

—Me siento feliz —contestó, y se encogió de hombros, indecisa—. Estoy muy feliz por estar aquí.

—¿Y eso por qué? Un baile como este tiene que ser una rutina para una dama como usted.

Sophie sonrió. Si él la creía miembro de la alta sociedad, una graduada de muchos bailes y fiestas, quería decir que estaba representando su papel a la perfección.

Él le tocó la comisura de la boca.

—Siempre está sonriendo —musitó.

—Me gusta sonreír.

La mano de él encontró su cintura y la acercó más. La distancia entre sus cuerpos seguía siendo respetable, pero la mayor cercanía le quitó el aliento a ella.

—Me gusta verla sonreír —dijo él.

Esas palabras las dijo en voz baja y seductora, pero ella notó algo extrañamente ronco en su voz y casi se permitió creer que él lo decía en serio, que ella no era simplemente una mera conquista de esa noche.

Pero antes de que pudiera contestar sonó una voz acusadora en la puerta que daba al salón.

—¡Ahí estás!

A Sophie le dio un vuelco el estómago y le subió hasta la garganta. La habían descubierto. La arrojarían a la calle y al día siguiente tal vez la meterían en prisión por haber robado los zapatos de Araminta y...

Y el hombre que había hablado ya estaba a su lado y le estaba diciendo a su misterioso caballero:

—Madre te ha andado buscando por todas partes. Te escabulliste de tu baile con Penelope y yo tuve que ocupar tu lugar.

—Lo siento —musitó su caballero.

Eso no pareció bastar como disculpa al recién llegado, porque frunció terriblemente el ceño y añadió:

—Si te escapas de la fiesta y me abandonas a esa manada de jovencitas del demonio, te juro que exigiré venganza hasta el día de mi muerte.

—Riesgo que estoy dispuesto a correr —dijo su caballero.

—Bueno, yo te reemplacé con Penelope —gruñó el otro—. Tuviste suerte de que yo estuviera cerca. Me pareció que se le rompía el corazón a la pobre moza cuando te alejaste.

Su caballero tuvo la elegancia de sonrojarse.

—Algunas cosas son inevitables, creo —dijo.

Sophie miró del uno al otro. Incluso bajo sus antifaces era más que evidente que eran hermanos, y en un relámpago de luz comprendió que tenían que ser los hermanos Bridgerton, y que esa tenía que ser su casa y...

¡Ay, buen Dios! Había hecho un ridículo total al preguntarle cómo sabía de la existencia de una terraza privada.

¿Pero qué hermano era? Benedict. Tenía que ser Benedict. Envió unas silenciosas gracias a lady Whistledown, que una vez escribió una columna dedicada exclusivamente a explicar las diferencias entre los hermanos Bridgerton. A Benedict, recordaba, lo distinguía como al más alto.

El hombre que le hacía latir el corazón tres veces más rápido de lo normal sobrepasaba en sus buenos dos dedos en altura a su hermano.

Y de pronto se dio cuenta de que el susodicho hermano la estaba mirando muy atentamente.

—Comprendo por qué te marchaste —dijo Colin.

(Porque tenía que ser Colin; de ninguna manera podía ser Gregory, que solo tenía catorce años; y Anthony estaba casado, de modo que no le importaría si Benedict se escapaba de la fiesta dejándolo solo para defenderse de las jovencitas recién presentadas en sociedad.)

Colin miró a Benedict con expresión astuta.

—¿Podría pedir una presentación?

Benedict arqueó una ceja.

—Puedes intentarlo, pero dudo que tengas éxito. Yo aún no me he enterado de su nombre.

—No lo ha preguntado —terció Sophie, sin poder evitarlo.

—¿Y me lo diría si lo preguntara?

—Le diría algo.

—Pero no la verdad.

Ella negó con la cabeza.

—Esta no es una noche para verdades.

—Mi tipo favorito de noche —dijo Colin en tono satisfecho.

—¿No tienes ningún lugar para estar? —le preguntó Benedict.

—Seguro que madre preferiría que estuviera en el salón de baile, pero eso no es precisamente una exigencia.

—Yo lo exijo —repuso Benedict.

Sophie sintió burbujear una risita en la garganta.

—Muy bien —suspiró Colin—. Me iré de aquí.

—Excelente —dijo Benedict.

—Todo solo para enfrentar a las lobas...

—¿Lobas? —repitió Sophie.

—Damitas muy cotizadas para esposas —aclaró Colin—. Una manada de lobas hambrientas, todas ellas. A excepción de la presente, lógicamente.

Sophie creyó mejor no explicar que ella no era de ningún modo una «damita cotizada».

—Nada le gustaría más a mi madre... —empezó Colin.

Benedict lo interrumpió con un gemido.

—... que ver casado a mi querido hermano mayor —terminó Colin. Guardó silencio un instante como para sopesar sus palabras—: Con la excepción tal vez de verme casado a mí.

—Aunque solo sea para que dejes la casa —añadió Benedict, sarcástico.

Esta vez Sophie sí emitió una risita.

—Pero claro, él es considerablemente más viejo —continuó Colin—, así que tal vez deberíamos enviarlo a él primero a la horca, eh... es decir, al altar.

—¿Tienes algún buen argumento? —gruñó Benedict.

—No, ninguno —reconoció Colin—. Pero claro, nunca lo tengo.

—Dice la verdad —afirmó Benedict mirando a Sophie.

—Así pues —dijo Colin a Sophie haciendo un grandioso gesto con el brazo—, ¿tendrá piedad de mi pobre y sufriente madre y llevará a mi querido hermano por el pasillo?

—Bueno, no me lo ha pedido —contestó ella, tratando de entrar en el humor del momento.

—¿Cuánto has bebido? —gruñó Benedict.

—¿Yo? —preguntó Sophie.

—Él.

—Nada en absoluto —repuso Colin alegremente—, pero estoy pensando seriamente en remediar eso. En realidad, eso podría ser lo único que me haga soportable esta velada.

—Si la búsqueda de bebida te aleja de mi presencia, ciertamente eso será lo único que me haga soportable esta noche a mí —dijo Benedict.

Colin sonrió de oreja a oreja, les hizo un saludo cuadrándose, y se alejó.

—Es agradable ver a dos hermanos que se quieren tanto —comentó Sophie.

Benedict, que estaba mirando con expresión amenazadora hacia la puerta por donde acababa de desaparecer su hermano, volvió bruscamente la atención hacia ella.

—¿A eso le llama quererse?

Sophie pensó en Rosamund y Posy, que vivían insultándose, y no en broma.

—Sí —afirmó—. Es evidente que usted daría su vida por él. Y él por usted.

—Supongo que tiene razón —dijo él, con un suspiro de hastío, y luego estropeó el efecto sonriendo—. Por mucho que me duela reconocerlo. —Apoyó la espalda en la pared y se cruzó de brazos, adoptando un aspecto terriblemente sofisticado y educado—. Dígame, entonces, ¿tiene hermanos?

Sophie reflexionó un momento y luego contestó decidida:

—No.

Él alzó una ceja en un arco extrañamente arrogante, y ladeó ligeramente la cabeza.

—Encuentro bastante curioso que haya tardado tanto en decidir la respuesta a esa pregunta. Yo diría que tendría que ser muy fácil encontrar la respuesta.

Sophie desvió la mirada un momento. No quería que él viera la pena que, sin duda, se reflejaría en sus ojos. Siempre había deseado tener una familia. En realidad no había nada en la vida que hubiera deseado más. Su padre jamás la reconoció como a su hija, ni siquiera en la intimidad, y su madre murió al nacer ella. Araminta la trataba como a la peste, y ciertamente Rosamund y Posy jamás habían sido hermanas para ella. De tanto en tanto Posy se portaba como una amiga, pero incluso ella se pasaba la mayor parte del día pidiéndole que le remendara un vestido, le arreglara el pelo o le limpiara unos zapatos.

Y dicha sea la verdad, aun cuando Posy le pedía las cosas, no se las ordenaba, como hacían su hermana y su madre, ella no tenía precisamente la opción de negarse.

—Soy hija única —dijo finalmente.

—Y eso es todo lo que va a decir sobre el tema —musitó Benedict.

—Y eso es todo lo que voy a decir sobre el tema —convino ella.

—Muy bien —dijo él sonriendo, con esa perezosa sonrisa masculina—. ¿Qué me está permitido preguntar, entonces?

—La verdad, nada.

—¿Nada de nada?

—Supongo que podría sentirme inducida a decirle que mi color preferido es el verde, pero aparte de eso no le daré ninguna pista sobre mi identidad.

—¿Por qué tantos secretos?

—Si contestara a eso —repuso ella con una sonrisa enigmática, realmente entusiasmada con su papel de misteriosa desconocida—, eso sería el fin de mis secretos, ¿verdad?

Él se le acercó muy, muy ligeramente.

—Siempre podría crearse más secretos.

Sophie retrocedió un paso. La mirada de él se había tornado ardiente, y ella había oído bastantes conversaciones en el cuarto de los criados para saber lo que significaba eso. Por emocionante que fuera eso, no era tan osada como simulaba ser.

—Toda esta velada ya es suficiente secreto —dijo.

—Entonces pregúnteme algo. Yo no tengo ningún secreto.

Ella agrandó los ojos.

—¿Ninguno? ¿De veras? ¿No tiene secretos todo el mundo?

—Yo no. Mi vida es absolutamente vulgar.

—Pues sí que me cuesta creer eso.

—Es cierto —dijo él, encogiéndose de hombros—. Jamás he seducido a una inocente, y ni siquiera a una mujer casada. No tengo deudas de juego, y mis padres eran absolutamente fieles entre ellos.

Lo cual quería decir que no era un hijo bastardo, pensó ella. Al pensar eso se le formó un nudo en la garganta. Y no porque él fuera legítimo, no, sino porque comprendió que él jamás la buscaría a ella, al menos no de la manera honorable, si llegaba a enterarse de que ella no lo era.

—No me ha hecho ninguna pregunta —le recordó él.

Ella pestañeó sorprendida. No se le había ocurrido que hablara en serio.

—M-muy bien —medio tartamudeó, cogida con la guardia baja—. ¿Cuál es su color preferido?

—¿Y va a desperdiciar su pregunta con eso? —sonrió él.

—¿Solo puedo hacer una pregunta?

—Más que justo, puesto que usted no me concede ninguna. —Acercó más la cara, con sus ojos brillantes—. Y la respuesta es el azul.

—¿Por qué?

—¿Por qué? —repitió él.

—Sí, ¿por qué? ¿Por el mar? ¿Por el cielo? ¿O tal vez porque sencillamente le gusta?

Benedict la miró con curiosidad. Sí que era una pregunta muy rara esa, por qué su color preferido era el azul. Cualquier otra persona habría aceptado la respuesta azul y ya está. Pero esa mujer, cuyo nombre todavía ignoraba, quería ahondar más, pasar de los cuáles a los porqués.

—¿Es pintora? —le preguntó.

Ella negó con la cabeza.

—Solo curiosa.

—¿Por qué su color preferido es el verde?

Ella suspiró y en sus ojos brilló la nostalgia.

—La hierba, supongo, y tal vez las hojas de los árboles. Pero principalmente la hierba. La sensación que produce cuando una corre descalza en verano. El olor que despide después de que los jardineros la han recortado dejándola pareja con sus guadañas.

—¿Qué tiene que ver el olor y la sensación que produce la hierba con el color?

—Nada, supongo. Y tal vez todo. Verá, yo vivía en el campo...

Se interrumpió bruscamente. No había sido su intención decirle ni siquiera eso, pero bueno, ¿qué mal podía haber en que él supiera ese detalle inocente?

—¿Y era más feliz ahí? —preguntó él dulcemente.

Ella asintió, sintiendo un tímido revuelo de rubor en la piel, producido por un nuevo conocimiento. Seguro que lady Whistledown nunca había tenido una conversación con Benedict Bridgerton acerca de cosas más profundas, porque jamás había escrito que él era el hombre más perspicaz de Londres. Cuando él la miraba a los ojos, tenía la curiosa sensación de que le veía hasta el alma.

—Entonces debe de gustarle pasear por el parque —dijo él.

—Sí —mintió ella.

Jamás tenía tiempo para ir al parque. Araminta ni siquiera le daba un día libre, como a los demás criados.

—Tendremos que hacer un paseo juntos —dijo él.

Sophie evadió la respuesta, recordándole:

—Aún no me ha dicho por qué el azul es su color preferido.

Él ladeó ligeramente la cabeza y entrecerró los ojos, justo lo suficiente para darle a entender que había notado su evasiva. Pero dijo:

—No lo sé. Tal vez, como a usted, me recuerda algo que echo de menos. Hay un lago en Aubrey Hall, donde me crié, en Kent. Pero el agua siempre está más gris que azul.

—Probablemente refleja el cielo —comentó ella.

—Que la mayor parte del tiempo está más gris que azul —observó él, riendo—. Tal vez eso es lo que echo en falta: cielos azules y luz del sol.

—Si no lloviera, esto no sería Inglaterra —repuso ella sonriendo.

—Una vez fui a Italia. Allí siempre había sol.

—Un verdadero cielo.

—Eso diría uno, pero me sorprendí echando de menos la lluvia.

—No me lo puedo creer —exclamó ella, riendo—. Y a mí que me parece que me he pasado la mitad de mi vida mirando por la ventana y gruñéndole a la lluvia.

—Si no hubiera lluvia, la echaría de menos.

Sophie se puso pensativa. ¿Había cosas en su vida que echaría de menos si desaparecieran? No echaría de menos a Araminta, eso seguro, y tampoco a Rosamund. Tal vez echaría de menos a Posy, y ciertamente echaría de menos el sol que entraba por la ventana de su cuarto del ático por las mañanas. Echaría de menos las risas y bromas de los criados y que de tanto en tanto la incluyeran en la diversión, aun sabiendo que era la hija bastarda del difunto conde.

Pero no iba a echar en falta esas cosas, ni siquiera tendría la oportunidad de echarlas de menos, porque no iba a irse a ninguna parte. Después de esa noche, de esa increíble, maravillosa y mágica noche, volvería a su vida de siempre.

Pensaba que si fuera más fuerte, más valiente, se habría marchado de la casa Penwood hacía años. ¿Pero eso le habría cambiado en algo la vida? Bien que no le gustaba vivir con Araminta, pero marcharse no mejoraría su vida. Tal vez le habría gustado ser una institutriz, y sin duda estaba bien cualificada para ese trabajo, pero esos empleos eran escasos para mujeres sin recomendaciones, y estaba clarísimo que Araminta no le daría ninguna.

—Está muy callada —dijo Benedict dulcemente.

—Estaba pensando.

—¿En qué?

—En lo que echaría de menos y no echaría de menos si mi vida cambiara drásticamente.

La mirada de él se intensificó.

—¿Y supone que va a cambiar drásticamente?

Ella negó con la cabeza y trató de eliminar la tristeza de su voz al contestar:

—No.

—¿Y desea que cambie? —dijo él en voz muy baja, casi en un susurro.

—Sí —suspiró ella, y añadió, sin poder contenerse—: ¡Oh, sí!

Él le cogió las manos, las llevó hasta sus labios y le besó suavemente cada una.

—Entonces comenzaremos inmediatamente —prometió—. Y mañana estará transformada.

—Esta noche estoy transformada —susurró ella—. Mañana ya habré desaparecido.

Benedict la atrajo hacia él y depositó el más suavísimo y fugaz beso en su frente.

—Entonces tenemos que envolver toda una vida en esta noche.

3

Esta autora espera con la respiración agitada ver qué disfraces elegirá la alta sociedad para el baile de máscaras de los Bridgerton. Se rumorea que Eloise Bridgerton tiene planeado vestirse de Juana de Arco y Penelope Featherington, que se presenta en su tercera temporada y acaba de regresar de una visita a sus primos irlandeses, se disfrazará de duende. La señorita Posy Reiling, hijastra del difunto conde de Penwood, piensa ponerse un disfraz de sirena, el cual esta autora no ve las horas de contemplar; en cambio, su hermana mayor, la señorita Rosamund Reiling, ha tenido muy en secreto su disfraz.

En cuanto a los hombres, si podemos guiarnos por bailes de máscaras anteriores, los gordos se vestirán de Enrique VIII, los más esbeltos de Alejandro Magno o tal vez de demonios, y los hastiados (seguro que los cotizados hermanos Bridgerton entran en esta categoría) llevarán el traje negro de noche normal con solo un antifaz para hacer honor a la ocasión.

Revista de Sociedad de Lady Whistledown
5 de junio de 1815

—Baile conmigo —dijo Sophie impulsivamente.

Él sonrió, divertido, pero entrelazó firmemente los dedos con los de ella.

—Creí que no sabía bailar.

—Pero usted dijo que me enseñaría.

Él la miró fijamente durante un largo rato, perforándole los ojos con los suyos. Después le tironeó la mano.

—Venga conmigo.

Llevándola él cogida de la mano, avanzaron por el corredor, subieron un tramo de escalera, continuaron por otro corredor, doblaron una esquina y llegaron a un par de puertas acristaladas. Benedict giró las manillas de hierro forjado y abrió las puertas, que daban a una pequeña terraza adornada con plantas en macetas y dos divanes.

—¿Dónde estamos? —preguntó ella, mirando alrededor.

—Justo encima de la terraza del salón —contestó él, cerrando las puertas—. ¿Oye la música?

Lo que oía ella principalmente era el murmullo de conversaciones, pero aguzando los oídos logró oír débilmente la melodía que estaba tocando la orquesta.

—Haendel —exclamó, sonriendo encantada—. Mi institutriz tenía una caja de música con esa melodía.

—Amaba mucho a su institutriz —dijo él en voz baja.

Ella había cerrado los ojos siguiendo la música, pero al oír esas palabras, los abrió sorprendida.

—¿Cómo lo sabe?

—Tal como supe que era más feliz en el campo. —Le tocó la mejilla y deslizó lentamente un dedo enguantado por su piel hasta llegar al contorno de la mandíbula—. Lo veo en su cara.

Ella guardó silencio un momento y luego se apartó.

—Sí, bueno, pasaba más tiempo con ella que con cualquier otra persona de la casa.

—Da la impresión de que se crio muy solitaria —comentó él, dulcemente.

—A veces me lo parecía. —Caminó hasta la orilla del balcón, apoyó las manos en la baranda y contempló la negra noche—. A veces no.

Repentinamente se giró hacia él con una alegre sonrisa, y él comprendió que no le revelaría nada más acerca de su infancia.

—Su educación debió de ser todo lo contrario de solitaria —comentó ella—, con tantos hermanos y hermanas.

—Sabe quién soy.

Ella asintió.

—No desde el principio.

Él caminó hasta la baranda, apoyó una cadera en ella y se cruzó de brazos.

—¿Qué me delató?

—Su hermano. Se parecen tanto que...

—¿Incluso con nuestros antifaces?

—Incluso con los antifaces —repuso ella, sonriendo complacida—. Lady Whistledown escribe con mucha frecuencia acerca de ustedes, y jamás deja pasar la oportunidad de comentar lo mucho que se parecen todos.

—¿Y sabe qué hermano soy?

—Benedict. Eso si lady Whistledown no se equivoca al decir que usted es el más alto entre sus hermanos.

—Toda una detective, ¿eh?

Ella pareció ligeramente azorada.

—Simplemente leo una hoja de cotilleos. Eso no me hace diferente del resto de las personas que están aquí.

Benedict la observó un momento, pensando si ella se habría dado cuenta de que acababa de revelarle otro dato para resolver el rompecabezas de su identidad. Si solo lo había reconocido por lo que había leído en *Whistledown*, quería decir que no hacía mucho que la habían presentado en sociedad, o tal vez ni siquiera la habían presentado. En todo caso, no era una de las muchas damitas que le había presentado su madre.

—¿Qué más sabe de mí por *Whistledown*? —le preguntó, con su media sonrisa perezosa.

—¿Busca algún cumplido? —preguntó ella, correspondiéndole la media sonrisa con un ligerísimo sesgo en sus labios—. Porque tiene que saber que los Bridgerton casi siempre se libran de las estocadas de su pluma. Lady Whistledown casi siempre es elogiosa cuando escribe sobre su familia.

—Eso lleva a muchas elucubraciones respecto a su identidad —reconoció él—. Hay quienes piensan que tiene que ser una Bridgerton.

—¿Lo es?

—No, que yo sepa —repuso él, encogiéndose de hombros—. Y no ha contestado mi pregunta.

—¿Qué pregunta era?

—Qué sabe de mí por *Whistledown*.

—¿De veras le interesa? —preguntó ella, sorprendida.

—Si no puedo saber nada de usted, al menos podría saber qué sabe de mí.

Ella sonrió y se tocó el labio inferior con el índice, en un encantador gesto de distracción.

—Bueno, veamos. El mes pasado usted ganó una tonta carrera de caballos en Hyde Park.

—No fue nada tonta —dijo él sonriendo—, y soy cien libras más rico gracias a ella.

Ella le dirigió una mirada traviesa.

—Casi siempre son tontas las carreras de caballos.

—Dicho como lo diría cualquier mujer —masculló él.

—Bueno...

—No explique lo obvio —interrumpió él.

Eso la hizo sonreír.

—¿Qué más sabe?

—¿Por *Whistledown*? —Se dio unos golpecitos en la mejilla con el dedo—. Una vez le cortó la cabeza a la muñeca de su hermana.

—Y todavía estoy tratando de descubrir cómo supo eso —masculló Benedict.

—Quizá lady Whistledown es una Bridgerton, después de todo.

—Imposible. Y no que no seamos lo bastante inteligentes para serlo —añadió con cierta energía—. Lo que pasa es que el resto de la familia es demasiado inteligente para no descubrirlo.

Ella se echó a reír y él la observó atentamente, pensando si se daría cuenta de que acababa de darle otra pista respecto a su identidad. Ya hacía dos años que lady Whistledown escribiera sobre ese desafortunado encuentro de la muñeca con una guillotina; fue en una de sus primerísimas columnas. En la actualidad muchas personas de todo el país recibían la hoja de cotilleos, pero al comienzo, *Whistledown* era exclusivamente para londinenses.

Eso significaba que la misteriosa dama vivía en Londres hacía dos años. Y sin embargo solo supo quién era él cuando conoció a Colin.

Había estado en Londres, pero no había sido presentada en sociedad. Tal vez era la menor de la familia y leía *Whistledown* mientras sus hermanas mayores disfrutaban de las temporadas.

Eso no era dato suficiente para descubrir quién era, pero era un comienzo.

—¿Qué más sabe? —le preguntó, impaciente por ver si ella le revelaba algo más sin darse cuenta.

Ella se echó a reír; lo estaba pasando en grande, eso estaba claro.

—Su nombre no ha estado ligado a ninguna damita, y su madre desespera por verlo casado.

—La presión ha disminuido un poco ahora que mi hermano fue y se consiguió esposa.

—¿El vizconde?

Benedict asintió.

—Lady Whistledown también escribió sobre eso.

—Con gran detalle. Aunque —se le acercó más y bajó la voz— no tenía todos los hechos.

—¿No? —preguntó ella, muy interesada—. ¿Qué se le escapó?

Él emitió un tss-tss y negó con la cabeza.

—No le voy a revelar los secretos del cortejo de mi hermano si usted no me quiere revelar ni siquiera su nombre.

Ella emitió un bufido.

—«Cortejo» podría ser una palabra muy fuerte. Vamos, lady Whistledown escribió...

—Lady Whistledown —interrumpió él, con una sonrisa vagamente burlona— no está enterada de todo lo que ocurre en Londres.

—Ciertamente parece estar enterada de la mayoría de las cosas.

—¿Usted cree? Yo tiendo a disentir. Por ejemplo, sospecho que si lady Whistledown estuviera aquí en la terraza, no sabría su identidad.

Por el agujero del antifaz vio que ella agrandaba los ojos, y eso le produjo cierta satisfacción. Se cruzó de brazos.

—¿Es cierto eso?

Ella asintió.

—Pero es que estoy tan bien disfrazada que nadie me reconocería en estos momentos.

Él arqueó una ceja.

—¿Y si se quitara el antifaz? ¿La reconocería entonces?

Ella se apartó de la baranda y avanzó unos pasos hacia el centro de la terraza.

—Eso no lo contestaré.

Él la siguió.

—Ya me lo parecía. Pero quise preguntarlo de todos modos.

Sophie se giró y se quedó sin aliento al ver que él estaba a menos de un palmo de ella. Lo había oído seguirla, pero no se imaginó que estuviera tan cerca. Abrió los labios para hablar, pero con inmensa sorpresa, no supo qué decir. Al parecer, lo único que sabía hacer era mirarlo, mirar esos ojos oscuros, oscuros, que la perforaban desde detrás del antifaz.

Hablar era imposible. Incluso respirar era difícil.

—Aún no ha bailado conmigo —dijo él.

Ella no se movió. Se quedó donde estaba cuando él le puso su enorme mano en la espalda, a la altura de la cintura. Le hormigueó la piel en el lugar del contacto, y sintió el aire denso, caliente.

Eso era deseo, comprendió. Eso era lo que había oído a las criadas cuando hablaban en susurros. Eso era lo que ninguna dama de buena crianza debía ni siquiera saber.

Pero ella no era una dama de buena crianza, pensó desafiante. Era una hija ilegítima, la bastarda de un noble. No era miembro de la alta sociedad ni lo sería jamás. ¿Tenía que atenerse a sus reglas?

Siempre había jurado que jamás sería la amante de un hombre, que jamás traería un hijo al mundo a sufrir el destino de un bastardo. Pero tampoco había planeado nada tan atrevido. Eso solo era un baile, una velada, tal vez un beso.

Eso bastaba para arruinar una reputación, ¿pero qué tipo de reputación tenía ella, para empezar? Estaba excluida de la sociedad, era una inaceptable. Y deseaba una noche de fantasía.

Levantó la cara.

—O sea que no va a huir —musitó él, sus ojos oscuros destellando algo ardiente y excitante.

Ella negó con la cabeza, comprendiendo otra vez que él le había leído los pensamientos. Debería asustarla que él le leyera la mente con tanta facilidad, pero en la oscura seducción de la noche, mientras el aire le movía las guedejas sueltas, y la música subía desde el salón, eso era algo emocionante.

—¿Dónde pongo la mano? —preguntó—. Quiero bailar.

—Sobre mi hombro —explicó él—. No, un poco más abajo. Ahí.

—Seguro que me cree la más tonta de las tontas. No saber bailar...

—En realidad creo que es muy valiente por reconocerlo. —Con la mano libre buscó la mano libre de ella, se la cogió y la levantó lentamente—. La mayoría de las mujeres que conozco habrían fingido desinterés o una lesión.

Ella lo miró a los ojos, aun sabiendo que eso la dejaría sin aliento.

—No tengo la habilidad de actriz para fingir desinterés.

La mano en la espalda la apretó un poco más.

—Escuche la música —le dijo él, con la voz extrañamente ronca—. ¿Nota cómo sube y baja?

Ella negó con la cabeza.

—Ponga más atención —le susurró él, acercándole los labios al oído—. Un dos tres; un dos tres —continuó acentuando el «un».

Sophie cerró los ojos y trató de desentenderse del interminable murmullo de conversaciones en el salón hasta que por fin lo único que oía era el crescendo de la música. Empezó a respirar más lento y de pronto se encontró meciéndose al ritmo de la música, moviendo la cabeza atrás y adelante, mientras Benedict le daba sus instrucciones numéricas.

—Un dos tres; un dos tres.

—La siento —susurró ella.

Él sonrió. No supo cómo sabía eso; seguía con los ojos cerrados. Pero percibió su sonrisa, la oyó en su respiración.

—Muy bien —dijo él—. Ahora míreme los pies y permítame que la guíe.

Ella abrió los ojos y le miró los pies.

—Un dos tres; un dos tres.

Vacilante, hizo los pasos con él, y justo le pisó el pie.

—¡Uy! ¡Perdón!

—Mis hermanas lo han hecho mucho peor —le aseguró él—. No renuncie.

Ella volvió a intentarlo y de pronto sus pies sabían qué hacer.

—¡Oohh! —suspiró, sorprendida—. Esto es maravilloso.

—Levante la vista —le ordenó él, suavemente.

—Pero me tropezaré.

—No. Yo lo evitaré —le prometió él—. Míreme a los ojos.

Ella obedeció y en el instante en que sus ojos se encontraron con los de él, algo pareció caer en su lugar en su interior, y no pudo desviar la vista. Él la hizo girar en círculos y espirales por toda la terraza, al principio lento, después más y más rápido, hasta que ella estaba sin aliento y algo mareada.

Y durante todo eso, sus ojos estaban clavados en los de él.

—¿Qué siente? —le preguntó Benedict.

—¡Todo! —contestó ella, riendo.

—¿Qué oye?

—La música. —Agrandó los ojos, entusiasmada—. Oigo la música como no la había oído nunca antes.

Él aumentó la presión de la mano en la espalda y el espacio entre ellos disminuyó en varias pulgadas.

—¿Qué ve? —le preguntó él.

Ella tropezó, pero no apartó los ojos de los de él.

—Mi alma —susurró—. Veo mi alma.

—¿Qué ha dicho? —susurró él, dejando de bailar.

Ella guardó silencio. El momento le parecía muy intenso, muy importante, y tenía miedo de estropearlo.

No, eso no era cierto. Tenía miedo de mejorarlo, y de que eso la hiciera sufrir más aún cuando volviera a la realidad a medianoche.

¿Cómo demonios iba a volver a limpiar los zapatos de Araminta después de eso?

—Sé lo que dijo —dijo Benedict con voz ronca—. La oí, y...

—No diga nada —lo interrumpió ella.

No quería que él le dijera que sentía lo mismo, no quería oír nada que la hiciera suspirar por ese hombre eternamente.

Pero tal vez ya era demasiado tarde para eso.

Él la miró fijo durante un momento terriblemente largo, y luego dijo:

—No hablaré. No diré ni una sílaba.

Y entonces, antes de que ella tuviera un segundo para respirar, los labios de él estaban sobre los suyos, exquisitamente suaves, seductoramente tiernos.

Con intencionada lentitud, él deslizó los labios sobre los de ella, y ese delicado roce le produjo a ella espirales de estremecimientos y hormigueos por todo el cuerpo.

Él le tocaba los labios y ella lo sentía en los dedos de los pies. Era una sensación singularmente extraña, singularmente maravillosa.

Entonces la mano que él tenía apoyada en su espalda, la que la había guiado con tanta facilidad durante el vals, comenzó a acercarla más hacia él. La presión era lenta pero inexorable, y ella fue sintiendo más y más calor a medida que sus cuerpos estaban más cerca, y prácticamente se sintió arder cuando repentinamente sintió todo el largo de su cuerpo apretado contra el de ella.

Él parecía muy grande y muy potente, y en sus brazos se sentía como si fuera la mujer más hermosa del mundo.

De pronto todo le pareció posible, tal vez incluso una vida libre de servidumbre y estigma.

La boca de él se hizo más apremiante, y con la lengua le hizo cosquillas en la comisura de la boca. La mano con que él todavía sostenía la de ella en la postura para el vals, se deslizó por su brazo y luego subió por su espalda hasta posarse en la nuca, donde le acarició las guedejas sueltas de su peinado.

—Tu pelo es como la seda —susurró él.

Ella se echó a reír, porque él llevaba guantes.

Él se apartó y la miró con expresión divertida.

—¿De qué te ríes?

—¿Cómo puedes saber cómo es mi pelo? Llevas guantes.

Él sonrió, una sonrisa sesgada, de niño, que le produjo revoloteos en el estómago y le derritió el corazón.

—No sé cómo lo sé, pero lo sé —dijo. Con la sonrisa más sesgada aún, añadió—: Pero para estar seguro, tal vez sea mejor tocarlo con la mano sin guante. —Puso la mano delante de ella—. ¿Me harás el honor?

Sophie le miró la mano unos segundos y de pronto comprendió lo que quería decir. Haciendo una inspiración temblorosa y nerviosa, retrocedió un paso y acercó las dos manos a la de él. Lentamente fue cogiendo las puntas de cada dedo, dándoles un tironcito, y así fue soltando la fina tela hasta que al fin pudo sacar todo el guante de su mano.

Con el guante colgando de sus dedos, le miró la cara. Él tenía una expresión de lo más rara en sus ojos. Hambre... y algo más; algo casi espiritual.

—Deseo acariciarte —susurró él.

Ahuecando la mano sin guante en su mejilla, le acarició suavemente la piel con las yemas de los dedos, deslizándolos hasta tocarle el pelo cerca de la oreja. Tironeó con suma suavidad hasta soltarle una guedeja. Liberada de las horquillas, la guedeja se enroscó en un amplio rizo, y Sophie no pudo apartar los ojos de su mechón de pelo dorado enrollado en el índice de él.

—Estaba equivocado —musitó él—. Es más suave que la seda.

De pronto ella sintió un feroz deseo de acariciarlo de la misma manera. Levantó la mano.

—Ahora me toca a mí —dijo en voz baja.

Con los ojos relampagueantes, él se puso a trabajar en el guante, soltándoselo en las puntas de los dedos, tal como había hecho ella. Pero luego, en lugar de quitárselo, puso los labios en el borde del largo guante y desde allí los deslizó hasta más arriba del codo, besándole la sensible piel del interior del brazo.

—También es más suave que la seda —susurró.

Con la mano libre, Sophie le cogió el hombro, ya nada segura de su capacidad de mantenerse firme sobre sus pies.

Él fue sacándole el guante, deslizándolo con terrible lentitud por el brazo, siguiendo su avance con los labios hasta llegar al interior del codo. Casi sin interrumpir el beso, la miró y le dijo:

—¿No te importa si me quedo aquí un momento?

Ella negó con la cabeza, impotente.

Él deslizó la lengua por la curva del codo.

—¡Ooooh! —gimió ella.

—Pensé que podría gustarte eso —dijo él, quemándole la piel con sus palabras.

Ella asintió. O mejor dicho, tuvo la intención de asentir. No sabía si lo consiguió.

Los labios de él continuaron su ruta, deslizándose seductoramente por el antebrazo hasta llegar al interior de la muñeca. Allí se detuvieron un momento y luego fueron a posarse en el centro mismo de la palma.

—¿Quién eres? —le preguntó, levantando la cabeza, pero sin soltarle la mano.

Ella negó con la cabeza.

—Tengo que saberlo.

—No puedo decirlo. —Al ver que él no aceptaría una negativa, añadió la mentira—: Todavía.

Él le cogió un dedo y lo frotó suavemente con los labios.

—Quiero verte mañana —le dijo dulcemente—. Deseo ir a visitarte y ver dónde vives.

Ella no contestó, simplemente se mantuvo firme, tratando de no llorar.

—Deseo conocer a tus padres y darle unas palmaditas a tu condenado perro —continuó él, con la voz algo trémula—. ¿Comprendes lo que quiero decir?

De abajo seguían llegando los sonidos de la música y la conversación, pero lo único que ellos oían en la terraza era el sonido áspero de sus respiraciones.

—Deseo... —su voz ya era un murmullo, y en sus ojos apareció una vaga expresión de sorpresa, como si no pudiera creer la verdad de sus palabras—. Deseo tu futuro. Deseo todos los trocitos de ti.

—No digas nada más —le suplicó ella—. Por favor, no digas ni una palabra más.

—Entonces dime tu nombre. Dime cómo encontrarte mañana.

—Eh... —En ese instante oyó un extraño sonido, exótico y vibrante—. ¿Qué es eso?

—Un gong —respondió él—. Para señalar que es la hora de quitarse las máscaras.

—¿Qué? —preguntó ella, aterrada.

—Debe de ser la medianoche.

—¿Medianoche? —exclamó ella.

—La hora de que te quites la máscara.

Sin darse cuenta, Sophie se llevó la mano a la sien y la apretó sobre el antifaz, como si pudiera pegárselo a la cara por pura fuerza de voluntad.

—¿Te sientes mal? —le preguntó Benedict.

—Tengo que irme —exclamó ella y, sin añadir palabra, se cogió la falda y salió corriendo de la terraza.

—¡Espera! —lo oyó gritar.

Sintió la ráfaga de aire que produjo él al mover el brazo en un vano intento de cogerle el vestido.

Pero ella era rápida y, tal vez más importante aún, se encontraba en un estado de terror absoluto, y bajó la escalera como si el fuego del infierno fuera mordiéndole los talones.

Irrumpió en el salón de baile. Sabiendo que Benedict resultaría un resuelto perseguidor, tenía más posibilidades de que él le perdiera la pista en medio de una gran muchedumbre. Solo tenía que atravesar el salón, para poder salir por la puerta lateral y dar la vuelta a la casa por fuera hasta donde la esperaba el coche.

Los invitados se estaban quitando las máscaras y era enorme el bullicio con las fuertes risas. Se fue abriendo camino, sorteando y empujando lo que fuera para llegar al otro lado del salón. Desesperada miró atrás por encima del hombro. Benedict ya había entrado en el salón y estaba escrutando la muchedumbre con su intensa mirada. Al parecer no la había visto todavía, pero ella sabía que la vería; su vestido plateado la convertía en objetivo fácil.

Continuó apartando a personas de su camino. La mitad de ellas casi ni se fijaban; tal vez estaban demasiado borrachas.

—Perdón —musitó, al enterrarle el codo en las costillas a un Julio César.

Oyó otro «perdón», que más parecía un gruñido; eso fue cuando Cleopatra le pisó un dedo del pie.

—Perdón —exclamó, y prácticamente se quedó sin aliento, porque se encontró cara a cara con Araminta.

O, mejor dicho, cara a máscara, porque ella seguía con el antifaz puesto. Pero si alguien podía reconocerla, esa era Araminta. Y entonces...

—¡Mira por dónde pisas! —dijo Araminta altivamente.

Y mientras ella la miraba boquiabierta, paralizada, Araminta se recogió la falda de reina Isabel y se alejó.

Bueno, Araminta no la había reconocido. Si no hubiera estado tan desesperada por salir de la casa Bridgerton antes de que Benedict le diera alcance, se habría detenido a reírse encantada.

Nuevamente miró hacia atrás. Benedict la había visto y estaba abriéndose paso entre la muchedumbre con mucha más eficiencia que ella. Tragando saliva sonoramente y con renovada energía, continuó y casi tiró al suelo a dos diosas griegas antes de llegar por fin a la puerta lateral.

Volvió la cabeza el tiempo suficiente para ver a Benedict detenido por una anciana con un bastón, salió corriendo por la puerta, corriendo dio la vuelta a la casa hasta la fachada, donde la esperaba el coche de la casa Penwood, tal como le dijera la señora Gibbons.

—¡Vamos, vamos! —gritó desesperada al cochero.

Y el coche emprendió la marcha.

4

Más de un invitado al baile de máscaras ha informado a esta autora que a Benedict Bridgerton se le vio en compañía de una dama desconocida que vestía un traje plateado.

Por mucho que lo ha intentado, esta autora ha sido absolutamente incapaz de descubrir la identidad de la misteriosa dama. Y si esta autora no ha podido descubrir la verdad, podéis estar seguros de que su identidad es un secreto muy bien guardado.

Revista de Sociedad de Lady Whistledown
7 de junio de 1815

Ella había desaparecido.

De pie delante de la casa Bridgerton, en la acera, Benedict escudriñó la calle. Era una locura. Toda Grosvenor Square estaba atiborrada de coches. Ella podía estar en cualquiera de ellos, o simplemente sentada en algún lugar sobre los adoquines, protegiéndose del tráfico. También podía estar en uno de los tres coches que acababan de salir del enredo y desaparecido en la esquina.

Fuera como fuera, ya no estaba.

Estaba medio dispuesto a estrangular a lady Danbury, que le enterró el bastón en el pie e insistió en darle la opinión de la mayoría de los disfraces de los invitados. Cuando logró librarse de ella, su dama misteriosa había desaparecido por la puerta lateral del salón de baile.

Y él sabía que ella no tenía la menor intención de permitir que la volviera a ver.

Soltó una maldición con bastante rabia. De todas las damas que le había presentado su madre, y eran muchísimas, con ninguna de ellas había sentido la misma conexión espiritual que ardiera entre él y la dama vestida de plata. Desde el momento en que la vio, no, desde un momento antes de verla, cuando solo sentía su presencia, había notado el aire vivo, crujiente de tensión y excitación. Y él también se había sentido vivo, vivo de una manera que hacía años que no sentía, como si de pronto todo fuera nuevo, resplandeciente, lleno de pasión y sueños.

Y sin embargo...

Volvió a maldecir, esta vez con un punto de pesar.

Y sin embargo, ni siquiera sabía de qué color tenía los ojos.

Ciertamente no eran castaño oscuro. De eso estaba seguro. Pero con la tenue iluminación de las velas esa noche, no había logrado discernir si eran azules o verdes, o castaño claro o grises. Eso lo roía, le producía una abrasadora sensación de hambre en la boca del estómago.

Decían que los ojos son las ventanas del alma. Si de verdad había encontrado a la mujer de sus sueños, aquella con la que podía por fin imaginarse una familia y un futuro, por Dios que tenía que saber de qué color tenía los ojos.

No le resultaría fácil encontrarla. No podía ser fácil encontrar a una persona que no quiere que la encuentren, y ella le había dejado muy claro que su identidad era un secreto.

Los datos de que disponía eran insignificantes, mirados en su mejor aspecto. Unos pocos comentarios respecto a la columna de lady Whistledown y...

Miró el guante que todavía tenía cogido en la mano derecha. Había olvidado que lo tenía mientras se abría paso por el salón. Se lo acercó a la cara para aspirar su aroma, y muy sorprendido comprobó que no olía a agua de rosas ni a jabón, como olía su misteriosa dama. Tenía un olor más bien rancio, como si hubiera estado guardado muchos años en un arcón en un ático.

Eso era extraño. ¿Por qué llevaría unos guantes antiguos?

Le dio vueltas en la mano, como si ese movimiento la fuera a traer de vuelta, y entonces fue cuando vio un diminuto bordado en el borde.

SLG. Esas eran iniciales del nombre de alguien.

¿De ella tal vez?

Y un blasón de familia. Uno que no reconocía.

Pero su madre lo sabría. Su madre siempre sabía ese tipo de cosas. Era posible que si conocía el blasón también supiera de quién eran las iniciales.

Sintió su primer asomo de esperanza. La encontraría.

La encontraría y la haría suya. Era así de sencillo.

A Sophie le llevó una escasa media hora volver a su monótono estado normal. Desaparecidos estaban el vestido, los brillantes pendientes y el elegante peinado. Los zapatos enjoyados estaban muy bien ordenaditos en el ropero de Araminta, el pintalabios que usara la criada para pintarle los labios había retornado a su lugar en el tocador de Rosamund. Incluso había dedicado cinco minutos a masajearse la cara para hacer desaparecer las marcas dejadas por el antifaz.

Estaba como siempre antes de acostarse: sencilla, ordinaria, sin pretensiones, el pelo recogido en una trenza suelta, los pies metidos en medias de abrigo para protegerse del frío aire nocturno.

Volvía a parecer lo que era en realidad, nada más que una criada. Había desaparecido todo rastro de la princesa de cuento de hadas que había sido durante una corta velada.

Y lo más triste de todo, había desparecido su príncipe de cuento de hadas.

Benedict Bridgerton era todo lo que había leído sobre él en *Whistledown*. Apuesto, fuerte, gallardo. Era el tema de los sueños de una joven, pero no, pensó tristemente, de sus sueños. Un hombre como ese no se casa con la bastarda de un conde. Y ciertamente no se casa con una criada.

Pero por una noche había sido de ella, y eso tendría que bastarle.

Cogió un perro de peluche que tenía desde que era pequeña. Lo había conservado todos esos años como recordatorio de tiempos más felices. Normalmente lo tenía sobre la cómoda, pero por algún motivo, esa noche deseaba tenerlo más cerca. Se metió en la cama con el perrito bajo el brazo y se acurrucó bajo las mantas.

Después cerró los ojos, mordiéndose el labio mientras unas lágrimas silenciosas caían sobre la almohada.

Era una noche larga, muy larga.

—¿Reconoces esto?

Sentado junto a su madre en su muy femenina sala de estar decorada en rosa y crema, Benedict Bridgerton le enseñó su único vínculo con la mujer vestida de plata. Violet Bridgerton cogió el guante y miró detenidamente el blasón. No tardó más de un segundo en declarar:

—Penwood.

—¿Como el conde de...?

Ella asintió.

—Y la ge podría ser de Gunningworth. Si no recuerdo mal, hace poco el título recayó fuera de la familia. El conde murió sin dejar descendencia. Ah, debe de hacer unos seis o siete años de esto. El título pasó a un primo lejano. Y —añadió, moviendo la cabeza desaprobadora— anoche olvidaste bailar con Penelope Featherington. Por suerte tu hermano estaba allí para bailar con ella en tu lugar.

Benedict reprimió un gemido y trató de pasar por alto la regañina.

—¿De quién son entonces las iniciales ese, ele, ge?

Violet entrecerró sus ojos azules.

—¿Por qué te interesa?

—Supongo que no contestarás a mi pregunta sin hacerme una tuya —dijo Benedict en tono quejumbroso.

Ella emitió un muy educado bufido.

—Me conoces bien.

Benedict estuvo a punto de mirar al cielo y poner los ojos en blanco, pero se contuvo.

—¿A quién pertenece este guante, Benedict? —preguntó ella. Al ver que no contestaba con la rapidez que ella quería, añadió—: Bien que podrías contármelo todo. Sabes que lo descubriré muy pronto y será menos vergonzoso para ti si no tengo que hacerte preguntas.

Benedict exhaló un suspiro. Iba a tener que decírselo todo. O al menos, casi todo. Había pocas cosas que le gustaran menos que explicarle detalles de ese tipo a su madre; ella tendía a aferrarse a la más mínima esperanza de que él pudiera casarse, y se aferraba con la tenacidad de un percebe. Pero no tenía otra opción, si quería encontrarla.

—Anoche en el baile de máscaras conocí a alguien —dijo al fin.

Violet se cogió las manos, encantada.

—¿Sí?

—Ella fue el motivo de que olvidara bailar con Penelope.

Violet parecía a punto de morir de arrobamiento.

—¿Quién es? ¿Una de las hijas de Penwood? —Frunció el ceño—. No, eso es imposible. No tuvo hijas. Pero sí tenía hijastras. —Volvió a fruncir el ceño—. Aunque he de decir, habiendo conocido a esas dos muchachas..., bueno...

—¿Bueno qué?

Violet arrugó la frente, buscando palabras educadas.

—Bueno, simplemente no me habría imaginado que te interesaría una de ellas, eso es todo. Pero si te interesa —añadió con la cara considerablemente más alegre—, invitaré a la condesa viuda a tomar el té. Es lo menos que puedo hacer.

Benedict abrió la boca para decir algo y volvió a cerrarla al ver que su madre volvía a fruncir el ceño.

—¿Qué pasa ahora?

—Ah, nada. Solo que..., bueno...

—Suéltalo, madre.

Ella sonrió, una sonrisa débil.

—Lo que pasa es que no me cae particularmente bien la condesa viuda. Siempre la he encontrado algo fría y ambiciosa.

—Hay quienes dirían que tú eres ambiciosa también, madre —observó él.

Violet arrugó la nariz.

—Claro que tengo la gran ambición de que mis hijos hagan un buen y feliz matrimonio, pero no soy del tipo que casaría a una hija con un viejo de setenta años, simplemente porque es duque.

Benedict no logró recordar a ningún duque de setenta años haciendo un viaje al altar.

—¿Ha hecho eso la condesa?

—No, pero lo haría. Mientras que yo...

Benedict tuvo que reprimir una sonrisa al ver a su madre indicándose con un grandioso gesto.

—Permitiría que mis hijas se casaran con personas pobres si eso las hiciera felices.

Benedict arqueó una ceja.

—Tendrían que ser pobres de buenos principios y muy trabajadores, eso sí —continuó ella—. Ningún jugador necesita hacer proposiciones.

No queriendo reírse de su madre, Benedict tosió discretamente en su pañuelo.

—Pero tú no deberías preocuparte por mí —dijo Violet, mirándolo de reojo y luego pellizcándole suavemente el brazo.

—Pues sí que debo —se apresuró a decir él.

Ella sonrió, muy serena.

—Dejaré de lado mis sentimientos por la condesa viuda si quieres a una de sus hijas. —Lo miró esperanzada—. ¿Quieres a una de sus hijas?

—No tengo idea —reconoció Benedict—. No logré saber su nombre. Solo tengo su guante.

Violet lo miró severa.

—No te voy a preguntar cómo obtuviste su guante.

—Fue todo muy inocente, te lo aseguro.

La expresión de Violet era de enorme desconfianza.

—Tengo demasiados hijos varones para creerme eso —masculló.

—¿Y las iniciales? —le recordó él.

Violet volvió a mirar detenidamente el guante.

—Es bastante viejo —dijo.

—Yo también pensé eso —asintió él—. Huele un poco a rancio, como si hubiera estado guardado mucho tiempo.

—Y el bordado también está desgastado —comentó ella—. No sé qué podría significar la ele, pero la ese podría ser de Sarah, la madre del difunto conde, que también murió. Lo cual tendría sentido, dada la antigüedad del guante.

Benedict estuvo un rato mirando el guante en las manos de su madre. Al fin dijo:

—Estoy bastante seguro de que no conversé con un fantasma anoche. ¿A quién crees que podría pertenecer el guante?

—No tengo idea. A alguien de la familia Gunningworth, me imagino.

—¿Sabes dónde viven?

—Pues en la casa Penwood. El nuevo conde no las ha echado todavía. No sé por qué. Tal vez teme que deseen vivir con él cuando tome residencia. Creo que ni siquiera ha venido a la ciudad para la temporada. No lo conozco.

—¿Sabes por casualidad...?

—¿Dónde está la casa Penwood? —terminó ella—. Claro que sí. No está lejos, solo a unas cuantas manzanas de aquí.

Le dio la dirección y Benedict, en su prisa por ponerse en marcha, ya estaba a medio camino de la puerta cuando ella terminó.

—¡Ah, Benedict! —lo llamó ella, sonriendo muy divertida.

—¿Sí? —dijo él, volviéndose.

—Las hijas de la condesa se llaman Rosamund y Posy, por si te interesa.

Rosamund y Posy. Ninguno de los dos nombres le pareció adecuado, ¿pero qué sabía él? Era posible que su nombre Benedict no les pareciera adecuado a las personas que conocía. Giró sobre sus talones y nuevamente trató de salir, pero su madre lo detuvo con otro:

—¡Ah, Benedict!

Volvió a girarse.

—¿Sí, madre? —preguntó, en tono intencionadamente molesto.

—Me dirás lo que ocurre, ¿verdad?

—Por supuesto, madre.

—Mientes —dijo ella, sonriendo—. Pero te perdono. Es muy agradable verte enamorado.

—No estoy...

—Lo que tú digas, cariño —dijo ella, haciéndole un gesto de despedida.

Benedict decidió que no tenía ningún sentido contestar, así que sin nada más que una mirada al cielo con los ojos en blanco, salió de la sala y se apresuró a salir de la casa.

—¡Soooophiiie!

Sophie levantó bruscamente la cabeza. La voz de Araminta sonaba más airada que de costumbre, si eso era posible. Araminta siempre estaba molesta con ella.

—¡Sophie! Maldición, ¿dónde se ha metido esa muchacha infernal?

—Aquí está la muchacha infernal —masculló Sophie, dejando sobre la mesa la cuchara de plata que había estado puliendo. En su calidad de doncella de Araminta, Rosamund y Posy, no debería tener que añadir esa tarea a su lista de quehaceres, pero Araminta realmente se deleitaba en hacerla trabajar como una esclava.

Se levantó y salió al corredor. Solo Dios sabía por qué estaba fastidiada Araminta esta vez.

—Estoy aquí —gritó. Miró a uno y otro lado—. ¿Milady?

Apareció Araminta en la esquina del corredor, pisando fuerte.

—¿Qué significa esto? —chilló, levantando algo que tenía en la mano derecha.

Sophie le miró la mano y logró arreglárselas para reprimir una exclamación ahogada. Araminta tenía los zapatos que ella se había puesto la noche anterior.

—N-no sé q-qué quiere decir —tartamudeó.

—Estos zapatos son nuevos. ¡Nuevos!

Sophie guardó silencio hasta que cayó en la cuenta de que Araminta exigía una respuesta.

—Mmm, ¿cuál es el problema?

—¡Mira esto! —chilló Araminta, pasando el dedo por uno de los tacones—. Está rayado. ¡Rayado! ¿Cómo puede haber ocurrido esto?

—No lo sé, milady. Tal vez...

—No hay tal vez que valga. Alguien se ha puesto mis zapatos.

—Le aseguro que nadie se ha puesto sus zapatos —replicó Sophie, sorprendida de que la voz le saliera tan tranquila—. Todos sabemos lo delicada que es usted con su calzado.

Araminta entrecerró los ojos y la miró con desconfianza.

—¿Es un sarcasmo eso?

Sophie pensó que si Araminta tenía que preguntar quería decir que le había salido muy bien el sarcasmo.

—¡No, claro que no! —mintió—. Simplemente quise decir que usted cuida muy bien de sus zapatos. Duran más así. —Puesto que Araminta no decía nada, añadió—: Y eso significa que no tiene necesidad de comprar muchos pares.

Decir lo cual era una absoluta ridiculez, pues Araminta ya tenía más pares de zapatos que los que podría usar una persona en toda su vida.

—Esto es culpa tuya —gruñó la mujer.

Según Araminta, todo era siempre culpa de ella, pero esta vez tenía la razón, de modo que Sophie simplemente tragó saliva y dijo:

—¿Qué quiere que haga al respecto, milady?

—Quiero saber quién usó mis zapatos.

—Tal vez se rayaron en el armario —sugirió Sophie—. Tal vez usted los rozó por casualidad con el pie al pasar.

—¡Nunca hago nada «por casualidad»! —ladró Araminta.

Eso era cierto, pensó Sophie. Todo lo que hacía Araminta, lo hacía con intención.

—Puedo preguntarlo a las criadas. Tal vez alguna de ellas sepa algo.

—Las criadas son una manada de idiotas. Lo que saben cabe en la uña de mi dedo meñique.

Sophie esperó por si Araminta añadía «A excepción de ti», pero lógicamente no lo dijo.

—Puedo tratar de limpiarlo. Seguro que podré hacer algo para borrar la marca de rozadura.

—Los tacones están revestidos en satén —dijo Araminta, burlona—. Si logras encontrar una manera de pulir eso, tendríamos que admitirte en el Colegio Real de Científicos de Tejidos.

A Sophie le habría gustado preguntar si existía un Colegio Real de Científicos de Tejidos, pero Araminta no tenía mucho sentido del humor, ni siquiera cuando no estaba irritada. Hacer una broma en ese momento sería una clara invitación al desastre.

—Podría frotarlo —sugirió—. O cepillarlo.

—Haz eso. Por cierto, mientras estás en ello...

Maldición. Todo lo malo comenzaba cuando Araminta decía «Mientras estás en ello...».

—... podrías limpiar todos mis zapatos.

Sophie tragó saliva. La colección de zapatos de Araminta estaba formada por, al menos, ochenta pares.

—¿Todos?

—Todos. Y mientras estás en ello...

Bueno, ¿más aún?

—¿Lady Penwood?

Afortunadamente, Araminta se interrumpió a mitad de la orden para volverse a ver qué quería el mayordomo.

—Un caballero desea verla, milady —dijo él, pasándole una tarjeta de visita blanca.

Araminta la cogió y leyó el nombre. Agrandó los ojos.

—¡Oh! —Volviéndose al instante al mayordomo, ladró—: ¡Té! ¡Galletas! El mejor servicio de plata. ¡Inmediatamente!

El mayordomo se alejó a toda prisa, y Sophie se quedó mirando a Araminta con curiosidad no disimulada.

—¿Tal vez yo podría ayudar en algo? —preguntó.

Araminta pestañeó dos veces y la miró como si se hubiera olvidado de su presencia.

—No —espetó—. Estoy muy ocupada para molestarme contigo. Sube inmediatamente. —La miró otro momento, y añadió—: ¿Y qué estabas haciendo aquí, por cierto?

Sophie hizo un gesto hacia el comedor, de donde acababa de salir.

—Usted me pidió que puliera...

—Te pedí que te ocuparas de mis zapatos —chilló Araminta.

—Muy bien —dijo Sophie al fin. En su opinión, esa era una manera muy rara de actuar, incluso para Araminta—. Primero voy a guardar las...

—¡Sube ahora mismo!

Sophie corrió hacia la escalera.

—¡Espera!

—¿Sí? —preguntó, vacilante.

Araminta frunció los labios en un gesto nada atractivo.

—Asegúrate de que Rosamund y Posy estén bien peinadas.

—Por supuesto.

—Después puedes ordenarle a Rosamund que te encierre en mi ropero.

Sophie la miró fijamente. ¿Quería que ella diera la orden de que la encerraran en un ropero?

—¿Me has entendido?

Sophie ni siquiera logró hacer un gesto de asentimiento. Algunas cosas eran, sencillamente, demasiado humillantes.

Araminta se le acercó hasta poner la cara casi tocándole la de ella.

—No me has contestado. ¿Has entendido?

Sophie asintió, pero apenas. Al parecer, cada día que pasaba le proporcionaba más pruebas de la intensidad del odio que Araminta sentía por ella.

—¿Por qué me tiene aquí? —preguntó, antes de pensarlo mejor.

—Porque te encuentro útil —fue la respuesta.

Sophie se quedó un momento observándola alejarse y luego subió corriendo la escalera. Después de ver que los peinados de Rosamund y Posy estaban bastante aceptables, con un suspiro se acercó a Posy y le dijo:

—Enciérrame en ese ropero, por favor.

Posy la miró sorprendida.

—¿Qué has dicho?

—Me ordenaron que se lo pidiera a Rosamund, pero no me siento capaz de hacerlo.

Posy asomó la cabeza en el inmenso armario empotrado con gran interés.

—¿Puedo preguntar para qué?

—Tengo que limpiar los zapatos de tu madre.

Posy tragó saliva, incómoda.

—Lo siento.

—Yo también —dijo Sophie, suspirando—. Yo también.

5

Y para añadir otro comentario acerca del baile de máscaras, el disfraz de sirena de la señorita Posy Reiling fue algo desafortunado, pero no tan horroroso, en opinión de esta autora, como los de la señora Featherington y sus dos hijas mayores, que iban disfrazadas de frutero: Philippa de naranja, Prudence de manzana, y la señora Featherington de racimo de uvas.

Lamentablemente, ninguna de las tres se veía ni un poquitín apetitosa.

Revista de Sociedad de Lady Whistledown
7 de junio de 1815

¿En qué se había convertido su vida, que estaba obsesionado por un guante?, pensó Benedict. Desde el momento en que tomó asiento en la sala de estar de lady Penwood se había palpado unas diez veces el bolsillo de la chaqueta para cerciorarse de que el guante seguía ahí. Tan nervioso estaba, cosa rarísima en él, que no sabía bien qué le diría a la condesa viuda cuando llegara. Pero normalmente tenía bastante facilidad de palabra; ya se le ocurriría algo llegado el momento.

Golpeteando el suelo con el pie, miró el reloj de la repisa del hogar. Hacía unos quince minutos que le entregó su tarjeta al mayordomo, lo cual significaba que lady Penwood no tardaría mucho en aparecer. Parecía ser una regla no escrita que todas las damas de la alta sociedad hicieran esperar a sus visitas por lo menos quince minutos; veinte si se sentían especialmente malhumoradas.

¡Qué regla más estúpida!, pensó, irritado. Por qué el resto del mundo no valoraba la puntualidad, como él, era algo que no sabría jamás, pero...

—¡Señor Bridgerton!

Alzó la vista y vio entrar a una mujer rubia, bastante atractiva y vestida a la última moda. Le pareció vagamente conocida, pero eso era de esperar. Seguro que en muchas ocasiones habrían asistido a los mismos eventos sociales, aun cuando no los hubieran presentado.

—Usted debe de ser lady Penwood —dijo, levantándose y haciendo una cortés venia.

—Pues sí —repuso ella con una graciosa inclinación de la cabeza—. Estoy encantada de que haya decidido honrarnos con una visita. Ciertamente ya he informado a mis hijas de su presencia. No tardarán en bajar.

Benedict sonrió. Eso era exactamente lo que había esperado. Lo habría sorprendido si ella se hubiera comportado de otra manera. Ninguna madre de hijas casaderas desatendía jamás a un hermano Bridgerton.

—Me hace ilusión conocerlas —dijo.

Ella frunció ligeramente el ceño.

—¿Quiere decir que aún no las conoce?

¡Maldición! La señora quería saber por qué había ido a visitarlas.

—He oído decir cosas muy encantadoras de ellas —improvisó, tratando de no gruñir.

Si lady Whistledown llegaba a enterarse de esa visita, y al parecer se enteraba de todo, muy pronto se propagarían por toda la ciudad los rumores de que él andaba buscando esposa, y había puesto su interés en las hijas de la condesa. ¿Por qué, si no, iba a visitar a dos mujeres a las que ni siquiera había sido presentado?

Lady Penwood sonrió de oreja a oreja.

—Mi Rosamund está considerada una de las jóvenes más hermosas de la temporada.

—¿Y su Posy? —preguntó él con algo de perversidad.

A ella se le tensaron las comisuras de la boca.

—Posy es... eh... encantadora.

Él sonrió, benigno:

—No veo el momento de conocer a Posy.

Lady Penwood pestañeó y luego trató de disimular su sorpresa con una sonrisa un tanto dura.

—No me cabe duda de que a Posy le encantará conocerle.

En ese momento entró una criada con un servicio de té de plata, muy elegante, y a un gesto de lady Bridgerton, lo dejó sobre una mesa. Pero antes de que pudiera salir la criada, la condesa le preguntó (en tono algo brusco, en opinión de Benedict):

—¿Dónde están las cucharas Penwood?

La criada se inclinó en una venia bastante aterrada y contestó:

—Sophie las estaba puliendo en el comedor, milady, pero tuvo que subir cuando usted...

—¡Silencio! —interrumpió lady Penwood, aun cuando había sido ella la que preguntó por las cucharas—. Me imagino que el señor Bridgerton no será tan quisquilloso que necesite tomar el té con cucharillas con monograma.

—Claro que no —musitó Benedict, pensando que lady Penwood sí tenía que ser muy quisquillosa, si había sacado a relucir el tema.

—¡Vete! —ordenó la condesa a la criada agitando enérgicamente la mano—. ¡Fuera de aquí!

La criada se apresuró a salir y la condesa se volvió hacia él y le explicó:

—Nuestra mejor cubertería de plata lleva grabado el blasón Penwood.

—¿Ah, sí? —exclamó él, inclinándose un poco, con evidente interés. Esa habría sido una excelente manera de verificar que el blasón bordado en el guante era el de los Penwood—. No tenemos nada así en la casa Bridgerton —añadió, con la esperanza de que no fuera mentira; jamás se había fijado en la forma de los cubiertos—. Me encantaría verlo.

—¿Sí? —preguntó ella, con los ojos brillantes de admiración—. Sabía que era usted un hombre de buen gusto y refinamiento.

Benedict sonrió, principalmente para no gruñir.

—Tendré que enviar a alguien al comedor a buscar un cubierto. Suponiendo que esa muchacha infernal haya hecho su trabajo.

Al decir eso la boca le formó un rictus con las comisuras hacia abajo, de un modo nada atractivo, y Benedict observó que las arrugas de su entrecejo eran muy pronunciadas.

—¿Hay algún problema? —preguntó, cortésmente.

Ella negó con la cabeza y agitó una mano como para restarle importancia.

—Simplemente que es muy difícil encontrar buen personal de servicio. Seguro que su madre dice lo mismo todo el tiempo.

Su madre jamás decía eso, pensó Benedict, pero tal vez se debía a que en su casa trataban muy bien a todos los criados, por lo que estos eran muy fieles a la familia. Pero asintió de todos modos.

—Uno de estos días tendré que despedir a Sophie —continuó la condesa, sorbiendo por la nariz—. No es capaz de hacer nada bien.

Benedict sintió una vaga punzada de compasión por la pobre y desconocida Sophie. Pero lo último que deseaba era entrar en una conversación sobre la servidumbre con lady Penwood, de modo que cambió el tema haciendo un gesto hacia la tetera.

—Me imagino que el té ya está bien remojado.

—Ah, sí, por supuesto —dijo ella, mirando también la tetera y sonriendo—. ¿Cómo le gusta?

—Con leche y sin azúcar.

Mientras ella le servía la taza oyó el ruido de pies bajando la escalera, y se le aceleró el corazón. En cualquier momento aparecerían las hijas de la condesa en la puerta, y seguro que una de ellas sería la mujer que había conocido la noche anterior. Cierto que no le había visto gran parte de la cara, pero tenía bastante buena idea de su talla y altura. Y estaba bastante seguro de que tenía los cabellos largos y castaño claro.

Sí que la reconocería si la veía. ¿Cómo no iba a reconocerla?

Pero cuando entraron las dos damitas en la sala, supo al instante que ninguna de las dos era la mujer que ocupaba todos sus pensamientos. Una de ellas era demasiado rubia, y tenía un aire remilgado, muy afectado, toda una señorita melindres. No había alegría en su expresión, ni travesura en su sonrisa. La otra se veía bastante amistosa, pero era demasiado rolliza, y su pelo era muy oscuro.

Procuró ocultar su decepción. Sonrió durante las presentaciones y besó galantemente las manos de las dos, diciendo una o dos tonterías sobre lo encantado que estaba de conocerlas. Se empeñó decididamente en halagar a la regordeta, simplemente porque se veía a las claras que su madre prefería a la otra. Ese tipo de madres no merecían ser madres, pensó.

—¿Y tiene más hijos? —preguntó a la condesa cuando acabaron las presentaciones.

Ella lo miró extrañada.

—No, claro que no. Si los tuviera los habría hecho venir a conocerle.

—Pensé que tal vez podría tener hijos pequeños en la sala de estudios. Tal vez de su unión con el conde.

Ella negó con la cabeza.

—Mi matrimonio con lord Penwood no fue bendecido con hijos. Es una lástima que el título haya salido de la familia Gunningworth.

Benedict no pudo dejar de notar que la condesa parecía más irritada que entristecida por su falta de prole Penwood.

—¿Tenía hermanos o hermanas su marido? —preguntó, pensando si tal vez su dama misteriosa era una prima Gunningworth.

La condesa le dirigió una mirada suspicaz, la que él tuvo que reconocer que se merecía, tomando en cuenta que sus preguntas no eran las normales para una visita de tarde.

—Es evidente que mi marido no tenía ningún hermano —replicó la condesa—, puesto que el título salió de la familia.

Benedict comprendió que debía mantener cerrada la boca, pero había algo en esa mujer que lo irritaba tanto que no pudo resistirse a decir:

—Podría haber tenido un hermano que murió antes que él.

—Bueno, pues no.

Rosamund y Posy seguían con sumo interés la conversación, girando las cabezas de un lado a otro como si estuvieran viendo un partido de tenis.

—¿Y hermanas? —preguntó él—. En realidad, lo único que me mueve a hacer estas preguntas es que pertenezco a una familia muy numerosa. No me imagino con un solo hermano o una sola hermana —añadió, haciendo un gesto hacia Rosamund y Posy—. Pensé que tal vez sus hijas disfrutarían de la compañía de primos y primas.

Una explicación bastante débil, pensó, pero tendría que servir.

—Tenía una hermana —contestó la condesa, arrugando la nariz, desdeñosa—. Pero vivió y murió soltera. Era una mujer de inmensa fe, que eligió dedicar su vida a las obras de caridad.

Bueno, fin de la teoría de la prima.

—Disfruté muchísimo en su baile de máscaras anoche —dijo Rosamund repentinamente.

Benedict la miró sorprendido. Las dos muchachas habían estado tan calladas que él había olvidado que sabían hablar.

—En realidad fue el baile de mi madre. Yo no participé en la preparación. Pero le transmitiré su elogio.

—Por favor —dijo Rosamund—. ¿Disfrutó del baile, señor Bridgerton?

Benedict estuvo un momento mirándola antes de contestar. La joven tenía una expresión dura en los ojos, como si deseara una información concreta.

—Sí, mucho —contestó.

—Observé que pasó gran parte del tiempo con una dama en particular —insistió Rosamund.

Lady Penwood giró bruscamente la cabeza para mirarlo, pero no dijo nada.

—¿Sí? —musitó Benedict.

—Llevaba un traje plateado —continuó Rosamund—. ¿Quién era?

—Una mujer misteriosa —dijo él con una sonrisa enigmática. No había ninguna necesidad de que ellas supieran que para él también era un misterio.

—Supongo que a nosotras puede decirnos su nombre —terció lady Penwood.

Benedict se limitó a sonreír, y se levantó. No iba a obtener más información ahí.

—Me temo que debo marcharme, señoras —dijo afablemente, haciéndoles una cortés venia.

—Y al final no vio las cucharas —le recordó lady Penwood.

—Eso tendré que reservarlo para otra ocasión —dijo él.

Era improbable que su madre se hubiera equivocado respecto al blasón Penwood. Además, si pasaba otro rato más en compañía de la dura y rígida condesa de Penwood, igual podría vomitar.

—Ha sido agradable —mintió.

—Pues sí —convino lady Penwood, acompañándolo a la puerta—. Breve, pero agradable.

Benedict no se tomó la molestia de sonreír.

—¿Qué te parece que ha sido esto? —dijo Araminta cuando oyó cerrarse la puerta de calle, después de salir Benedict Bridgerton.

—Bueno —dijo Posy—, tal vez...

—No te lo he preguntado a ti —gruñó Araminta.

—Bueno, ¿a quién se lo preguntaste, entonces? —replicó Posy, con más sentido común del que la caracterizaba.

—Tal vez me vio de lejos —dijo Rosamund— y...

—¡No te vio de lejos! —ladró Araminta, atravesando la sala a largos pasos.

Rosamund retrocedió, sorprendida. Su madre rara vez le hablaba en tono tan impaciente.

—Tú misma dijiste que estaba enamorado de una mujer con vestido plateado.

—No dije «enamorado» exactamente.

—No me discutas por esas tonterías. Estuviera enamorado o no, no vino aquí en busca de ninguna de vosotras —dijo Araminta, recalcando el «vosotras», con su buena dosis de desdén—. No sé qué pretendía. Parecía... —Se interrumpió para caminar hasta la ventana. Haciendo a un lado la cortina, vio al señor Bridgerton en la acera sacando algo del bolsillo—. ¿Qué hace? —susurró.

—Creo que tiene un guante en la mano —dijo Posy, servicial.

—No es un guante —replicó Araminta, acostumbrada como estaba a contradecir lo que fuera que dijera Posy—. Vaya, pues sí que es un guante.

—Me parece que sé conocer un guante cuando veo uno —masculló Posy.

—¿Qué está mirando? —preguntó Rosamund, dando un codazo a su hermana para que se apartara.

—Hay algo en el guante —dijo Posy—. Tal vez un bordado. Tenemos algunos guantes con el blasón Penwood bordado en el borde. Tal vez ese tiene el mismo.

Araminta palideció.

—¿Te sientes mal, madre? —le preguntó Posy—. Estás muy pálida.

—Vino aquí en busca de ella —susurró Araminta.

—¿De quién? —preguntó Rosamund.

—La mujer del vestido plateado.

—Bueno, no la va a encontrar aquí —terció Posy—, puesto que yo fui de sirena y Rosamund de María Antonieta. Y tú de reina Isabel, claro.

—Los zapatos —exclamó Araminta—. Los zapatos.

—¿Qué zapatos? —preguntó Rosamund, irritada.

—Estaban rayados. Alguien usó mis zapatos. —La cara ya terriblemente pálida se le puso más blanca aún—. Era «ella». ¿Cómo lo hizo? Tuvo que ser ella.

—¿Quién? —inquirió Rosamund.

—Madre, ¿de verdad no te sientes mal? —volvió a preguntar Posy—. Estás muy rara.

Pero Araminta ya había salido corriendo de la sala.

—¡Zapato estúpido! —farfulló Sophie, frotando con un trapo el talón de uno de los zapatos más viejos de Araminta—. Estos no se los ha puesto desde hace años.

Acabó de sacar brillo a la punta y colocó el zapato en su lugar en la muy ordenada hilera. Pero aún no cogía otro par cuando se abrió bruscamente la puerta del armario y fue a chocar con la pared, con tanta fuerza que ella casi lanzó un chillido de sorpresa.

—¡Ay, Dios, qué susto me ha dado! —dijo a Araminta—. No la oí venir y...

—Recoge tus cosas y lárgate —le dijo Araminta en voz baja y cruel—. Te quiero fuera de esta casa a la salida del sol.

A Sophie se le cayó de la mano el trapo con que estaba dando lustre a los zapatos.

—¿Qué? ¿Por qué?

—¿He de tener un motivo? Las dos sabemos que hace un año dejé de recibir los fondos por tu cuidado. Baste decir que ya no te quiero aquí.

—¿Pero adónde iré?

Araminta entrecerró los ojos hasta dejarlos convertidos en dos feas rajitas.

—Ese no es problema mío, ¿verdad?

—Pero...

—Tienes veinte años. Edad más que suficiente para hacerte tu camino en el mundo. No habrá más mimos de mi parte.

—Jamás me ha mimado —repuso Sophie en voz baja.

—No te atrevas a contestarme.

—¿Por qué no? —replicó Sophie, con voz más aguda—. ¿Qué puedo perder? Me va a echar de la casa de todas maneras.

—Podrías tratarme con un poco de respeto —siseó Araminta, plantándole el pie sobre la falda, para clavarla en la posición de rodillas—, tomando en cuenta que todo este año te he vestido y alojado solo por la bondad de mi corazón.

—Usted no hace nada por la bondad de su corazón. —Tironeó la falda, pero esta estaba firmemente cogida bajo el tacón de Araminta—. ¿Por qué me ha mantenido aquí?

—Eres más barata que una criada normal —cacareó Araminta—, y disfruto dándote órdenes.

Sophie detestaba ser prácticamente la esclava de Araminta, pero la casa Penwood era un hogar después de todo. La señora Gibbons era su amiga y Posy normalmente era amistosa; el resto del mundo, en cambio, era... bueno... bastante temible. ¿Adónde podía ir? ¿Qué podía hacer? ¿Cómo se mantendría?

—¿Por qué ahora? —preguntó.

—Ya no me eres útil —repuso Araminta, encogiéndose de hombros.

Sophie miró la larga hilera de zapatos que acababa de limpiar.

—¿No?

Araminta presionó el puntiagudo tacón de su zapato sobre la falda, haciéndolo girar hasta romper la tela.

—Anoche fuiste al baile, ¿verdad?

Sophie sintió que la sangre le abandonaba la cara y comprendió que Araminta veía la verdad en sus ojos.

—N-no —mintió—. ¿Cómo iba a...?

—No sé cómo lo hiciste, pero sé que estuviste ahí. —Con el pie tiró un par de zapatos en su dirección—. Ponte estos zapatos.

Sophie miró los zapatos. Consternada vio que eran los de satén blanco cosidos con hilo de plata, los que se había puesto la noche anterior.

—¡Póntelos! —chilló Araminta—. Los pies de Rosamund y de Posy son demasiado grandes para estos zapatos. Tú eres la única que podrías haberlos usado anoche.

—¿Y por eso cree que fui al baile? —preguntó Sophie, con la voz trémula de terror.

—Ponte los zapatos, Sophie.

Se puso de pie y obedeció. Lógicamente, los zapatos le quedaban perfectos.

—Has sobrepasado tus límites —dijo Araminta en voz baja—. Hace muchos años te advertí de que no olvidaras tu lugar en este mundo. Eres hija ilegítima, una bastarda, el fruto de...

—¡Sé qué significa «bastarda»!

Araminta arqueó una ceja, burlándose altivamente de ese estallido.

—Eres indigna de alternar con la sociedad educada —continuó— y, sin embargo, te atreviste a simular que vales tanto como el resto de nosotros asistiendo al baile de máscaras.

—¡Sí, me atreví! —exclamó Sophie, ya sin importarle que Araminta hubiera descubierto su secreto—. Me atreví y volvería a atreverme. Mi sangre es tan azul como la suya, y mi corazón mucho más bondadoso, y...

Un instante estaba de pie chillándole a Araminta y el siguiente estaba en el suelo con la mano en la mejilla, roja por la bofetada.

—No te compares jamás conmigo —le advirtió Araminta.

Sophie continuó en el suelo. ¿Cómo pudo haberle hecho eso su padre, dejarla al cuidado de una mujer que la odiaba tanto? ¿Tan poco la quería? ¿O simplemente había estado ciego?

—Mañana por la mañana ya estarás fuera de aquí —continuó Araminta en voz baja—. No quiero volver a verte la cara.

Sophie se levantó y fue hasta la puerta. Araminta le puso violentamente la mano sobre el hombro.

—Pero no antes de acabar el trabajo que te he asignado.

—Me llevará hasta la mañana terminarlo —protestó ella.

—Ese es problema tuyo, no mío.

Dicho eso, Araminta cerró la puerta de un golpe y dio vuelta a la llave en la cerradura, con un clic muy fuerte.

Sophie miró la parpadeante llama de la vela que había llevado ahí para iluminar el largo y oscuro ropero. La mecha no duraría de ninguna manera hasta la mañana siguiente.

Y de ninguna manera ella iba a limpiar el resto de los zapatos de Araminta; ciertamente de ninguna manera.

Se sentó en el suelo, con las piernas y los brazos cruzados y estuvo mirando la llama hasta que se le pusieron los ojos turnios. Cuando saliera el sol a la mañana siguiente, su vida cambiaría para siempre. La casa Penwood podría no haber sido un lugar terriblemente acogedor, pero por lo menos era un lugar seguro.

No tenía casi nada de dinero. No había recibido ni un cuarto de penique de Araminta en los siete años pasados. Por suerte, todavía tenía un poco del dinero para gastos menores que recibía cuando su padre estaba vivo y la trataban como a su pupila, no como a la esclava de su mujer. Y aunque tuvo muchas oportunidades de gastarlo, siempre había sabido que podía llegar ese día, por lo que le pareció prudente guardar los pocos fondos que tenía.

Pero esas pocas libras no la llevarían muy lejos. Necesitaba un pasaje para marcharse de Londres, y eso era caro; tal vez más de la mitad de sus ahorros. Tal vez podría quedarse un tiempo en la ciudad, pero los barrios pobres de Londres eran sucios y peligrosos, y ciertamente los ahorros que tenía no le permitirían vivir en ninguno de los barrios mejores. Además, si iba a estar sola, bien que podía volver al campo, que tanto le gustaba.

Y eso sin tomar en cuenta que Benedict Bridgerton estaba en Londres. La ciudad era grande y no le cabía la menor duda de que podría evitar encontrarse con él durante años, pero su miedo terrible era que no desearía evitarlo; seguro que iría a mirar su casa con la esperanza de ver un atisbo de él cuando saliera por la puerta principal.

Y si él la veía..., bueno, no sabía qué podría ocurrir. Era posible que él estuviera furioso por su engaño. Podría desear hacerla su amante. Podría no reconocerla.

Lo único que sabía con certeza era que él no se arrojaría a sus pies declarándole su amor eterno ni le pediría la mano en matrimonio.

Los hijos de vizconde no se casan con muchachas de humilde cuna. Ni siquiera en las novelas.

No, tenía que marcharse de Londres; mantenerse alejada de la tentación. Pero necesitaría dinero, el suficiente para vivir hasta que encontrara un empleo. El suficiente para...

Sus ojos se posaron en algo brillante: un par de zapatos metidos en el rincón. Pero no hacía una hora ella había limpiado esos zapatos y sabía que el brillo no provenía de los zapatos, sino de unas pinzas enjoyadas que llevaban prendidas, que eran fáciles de quitar y lo bastante pequeñas para guardarlas en el bolsillo.

¿Se atrevería?

Pensó en todo el dinero que había recibido Araminta por cuidar de ella; dinero que a la mujer jamás se le ocurrió compartir con ella.

Pensó en todos los años que había trabajado como doncella de señora y criada sin recibir la más mínima paga.

Pensó en su conciencia y se apresuró a aplastarla. En momentos como ese no tenía espacio para una conciencia.

Cogió las pinzas de los zapatos.

Y varias horas después, cuando subió Posy (contra los deseos de su madre) a abrirle la puerta para que saliera, empaquetó todas sus pertenencias y se marchó.

Ante su propia sorpresa, no miró atrás.

SEGUNDA PARTE

6

Hace ya tres años que no hay ninguna boda en la familia Bridgerton, y en varias ocasiones se ha oído declarar a lady Bridgerton que está casi desquiciada. Benedict no ha buscado novia (y es la opinión de esta autora que a sus treinta años ya debería hacerlo); tampoco tiene novia Colin, aunque tal vez se le puede perdonar su tardanza porque, al fin y al cabo, solo tiene veintiséis años.

La vizcondesa viuda tiene también dos hijas por las que preocuparse. Eloise está muy cerca de los veintiún años, y aunque le han hecho varias proposiciones, ha demostrado no tener ninguna inclinación a casarse. Francesca va a cumplir los veinte (por coincidencia, las dos jóvenes están de cumpleaños el mismo día), y también parece más interesada en la temporada que en el matrimonio.

Esta autora opina que lady Bridgerton no tiene por qué preocuparse en realidad. Es inconcebible que cualquiera de los hermanos Bridgerton no haga finalmente un matrimonio aceptable; además, sus dos hijos casados ya le han dado un total de cinco nietos, y supongo que ese es el deseo de su corazón.

REVISTA DE SOCIEDAD DE LADY WHISTLEDOWN
30 de abril de 1817

Alcohol y cigarros; partidas de cartas y muchas mujeres de alquiler. Justo el tipo de fiesta de la que Benedict Bridgerton habría disfrutado inmensamente cuando acababa de salir de la Universidad.

Pero en esos momentos estaba aburrido, hastiado.

Ni siquiera sabía por qué se le ocurrió asistir. Por puro aburrimiento, suponía. Hasta el momento, la temporada de 1817 en Londres había sido una repetición de la del año anterior, y no había encontrado particularmente interesante la de 1816. Hacer lo mismo y lo mismo otra vez ya era peor que vulgar.

Tampoco conocía al anfitrión, un tal Phillip Cavender. Era una de esas situaciones del amigo de un amigo de un amigo, y en esos momentos deseaba fervientemente haberse quedado en Londres. Acababa de salir de un molesto catarro, y debería haber aprovechado ese pretexto para rechazar la invitación, pero su amigo, al que, por cierto, no veía desde hacía varias horas, había insistido, tentándolo, engatusándolo, hasta que él cedió.

Y cuánto lo lamentaba.

Avanzó por el corredor que salía del vestíbulo principal de la casa de los padres de Cavender. Por la puerta izquierda vio a un grupo jugando a las cartas; uno de los jugadores estaba sudando copiosamente.

—Idiota —masculló. El pobre hombre igual estaba a punto de perder su casa ancestral.

La puerta de la derecha estaba cerrada, pero oyó risitas femeninas y luego la risa de un hombre, seguidos por unos gruñidos y chillidos bastante desagradables.

Eso era una locura, una estupidez. No deseaba estar ahí. Detestaba jugar a las cartas cuando las apuestas eran sumas superiores a lo que podían permitirse los participantes y jamás había tenido el menor interés en copular de una manera tan pública. No sabía qué le había ocurrido al amigo que lo llevó allí, y no le caían muy bien los demás invitados.

—Me marcho —anunció, aunque no había nadie que lo escuchara.

Tenía una pequeña propiedad no muy lejos de allí, a una hora de trayecto en realidad. Aunque no era mucho más que una rústica casita de campo, en esos momentos se le antojó que era el mismo cielo.

Pero los buenos modales le ordenaban que buscara a su anfitrión para informarle de su partida, aun cuando el señor Cavender estuviera tan borracho que al día siguiente no recordara nada de la conversación.

Pero al cabo de diez minutos de infructuosa búsqueda, Benedict ya comenzaba a desear que su madre no hubiera sido tan firme en su empeño de inculcar buenos modales a todos sus hijos. Entonces le habría resultado mucho más fácil marcharse simplemente y ya está.

—Tres minutos más —gruñó—. Si dentro de tres minutos no encuentro al puñetero idiota, me marcho.

Justo en ese momento pasaron por su lado dos jóvenes tambaleantes que, al enredarse en sus propios pies, soltaron una ruidosa carcajada. El aire se impregnó de efluvios alcohólicos, y Benedict retrocedió discretamente un paso, no fuera a ser que uno de ellos se viera obligado a echarle encima el contenido de su estómago.

Le tenía muchísimo cariño a sus botas.

—¡Bridgerton! —exclamó uno de ellos.

Benedict los saludó con una seca inclinación de la cabeza. Los dos eran unos cinco años menores que él y no los conocía bien.

—Ese no es un Bridgerton —dijo el otro con la voz estropajosa—. Ese es... Vaya, pues sí que es un Bridgerton. Tiene el pelo y la nariz. —Entrecerró los ojos—. ¿Pero qué Bridgerton?

—¿Habéis visto a nuestro anfitrión? —les preguntó Benedict, pasando por alto la pregunta.

—¿Tenemos un anfitrión?

—Pues claro —dijo el primero—. Cavender. Un tipo condenadamente amable; dejarnos usar su casa...

—La casa de sus padres —enmendó el otro—. No la ha heredado todavía, el pobre.

—¡Eso! La casa de sus padres. Muy agradable el muchacho, de todos modos.

—¿Alguno de vosotros lo ha visto? —gruñó Benedict.

—Está fuera —contestó el que al principio no recordaba que tenían un anfitrión—. Justo delante de la casa.

—Gracias.

Sin más, pasó junto a ellos en dirección a la puerta. Bajaría la escalinata, presentaría sus respetos a Cavender y se dirigiría al establo a recoger su faetón. Tal vez ni siquiera tendría que aminorar el paso.

Era hora de buscarse otro empleo, pensó Sophie Beckett.

Habían transcurrido casi dos años desde que se marchara de Londres, dos años desde que por fin dejara de ser la esclava de Araminta, dos años desde que se quedara totalmente sola.

Después de salir de la casa Penwood empeñó las pinzas de los zapatos de Araminta, pero los diamantes de que tanto alardeara Araminta resultaron no ser diamantes, sino simples imitaciones, y no le dieron mucho dinero por ellos. Intentó encontrar trabajo como institutriz, pero en ninguna de las agencias a las que se presentó estuvieron dispuestos a aceptarla. Sí que tenía buena educación, pero no tenía ninguna recomendación; además, la mayoría de las mujeres no querían contratar a una persona tan joven y bonita.

Finalmente compró un billete en un coche de línea hasta Wiltshire, puesto que eso era lo más lejos que podía ir si quería reservarse la mayor parte de su dinero para emergencias. Afortunadamente, no tardó mucho en encontrar empleo, como camarera de la planta superior en la casa del señor y la señora Cavender. Estos eran una pareja normal, que esperaban buen trabajo de sus criados pero no exigían lo imposible. Después de trabajar tantos años para Araminta, el trabajo en casa de los Cavender le pareció como hacer vacaciones.

Pero entonces regresó el hijo de su viaje por Europa y todo cambió. Phillip vivía tratando de arrinconarla en los corredores, y al rechazar ella una y otra vez sus insinuaciones y requerimientos, él se fue poniendo más y más agresivo.

Justo estaba empezando a pensar que debía buscar un empleo en otra parte, cuando los señores Cavender se fueron a Brighton, a hacer una visita de una semana a la hermana de la señora Cavender. Y entonces Phillip decidió organizar una fiesta para unos veinte de sus mejores amigos.

Ya le había resultado difícil evitar los encuentros con Phillip antes, pero por lo menos se sentía algo protegida; Phillip no se atrevería a atacarla estando su madre en casa. Pero estando ausentes los señores Cavender, el joven parecía creer que podía hacer y tomar lo que fuera que se le antojara; y sus amigos no eran mejores.

Sabía que debería haberse marchado inmediatamente, pero la señora Cavender la había tratado bien y no le pareció correcto marcharse sin dar el aviso con dos semanas de antelación. Sin embargo, después de sufrir una persecución de dos horas por toda la casa, decidió que los buenos modales no valían su virtud, de modo que después de decirle al ama de llaves (compasiva, por suerte) que no podía continuar allí, metió sus pocas pertenencias en una pequeña bolsa, bajó sigilosamente por la escalera lateral de servicio y salió. La esperaba una caminata de tres kilómetros hasta la ciudad, pero sin duda estaría infinitamente más segura en el camino, incluso en la oscuridad de esa negra noche, que quedándose en la casa Cavender. Además, sabía de una pequeña posada donde podría comer algo caliente y conseguir una habitación a un precio módico.

Acababa de dar la vuelta a la casa y tomar el camino de entrada cuando oyó un estridente grito.

Miró. ¡Maldición! Era Phillip Cavender, que parecía estar más borracho y desagradable que de costumbre.

Echó a correr, rogando que el alcohol le hubiera estropeado la coordinación, porque sabía que no podría igualarlo en velocidad.

Pero al parecer su huida solo sirvió para excitarlo, porque lo oyó gritar alegremente y luego oyó sus pasos, atronadores, acercándose, acercándose, hasta que sintió cerrarse su mano en la parte de atrás del cuello de su chaqueta, obligándola a detenerse.

Phillip rio triunfante, y ella se sintió más aterrada que nunca en toda su vida.

—Mira lo que tengo aquí —cacareó—. La señorita Sophie. Tendré que presentarte a mis amigos.

Sophie sintió la boca reseca y no supo si el corazón se le había parado o estaba latiendo al doble de velocidad.

—Suélteme, señor Cavender —dijo con la voz más severa que logró sacar. Sabía que a él le gustaba verla impotente y suplicante, y no estaba dispuesta a darle el gusto.

—Creo que no —dijo él.

La hizo darse media vuelta, por lo que se vio obligada a ver estirarse sus labios en una sonrisa babosa. Entonces él giró la cabeza hacia un lado y gritó:

—¡Heasley! ¡Fletcher! ¡Mirad lo que tengo aquí!

Horrorizada vio salir a dos hombres de las sombras, que, a juzgar por su aspecto, estaban tan borrachos, o más, que Phillip.

—Siempre das las mejores fiestas —dijo uno de ellos en tono zalamero.

Phillip se hinchó de orgullo.

—¡Suélteme! —repitió Sophie.

Phillip sonrió de oreja a oreja.

—¿Qué os parece, muchachos? ¿Obedezco a la dama?

—¡Demonios, no! —contestó el más joven de los dos hombres.

—Parecería que «dama» es una denominación algo incorrecta, ¿no crees? —dijo el otro, el que acababa de decir que Phillip daba las mejores fiestas.

—¡Muy cierto! —exclamó Phillip—. Esta es una criada, y, como todos sabemos, esta gentuza ha nacido para servir. —Dio un fuerte empujón a Sophie en la dirección de uno de sus amigos—. Ahí tienes. Échale una mirada a la mercancía.

Sophie lanzó un grito al sentirse así catapultada y aferró fuertemente su bolsa. La iban a violar, eso estaba claro. Pero su mente aterrada quería aferrarse a una hilacha de dignidad, y no permitiría que esos hombres desparramaran hasta la última de sus pertenencias sobre el frío suelo.

El hombre que la cogió la manoseó groseramente y luego la empujó hacia el tercero. Este acababa de pasarle el brazo por la cintura cuando alguien gritó:

—¡Cavender!

Sophie cerró los ojos, desesperada. Otro hombre más. Cuatro. Dios santo, ¿es que tres no eran suficientes?

—¡Bridgerton! —gritó Phillip—. Únete a nosotros.

Sophie abrió los ojos. ¿Bridgerton?

De la oscuridad salió un hombre alto, de potente musculatura, avanzando con confiada soltura.

—¿Qué tenemos aquí?

Dios santo, habría reconocido esa voz en cualquier parte. La había oído con mucha frecuencia en sus sueños.

Era Benedict Bridgerton. Su Príncipe Encantado.

El aire nocturno estaba frío, pero Benedict lo encontró refrescante, después de haberse visto obligado a inspirar los efluvios del alcohol y tabaco en el interior de la casa. La luna brillaba bien redondeada, casi llena, y una suave brisa agitaba las hojas de los árboles. Total, que era una excelente noche para abandonar una fiesta aburrida y regresar a casa.

Pero lo primero es lo primero. Tenía que encontrar a su anfitrión y pasar por el proceso de agradecerle su hospitalidad e informarlo de su partida. Cuando llegó al peldaño inferior gritó:

—¡Cavender!

—¡Aquí! —llegó la respuesta.

Miró a la derecha. Cavender estaba junto a un majestuoso olmo con otros dos caballeros. Al parecer estaban divirtiéndose con una criada, empujándola de uno a otro.

Soltó un gemido. Estaba demasiado lejos para determinar si la criada estaba disfrutando de sus atenciones, y si no lo estaba, tendría que salvarla, y no era eso lo que tenía planeado hacer esa noche. Nunca le había gustado particularmente hacer el héroe, pero tenía muchas hermanas menores, cuatro exactamente, como para hacer caso omiso de una mujer en apuros.

—¡Eh, ahí! —gritó caminando sin prisa, tratando de mantener una postura despreocupada.

Siempre era mejor caminar lentamente para evaluar la situación, que no abalanzarse a ciegas.

—¡Bridgerton! —gritó Cavender—. ¡Únete a nosotros!

Benedict llegó al lugar justo en el momento en que uno de los hombres le pasaba un brazo por la cintura a la joven, desde atrás, y con la otra mano empezaba a pellizcarle y manosearle el trasero.

Miró a la criada a los ojos. Esos ojos estaban agrandados, aterrados, y lo miraban a él como si acabara de caer entero del cielo.

—¿Qué tenemos aquí? —preguntó.

—Un poco de diversión —rio Cavender—. Mis padres tuvieron la amabilidad de contratar a este buen bocado como camarera de la planta superior.

—No parece estar disfrutando de vuestras atenciones —dijo Benedict tranquilamente.

—Sí que le gusta —contestó Cavender sonriendo—. Le gusta lo suficiente para mí, en todo caso.

—Pero no para mí —dijo Benedict avanzando.

—Puedes tener tu turno con ella —dijo Cavender jovialmente—. Tan pronto como nosotros hayamos terminado.

—Has entendido mal.

Ante el filo acerado de su voz los tres hombres se quedaron inmóviles, mirándolo con recelosa curiosidad.

—Suelta a la muchacha.

Todavía pasmado por el repentino cambio de atmósfera y tal vez con los reflejos adormecidos por el alcohol, el hombre que sostenía a la muchacha no la soltó.

—No deseo luchar con vosotros —dijo Benedict, cruzándose de brazos—, pero lo haré. Y os aseguro que las posibilidades de tres contra uno no me asustan.

—Oye, tú —dijo Cavender enfadado—. No puedes venir aquí a darme órdenes en mi propiedad.

—La propiedad es de tus padres —enmendó Benedict, recordándoles a todos que Cavender todavía estaba con la leche en los labios.

—Es mi casa —replicó Cavender—, y ella es mi criada. Y hará lo que yo quiera.

—No sabía que la esclavitud era legal en este país.

—Tiene que hacer lo que yo diga.

—¿Sí?

—Si no, la despediré.

—Muy bien —dijo Benedict con un asomo de sonrisa burlona—. Pregúntaselo, entonces. Pregúntale si desea copular con vosotros tres. Porque eso es lo que teníais pensado, ¿verdad?

Cavender farfulló algo sin saber qué decir.

—Pregúntaselo —repitió Benedict, sonriendo, principalmente porque sabía que su sonrisa enfurecería al hombre menor—. Y si dice no, puedes despedirla ahora mismo.

—No se lo preguntaré —gimió Cavender.

—Bueno, entonces no puedes esperar que lo haga, ¿verdad? —Miró a la muchacha. Era muy atractiva, con una melena corta de rizos castaño claro y unos ojos que se veían casi demasiado grandes en su cara—. Muy bien —dijo mirando nuevamente a Cavender—. Yo se lo preguntaré.

La muchacha entreabrió los labios, y Benedict tuvo la extrañísima impresión de que se habían visto antes. Pero eso era imposible, a no ser que hubiera trabajado para alguna otra familia aristocrática. E incluso en ese caso, solo la habría visto de paso. Su gusto en mujeres no iba jamás hacia las criadas, y la verdad, tendía a no fijarse en ellas.

—Señorita... —Frunció el ceño—. Oiga, ¿cómo se llama?

—Sophie Beckett —repuso ella, con la voz sofocada, como si tuviera un inmenso sapo atrapado en la garganta.

—Señorita Beckett —continuó él—, ¿tendría la amabilidad de contestar la siguiente pregunta?

—¡No! —explotó ella.

—¿No va a contestar? —le preguntó él, con una expresión de diversión en los ojos.

—No, no quiero copular con esos tres hombres.

Las palabras le salieron casi a borbotones de la boca.

—Bueno, parece que eso resuelve el asunto —dijo Benedict. Miró al hombre que todavía la tenía cogida—. Te sugiero que la sueltes para que Cavender pueda despedirla de su empleo.

—¿Y adónde irá? —se burló Cavender—. Puedo asegurarte que no volverá a trabajar en este distrito.

Sophie miró a Benedict, pensando lo mismo.

Benedict se encogió de hombros despreocupadamente.

—Le encontraré un puesto en la casa de mi madre. —La miró a ella y arqueó una ceja—. ¿Supongo que eso es aceptable?

Sophie estaba boquiabierta, con horrorizada sorpresa. ¿Benedict quería llevarla a su casa?

—Esa no es exactamente la reacción que yo esperaba —comentó él, sarcástico—. Ciertamente será más agradable que su empleo aquí. Como mínimo, puedo asegurarle que no la violarán. ¿Qué dice?

Desesperada, Sophie miró a los tres hombres que habían intentado violarla. En realidad, no tenía otra opción; Benedict Bridgerton era su único medio para salir de la propiedad Cavender. Eso sí, de ninguna manera podría trabajar para su madre; sería absolutamente insoportable estar tan cerca de él y seguir siendo una criada. Pero encontraría la manera de evitar eso después; en ese momento lo que necesitaba era librarse de Phillip.

Miró a Benedict y asintió, sin atreverse a hablar. Se sentía como si se estuviera ahogando, aunque no sabía si eso se debía a miedo o a alivio.

—Muy bien —dijo él—. ¿Nos vamos entonces?

Ella miró intencionadamente el brazo que la seguía reteniendo.

—¡Vamos, por el amor de Dios! —gruñó Benedict—. ¿La vas a soltar o tendré que destrozarte la maldita mano con un disparo?

Benedict ni siquiera tenía una pistola en la mano, pero su tono fue tal que el hombre la soltó al instante.

—Estupendo —dijo Benedict ofreciendo el brazo a la criada.

Ella dio unos pasos y colocó la temblorosa mano sobre su codo.

—¡No puedes llevártela! —chilló Phillip.

—Ya lo he hecho —repuso Benedict mirándolo desdeñoso.

—Lamentarás haber hecho esto —dijo Phillip.

—Lo dudo. Y ahora, ¡fuera de mi vista!

Después de emitir unos cuantos resoplidos, Phillip se volvió hacia sus amigos.

—Vámonos de aquí —les dijo. Luego miró a Benedict—. Y tú no creas que vas a recibir otra invitación a alguna de mis fiestas.

—Se me parte el corazón —contestó Benedict, con voz burlona.

Phillip farfulló otro poco, indignado, y luego él y sus dos amigos echaron a andar hacia la casa.

Durante un momento, Sophie los observó alejarse y luego volvió lentamente la mirada hacia Benedict. Cuando estaba atrapada por Phillip y sus lascivos amigos sabía lo que deseaban hacerle y casi deseó morir. Y de pronto, ahí estaba Benedict Bridgerton, ante ella, como el héroe de sus sueños, y llegó a creer que había muerto, porque ¿cómo podía estar él ahí con ella si no estaba en el cielo?

Estaba tan absolutamente pasmada que casi olvidó que el amigo de Phillip la tenía apretada contra él y le tenía cogido el trasero de la manera más humillante. Por un breve instante, el mundo pareció desvanecerse y lo único que era capaz de ver, lo único que percibía, era a Benedict Bridgerton.

Fue un momento perfecto.

Pero entonces reapareció el mundo, aplastante, como con un estallido, y lo primero que se le ocurrió pensar fue: ¿qué hacía él ahí? Esa era una fiesta asquerosa, toda de borrachos y rameras. Cuando lo conoció dos años atrás, él no le dio la impresión de ser un hombre que frecuentara ese tipo de reuniones. Pero solo estuvo con él unas pocas horas; tal vez se formó un juicio equivocado de él. Cerró los ojos, angustiada. Durante esos dos años pasados, Benedict Bridgerton había sido la luz más brillante en su monótona y penosa existencia. Si se había formado una opinión equivocada de él, si él era poco mejor que Phillip y sus amigos, se quedaría sin nada.

Ni siquiera con un recuerdo de amor.

Pero él acababa de salvarla; eso era irrefutable. Tal vez lo importante no era el motivo por el cual él había ido a la fiesta de Phillip, sino solo que había ido y la había salvado.

—¿Se siente mal? —le preguntó él.

Ella negó con la cabeza, mirándolo a los ojos, esperando que él la reconociera.

—¿Está segura?

Ella asintió, y siguió esperando. No tardaría en reconocerla.

—Estupendo. La estaban zarandeando brutalmente.

—Lo superaré.

Sophie se mordió el labio inferior. No sabía cómo reaccionaría él cuando se diera cuenta de quién era ella. ¿Estaría encantado? ¿Se pondría furioso? El suspenso la mataría.

—¿Cuánto le llevará empaquetar sus cosas?

Ella pestañeó, algo aturdida, y entonces cayó en la cuenta de que seguía aferrando fuertemente su bolsa.

—Lo tengo todo aquí. Ya había salido de la casa para marcharme cuando me cogieron.

—Inteligente muchacha —comentó él, aprobador.

Ella se limitó a mirarlo, sin poder creer que no la hubiera reconocido.

—Vámonos, entonces —dijo él—. El solo estar en la propiedad de Cavender me enferma.

Ella guardó silencio, pero adelantó ligeramente el mentón y ladeó la cabeza, observándole la cara.

—¿Seguro que se encuentra bien? —le preguntó él.

Y entonces Sophie empezó a pensar. Dos años atrás, cuando lo conoció, ella tenía cubierta la mitad de la cara por un antifaz. Llevaba ligeramente empolvado el pelo, lo que la hacía parecer más rubia de lo que era en realidad. Además, después se lo había cortado y vendido la melena a un fabricante de pelucas. Sus cabellos en otro tiempo largos y ondeados eran ahora rizos cortos.

Sin tener a la señora Gibbons para alimentarla, había adelgazado muchísimo.

Y, si lo pensaba bien, solo habían estado en mutua compañía escasamente una hora y media.

Lo miró fijamente a los ojos. Y entonces comprendió.

Él no la reconocería. No tenía la menor idea de quién era ella.

No supo si echarse a reír o a llorar.

7

A todos los invitados al baile de los Mottram el jueves pasado les quedó claro que la señorita Rosamund Reiling se ha propuesto conquistar al señor Phillip Cavender.

Es la opinión de esta autora que los dos hacen muy buena pareja en realidad.

REVISTA DE SOCIEDAD DE LADY WHISTLEDOWN

30 de abril de 1817

Diez minutos después, Sophie estaba sentada al lado de Benedict Bridgerton en su faetón.

—¿Le ha entrado algo en el ojo? —le preguntó él.

Eso la sacó de su ensimismamiento.

—¿Qué?

—No para de pestañear —explicó él—. Pensé que podría haberle entrado algo en el ojo.

Ella tragó saliva, tratando de reprimir un ataque de risa nerviosa. ¿Qué debía decirle? ¿La verdad? ¿Que pestañeaba y pestañeaba porque suponía que en cualquier momento despertaría de lo que podría ser solo un sueño? ¿O tal vez una pesadilla?

—¿Está bien, de verdad?

Ella asintió.

—Son los efectos de la conmoción, me imagino —dijo él.

Ella volvió a asentir; era mejor que él creyera que era eso lo que la afectaba.

¿Cómo era posible que no la hubiera reconocido? Llevaba dos años soñando con ese momento. Su Príncipe Encantado había acudido por fin a rescatarla, y ni siquiera sabía quién era ella.

—¿Me dice su nombre otra vez? Lo siento muchísimo. Siempre tengo que oír dos veces un nombre para recordarlo.

—Señorita Sophie Beckett.

No había motivo para mentir; ella no le había dicho su nombre en el baile de máscaras.

—Es un placer conocerla, señorita Beckett —dijo él, sin apartar la vista del oscuro camino—. Yo soy el señor Benedict Bridgerton.

Sophie respondió a su presentación con una inclinación de la cabeza, aun cuando él no la estaba mirando. Guardó silencio un momento, principalmente porque no sabía qué decir en esa situación tan increíble. Esa era la presentación que no tuvo lugar cuando se conocieron. Finalmente se limitó a decir:

—Lo que hizo fue muy valiente.

Él se encogió de hombros.

—Ellos eran tres y usted solo uno. La mayoría de los hombres no habrían intervenido.

—Detesto a los matones —dijo él simplemente.

—Me habrían violado —continuó ella, asintiendo otra vez.

—Lo sé —dijo él. Y añadió—: Tengo cuatro hermanas.

Ella estuvo a punto de decir «Lo sé», pero se contuvo justo a tiempo. ¿Cómo podía saber eso una criada de Wiltshire?

—Supongo que por eso fue tan sensible a mi apurada situación.

—Me agrada pensar que otro hombre acudiría a ayudarlas si alguna vez se encontraran en una situación similar.

—Espero que nunca tenga que comprobarlo.

—Yo también —asintió él tristemente.

Continuaron el trayecto, envueltos en el silencio de la noche. Sophie se acordó del baile, cuando no habían parado de conversar ni siquiera un momento. La situación era diferente ahora. Ella era una criada, no una gloriosa mujer de la alta sociedad. No tenían nada en común.

De todos modos, seguía esperando que él la reconociera, que parara el coche, la estrechara contra su pecho y le dijera que llevaba dos años buscándola. Pero muy pronto comprendió que eso no ocurriría. Él no podía reconocer a la dama en la criada y, dicha sea la verdad, ¿por qué habría de hacerlo?

Las personas ven lo que esperan ver. Y ciertamente Benedict Bridgerton no esperaba ver a una elegante dama de la sociedad bajo el disfraz de una humilde criada.

No había pasado ni un solo día en que no hubiera pensado en él, que no hubiera recordado sus labios sobre los suyos o la embriagadora magia de esa noche de disfraces. Él se había convertido en el centro de sus fantasías, en las que ella era otra persona, con otros padres. En sus sueños, lo conocía en un baile, tal vez su propio baile, ofrecido por sus amantísimos madre y padre. Él la cortejaba dulcemente, llevándole fragantes flores y robándole besos a hurtadillas. Y entonces, un apacible día de primavera, en medio de los trinos de los pájaros y una suave brisa, él hincaba una rodilla en el suelo y le pedía que se casara con él, haciéndole profesión de un amor y adoración eternos.

Era un hermoso sueño despierta, superado solamente por aquel en que vivían felices para siempre, con tres o cuatro espléndidos hijos, todos nacidos dentro del sacramento del matrimonio.

Pero, aun con todas esas fantasías, jamás se imaginó que volvería a verlo en la realidad, y mucho menos que él la rescataría de un trío de atacantes licenciosos.

Le habría encantado saber si él alguna vez pensaba en la misteriosa mujer de traje plateado con la que compartiera un apasionado beso. Le gustaba pensar que sí pensaba, pero dudaba de que para él hubiera significado tanto como para ella. Él era un hombre, al fin y al cabo, y lo más probable era que hubiera besado a muchas mujeres.

Y para él, esa noche única habría sido muy parecida a cualquier otra. Ella seguía leyendo la hoja *Whistledown* siempre que lograba ponerle las manos encima a una. Sabía que él asistía a veintenas de bailes. ¿Por qué, pues, iba a destacar en sus recuerdos un baile de máscaras?

Suspirando se miró las manos, en las que todavía aferraba el cordón de su pequeña bolsa. Le habría gustado tener guantes, pero a comienzos de ese año había tenido que tirar su único par por inservible, y no había podido comprarse otro. Tenía las manos ásperas y agrietadas, y ya se le estaban enfriando los dedos.

—¿Es eso todo lo que posee? —le preguntó Benedict, haciendo un gesto hacia la bolsa.

Ella asintió.

—No tengo mucho. Solo una muda de ropa y unos pocos efectos personales.

Pasado un momento él comentó:

—Tiene una dicción muy refinada para ser una criada.

No era él la primera persona que le hacía esa observación, por lo que ya tenía una respuesta preparada:

—Mi madre era el ama de llaves de una familia muy buena y generosa. Me permitían que asistiera a algunas clases con sus hijas.

Habían llegado a una encrucijada y, con un diestro movimiento de las muñecas, él hizo entrar a los caballos por el camino de la izquierda.

—¿Por qué no trabaja ahí? —le preguntó—. Supongo que no se refiere a los Cavender.

—No —contestó ella, tratando de inventar una respuesta adecuada. Nunca nadie se había molestado en hacerle más preguntas sobre esa explicación; a nadie le había interesado tanto que le importara—. Mi madre murió —dijo al fin—, y yo no me llevaba bien con la nueva ama de llaves.

Él pareció aceptar eso y continuaron en silencio unos minutos. El silencio de la noche solo era interrumpido por esporádicas ráfagas de viento y el rítmico clap clap de los cascos de los caballos. Finalmente, ya incapaz de contener su curiosidad, ella preguntó:

—¿Adónde vamos?

—Tengo una casita de campo no muy lejos —repuso él—. Pasaremos allí una o dos noches y después la llevaré a la casa de mi madre. Estoy seguro de que ella le encontrará un puesto en su personal.

A ella empezó a retumbarle el corazón.

—Esa casita suya...

—Estará bien acompañada —dijo él con un asomo de sonrisa—. Están allí los cuidadores, y le aseguro que no hay ninguna posibilidad de que el señor y la señora Crabtree permitan que ocurra algo incorrecto en su casa.

—Creí que la casa era suya.

Él ensanchó la sonrisa.

—Llevo años tratando de que la consideren mía, pero nunca he tenido éxito.

Sophie no pudo evitar que se le curvaran las comisuras de la boca.

—Me parece que son personas que me van a gustar muchísimo.

—Eso espero.

Nuevamente se hizo el silencio. Sophie mantenía los ojos escrupulosamente fijos al frente. Tenía un miedo de lo más ridículo de que si sus ojos se encontraban con los de él, la reconocería. Pero eso era pura fantasía. Él ya la había mirado a los ojos, y más de una vez, y seguía pensando que ella no era otra cosa que una criada.

Pero pasados unos minutos sintió un extrañísimo hormigueo en la mejilla y, al girar la cara hacia él, comprobó que él la miraba una y otra vez con expresión rara.

—¿Nos hemos conocido? —preguntó él de pronto.

—No —repuso ella, con la voz más ahogada de lo que habría querido—. Creo que no.

—Tiene razón, sin duda —musitó él—, pero de todos modos, tengo la impresión de que la he visto antes.

—Todas las criadas somos iguales —dijo ella, con sonrisa irónica.

—Eso solía pensar yo —dijo él entre dientes.

Ella giró la cara hacia delante, sorprendida. ¿Por qué le había dicho eso? ¿Es que no quería que él la reconociera? ¿Es que no se había pasado la última media hora esperando, deseando, soñando y...?

Y ese era el problema. Estaba soñando. En sus sueños, él la amaba; en sus sueños, él le pedía que se casara con él. En la realidad, era posible que él le pidiera que fuera su querida, y eso era algo que había jurado no hacer jamás; en la realidad, era posible que él se sintiera obligado por el honor a devolverla a Araminta, la cual, con toda probabilidad la llevaría directamente ante el magistrado por haberle robado las pinzas de los zapatos (no creía ni por un instante que Araminta no hubiera notado su desaparición).

No, era mejor que él no la reconociera. Eso solo le complicaría la vida, y considerando que no tenía ninguna fuente de ingresos, que en realidad tenía muy poco aparte de la ropa que llevaba puesta, a su vida no le hacía falta ninguna complicación en esos momentos.

Sin embargo, se sentía inexplicablemente desilusionada de que él no hubiera sabido al instante quién era.

—¿Eso ha sido una gota de lluvia? —preguntó, ansiosa por llevar la conversación a temas menos espinosos.

Benedict miró hacia arriba. En ese momento la luna estaba oscurecida por nubes.

—No parecía que iba a llover cuando nos marchamos —musitó. Le cayó un goterón en el muslo—. Pero creo que tiene razón.

Ella contempló el cielo.

—El viento ha arreciado bastante. Espero que no sea una tormenta.

—Seguro que habrá tormenta —dijo él, irónico—, ya que estamos en un coche abierto. Si hubiera cogido mi berlina, no habría ni una sola nube en el cielo.

—¿Cuánto falta para llegar a su casa?

—Más o menos una media hora, diría yo. —Frunció el ceño—. Eso si no nos refrena la lluvia.

—Bueno, no me importa un poco de lluvia —dijo ella, valientemente—. Hay cosas mucho peores que mojarse.

Los dos sabían exactamente a qué se refería.

—Creo que olvidé darle las gracias —añadió ella, con tono dulce, sereno.

Al instante Benedict giró la cabeza para mirarla. Por todo lo más sagrado, había algo condenadamente conocido en esa voz. Pero cuando sus ojos le escrutaron la cara, lo que vio fue a una simple criada. Una criada muy atractiva, cierto, pero criada de todos modos. No una persona con la que pudiera haberse cruzado.

—No fue nada —dijo finalmente.

—Para usted, tal vez. Para mí lo fue todo.

Incómodo por ese agradecimiento, él se limitó a hacer un gesto de asentimiento e hizo uno de esos gruñidos que tienden a emitir los hombres cuando no saben qué decir.

—Fue un acto muy valeroso —continuó ella.

Él volvió a gruñir.

Y en ese momento los cielos se abrieron en serio.

Al cabo de más o menos un minuto, la ropa de Benedict estaba totalmente empapada.

—¡Llegaré allí lo más rápido que pueda! —gritó a voz en cuello para hacerse oír por encima del ruido del viento.

—¡No se preocupe por mí! —gritó ella.

Pero cuando él la miró vio que estaba muy acurrucada, rodeándose fuertemente con los brazos, para conservar lo mejor posible el calor del cuerpo.

—Permítame que le preste mi chaqueta.

Ella negó con la cabeza y se echó a reír.

—Lo más probable es que me moje más, con lo empapada que está.

Él azuzó a los caballos para que apretaran el paso, pero el camino estaba cada vez más lodoso y el viento azotaba a la lluvia a uno y otro lado, formando una cortina que disminuía la ya mediocre visibilidad.

¡Maldición! Eso era justo lo que necesitaba, pensó Benedict. Había estado acatarrado toda la semana anterior, y era posible que no estuviera recuperado del todo. Un trayecto bajo la helada lluvia sin duda le produciría una recaída, y se pasaría todo el mes con moqueo y los ojos acuosos, todos esos molestos y nada atractivos síntomas.

Claro que...

No pudo contener una sonrisa. Claro que si volvía a enfermar, su madre no intentaría engatusarlo para que asistiera a todas las fiestas de la ciudad, con la esperanza de que encontrara por fin una dama adecuada para establecerse en un tranquilo y feliz matrimonio.

Dicho sea en su honor, él siempre tenía bien abiertos los ojos, estaba siempre atento por si encontraba una novia adecuada. No era en absoluto contrario al matrimonio. Su hermano Anthony y su hermana Daphne estaban espléndida y felizmente casados. Pero sus matrimonios eran espléndidos y felices porque tuvieron la sensatez de casarse con las personas correctas, y él estaba muy seguro de que aún no había encontrado a la persona correcta para él.

No, pensó, retrocediendo la mente a unos años atrás, eso no era del todo cierto. Una vez conoció a alguien...

A la dama de traje plateado.

Cuando la tenía en sus brazos haciéndola girar por la pequeña terraza en su muy primer vals, sintió algo distinto en su interior, una sensación de hormigueo, de revoloteo. Eso tendría que haberlo asustado de muerte.

Pero no lo asustó. Lo dejó sin aliento, excitado... y resuelto a tenerla.

Pero entonces ella desapareció. Fue como si el mundo hubiera sido plano y ella hubiera caído por el borde. No se había enterado de nada en esa irritante entrevista con lady Penwood. Y cuando interrogó a sus amigos y familiares, ninguno sabía absolutamente nada de una joven vestida con un traje plateado.

Había llegado sola y se había marchado sola, eso estaba claro. A todos los efectos, era como si ni siquiera existiera.

La había buscado en todos los bailes, fiestas y conciertos. Demonios, había asistido al doble de funciones sociales, con la sola esperanza de verla.

Pero siempre había vuelto a casa decepcionado.

Y llegó el momento en que decidió dejar de buscarla. Él era un hombre práctico y ya suponía que algún día sencillamente renunciaría. Y en cierto modo renunció. Al cabo de unos meses volvió a la costumbre de rechazar más invitaciones de las que aceptaba. Y otros pocos meses después descubrió que nuevamente era capaz de conocer a mujeres y no compararlas automáticamente con ella.

Pero no podía dejar de estar atento por si la veía. Tal vez no sentía la misma urgencia, pero siempre que asistía a un baile o tomaba asiento en una velada musical, se sorprendía paseando la mirada por la muchedumbre y aguzando los oídos por si escuchaba el timbre de su risa.

Ella estaba en alguna parte. Hacía tiempo que se había resignado al hecho de que no era probable que la encontrara, y llevaba más de un año sin buscarla activamente, pero...

Sonrió con tristeza. Simplemente no podría dejar de buscarla. De un modo extraño, eso se había convertido en parte de su ser. Su nombre era Benedict Bridgerton, tenía siete hermanos, era bastante hábil con una espada y en el dibujo, y siempre tenía los ojos bien abiertos por si veía a la única mujer que le había tocado el alma.

Seguía esperando, deseando, observando. Y aunque se decía que tal vez ya era hora de casarse, no lograba armarse del entusiasmo para hacerlo.

Porque, ¿y si ponía el anillo en el dedo de una mujer y al día siguiente la veía?

Eso le rompería el corazón.

No, sería algo más que eso: le destrozaría el alma.

Exhaló un suspiro de alivio cuando divisó el pueblo Rosemeade. Eso significaba que estaba a cinco minutos de su casa y, bueno, no veía las horas de zambullirse en una bañera con agua caliente.

Miró a la señorita Beckett. Ella también estaba tiritando, pero, pensó bastante admirado, no había emitido ni la más mínima queja. Trató de buscar entre las mujeres que conocía a alguna que hubiera hecho frente a los elementos con tanta fortaleza, y no encontró ninguna. Incluso su hermana Daphne, que era valiente como nadie, ya habría estado aullando por el frío.

—Ya casi hemos llegado —le aseguró.

—Yo estoy... ¡Uy! Usted no está nada bien.

A él le había venido un acceso de tos, una tos ronca, profunda, de esa que ruge dentro del pecho. Se sentía como si le estuvieran ardiendo los pulmones, y como si alguien le hubiera pasado una navaja por la garganta.

—Estoy bien —logró decir, dando un ligero tirón a las riendas, para compensar la falta de dirección a los caballos mientras tosía.

—A mí no me parece que esté bien.

—Tuve un catarro de nariz la semana pasada —explicó él, haciendo un gesto de dolor. ¡Condenación, sí que le dolían los pulmones!

—Eso no parece ser de la nariz —dijo ella, haciéndole una sonrisa que esperaba fuera traviesa.

Pero en realidad no le salió traviesa. La verdad, se veía tremendamente preocupada.

—Debe de haberse trasladado —musitó él.

—No quiero que se enferme por mi culpa.

Él trató de sonreír, pero le dolían demasiado los pómulos.

—Me habría cogido la lluvia igualmente, la trajera a usted o no.

—De todos modos...

Lo que fuera que iba a decir fue interrumpido por otro fuerte acceso de tos, ronca, profunda, de pecho.

—Lo siento —dijo él.

—Deje que conduzca yo —dijo ella alargando las manos para coger las riendas.

Él la miró incrédulo.

—Este es un faetón, no una simple carreta para un caballo.

Ella venció el deseo de estrangularlo. Tenía la nariz moqueante, los ojos enrojecidos, no podía dejar de toser, y sin embargo encontraba la energía para actuar como un arrogante pavo real.

—Le aseguro que sé conducir un coche tirado por varios caballos.

—¿Y dónde adquirió esa habilidad?

—En la misma familia que me permitía asistir a las clases de sus hijas —mintió Sophie—. Aprendí a conducir un coche cuando aprendieron las niñas.

—La señora de la casa debía de tenerle mucho cariño —comentó él.

—Sí, bastante —repuso ella, reprimiendo la risa.

Araminta era la señora de la casa, y peleaba con uñas y dientes cada vez que su padre insistía en que ella debía recibir la misma educación que Rosamund y Posy. Las tres aprendieron a conducir caballos de tiro el año anterior a la muerte del conde.

—Yo conduciré, gracias —dijo Benedict, abruptamente.

Y estropeó todo el efecto encogiéndose con otro ataque de tos. Sophie alargó las manos hacia las riendas.

—¡Por el amor de Dios...!

—Tenga. Cójalas entonces. Pero yo la vigilaré.

—No esperaba menos —repuso ella, irritada.

La lluvia no hacía el camino ideal para llevar un coche, y ya hacía años que no tenía unas riendas en las manos, pero le parecía que le estaba saliendo bastante bien. Hay cosas que no se olvidan nunca, pensó.

En realidad, le resultaba bastante agradable hacer algo que no hacía desde su vida anterior, cuando era la pupila del conde, al menos oficialmente. En ese tiempo tenía ropa bonita, buena comida, estudios interesantes y...

Suspiró. No había sido perfecto, pero sí mucho mejor que cualquiera de las cosas que vinieron después.

—¿Qué pasa? —preguntó él.

—Nada. ¿Por qué cree que pasa algo?

—Ha suspirado.

—¿Y me oyó suspirar con este viento? —preguntó ella, incrédula.

—He estado muy atento. Ya estoy bastante mal —tos, tos, tos—, sin que usted nos haga aterrizar en un pozo.

Sophie decidió no honrarlo con una respuesta.

—Más allá tome el primer camino a la derecha —instruyó él—. Y llegaremos directamente a mi casa.

Ella siguió las instrucciones.

—¿Tiene nombre su casa?

—Sí. Mi Cabaña.

—Podría habérmelo imaginado.

Él sonrió. Toda una hazaña, pensó ella, puesto que tenía una tos de perros.

—No es broma —dijo él.

Y tal cual, al cabo de un minuto detuvieron el coche delante de una elegante casa de campo en cuya fachada había un discreto letrero que decía: «Mi Cabaña».

—El propietario anterior le puso ese nombre —explicó Benedict, mientras le señalaba el camino al establo—, pero a mí me gusta también.

Sophie miró la casa, que si bien no era muy grande, de ninguna manera era una vivienda modesta.

—¿Y a esto le llama «cabaña»?

—Yo no, el dueño anterior. Debería haber visto su otra casa.

Un momento después estaban resguardados de la lluvia, habían bajado del coche y Benedict estaba desenganchando los caballos. Llevaba guantes pero estaban tan empapados y resbaladizos, que él se los quitó y los arrojó lejos. Sophie lo observó trabajar; tenía los dedos arrugados como pasas y le temblaban de frío.

—Deje que le ayude —dijo, avanzando.

—Puedo hacerlo yo.

—Ya sé que puede, pero lo haría más rápido con mi ayuda.

Él se giró a mirarla, seguro que para rechazar la ayuda nuevamente, pero le vino un acceso de tos que lo hizo doblarse. Sophie se apresuró a llevarlo hasta un banco.

—Siéntese, por favor —le rogó—. Yo acabaré el trabajo.

Pensó que no iba a aceptar, pero él cedió.

—Lo lamento —dijo él con la voz ahogada.

—No hay nada que lamentar —dijo ella, dándose prisa en el trabajo; al menos la mayor prisa posible; todavía tenía adormecidos los dedos, y partes de la piel estaban blancas por haberla tenido tanto tiempo mojada.

—Esto no es muy caballeroso... —le vino otro acceso de tos, una tos más ronca y profunda— de mi parte.

—Ah, creo que esta vez puedo perdonarlo, tomando en cuenta la manera como me salvó esta noche.

Lo miró, tratando de hacerle una airosa sonrisa, pero le temblaron los labios y de pronto, inexplicablemente, se le llenaron de lágrimas los ojos y estuvo a punto de echarse a llorar. Se apresuró a girarse para que él no le viera la cara.

Pero él debió de ver algo, o tal vez simplemente presintió que le pasaba algo, porque le preguntó:

—¿Se siente mal?

—¡Estoy muy bien! —repuso ella, pero la voz le salió forzada y ahogada, y antes de que se diera cuenta, él estaba a su lado, y ella estaba en sus brazos.

—Todo irá bien —la consoló él—. Ahora está a salvo.

Y le brotaron las lágrimas a torrentes. Lloró por lo que podría haber sido su destino esa noche; lloró por lo que había sido su destino los nueve años pasados; lloró por el recuerdo de cuando él la tenía en sus brazos en el baile de máscaras y lloró porque en ese momento estaba en sus brazos.

Lloró porque él era tan condenadamente bueno y aun estando claramente enfermo, y aun cuando ella no era, a sus ojos, nada más que una criada, seguía deseando cuidar de ella y protegerla.

Lloró porque no se había permitido llorar más tiempo del que tenía memoria, y lloró porque se sentía terriblemente sola.

Y lloró porque llevaba tanto tiempo soñando con él y él no la había reconocido. Tal vez era mejor que él no la reconociera, pero su corazón seguía deseando que lo hiciera.

Finalmente se acabaron las lágrimas. Él retrocedió un paso y, tocándole la barbilla, le preguntó:

—¿Se siente mejor ahora?

Ella asintió, sorprendida de que fuera cierto.

—Estupendo. Se llevó un tremendo susto y... —Se apartó de un salto y se dobló con otro acceso de tos.

—Es absolutamente necesario que esté dentro —dijo ella, limpiándose las últimas lágrimas de las mejillas—. Dentro de la casa, quiero decir.

Él asintió.

—¿Echamos una carrera hasta la puerta?

Ella agrandó los ojos, sorprendida. No podía creer que él tuviera el ánimo para hacer una broma de eso, cuando era evidente que se sentía muy mal. Pero se enrolló el cordón de la bolsa en las manos, se cogió la falda y echó a correr hacia la puerta de la casa. Cuando llegó a la escalinata, estaba riendo por el ejercicio, riendo de la ridiculez de correr como una loca para escapar de la lluvia cuando ya estaba empapada hasta los huesos.

Ciertamente Benedict le había ganado en llegar al pequeño pórtico. Podía estar enfermo, pero tenía las piernas considerablemente más largas y fuertes. Cuando ella se detuvo con un patinazo a su lado, él estaba golpeando la puerta.

—¿No tiene llave? —gritó ella para hacerse oír por encima del rugiente viento.

Él negó con la cabeza.

—No tenía planeado venir aquí.

—¿Cree que sus cuidadores le oirán?

—Pues espero que sí, ¡maldita sea! —masculló él.

Ella se pasó la mano por los ojos para quitarse el agua y fue a mirar por la ventana más cercana.

—Está muy oscuro. ¿Cree que podrían no estar en casa?

—No sé en qué otra parte podrían estar.

—¿No tendría que haber al menos una criada o un lacayo?

—Vengo tan rara vez que me pareció tonto contratar toda una plantilla de personal. Hay criadas que solo vienen por el día cuando es necesario.

Sophie hizo un gesto de preocupación.

—Yo sugeriría que buscáramos alguna ventana abierta, pero claro, con la lluvia, eso es improbable.

—Eso no es necesario —dijo él sombríamente—. Sé dónde está la otra llave.

Ella lo miró sorprendida.

—¿Y por qué lo dice tan triste?

A él le vino otro acceso de tos.

—Porque significa que tengo que volver a meterme bajo esta maldita lluvia —contestó después.

Sophie comprendió que él estaba llegando al límite de su paciencia; ya había dicho palabrotas dos veces delante de ella, y no parecía ser el tipo de hombre que maldice delante de una mujer, aunque sea una criada.

—Espere aquí —ordenó él, y antes de que ella pudiera responder, ya había bajado del pórtico y echado a correr.

A los pocos minutos, oyó girar una llave en la cerradura, se abrió la puerta y apareció Benedict con una vela encendida y chorreando agua por el suelo.

—No sé dónde están el señor y la señora Crabtree —dijo, con la voz rasposa por la tos—, pero ciertamente no están aquí.

Sophie tragó saliva.

—¿Estamos solos?

—Completamente —asintió él.

Ella echó a andar hacia la escalera.

—Será mejor que vaya a buscar un cuarto para criado.

—Ah, pues no —gruñó él, cogiéndole el brazo.

—¿Que no?

—Usted, querida muchacha, no irá a ninguna parte —dijo él, negando con la cabeza.

8

Tengo la impresión de que hoy en día no se pueden dar dos pasos en un baile de Londres sin tropezarse con una señora de la sociedad lamentándose de las dificultades de encontrar buen servicio. Efectivamente, esta autora llegó a creer que la señora Featherington y lady Penwood se iban a enzarzar en una pelea a puñetazos en la velada musical de los Smythe-Smith de la semana pasada. Parece ser que hace un mes lady Penwood le birló la doncella a la señora Featherington en sus mismas narices, prometiéndole que le pagaría mejor y le regalaría ropa desechada. (Es preciso hacer notar que la señora Featherington también le daba ropa desechada a la pobre muchacha, pero cualquiera que haya visto los atuendos de las señoritas Featherington comprenderá por qué la doncella no consideraba esto un beneficio.)

Pero la trama se complicó cuando la susodicha doncella volvió a toda prisa donde la señora Featherington a suplicarle que la volviera a emplear. Parece que la idea que tiene lady Penwood sobre el trabajo de una doncella de señora incluye deberes que corresponderían más exactamente a la fregona, camarera de la planta superior «y» cocinera.

Alguien debería decirle a esta señora que una sola criada no puede hacer el trabajo de tres.

Revista de Sociedad de Lady Whistledown
2 de mayo de 1817

—Antes de que cualquiera de los dos vaya a buscar una cama, vamos a encender el hogar y calentarnos. No la salvé de Cavender solo para que se muera de gripe.

Sophie lo observó agitarse con otro acceso de tos, tan fuerte que lo obligó a doblarse por la cintura. No pudo dejar de comentar:

—Con su perdón, señor Bridgerton, pero yo diría que de los dos es usted el que está en más peligro de contraer la gripe.

—Cierto —resolló él—, y puedo asegurarle que no tengo el menor deseo de contraerla. Así pues... —nuevamente se dobló, atacado por la tos.

—¿Señor Bridgerton? —dijo ella, preocupada.

Él tragó saliva y escasamente logró decir:

—Ayúdeme a encender el fuego —tos, tos— antes de que la tos me deje inconsciente.

Sophie frunció el ceño, preocupada. Los accesos de tos eran cada vez más seguidos, y cada vez la tos sonaba más ronca, como si le saliera del fondo del pecho.

No le llevó mucho tiempo encender el fuego; ya tenía bastante experiencia en encenderlo como criada, y muy pronto los dos estaban con las manos lo más cerca posible de las llamas sin quemarse.

—Me imagino que su muda de ropa no estará seca —dijo él, haciendo un gesto hacia la empapada bolsa.

—Lo dudo —repuso ella, pesarosa—. Pero no importa. Si estoy bastante rato aquí, se me secará la ropa.

—No sea tonta —se mofó él, girándose para que el fuego le calentara la espalda—. Seguro que le encontraré algo para que pueda cambiarse.

—¿Tiene ropa de mujer aquí? —preguntó ella, dudosa.

—No será tan quisquillosa que no pueda ponerse unas calzas y una camisa por una noche, ¿verdad?

Hasta ese momento ella había sido tal vez así de quisquillosa, pero dicho de esa manera, le pareció bastante tonto.

—Supongo que no —dijo. Sí que parecía atractiva cualquier ropa seca.

—Estupendo —dijo él enérgicamente—. Entonces usted podría ir a encender los hornillos en dos dormitorios mientras yo busco ropa para los dos.

—Yo puedo dormir en un cuarto para criado —se apresuró a decir Sophie.

—Eso no es necesario —dijo él saliendo de la sala e indicándole que lo siguiera—. Tengo habitaciones para alojados, y usted no es una criada aquí.

—Pero soy una criada —repuso ella, corriendo detrás.

—Haga lo que quiera, entonces. —Empezó a subir la escalera, pero tuvo que detenerse a la mitad, con otro ataque de tos—. Puede subir al ático, donde encontrará algún cuarto diminuto para criado, con un pequeño jergón duro, o puede elegir una habitación con colchón de pluma y edredón de plumón.

Sophie pensó que debía recordar su lugar en el mundo y subir el siguiente tramo de escalera hasta el ático, pero, ¡ay, Dios!, un colchón de plumas y un edredón de plumón se le antojaba el cielo en la tierra. Hacía años que no dormía con esas comodidades.

—Buscaré una pequeña habitación para alojados —accedió—. Eh..., la más pequeña que tenga.

La boca de Benedict medio se curvó en una sonrisa que insinuaba un «Se lo dije».

—Elija la que quiera, pero no esa —dijo, señalando la segunda puerta de la izquierda—. Esa es la mía.

—Encenderé el hornillo allí inmediatamente, entonces.

Él necesitaba el calor más que ella; además, sentía una extraordinaria curiosidad por ver cómo era el interior de su dormitorio. Se pueden saber muchas cosas de una persona por la decoración de su dormitorio. Aunque claro, se dijo, haciendo un gesto displicente, eso si la persona tenía los fondos suficientes para decorar su habitación de la manera preferida. Sinceramente dudaba de que alguien pudiera haberse hecho una idea sobre ella por la decoración del pequeño torreón que había ocupado en la casa de los Cavender; eso sin contar que no tenía ni un penique a su nombre.

Dejando su bolsa en el corredor, entró en el dormitorio de Benedict. Era una habitación hermosa, acogedora y masculina, y muy cómoda. Pese a que Benedict había dicho que rara vez iba allí, había todo tipo de efectos personales en el escritorio y las mesillas: retratos en miniatura de los que debían de ser sus hermanos y hermanas, libros encuadernados en piel e, incluso, un pequeño jarrón de cristal lleno de...

¿Piedras?

—¡Qué extraño! —musitó, acercándose, aun sabiendo que eso era una tremenda intrusión.

—Cada una tiene su significado para mí —dijo una voz ronca detrás de ella—. Las he coleccionado desde... —se interrumpió para toser—, desde que era niño.

Sophie sintió subir el rubor hasta la raíz de los cabellos, al verse así sorprendida fisgoneando descaradamente, pero seguía picada su curiosidad, de modo que sacó una. Era una piedra de color rosado con una accidentada vena gris que la atravesaba por el medio.

—¿Y esta?

—Esa la recogí en una excursión —explicó con voz tierna—. Dio la casualidad que ese día murió mi padre.

—¡Oh! Lo siento —dijo ella dejando caer la piedra sobre las demás, como si la hubiera quemado.

—Hace mucho tiempo.

—De todos modos, lo siento.

—Yo también —dijo él, sonriendo tristemente.

Y entonces le vino un acceso de tos tan fuerte que tuvo que apoyarse en la pared.

—Tiene que calentarse —dijo ella—. Deje que encienda el fuego.

Benedict dejó un atado de ropa sobre la cama.

—Para usted.

—Gracias —repuso ella, sin desviar la atención de su trabajo en el pequeño hornillo de hierro.

Era peligroso seguir en la misma habitación con él, pensó. No creía que él fuera a hacerle ninguna insinuación indebida; era demasiado caballero para hacer requerimientos a una mujer que apenas conocía. No, el peligro estaba rotundamente en el interior de ella. La aterraba pensar que si pasaba mucho tiempo en compañía de él podría enamorarse perdidamente.

¿Y qué ganaría con eso?

Nada, aparte de un corazón roto.

Continuó varios minutos más inclinada sobre el hornillo, atizando la llama hasta estar segura de que no se apagaría.

—Ya está —anunció cuando quedó satisfecha. Se incorporó y arqueó ligeramente la espalda para estirarse, y se giró a mirarlo—. Eso tendría que... ¡Dios mío!

La cara de Benedict Bridgerton estaba francamente verde.

—¿Se siente mal? —preguntó, corriendo a su lado.

—No me siento muy bien —contestó él, con la voz estropajosa, apoyándose pesadamente en el poste de la cama.

Daba la impresión de que estuviera algo borracho, pero ella había estado con él al menos dos horas y sabía que no había bebido nada.

—Tiene que meterse en la cama —dijo, y casi se cayó al suelo cuando él decidió dejar el poste y apoyar en ella su peso.

—¿Viene? —le preguntó él, sonriendo.

Ella se apartó de un salto.

—Ahora sí que sé que está afiebrado.

Él levantó la mano para tocarse la frente, pero se golpeó la nariz.

—¡Ay! —aulló.

Ella hizo un gesto de compasión.

Él subió la mano hasta la frente.

—Mmm, podría tener un poco de fiebre.

Podía ser un gesto de familiaridad horroroso, pensó ella, pero estaba en juego la salud de un hombre, de modo que le tocó la frente. No estaba ardiendo, pero tampoco estaba fresca.

—Tiene que quitarse esa ropa mojada. Inmediatamente.

Benedict se miró y pestañeó, como si ver su ropa empapada fuera una sorpresa.

—Sí —musitó, pensativo—. Creo que sí. —Llevó las manos a los botones, pero los dedos pegajosos y adormecidos se le resbalaban. Finalmente se encogió de hombros y la miró, impotente—. No puedo.

—¡Ay, Dios, déjeme...! —Empezó a desabotonarle el primer botón, retiró las manos, nerviosa, y al cabo de un instante, apretó los dientes y volvió a intentarlo. Los fue desabotonando rápidamente, tratando de desviar la vista a medida que se iba abriendo la camisa, dejando al descubierto otro trocito más de piel—. Ya casi está, solo un momento más.

Él no contestó nada, así que alzó la vista y lo miró. Estaba con los ojos cerrados y el cuerpo se le mecía ligeramente. Si no hubiera estado de pie, ella habría jurado que estaba dormido.

—¿Señor Bridgerton? —le dijo suavemente—. ¿Señor Bridgerton?

Él levantó bruscamente la cabeza.

—¿Qué? ¿Qué?

—Se ha quedado dormido.

Él cerró y abrió los ojos, confuso.

—¿Qué tiene de malo eso?

—No se puede quedar dormido con la ropa puesta.

Él se miró.

—¿Cómo se me desabotonó la camisa?

Sin hacer caso de la pregunta, ella lo empujó hasta dejarlo con la parte de atrás de las piernas apoyadas en la cama.

—Siéntese —le ordenó.

Debió de decirlo en el tono autoritario necesario, porque él obedeció.

—¿Tiene algo seco para ponerse? —le preguntó.

Él se quitó la camisa y la dejó caer al suelo en un bulto informe.

—Nunca duermo vestido.

A Sophie le dio un vuelco el estómago.

—Bueno, creo que esta noche debería ponerse algo y... ¿Qué hace?

Él la miró como si le hubiera hecho la pregunta más estúpida del mundo.

—Me estoy quitando las calzas.

—¿No podría esperar a que yo le diera la espalda?

Él la miró sin expresión.

Ella también lo miró.

Él continuó mirándola. Finalmente dijo:

—¿Y bien?

—¿Y bien qué?

—¿No se va a poner de espaldas?

—¡Ah! —gritó ella, girándose de un salto, como si alguien le hubiera encendido fuego bajo los pies.

Moviendo cansinamente la cabeza de uno a otro lado, Benedict se movió hasta el borde de la cama y se quitó las medias. Que Dios lo protegiera de las señoritas remilgadas. Era una criada, ¡por el amor de Dios! Aun en el caso de que fuera virgen, y dado su comportamiento, sospechaba que lo era, sin duda habría visto un cuerpo masculino. Las criadas se pasaban la vida entrando y saliendo de habitaciones sin golpear la puerta llevando sábanas, toallas y lo que fuera. Era inconcebible que ella no se hubiera encontrado nunca ante un hombre desnudo.

Se quitó las calzas, tarea nada fácil, puesto que la tela estaba más que mojada y tuvo que desprendérsela de la piel. Cuando estaba totalmente desnudo, arqueó una ceja mirando la espalda de Sophie. Ella estaba muy rígida, con las manos fuertemente apretadas en puños a los costados.

Sorprendido, cayó en la cuenta de que verla lo hacía sonreír.

Comenzaba a sentirse un poco débil, y le llevó dos intentos lograr levantar la pierna lo suficiente para meterse en la cama. Con considerable esfuerzo se inclinó y levantó el borde del edredón, se arrastró un poco debajo y se cubrió el cuerpo. Finalmente, extenuado, apoyó la cabeza en la almohada y emitió un gemido.

—¿Cómo se siente? —preguntó Sophie.

—Bien —trató de decir con un enorme esfuerzo, pero lo que le salió fue una especie de «bommm».

La oyó moverse, y cuando logró reunir algo de energía, medio abrió un párpado. Ella estaba junto a la cama. Parecía preocupada.

Sin saber por qué, encontró agradable eso. Hacía mucho tiempo que una mujer que no fuera pariente había estado preocupada por su bienestar.

—Estoy bien —dijo entre dientes, tratando de sonreírle tranquilizador.

Pero la voz le sonó como si viniera de un largo y angosto túnel. Levantó una mano y se tiró la oreja. Le parecía que su boca hablaba bien; el problema tenía que ser del oído.

—¿Señor Bridgerton? ¿Señor Bridgerton?

Volvió a abrir un párpado.

—Vayacostasse —gruñó—. Séquese.

—¿Está seguro?

Él asintió. Ya le resultaba muy difícil hablar.

—Muy bien. Pero voy a dejar abierta su puerta. Si necesita algo, llámeme.

Él volvió a asentir, o al menos lo intentó. Y al instante se quedó dormido.

Sophie tardó escasamente un cuarto de hora en los preparativos para acostarse. Estimulada por una sobreabundancia de energía nerviosa, se quitó la ropa mojada, se puso la seca y encendió el hornillo de su habitación, pero tan pronto como su cabeza tocó la almohada cayó rendida por un agotamiento total y absoluto, que parecía proceder de sus mismos huesos.

Había sido un día muy, muy largo, pensó adormilada. Un día realmente larguísimo, entre atender a sus quehaceres de la mañana, correr por toda la casa para escapar del asedio de Cavender y sus amigos... Se le cerraron los párpados. Sí, el día había sido extraordinariamente largo y...

De repente se sentó en la cama sobresaltada. El fuego del hornillo ardía suave, lo que significaba que debió de quedarse dormida. Pero estaba agotadísima cuando se durmió, por lo tanto, algo tuvo que despertarla. ¿Sería el señor Bridgerton? ¿La habría llamado? Cuando lo dejó para venir a acostarse no tenía muy buen aspecto, pero tampoco estaba a las puertas de la muerte.

Bajó de la cama de un salto, cogió una vela y corrió hacia la puerta de la habitación. Allí tuvo que cogerse la cinturilla de las calzas prestadas por Benedict, porque le iban bajando por las caderas. Cuando salió al corredor oyó el sonido que debió de despertarla.

Era un gemido ronco, al que siguió un ruido de movimiento agitado y luego algo que solo podía interpretarse como un quejido.

A toda prisa entró en la habitación de Benedict y se detuvo junto al hornillo a encender la vela. Él yacía en su cama con una inmovilidad casi antinatural. Se le acercó un poco, con los ojos fijos en su pecho. Sabía que no podía estar muerto, pero se sintió muchísimo mejor al ver que el pecho le subía y le bajaba con la respiración.

—¿Señor Bridgerton? —susurró—. ¿Señor Bridgerton?

No hubo respuesta.

Se acercó otro poco y se inclinó sobre la cama.

—¿Señor Bridgerton?

Él sacó bruscamente la mano y le cogió el hombro haciéndola perder el equilibrio y caer encima de la cama.

—¡Señor Bridgerton! ¡Suélteme! —chilló.

Pero él comenzó a moverse, agitado, gimiendo y girándose a un lado y otro de la cama. Su cuerpo despedía tanto calor que ella comprendió que estaba muy afiebrado.

Cuando logró liberarse y bajar de la cama, él continuaba agitado, dándose vueltas y vueltas, y hablando dormido, encadenando palabras que formaban frases sin ningún sentido.

Después de observarlo un momento en silencio le puso la mano en la frente. La tenía ardiendo.

Se mordió el labio inferior, pensando qué podía hacer. No tenía ninguna experiencia en atender enfermos con fiebre, pero le parecía que lo lógico sería enfriarlo. Por otro lado, siempre había visto que las habitaciones de enfermos las mantenían calientes, bien cerradas para que no entrara aire, o sea que quizá...

En ese momento Benedict se dio otra vuelta y musitó:

—Bésame.

Sophie soltó la cinturilla de las calzas y estas cayeron al suelo. Se le escapó un gritito y se apresuró a agacharse y cogerlas. Sujetando firmemente la cinturilla con la mano derecha, alargó la izquierda para darle unas palmaditas en la mano, pero lo pensó mejor y la retiró.

—Está soñando, señor Bridgerton —dijo.

—Bésame —repitió él.

A la tenue luz de la solitaria vela vio que a él se le movían rápidamente los ojos bajo los párpados. Qué increíble ver soñar a otra persona, pensó.

—¡Bésame, caramba! —gritó él de pronto.

Sophie dio un salto atrás, sorprendida y se apresuró a afirmar la vela en la mesilla.

—Señor Bridgerton... —comenzó, con toda la intención de explicarle por qué no podía ni siquiera ocurrírsele besarlo, pero entonces pensó: ¿por qué no?

Con el corazón desbocado, se inclinó y depositó unos suavísimos, ligerísimos besos en sus labios.

—Te amo —susurró—. Siempre te he amado.

Con un inmenso alivio, vio que él no se movía. Ese no era precisamente un momento que deseara que él recordara por la mañana. Y justo cuando acababa de convencerse de que él había vuelto a dormirse profundamente, él comenzó a mover la cabeza de un lado a otro, dejando profundas depresiones en la almohada de plumas.

—¿Dónde estás? —gruñó él, con voz ronca—. ¿Dónde te has metido?

—Estoy aquí —contestó ella.

Él abrió los ojos y por un instante pareció estar totalmente lúcido.

—No tú —dijo y volviendo a cerrar los ojos continuó moviendo la cabeza de lado a lado.

—Bueno, yo soy lo único que tiene —masculló Sophie—. No se mueva —añadió con una risita nerviosa—. Vuelvo enseguida.

Y con el corazón acelerado por el miedo y los nervios, salió corriendo de la habitación.

Si algo había aprendido Sophie en sus tiempos de criada era que la mayoría de las casas se organizaban esencialmente de la misma manera. Y por ese motivo no tuvo ningún problema para encontrar sábanas limpias para cambiarle las mojadas a Benedict; también encontró un jarro, que llenó de agua fría, y unas cuantas toallitas para humedecerle la frente.

Cuando entró en el dormitorio, él yacía inmóvil otra vez, pero su respiración era superficial y rápida. Volvió a tocarle la frente; no podía estar segura, pero le pareció que estaba más caliente.

¡Dios santo! Esa no era buena señal, y ella no estaba en absoluto cualificada para atender a un paciente con fiebre. Ni Araminta, ni Rosamund ni Posy habían estado enfermas ni un solo día, jamás, y los Cavender eran personas extraordinariamente sanas también. Lo más cercano a cuidar de un enfermo que había hecho en toda su vida era atender a la madre de la señora Cavender, que no podía caminar. Pero jamás había cuidado de alguien con fiebre.

Metió una toallita en la jarra y la estrujó para que no chorreara.

—Esto tendría que hacerle sentir mejor —susurró, aplicándosela cuidadosamente sobre la frente—. Al menos, eso espero —añadió, en tono muy poco seguro.

Él no hizo el menor intento de retirar la cabeza al contacto con la mojada y fría toalla. Eso ella lo interpretó como excelente señal, de modo que mojó y estrujó otra. Pero no tenía idea de dónde podía ponerla. El pecho no le pareció un lugar adecuado, y de ninguna manera iba a bajarle la manta hasta más abajo de la cintura, a no ser que el pobre hombre estuviera en las puertas de la muerte (y aun en ese caso, no sabía qué demonios podría hacer por ahí abajo que lo resucitara). Así que finalmente le pasó la toalla mojada por detrás de las orejas y por los costados del cuello.

—¿Se siente mejor con esto? —le preguntó, sin esperar respuesta, lógicamente, sino pensando que debía continuar con su conversación unilateral—. La verdad es que no sé mucho de cuidar enfermos, pero me parece que le iría bien algo fresco en la frente. Si yo estuviera enferma, seguro que me gustaría.

Él se movió inquieto, musitando palabras incoherentes.

—¿Ah, sí? —contestó ella, tratando de sonreír pero sin conseguirlo—. Me alegra que piense eso.

Él masculló otra cosa.

—No —dijo ella, pasándole la toalla fresca por la oreja—. Me parece mejor lo que dijo primero.

Él se quedó inmóvil.

—Será un placer para mí reconsiderarlo —dijo ella, preocupada—. No se ofenda, por favor.

Él no se movió.

Sophie suspiró. No se podía conversar mucho rato con un hombre inconsciente sin empezar a sentirse absolutamente idiota. Le quitó la toalla de la frente y puso la mano. La sintió pegajosa; pegajosa y todavía caliente, combinación que no habría creído posible.

Decidió no volver a ponerle la toalla, así que la dejó encima de la jarra. Era muy poco lo que podía hacer por él en ese preciso momento, de modo que se incorporó, y para estirar las piernas dio una lenta vuelta por la habitación, deteniéndose a coger y examinar desvergonzadamente todo lo que podía cogerse y también examinando algunas de las cosas fijas.

La colección de retratos en miniatura fue su primera parada. Había nueve sobre el escritorio; coligió que eran de los padres y hermanos de Benedict. Comenzó a poner las de los hermanos por orden de edad, pero luego se le ocurrió que lo más probable era que los retratos no se hubieran pintado todos al mismo tiempo, por lo que igual podía estar mirando el retrato de su hermano mayor a los quince años y el del hermano menor a los veinte.

La sorprendió lo mucho que se parecían todos: el mismo color de pelo, castaño oscuro, las bocas anchas, y la elegante estructura ósea. Los miró detenidamente tratando de comparar el color de los ojos, pero eso le resultó imposible a la tenue luz de la vela; además, normalmente en los retratos en miniatura no se distinguía bien el color de los ojos.

Junto a las miniaturas estaba el jarrón con la colección de piedras. Cogió unas cuantas y, una a una, las hizo rodar un poco en la mano. «¿Por qué son tan especiales para ti?», pensó en un susurro, devolviéndolas con sumo cuidado a su lugar. A ella le parecían simples piedras, pero tal vez él las encontraba más interesantes y únicas porque representaban recuerdos especiales. Encontró un pequeño cofre de madera que le fue imposible abrir; tenía que ser una de esas cajas con truco de que había oído hablar, que venían de Oriente. Y lo más curioso, a un lado del escritorio había un gran cuaderno de dibujo; estaba lleno de dibujos a lápiz, principalmente paisajes, pero también algunos retratos. ¿Los había dibujado Benedict? Miró de cerca el margen inferior de cada dibujo; las pequeñas iniciales parecían ser dos bes.

Se le escapó una exclamación ahogada y una sonrisa no invitada le iluminó la cara. Jamás se habría imaginado que Benedict era un artista. Jamás había leído nada acerca de eso en *Whistledown*, y ciertamente eso era algo que la columnista de cotilleo podría haber descubierto a lo largo de los años.

Llevó el cuaderno cerca de la mesilla para examinarlo a la luz de la vela y fue pasando las páginas. Deseó sentarse a mirarlo y dedicar diez minutos a contemplar cada dibujo, pero consideró intromisión examinar sus dibujos con tanto detalle; tal vez solo quería justificar su fisgoneo, pero no encontraba tan incorrecto echarles una mirada.

Los paisajes eran variados. Algunos eran de Mi Cabaña (¿o debía llamarla «Su Cabaña»?) y otros eran de una casa más grande; supuso que esa era la casa de campo de la familia Bridgerton. En la mayoría de los paisajes no había ninguna estructura arquitectónica, solo un arroyo burbujeante, un árbol agitado por el viento, una pradera bajo la lluvia. Y lo pasmoso era que los dibujos captaban el momento, verdadero y completo. Habría jurado que el agua del arroyo burbujeaba y que el viento agitaba las hojas de ese árbol.

El número de retratos era menor, pero ella los encontró infinitamente más interesantes. Había varios de una niña que tenía que ser su hermana menor, y unos cuantos de una mujer que supuso era su madre. Uno de los que más le gustó representaba un juego al aire libre. Al menos cinco hermanos Bridgerton sostenían unas largas mazas, y una de las niñas, dibujada en primer plano, estaba a punto de golpear una bola para hacerla pasar por un aro; tenía la cara arrugada por la concentración.

El dibujo le hizo sentir deseos de reírse fuerte. Sintió la alegría de ese día, y eso le hizo sentir ansias de tener una familia.

Miró a Benedict, que seguía durmiendo apaciblemente. ¿Comprendería él la suerte que tenía por haber nacido en ese numeroso y amoroso clan?

Exhalando un largo suspiro, continuó pasando las páginas hasta que llegó al final. El último dibujo era diferente de los demás porque parecía ser una escena nocturna, y la mujer que llevaba recogida la falda hasta más arriba de los tobillos e iba corriendo por...

¡Buen Dios! Ahogó una exclamación, pasmada. ¡Era ella!

Se acercó el dibujo a la cara. Él había captado a la perfección los detalles del vestido, ese vestido maravilloso, mágico, que fuera suyo por una sola noche. Había recordado incluso sus guantes largos hasta los codos, y los detalles de su peinado. Su cara era menos reconocible, pero eso había que disculparlo, puesto que nunca se la había visto entera.

Bueno, nunca hasta esa noche.

En ese momento Benedict emitió un gemido y cuando ella lo miró vio que se estaba moviendo inquieto. Cerró el cuaderno y fue a dejarlo en su lugar. Después se acercó a la cama.

—¿Señor Bridgerton? —susurró.

¡Cómo deseaba llamarlo Benedict, tutearlo! Así era como pensaba en él; así lo había llamado siempre en sus sueños esos dos largos años. Pero eso sería una familiaridad inexcusable, y ciertamente no iba bien con su posición como criada.

—¿Señor Bridgerton? —repitió—. ¿Se siente mal?

Él abrió los ojos.

—¿Se le ofrece algo?

Él cerró y abrió los ojos varias veces, y ella no pudo saber si la había oído o no. Parecía tener los ojos desenfocados, y ni siquiera podía saber si la veía.

—¿Señor Bridgerton?

—Sophie —dijo él, con voz rasposa. Seguro que tenía la garganta seca e irritada—. La criada.

—Estoy aquí —dijo ella, asintiendo—. ¿Qué se le ofrece?

—Agua.

—Enseguida.

Había metido las toallitas en el agua de la jarra, pero decidió que ese no era el momento para ser delicada, de modo que cogió el vaso que había subido de la cocina y lo llenó.

—Tenga.

Él tenía las manos temblorosas, de modo que ella continuó sujetando el vaso mientras él se lo llevaba a la boca. Bebió dos sorbos y volvió a poner la cabeza en la almohada.

—Gracias —susurró.

Sophie le tocó la frente. Seguía caliente, pero él parecía estar lúcido otra vez, por lo que decidió interpretar eso como señal de que había empezado a bajarle la fiebre.

—Creo que se sentirá mejor por la mañana.

Él se rio. No fuerte ni con nada parecido a vigor, pero se rio.

—No lo creo —graznó.

—Bueno, no totalmente recuperado —concedió ella—, pero creo que se sentirá mejor que ahora.

—Bueno, sería difícil que me sintiera peor.

Sophie le sonrió.

—¿Se siente capaz de moverse hacia un lado de la cama para poder cambiarle las sábanas?

Él asintió e hizo lo que le pedía. Después cerró los ojos cansados, mientras ella iba de uno a otro lado de la cama.

—Ese es un buen truco —comentó cuando ella terminó.

—La madre de la señora Cavender solía ir de visita con frecuencia —explicó ella—. Estaba postrada en cama, así que tuve que aprender a cambiarle las sábanas sin que ella se levantara. No es tremendamente difícil.

Él asintió.

—Ahora me volveré a dormir.

Sophie le dio una palmadita tranquilizadora en el hombro, no pudo evitarlo.

—Se sentirá mejor por la mañana —susurró—. Se lo prometo.

9

Dicen que los médicos son los peores pacientes, pero es la opinión de esta autora que cualquier hombre es un paciente terrible. Podríamos decir que ser un paciente exige paciencia, y Dios sabe que la mitad masculina de nuestra especie no goza de abundancia de paciencia.

REVISTA DE SOCIEDAD DE LADY WHISTLEDOWN
2 de mayo de 1817

Lo primero que hizo Sophie a la mañana siguiente fue chillar.

Se había quedado dormida sentada en el sillón de respaldo recto junto a la cama de Benedict, con los brazos y las piernas en posición muy poco elegante y la cabeza ladeada en una postura bastante incómoda. Al principio su sueño fue ligero, con los oídos aguzados por si le llegaba alguna señal de malestar de la cama del enfermo. Pero después de una hora o algo así de un total y bendito silencio, el agotamiento pudo con ella y cayó en un sueño profundo, ese tipo de sueño del que uno debería despertar en paz, con una llana y descansada sonrisa en la cara.

Y posiblemente a eso se debió que, cuando abrió los ojos y vio a dos personas desconocidas mirándola fijamente, se llevó un susto tan grande que a su corazón le llevó cinco minutos completos volver a latir con normalidad.

—¿Quiénes son ustedes?

Las palabras ya le habían salido por la boca cuando comprendió quiénes tenían que ser, necesariamente: el señor y la señora Crabtree, los cuidadores de Mi Cabaña.

—¿Quién es usted? —preguntó el hombre, en un tono no menos belicoso.

—Sophie Beckett —respondió ella, atragantándose—. Eh..., yo... —apuntó a Benedict, desesperada—. Él...

—¡Dígalo, muchacha!

—¡No la torturen! —graznó el enfermo.

Las tres cabezas se giraron hacia Benedict.

—¡Está despierto! —exclamó Sophie.

—Quisiera Dios que no lo estuviera —masculló él—. Me arde la garganta como si tuviera fuego ahí.

—¿Quiere que le vaya a buscar otro poco de agua? —le ofreció Sophie, solícita.

—Té, por favor.

Ella se levantó de un salto.

—Iré a prepararlo.

—Iré yo —dijo firmemente la señora Crabtree.

—¿Quiere que la ayude? —preguntó Sophie, tímidamente.

Algo en ese par la hacía sentirse diez años mayor. Los dos eran bajos y rechonchos, pero irradiaban autoridad.

La señora Crabtree negó con la cabeza.

—Buena ama de llaves sería yo si no supiera preparar un té.

Sophie tragó saliva; no sabía si la señora Crabtree estaba enfadada o hablaba en broma.

—No fue mi intención dar a entender que...

La señora Crabtree interrumpió la disculpa agitando la mano.

—¿Le traigo una taza?

—A mí no debe traerme nada. Soy una c...

—Tráigale una taza —ordenó Benedict.

—Pero...

—¡Silencio! —gruñó él apuntándola con el dedo. Después miró a la señora Crabtree con una sonrisa que podría haber derretido una cumbre de hielo—: ¿Tendría la amabilidad de añadir una taza para la señorita Beckett en la bandeja?

—Desde luego, señor Bridgerton, ¿pero podría decirle...?

—Puede decirme lo que quiera cuando vuelva con el té —le prometió él.

Ella lo miró severa.

135

—Tengo mucho que decir.

—De eso no me cabe la menor duda.

Benedict, Sophie y el señor Crabtree guardaron silencio mientras la señora Crabtree salía de la habitación, y cuando ya se había alejado bastante y no podía oír, el señor Crabtree se echó a reír.

—¡Le espera una buena, señor Bridgerton!

Benedict sonrió débilmente. El señor Crabtree se volvió hacia Sophie y le explicó:

—Cuando la señora Crabtree dice que tiene mucho que decir, es que tiene mucho que decir.

—¡Ah! —dijo Sophie.

Le habría gustado decir algo más inteligente, pero con tan poco tiempo de aviso, lo único que se le ocurrió fue «¡ah!».

—Y cuando tiene mucho que decir —continuó el señor Crabtree, con la sonrisa más ancha y astuta—, le gusta decirlo con inmenso vigor.

—Por suerte —terció Benedict, sarcástico—, tendremos nuestro té para mantenernos ocupados.

El estómago de Sophie gruñó audiblemente. Benedict la miró brevemente, con expresión divertida.

—Y un buen desayuno, también —añadió—, si conozco a la señora Crabtree.

—Ya está preparado, señor Bridgerton —asintió el señor Crabtree—. Vimos sus caballos en el establo esta mañana, al volver de la casa de nuestra hija, y la señora Crabtree se puso a trabajar en el desayuno inmediatamente. Sabe cuánto le gustan los huevos.

Benedict miró a Sophie y le sonrió con expresión de complicidad:

—Me encantan los huevos.

A ella volvió a gruñirle el estómago.

—Pero no sabíamos que estaba acompañado —dijo el señor Crabtree.

Benedict se echó a reír, y al instante hizo un gesto de dolor.

—No me imagino que la señora Crabtree no haya preparado comida suficiente para un pequeño ejército.

—Bueno, no tuvo tiempo para preparar un desayuno adecuado, con pastel de carne y pescado —explicó el señor Crabtree—, pero creo que tiene tocino, jamón, huevos y tostadas.

Esta vez el estómago de Sophie lanzó un rugido. Ella se puso la mano en el estómago, resistiendo apenas el deseo de sisearle «¡Cállate!».

—Debería habernos dicho que venía —continuó el señor Crabtree—. No habríamos ido de visita si lo hubiéramos sabido.

—Fue una decisión de último momento —explicó Benedict, estirando el cuello a uno y otro lado—. Fui a una fiesta desagradable y decidí marcharme.

—¿De dónde viene ella? —preguntó el señor Crabtree haciendo un gesto hacia Sophie.

—Estaba en la fiesta.

—Yo no estaba en la fiesta —enmendó Sophie—. Simplemente estaba allí.

El señor Crabtree la miró con desconfianza.

—¿Cuál es la diferencia?

—No estaba en la fiesta. Era criada en la casa.

—¿Usted es una criada?

—Eso es lo que he estado tratando de decirle.

—Usted no parece criada. —Miró a Benedict—. ¿A usted le parece criada?

Benedict se encogió de hombros, indeciso.

—No sé qué parece.

Sophie lo miró enfurruñada. Tal vez eso no era un insulto, pero no era un cumplido tampoco.

—Si es la criada de otros, ¿qué hace aquí? —insistió el señor Crabtree.

—¿Podría reservar la explicación para cuando vuelva la señora Crabtree? Porque estoy seguro de que ella repetirá todas sus preguntas.

El señor Crabtree lo miró un momento, pestañeó, asintió y se volvió hacia Sophie.

—¿Por qué va vestida así?

Sophie se miró y comprobó, horrorizada, que se había olvidado que vestía ropas de hombre, ropas tan grandes que apenas lograba que las calzas no le cayeran a los pies.

—Mi ropa estaba empapada —explicó— por la lluvia.

Él asintió, comprensivo.

—Vaya tormenta la de anoche. Por eso nos quedamos a alojar con nuestra hija. Teníamos pensado volver a casa, ¿sabe?

Benedict y Sophie se limitaron a asentir.

—No vive muy lejos —continuó el señor Crabtree—, solo al otro lado del pueblo. —Miró a Benedict, que se apresuró a hacer un gesto de asentimiento—. Ha tenido otro bebé, una niña.

—Felicitaciones —dijo Benedict.

Por su cara, Sophie comprendió que no decía eso por simple educación. Lo decía en serio.

Se oyeron fuertes pisadas procedentes de la escalera; sin duda era la señora Crabtree, que volvía con el desayuno.

—Tendría que ir a ayudarle —dijo Sophie, poniéndose de pie de un salto y corriendo hacia la puerta.

—Una vez criada, siempre criada —comentó sabiamente el señor Crabtree.

Benedict no habría podido asegurarlo, pero creyó ver a Sophie hacer un mal gesto.

Pasado un minuto, entró la señora Crabtree llevando un espléndido servicio de té de plata.

—¿Dónde está Sophie? —preguntó Benedict.

—La envié a buscar el resto —contestó la señora Crabtree—. No tardará nada. Simpática muchacha —añadió con toda naturalidad—, pero necesita un cinturón para esas calzas que le prestó.

Benedict sintió una sospechosa opresión en el pecho al pensar en Sophie, la criada, con sus calzas en los tobillos. Tragó saliva, incómodo, al comprender que esa opresiva sensación bien podía ser deseo.

Y a continuación gimió y se llevó la mano al cuello, porque la saliva tragada para aliviar la incomodidad le producía más incomodidad después de una noche de toser.

—Necesita uno de mis tónicos —dijo la señora Crabtree.

Él negó enérgicamente con la cabeza. Ya había probado uno de esos tónicos, y estuvo vomitando durante tres horas.

—No aceptaré una negativa —le advirtió ella.

—Jamás acepta una negativa —añadió el señor Crabtree.

—El té hará maravillas —se apresuró a decir Benedict—. No me cabe duda.

Pero la atención de la señora Crabtree ya se había desviado a otra cosa.

—¿Dónde está esa muchacha? —masculló, y fue a asomarse a la puerta.

—¡Sophie! ¡Sophie!

—Si consigue impedirle que me traiga un tónico —le susurró Benedict al señor Crabtree rápidamente—, cuente con cinco libras en el bolsillo.

El señor Crabtree sonrió de oreja a oreja.

—¡Considérelo hecho!

—Ahí está —anunció la señora Crabtree—. ¡Ay, Dios de los cielos!

—¿Qué pasa, querida? —preguntó el señor Crabtree caminando lentamente hacia la puerta.

—La pobre criatura no puede llevar una bandeja y sujetarse las calzas al mismo tiempo —contestó ella, riendo compasiva.

—¿No la va a ayudar? —preguntó Benedict.

—Sí, claro que sí —contestó ella y echó a andar.

—Vuelvo enseguida —dijo el señor Crabtree a Benedict, por encima del hombro—. No quiero perderme esto.

—¡Que alguien le busque un maldito cinturón a la muchacha! —gritó Benedict, malhumorado.

No encontraba nada justo que todos salieran al corredor a ver el espectáculo mientras él estaba clavado en la cama.

Y ciertamente estaba clavado. La sola idea de levantarse lo mareaba.

Esa noche debió de haber estado más grave de lo que pensó. Ya no sentía la necesidad de toser cada pocos segundos, pero sentía el cuerpo agotado, exhausto. Le dolían los músculos y le ardía la garganta de irritación. Hasta las muelas le dolían un poco.

Tenía vagos recuerdos de Sophie atendiéndolo. Le había puesto compresas frías en la frente, había estado velando al lado de la cama, incluso le había cantado una canción de cuna. Pero nunca logró verle la cara. La mayor parte del tiempo no había tenido la energía para abrir los ojos, y cuando lograba abrirlos, la habitación estaba oscura, y ella siempre estaba en las sombras, recordándole a...

Contuvo el aliento, y el corazón se le desbocó en el pecho, porque en un repentino relámpago de claridad, recordó su sueño.

Había soñado con «ella».

No era un sueño nuevo, aunque hacía meses que no lo tenía. No era una fantasía para inocentes tampoco. Él no era ningún santo, y cuando soñaba con la mujer del baile de máscaras, ella no llevaba su vestido plateado.

No llevaba nada encima, pensó sonriendo pícaramente.

Pero lo que lo asombraba era que ese sueño le hubiera vuelto después de tantos meses dormido. ¿Era algo que tenía Sophie lo que se lo hizo volver? Había supuesto, había deseado, que la desaparición de ese sueño significara que había acabado su obsesión por ella.

Era evidente que no.

Ciertamente Sophie no se parecía a la mujer con la que bailó hacía dos años. Su pelo no era del mismo color, y era demasiado delgada. Recordaba claramente las exuberantes curvas de la mujer enmascarada en sus brazos; comparada con ella, bien se podía decir que Sophie era escuálida. Sí, tal vez su voz se parecía un poco, pero tenía que reconocer que con el paso del tiempo sus recuerdos habían ido perdiendo nitidez y ya no recordaba con toda claridad la voz de su mujer misteriosa. Además, la pronunciación de Sophie, si bien excepcionalmente refinada para ser una criada, no era de tan buen tono como la de «ella».

Soltó un bufido de frustración. ¡Cómo detestaba llamarla «ella»! Ese le parecía el más cruel de los secretos de «ella»: se había negado a decirle su nombre. Una parte de él deseaba que le hubiera mentido, diciéndole un nombre falso. Así por lo menos habría tenido cómo llamarla cuando pensaba en ella.

Un nombre para susurrar por la noche, cuando miraba por la ventana pensando dónde demonios estaría.

Sonidos de pasos, tropiezos y choques procedentes del corredor, le impidieron seguir reflexionando. El señor Crabtree fue el primero en volver, tambaleante bajo el peso de la bandeja con la comida para el desayuno.

—¿Qué les ocurrió a ellas? —preguntó Benedict, mirando la puerta con expresión desconfiada.

—La señora Crabtree fue a buscarle ropa adecuada a Sophie —repuso el señor Crabtree dejando la bandeja en el escritorio—. ¿Jamón o tocino?

—Las dos cosas. Estoy muerto de hambre. ¿Y qué demonios quiso decir ella con «ropa adecuada»?

—Un vestido, señor Bridgerton. Eso es lo que usan las mujeres.

Benedict consideró seriamente la posibilidad de arrojarle el cabo de la vela.

—Quise decir —explicó, con una paciencia que él habría calificado de santa—, ¿dónde va a encontrar un vestido?

El señor Crabtree se acercó tranquilamente y le instaló en el regazo una bandeja con patas con el plato de comida.

—La señora Crabtree tiene varios vestidos extras, y siempre tiene mucho gusto en prestarlos.

Benedict se atragantó con el bocado de huevo que acababa de echarse en la boca.

—La señora Crabtree no tiene la misma talla que Sophie.

—Tampoco usted —observó el señor Crabtree—, y bien que ella llevaba sus ropas.

—Creí oírle decir que las calzas se le cayeron en la escalera.

—Bueno, ya no tenemos que preocuparnos de eso con el vestido. No creo que le pasen los hombros por el agujero del cuello.

Benedict decidió que su cordura estaría más segura si se ocupaba de sus asuntos, y dedicó toda su atención al desayuno.

Ya iba por su tercer plato cuando apareció la señora Crabtree en la puerta.

—Aquí estamos —anunció.

Entonces apareció Sophie, prácticamente sumergida en el voluminoso vestido de la señora Crabtree. Aparte de los tobillos, claro. La señora Crabtree era su buen medio palmo más baja.

—¿No está monísima? —dijo la señora Crabtree, sonriendo de oreja a oreja.

—Ah, sí, sí —repuso Benedict, curvando los labios.

Sophie lo miró indignada.

—Tendrá abundante espacio para el desayuno —dijo él, bravamente.

—Solo lo llevará hasta que yo le haga limpiar su ropa —explicó la señora Crabtree—. Pero por lo menos es decente. —Se acercó a la cama—. ¿Cómo está su desayuno, señor Bridgerton?

—Delicioso. No había comido tan bien desde hace meses.

La señora Crabtree se inclinó a susurrarle:

—Me gusta su Sophie. ¿Nos la podríamos quedar?

Benedict volvió a atragantarse. Con qué, no lo sabía, pero se atragantó de todos modos.

—¿Qué?

—Ya no somos tan jóvenes el señor Crabtree y yo. No nos iría mal otro par de manos aquí.

—Eh..., esto..., yo..., bueno... —se aclaró la garganta—. Lo pensaré.

—Excelente. —La señora Crabtree volvió hasta la puerta y cogió a Sophie por el brazo—. Usted viene conmigo. El estómago le ha estado gruñendo toda la mañana. ¿Cuándo comió por última vez?

—Eh..., en algún momento de ayer, diría yo.

—¿Ayer a qué hora? —insistió la señora Crabtree.

Benedict tuvo que ponerse la servilleta en la boca para ocultar su sonrisa. Sophie parecía estar totalmente arrollada. La señora Crabtree tendía a hacerle eso a las personas.

—Eh..., bueno, en realidad...

La señora Crabtree se plantó las manos en las caderas. Benedict sonrió. Una buena le esperaba a Sophie.

—¿Me va a decir que ayer no comió en todo el día? —bramó la señora Crabtree.

Sophie miró desesperada a Benedict.

Él contestó con un encogimiento de hombros que le decía «No busques ayuda en mí». Además, disfrutaba viendo el cariño con que la trataba la señora Crabtree. Estaba dispuesto a apostar que esa pobre muchacha no había sido tratada con cariño desde hacía años.

—Ayer estuve muy ocupada —dijo Sophie, evadiendo la respuesta.

Benedict frunció el ceño. Lo más probable era que estuviera ocupada huyendo de Phillip Cavender y de la manada de idiotas que llamaba amigos.

La señora Crabtree hizo sentar a Sophie en el asiento del escritorio.

—Coma —le ordenó.

Benedict la observó comer. Era evidente que ella intentaba hacer uso de sus mejores modales, pero el hambre debió de ganar la batalla, porque pasado un minuto estaba prácticamente zampándose la comida.

Solo cuando cayó en la cuenta de que tenía las mandíbulas fuertemente apretadas comprendió que estaba absolutamente furioso. Con quién, no lo sabía exactamente, pero no le gustaba ver a Sophie tan hambrienta.

Había un extraño vínculo entre él y la criada. Él la había salvado a ella y ella lo había salvado a él. Ah, dudaba de que la fiebre de esa noche lo hubiera matado; si hubiera sido realmente grave, estaría batallando con ella en esos momentos. Pero ella lo había cuidado, lo había puesto cómodo y tal vez lo hizo avanzar en el camino a la recuperación.

—¿Me hará el favor de vigilar que coma por lo menos otro plato? —le pidió la señora Crabtree—. Voy a ir a prepararle una habitación.

—Uno de los cuartos para los criados —dijo Sophie.

—No sea tonta. Mientras no la contratemos, no es una criada aquí.

—Pero...

—No se hable más —interrumpió la señora Crabtree.

—¿Quieres que te ayude, querida? —le preguntó el señor Crabtree.

Ella asintió y al instante siguiente la pareja ya se había marchado.

Sophie detuvo el proceso de comer tanta comida como era humanamente posible para mirar la puerta por donde acababan de desaparecer. Sin duda la consideraban una de ellos, porque si no hubiera sido una criada, de ninguna manera la habrían dejado a solas con Benedict. Las reputaciones se podían arruinar con mucho menos.

—Ayer no comió nada en todo el día, ¿verdad? —le preguntó Benedict en voz baja.

Ella negó con la cabeza.

—La próxima vez que vea a Cavender lo voy a dejar convertido en una pulpa sanguinolenta —gruñó él.

Si ella fuera una persona mejor se habría sentido horrorizada, pensó Sophie, pero no pudo evitar una sonrisa al imaginarse a Benedict defendiendo más su honor. O a Phillip Cavender con la nariz recolocada en la frente.

—Vuelva a llenarse el plato —le dijo él—. Aunque solo sea por mi bien. Le aseguro que antes de marcharse la señora Crabtree contó los huevos y las lonchas de jamón que había en la fuente, y querrá mi cabeza si no ha disminuido el número cuando vuelva.

—Es una señora muy buena —dijo ella, poniéndose huevos en el plato. El primero le había aplacado apenas el hambre; no necesitaba que la instaran a comer.

—La mejor.

Con suma pericia, ella equilibró una loncha de jamón entre el tenedor y la cuchara de servir y la trasladó a su plato.

—¿Cómo se siente esta mañana, señor Bridgerton?

—Muy bien, gracias. O si no bien, por lo menos condenadamente mejor que anoche.

—Estuve muy preocupada por usted —dijo ella, quitando el borde de grasa del jamón con el tenedor y luego cortando un trozo con el cuchillo.

—Ha sido muy amable al cuidar de mí.

Ella masticó y tragó. Luego dijo:

—No fue nada en realidad. Cualquiera lo habría hecho.

—Tal vez, pero no con tanta gracia y buen humor.

El tenedor de ella quedó inmóvil a medio camino.

—Gracias —dijo—. Ese es un hermoso cumplido.

—Yo no... Mmm...

Benedict se interrumpió y se aclaró la garganta. Ella lo miró con curiosidad, esperando que acabara lo que fuera que iba a decir.

—No, nada —musitó él.

Decepcionada, ella se metió el trozo de jamón en la boca.

—¿No hice nada de lo que tenga que pedir disculpas? —soltó él de pronto, a toda prisa.

Sophie tosió y escupió el trozo de jamón en la servilleta.

—Eso lo interpretaré como un sí —dijo él.

—¡No! Simplemente me sorprendió.

—No me mentiría acerca de esto, ¿verdad? —insistió él, mirándola con los ojos entrecerrados.

Ella negó con la cabeza, recordando el beso perfecto que le había dado. Él no había hecho nada que exigiera una disculpa, pero eso no significaba que no lo hubiera hecho ella.

—Se ha ruborizado —la acusó él.

—No, no estoy ruborizada.

—Sí que lo está.

—Si me he ruborizado —contestó ella descaradamente—, es porque me extraña que a usted se le ocurra pensar que pudiera haber motivo para pedir disculpas.

—Se le ocurren muy buenas respuestas para ser una criada —comentó él.

—Perdone —se apresuró a decir ella.

Tenía que recordar su lugar; pero eso le resultaba difícil con ese hombre, el único miembro de la alta sociedad que la había tratado como a una igual, aunque solo fuera por unas horas.

—Lo dije como cumplido. No se reprima por mi causa.

Ella guardó silencio.

—La encuentro muy... —se interrumpió, obviamente para buscar la palabra correcta—. Estimulante.

—¡Ah! —Dejó el tenedor en la mesa—. Gracias.

—¿Tiene algún plan para el resto del día?

Ella se miró el voluminoso vestido e hizo una mueca.

—Pensaba esperar a que estuviera lista mi ropa y entonces, supongo que iré a ver si en alguna de las casas vecinas necesitan una criada.

—Le dije que le encontraría un puesto en la casa de mi madre —dijo él, ceñudo.

—Y eso se lo agradezco mucho —se apresuró a decir ella—. Pero preferiría continuar en el campo.

Él se encogió de hombros, con la actitud de aquel al que jamás la vida le ha puesto ningún escollo por delante.

—Entonces puede trabajar en Aubrey Hall, en Kent.

Sophie se mordió el labio. Ciertamente no podía decirle que no quería trabajar en la casa de su madre porque tendría que verlo a él. No podía imaginarse una tortura más exquisitamente dolorosa.

—No debe considerarme una responsabilidad suya —le dijo finalmente.

Él la miró con cierto aire de superioridad.

—Le dije que le encontraría otro puesto.

—Pero...

—¿Qué puede haber en eso para discutir?

—Nada —masculló ella—. Nada en absoluto.

No serviría de nada discutir con él en ese momento.

—Estupendo —dijo él, reclinándose satisfecho en sus almohadones—. Me alegro de que lo vea a mi manera.

—Debo irme —dijo ella, empezando a levantarse.

—¿A hacer qué?

—No lo sé —repuso ella, sintiéndose estúpida.

Él sonrió de oreja a oreja.

—Que lo disfrute, entonces.

Ella cerró la mano en el mango de la cuchara de servir.

—No lo haga —le advirtió él.

—¿Que no haga qué?

—Arrojarme la cuchara.

—Eso ni lo soñaría —contestó ella entre dientes.

Él se echó a reír.

—Pues sí que lo soñaría. Lo está soñando en este momento. Solo que no lo «haría».

Sophie tenía aferrada la cuchara con tanta fuerza que le temblaba la mano.

Benedict se reía tan fuerte que le temblaba la cama.

Sophie continuó de pie, con la cuchara bien cogida.

—¿Piensa llevarse la cuchara? —le preguntó él sonriendo.

«Recuerda tu lugar», se gritó ella, «recuerda tu lugar».

—¿Qué podría estar pensando para verse tan adorablemente feroz? —musitó él—. No, no me lo diga —añadió—. Seguro que tiene que ver con mi prematura y dolorosa muerte.

Muy lentamente ella se volvió de espaldas a él y colocó con sumo cuidado la cuchara en la mesa. No debía arriesgarse a hacer ningún movimiento brusco; un movimiento en falso y le arrojaría la cuchara a la cabeza.

—Eso ha sido muy maduro de su parte —comentó él, arqueando las cejas, aprobador.

Ella se giró lentamente hacia él.

—¿Es así de encantador con todo el mundo o solo conmigo?

—¡Ah, solo con usted! —contestó él. Sonrió—. Tendré que procurar que acepte mi ofrecimiento de encontrarle empleo en casa de mi madre. Usted hace surgir lo mejor de mí, señorita Sophie Beckett.

—¿Eso es lo mejor? —preguntó ella, con visible incredulidad.

—Me temo que sí.

Sophie se dirigió a la puerta limitándose a mover la cabeza. Sí que eran agotadoras las conversaciones con Benedict Bridgerton.

—¡Ah, Sophie! —exclamó él.

Ella se volvió a mirarlo. Él sonrió guasón.

—Sabía que no me arrojaría la cuchara.

Lo que ocurrió entonces no fue responsabilidad de Sophie. Ella quedó convencida de que, por un fugaz instante, se apoderó de ella un demonio, porque de verdad no reconoció la mano que se alargó hasta la mesilla y cogió el cabo de una vela. Cierto que la mano parecía estar unida firmemente a su brazo, pero no le pareció conocida cuando esta mano se movió hacia atrás y arrojó el cabo de vela a través de la habitación.

Dirigida a la cabeza de Benedict Bridgerton.

No esperó para ver si su puntería había sido acertada. Pero cuando salía a toda prisa del dormitorio, oyó la carcajada de Benedict. Y luego lo oyó gritar:

—¡Bien hecho, señorita Beckett!

Y entonces cayó en la cuenta de que, por primera vez en años, la sonrisa que curvó sus labios era de alegría pura y auténtica.

10

Aunque respondió afirmativamente a la invitación (o eso dice lady Coving-
ton), Benedict Bridgerton no hizo acto de presencia en el baile anual de los
Covington. Se oyeron quejas de jovencitas (y de sus madres) en el salón.

Según ha dicho lady Bridgerton (la madre, no la cuñada), el señor Bridger-
ton se marchó al campo la semana pasada y desde entonces no se han tenido
noticias de él. No os inquietéis, aquellas que podríais temer por la salud y bienes-
tar del señor Bridgerton; lady Bridgerton parecía más molesta que preocupada.
El año pasado, fueron nada menos que cuatro las parejas que fijaron su compro-
miso después del baile de los Covington, y el año anterior fueron tres.

Para gran consternación de lady Bridgerton, si el baile de los Covington
de este año estimula compromisos matrimoniales, su hijo Benedict no se con-
tará entre los novios.

REVISTA DE SOCIEDAD DE LADY WHISTLEDOWN
5 de mayo de 1817

Benedict descubrió muy pronto que una convalecencia larga, y alargada,
tenía sus buenas ventajas.

La más evidente era la cantidad y variedad de la muy excelente comida que salía de la cocina de la señora Crabtree. Siempre lo habían alimen-
tado bien en Mi Cabaña, pero la señora Crabtree se ponía realmente a la
altura de las circunstancias cuando alguien estaba confinado en su lecho
de enfermo.

Y mejor aún, el señor Crabtree se las había arreglado para interceptar
los tónicos de la señora Crabtree y reemplazarlos por una dosis del mejor
coñac suyo. Él se bebía obedientemente hasta la última gota, pero la últi-

ma vez que miró por la ventana le pareció ver que tres de sus rosales habían muerto, y que presumiblemente era allí donde el señor Crabtree tiraba el tónico.

Ese era un triste sacrificio, pero uno que él estaba más que bien dispuesto a hacer después de su última experiencia con el tónico de la señora Crabtree.

Otro beneficio de su prolongada permanencia en la cama era el sencillo hecho de poder, por primera vez en muchos años, disfrutar de quietud y tranquilidad. Leía, dibujaba e, incluso, cerraba los ojos y simplemente soñaba despierto, y todo eso sin sentirse culpable por desatender otros deberes y quehaceres.

Muy pronto llegó a la conclusión de que sería perfectamente feliz llevando una vida de perezoso.

Pero la mejor parte de su tiempo de recuperación, con mucho, era Sophie. Ella iba a verle varias veces al día, a veces para ahuecarle los almohadones, a veces a llevarle comida, y a veces solo para leerle. Él tenía la impresión de que su solicitud se debía a que deseaba sentirse útil y agradecerle con obras el haberla salvado de Phillip Cavender.

Pero, en realidad, no le importaba mucho el motivo por el cual fuera a verle; simplemente le agradaba que lo hiciera.

Al principio ella se mostraba callada y reservada, evidentemente para atenerse al criterio general de que a los sirvientes no se los debe ver ni oír. Pero él no aceptaba nada de eso y con toda intención le entablaba conversación, aunque solo fuera para que no se marchara. O la provocaba y pinchaba, simplemente para irritarla, porque le gustaba muchísimo más cuando escupía fuego que cuando se mostraba mansa y sumisa.

Lo principal era que le agradaba estar en la misma habitación con ella, ya fuera que estuvieran conversando o ella estuviera pasando las páginas de un libro mientras él miraba por la ventana. Había un algo en ella que hacía que su sola presencia le produjera paz.

Un golpe en la puerta lo sacó de sus reflexiones; ilusionado levantó la vista y gritó:

—¡Adelante!

Sophie asomó la cabeza y su melena rizada hasta los hombros se agitó ligeramente al rozarse con el marco de la puerta.

—La señora Crabtree pensó que le gustaría tomar un té de mediodía.

—¿Té? ¿O té con galletas?

—¡Ah, con galletas, cómo no!

—Excelente. ¿Y me acompañará en tomarlo?

Ella titubeó, como hacía siempre, pero enseguida asintió, también como hacía siempre. Ya hacía tiempo que había comprendido que no servía de nada discutir con Benedict cuando él estaba resuelto a conseguir algo.

Y a Benedict le agradaba eso.

—Le ha vuelto el color a las mejillas —comentó ella, dejando la bandeja en una mesa cercana—. Y ya no se le ve tan cansado. Yo diría que muy pronto podrá levantarse.

—Ah, sí, pronto —repuso él, evasivo.

—Cada día está más sano —continuó ella.

—¿Le parece? —dijo él sonriendo bravamente.

Ella detuvo el movimiento de coger la tetera para servir, y sonrió irónica.

—Sí. Si no, no se lo habría dicho.

Benedict le observó las manos mientras ella servía el té en la taza para él. Sus movimientos tenían una elegancia innata, y servía el té como si estuviese acostumbrada desde la cuna. Estaba claro que el té de la tarde era otra de las habilidades aprendidas gracias a la generosidad de los empleadores de su madre. O tal vez solo se debía a que había observado atentamente a las damas cuando servían el té. Él había notado que era una mujer muy observadora.

Habían realizado ese rito con tanta frecuencia que ella no necesitaba preguntarle cómo prefería el té.

Ella le pasó la taza, con leche y sin azúcar, y luego un plato con galletas y panecillos escogidos.

—Sírvase una taza —le dijo él, mordisqueando una galleta—, y venga a sentarse a mi lado.

Ella volvió a titubear. Él ya sabía que lo haría, aun cuando había accedido a acompañarlo. Pero él era un hombre paciente, y su paciencia fue recompensada con un suave suspiro cuando ella cogió otra taza de la bandeja.

Ella se sirvió la taza, con dos terrones de azúcar y apenas un chorrito de leche, fue a sentarse junto a la cama en el sillón de respaldo alto tapizado en terciopelo, y lo miró por encima del borde de la taza mientras bebía un sorbo.

—¿No se va a servir galletas? —le preguntó él.

Ella negó con la cabeza.

—Acabo de comer unas recién salidas del horno.

—Suerte la suya. Siempre son mejores cuando están calientes. —Se pulió otra galleta, se sacudió unas pocas migas de la manga y cogió otra—. ¿Y cómo ha pasado el día?

—¿Desde la última vez que le vi, hace dos horas?

Benedict la miró con una expresión que decía que había captado el sarcasmo, pero decidió no contestar.

—Estuve ayudando a la señora Crabtree en la cocina —explicó ella—. Está preparando un estofado de carne para la cena y la ayudé pelando las patatas. Después cogí un libro de su biblioteca y me fui al jardín a leerla.

—¿Sí? ¿Qué leyó?

—Una novela.

—¿Y era buena?

—Tonta pero romántica. Me gustó.

—¿Y anhela romance?

El rubor de ella fue instantáneo.

—Esa es una pregunta muy personal, ¿no cree?

Él abrió la boca para contestar algo trivial, como «Valía la pena intentarlo», pero al mirarle la cara, sus mejillas deliciosamente sonrojadas, los ojos bajos, mirándose la falda, le ocurrió algo de lo más extraño.

Comprendió que la deseaba.

La deseaba, de verdad.

No habría sabido decir por qué eso lo sorprendía. Claro que la deseaba. Era un hombre de sangre tan roja y caliente como cualquiera, y un hombre no puede pasar un tiempo prolongado con una mujer tan traviesa y adorable como Sophie sin desearla. ¡Demonios!, deseaba a la mitad de las mujeres que conocía, puramente de un modo que podría calificarse de baja intensidad, no urgente.

Pero en ese momento, con esa mujer, el deseo se le hizo urgente.

Cambió de posición y arregló los pliegues del edredón. Al cabo de un instante, tuvo que volver a cambiar de posición.

—¿Siente incómoda la cama? —le preguntó Sophie—. ¿Necesita que le ahueque los almohadones?

El primer impulso de él fue contestar que sí, agarrarla cuando se inclinara sobre él, y entonces seducirla, puesto que estarían, muy convenientemente, en la cama. Pero lo asaltó la sospecha de que ese determinado plan no le resultaría bien con Sophie, de modo que contestó:

—Estoy bien.

No pudo evitar hacer una mueca al notar que la voz le salió extrañamente temblorosa.

Ella estaba mirando sonriente las galletas del plato.

—Tal vez una más —dijo.

Él apartó el brazo para que ella pudiera acceder fácilmente al plato, el cual estaba apoyado, recordó tardíamente, en su regazo. Verla alargar la mano hacia sus ingles, aunque en realidad era hacia el plato con galletas, le produjo cosas raras, en las ingles, para ser exactos.

Tuvo una repentina visión de algo... cambiando de sitio ahí debajo, y se apresuró a coger el plato, no fuera que perdiera el equilibrio.

—¿Le importa si cojo la última...?

—¡Estupendo! —graznó él.

Ella cogió una galleta de jengibre del plato y frunció el ceño.

—Se ve mejor —comentó acercándola a su nariz para aspirar su olor—, pero su voz no suena mejor. ¿Le duele la garganta?

Benedict se apresuró a beber un poco de té.

—No, nada. Debí de tragar un poco de polvo.

—Ah, beba más té, entonces. Eso no le molestará mucho rato. —Dejó su taza en la bandeja—. ¿Quiere que le lea?

—¡Sí! —exclamó él, arrebujándose el edredón alrededor de la cintura.

Igual a ella se le ocurría retirar el plato, tan estratégicamente situado, y ¿cómo quedaría él entonces?

—¿De veras está bien? —le preguntó ella, mirándolo con más extrañeza que preocupación.

Él consiguió hacer una sonrisa tensa.

—Estoy muy bien.

—De acuerdo, entonces —dijo ella, levantándose—. ¿Qué le gustaría que le leyera?

—Ah, cualquier cosa —repuso él, con un alegre movimiento de la mano.

—¿Poesía?

—Espléndido.

Habría dicho «espléndido» aunque ella le hubiera ofrecido leerle una disertación sobre la flora de la tundra ártica.

Sophie se dirigió a una estantería acondicionada en una hornacina en la pared y estuvo un momento mirando su contenido.

—¿Byron? ¿Blake?

—Blake —contestó él con firmeza.

Una hora de las tonterías románticas de Byron lo haría caer por el borde, seguro.

Ella sacó un delgado libro de poemas y volvió a sentarse en el sillón, agitando su nada atractiva falda con el movimiento.

Benedict frunció el ceño. Hasta ese momento no se había fijado en lo feo que era su vestido. No tan feo como el que le prestara la señora Crabtree, pero ciertamente no estaba diseñado para hacer resaltar lo mejor de una mujer.

Debería comprarle un vestido nuevo. Ella no lo aceptaría jamás, lógicamente, ¿pero y si por una casualidad se le quemara la ropa que llevaba puesta?

—¿Señor Bridgerton?

¿Pero cómo arreglárselas para quemarle el vestido? Ella no tendría que llevarlo puesto, y eso ya de por sí implicaría una cierta dificultad...

—¿Está escuchando? —le preguntó Sophie.

—¿Mmm?

—No me está escuchando.

—Lo siento. Perdone. Se me había escapado la mente. Continúe, por favor.

Ella empezó de nuevo, y él, con el fin de demostrarle con qué atención la estaba escuchando, fijó la vista en sus labios. Y eso resultó ser un tremendo error.

Porque de pronto lo único que veía era esos labios, y no lograba dejar de pensar en besarla. Entonces comprendió, con la más absoluta certeza, que si uno de ellos no salía de la habitación en los próximos treinta segundos, él iba a hacer algo por lo que le debería mil disculpas.

Y no era que no planeara seducirla, no, solo que prefería hacerlo con algo más de sutileza.

—¡Ay, Dios! —se le escapó.

Sophie lo miró extrañada. Y él la comprendió, porque el «¡Ay, Dios!» le salió como a un completo idiota. Haría años que no decía esa expresión, si es que la había dicho alguna vez.

¡Demonios, estaba hablando igual que su madre!

—¿Pasa algo? —le preguntó ella.

—No, solo que recordé algo —repuso él, muy estúpidamente, en su opinión.

Ella alzó las cejas, interrogante.

—Algo que había olvidado —explicó él.

—Las cosas que uno recuerda —dijo ella, como si estuviera muy divertida— suelen ser cosas que había olvidado.

Él la miró ceñudo.

—Necesito estar solo un momento —dijo.

Ella se levantó al instante.

—Faltaría más.

Benedict reprimió un gemido. ¡Condenación; ella parecía dolida! No había sido su intención herir sus sentimientos. Solo necesitaba que ella saliera de la habitación para no agarrarla y meterla en la cama.

—Es un asunto personal —le explicó, con el fin de que ella se sintiera mejor, pero sospechando que lo único que hacía era hacer el tonto.

—¡Ahhh! —exclamó ella, como si de pronto entendiera—. ¿Quiere que le traiga el orinal?

—Yo puedo caminar hasta el orinal —replicó él, olvidando que no necesitaba el orinal.

Ella asintió y fue a dejar el libro en una mesa.

—Le dejaré para que se ocupe de sus asuntos. Solo tiene que tirar del cordón cuando me necesite.

—No la voy a llamar como a una criada —gruñó él.

—Pero es que soy una...

—No. Para mí no lo es.

Las palabras le salieron con más dureza que la necesaria, pero él siempre había detestado a los hombres que acosaban a criadas impotentes. La sola idea de que él pudiera convertirse en uno de esos seres repelentes le producía arcadas.

—Muy bien —dijo ella, en el tono sumiso de una criada, y luego de hacerle una venia, como una criada, se marchó.

Él estaba bastante seguro de que eso lo hacía solo para fastidiarlo.

En el instante en que ella cerró la puerta, bajó de la cama de un salto y corrió a asomarse a la ventana. Estupendo, nadie a la vista. Se quitó la bata y se puso un par de calzas, una camisa y una chaqueta. Volvió a mirar por la ventana. Estupendo. Nadie.

—Botas, botas —masculló.

Paseó la vista por la habitación. ¿Dónde diablos estaban sus botas? No sus botas buenas, el par para ensuciar en el barro. Ah, ahí. Cogió las botas y se las puso.

Volvió a la ventana. No había aparecido nadie. Excelente. Pasó una pierna por el alféizar, luego la otra, y se cogió a una rama larga y fuerte de un olmo cercano. El resto fue un fácil número de balancearse avanzando por la rama, llegar al tronco, deslizarse y saltar al suelo.

Y de allí, directo al lago. Al muy frío lago.

A darse un baño muy frío.

—Si necesitaba el orinal podría haberlo dicho —iba mascullando Sophie—. Como si yo nunca hubiera tenido que llevar y traer orinales.

Bajó el último peldaño de la escalera, sin saber a qué iba a la planta baja. No tenía nada concreto que hacer ahí; había bajado simplemente porque no se le ocurrió otra cosa.

No entendía por qué él tenía tanta dificultad para tratarla como a lo que ella era: una criada. No paraba de insistir en que ella no trabajaba para él y que no tenía que hacer nada para ganarse la manutención en Mi Cabaña, y luego en la misma parrafada le aseguraba que le encontraría un puesto en la casa de su madre.

Si él la tratara como a una criada, ella no tendría ninguna dificultad para recordar que era una nadie ilegítima y que él era un miembro de una de las familias más ricas e influyentes de la alta sociedad. Cada vez que él la trataba como a una persona real (y sabía por experiencia que la mayoría de los aristócratas no tratan a sus criados como a nada parecido ni remotamente a una persona real), la hacía recordar el baile de máscaras, cuando por una noche perfecta ella fue una dama elegante, el tipo de mujer que tenía el derecho a soñar con un futuro con Benedict Bridgerton.

Él actuaba como si ella realmente le cayera bien y disfrutara de su compañía. Y tal vez era así. Pero eso tenía el efecto más cruel de todos, porque la estaba haciendo amarlo, haciendo creer a una pequeña parte de ella que tenía el derecho a soñar con él.

Y luego, inevitablemente, tenía que recordar la verdad de la situación y eso le dolía muchísimo.

—¡Ah, está ahí, señorita Sophie!

Levantó la vista del suelo, donde había estado siguiendo distraídamente las figuras del parquet, para mirar a la señora Crabtree, que venía bajando la escalera.

—Buen día, señora Crabtree. ¿Cómo va ese estofado?

—Bien, muy bien —repuso la señora Crabtree, distraída—. Nos escasearon un poco las zanahorias, pero creo que va a estar muy sabroso de todos modos. ¿Ha visto al señor Bridgerton?

Sophie la miró sorprendida.

—En su habitación, hace solo un minuto.

—Pues ahora no está ahí.

—Creo que quería usar el orinal.

La señora Crabtree ni siquiera se sonrojó; ese era el tipo de cosas que solían hablar los criados acerca de sus empleadores.

—Bueno, si lo usó, no lo usó, si sabe lo que quiero decir. La habitación olía fresca como un día de primavera.

—¿Y no estaba allí? —preguntó Sophie, ceñuda.

—Ni el pelo.

—No me imagino adónde podría haber ido.

La señora Crabtree se plantó las manos en sus anchas caderas.

—Yo lo buscaré abajo y usted arriba. Seguro que una de las dos lo encuentra.

—No me parece buena idea esa, señora Crabtree. Si salió de su habitación, tenía que tener una buena razón. Lo más probable es que no desee que lo encuentren.

—¡Pero es que está enfermo! —alegó la señora Crabtree.

Sophie reflexionó sobre eso, trayendo su imagen a la mente. Su piel tenía un color saludable, y no se veía cansado en lo más mínimo.

—De eso no estoy muy segura, señora Crabtree —dijo al fin—. A mí me parece que se finge enfermo a propósito.

—No sea tonta —bufó la señora Crabtree—. El señor Bridgerton jamás haría una cosa así.

—Yo tampoco lo habría creído —repuso Sophie, encogiéndose de hombros—, pero de verdad, ya no parece estar ni un poquito enfermo.

—Eso es mi tónico —aseguró la señora Crabtree, asintiendo satisfecha—. Ya le dije cómo aceleraría su recuperación.

Sophie había visto al señor Crabtree vaciar las dosis de tónico en los rosales, y también había visto las consecuencias; no era una vista agradable. Cómo se las arregló para sonreír y asentir, jamás lo sabría.

—Bueno, a mí me gustaría saber adónde fue —dijo la señora Crabtree—. No debería estar levantado, y lo sabe.

—Seguro que no tardará en volver —le aseguró Sophie en tono tranquilizador—. Mientras tanto, ¿necesita ayuda en la cocina?

—No, no —contestó la señora Crabtree negando con la cabeza—. Lo único que necesita ese estofado es cocerse. Usted es una invitada aquí y no debería tener que mover ni un dedo.

—No soy una invitada —protestó Sophie.

—Bueno, ¿qué es, entonces?

Eso hizo pensar a Sophie.

—No tengo idea —repuso finalmente—, pero ciertamente no soy una invitada. Una invitada sería... Una invitada sería... —trató de encontrarles algún sentido a sus pensamientos y sentimientos—. Supongo que una invitada sería una persona que fuera de la misma clase social o, por lo menos, aproximada. Una invitada sería una persona que nunca hubiera tenido que servir a otra, ni fregar suelos, ni vaciar orinales. Una invitada sería...

—Cualquier persona a la que el dueño de casa decida invitar como huésped —replicó la señora Crabtree—. Eso es lo bueno de ser el dueño de la casa. Usted puede hacer lo que desee. Y debería dejar de menospreciarse. Si el señor Bridgerton ha decidido considerarla huésped de su casa, usted debería aceptar su juicio y pasarlo bien. ¿Cuándo fue la última vez que pudo vivir cómodamente sin tener que romperse los dedos trabajando a cambio?

—No creo que él me considere una huésped en su casa —musitó Sophie—. Si fuera así, habría instalado a una persona que me acompañara, para proteger mi reputación.

—Como si yo fuera a permitir algo incorrecto en mi casa —protestó la señora Crabtree, erizada.

—No, claro que usted no lo permitiría. Pero tratándose de la reputación, la apariencia es tan importante como la realidad. Y a los ojos de la sociedad, un ama de llaves no cuenta como acompañante, por muy estricta y pura que sea su moralidad.

—Si eso es cierto, entonces necesita una acompañante, señorita Sophie.

—No sea tonta. No necesito acompañante porque no soy de la clase de él. A nadie le importa que una criada viva y trabaje en la casa de un hombre soltero. Nadie piensa mal de ella, y ciertamente ningún hombre que la considerara para casarse con ella la consideraría deshonrada. Así son las cosas en el mundo —añadió, encogiéndose de hombros—. Y es evidente que el señor Bridgerton piensa así, lo reconozca o no, porque ni una sola vez ha dicho que es indecoroso que yo esté aquí.

—Bueno, pues a mí no me gusta —declaró la señora Crabtree—. No me gusta nada, nada.

Sophie no pudo dejar de sonreír, porque encontraba muy consolador que al ama de llaves le importara.

—Creo que voy a salir a caminar. Siempre que esté usted segura de que no necesita ayuda en la cocina. Y aprovechando —añadió con una sonrisa irónica— que me encuentro en esta rara y nebulosa posición. Puede que no sea una huésped, pero es la primera vez en muchos años que no soy una criada, y voy a disfrutar de mi tiempo libre mientras pueda.

—Eso, señorita Sophie, haga eso —dijo la señora Crabtree, dándole una cordial palmadita en el hombro—. Y coja alguna flor para mí mientras pasea.

Sophie se dirigió a la puerta sonriendo de oreja a oreja. El día estaba precioso, más cálido y soleado de lo que correspondía a la estación, y el aire estaba impregnado con la dulce fragancia de las flores de primavera. Ya no recordaba la última vez que dio un paseo por el simple placer de disfrutar del aire fresco.

Benedict le había hablado de una laguna que había en las cercanías; tal vez podría caminar hacia allá e, incluso, meter los pies en el agua si se sentía particularmente osada.

Miró hacia el cielo y le sonrió al sol. El aire estaba cálido, pero seguro que el agua todavía estaría helada; solo era comienzos de mayo. De todos modos, sería agradable. Cualquier cosa que representara tiempo de ocio y momentos apacibles y solitarios sería agradable.

Con el ceño fruncido se detuvo un momento a observar el horizonte, pensativa. Benedict había dicho que el lago estaba al sur de Mi Cabaña, ¿eh que sí? Si seguía una ruta hacia el sur se internaría en un trozo de bosque muy denso. Pero bueno, un poco de ejercicio no la mataría.

Se adentró en el bosque, y fue abriéndose paso, saltando por encima de las enormes raíces, apartando las ramas bajas y sintiéndolas golpearle la espalda con despreocupada relajación. Arriba se filtraban débiles rayitos de sol por entre el follaje de la bóveda formada por las copas de los árboles, y cerca del suelo más parecía anochecer que mediodía.

Más adelante divisó un claro, el que supuso debía de ser la laguna. Cuando ya estaba cerca, vio el brillo del sol en el agua, y exhaló un largo suspiro de satisfacción, feliz por no haber errado el camino.

Pero al acercarse más oyó ruido de chapoteos, y con igual cantidad de terror y curiosidad, comprendió que no estaba sola.

Solo estaba a unos cinco o seis palmos de la orilla del lago, donde la vería fácilmente cualquiera que estuviera en el agua, de modo que se aplastó detrás del tronco de un enorme roble; si tuviera un solo hueso sensato en el cuerpo, se daría media vuelta y volvería a la casa, pero no pudo evitar asomar la cabeza para ver quién podía ser la persona tan loca que se metía a bañarse en el lago cuando aún no empezaba la estación de calor.

Lenta y sigilosamente salió de detrás del árbol y avanzó un poco, procurando mantenerse lo más oculta posible.

Y vio a un hombre.

Un hombre «desnudo».

Un hombre desn... ¿Benedict?

11

Las guerras por el personal de servicio hacen furor en Londres. Lady Penwood insultó a la señora Featherington llamándola «ladrona mal nacida», delante de nada menos que tres señoras de la sociedad, entre las que se contaba la muy popular vizcondesa Bridgerton viuda.

La señora Featherington contestó diciendo que la casa de lady Penwood no era mejor que el asilo de los pobres, enumerando los malos tratos a su doncella (cuyo nombre, según se ha enterado esta autora, no es Estelle, como se aseguró, y no es, ni remotamente, francesa. La muchacha se llama Bess, y es oriunda de Liverpool).

Lady Penwood dejó ahí el altercado y se marchó pisando fuerte con mucho aspaviento, seguida por su hija, la señorita Rosamund Reiling. La otra hija de lady Penwood, Posy (quien, por cierto, llevaba un desafortunado vestido verde), se quedó atrás, con una expresión como de pedir disculpas, hasta que volvió su madre, la cogió por la manga y la sacó a rastras de allí.

Ciertamente esta autora no hace las listas de invitados a las fiestas de sociedad, pero es difícil imaginar que se invite a las Penwood al próximo sarao de la señora Featherington.

Revista de Sociedad de Lady Whistledown
7 de mayo de 1817

Hacía mal en quedarse. Muy mal.

Horrorosamente mal.

Pero no se movió ni un solo palmo.

Había encontrado un canto rodado grande, de superficie plana, y allí estaba sentada, bastante oculta por un matorral ancho y bajo, con los ojos fijos en él.

Estaba «desnudo». Todavía le costaba creerlo.

Estaba parcialmente sumergido, claro, con el agua hasta el borde de su caja torácica. El borde «inferior» de su caja torácica, pensó, atolondradamente.

Aunque si quería ser totalmente sincera consigo misma, tendría que reformular ese pensamiento: Estaba, «por desgracia», sumergido parcialmente.

Ella era tan inocente como cualquier..., bueno, como cualquier inocente, pero, ¡maldición!, sentía curiosidad, y estaba más que medio enamorada de ese hombre. ¿Tan malo era desear que soplara una fuerte ráfaga de viento, lo bastante potente para formar una inmensa ola que arrastrara el agua que le cubría el cuerpo y la depositara en otra parte? ¿En cualquier otra parte?

Bueno, pues era mala. Era mala y no le importaba.

Se había pasado la vida en el camino seguro, el camino prudente. Una sola noche en toda su corta vida había arrojado la prudencia al viento. Y esa noche había sido la más emocionante, la más mágica, la noche más estupendamente maravillosa de su vida.

Por lo tanto, decidió continuar donde estaba, dejar correr los acontecimientos y ver lo que le tocara ver. No tenía nada que perder, al fin y al cabo. No tenía trabajo, no tenía ninguna perspectiva, aparte de la promesa de Benedict de encontrarle un puesto en el personal de servicio de su madre (y, por cierto, tenía la clara sensación de que eso no le convenía nada).

Así pues, continuó sentada, tratando de no mover ningún músculo, y manteniendo los ojos abiertos, muy abiertos.

Benedict no había sido jamás supersticioso y de ninguna manera se consideraba una persona poseedora de un sexto sentido, pero dos veces en su vida había experimentado una extraña sensación de preconocimiento, una especie de misterioso hormigueo que le advertía de que iba a ocurrir algo importante.

La primera vez fue el día en que murió su padre. Jamás le había contado eso a nadie, ni siquiera a su hermano mayor, Anthony, que se sintió absolutamente aniquilado por la muerte de su padre. Pero esa tarde, cuando él y Anthony iban galopando por el campo, echando una estúpida carrera, sintió un raro adormecimiento en las extremidades, seguido por una especie de golpeteo en la cabeza. No fue algo exactamente doloroso, pero la sensación sí le vació el aire de los pulmones y le produjo un terror casi inimaginable.

Lógicamente, perdió la carrera, porque era muy difícil manejar las riendas con dedos adormecidos que se negaban a funcionar. Y cuando regresó a casa descubrió que su terror no había sido injustificado. Su padre ya había muerto, se había derrumbado por la picadura de una abeja. Todavía le costaba creer que un hombre tan fuerte y vital como su padre hubiera sido derribado por una abeja, pero no había ninguna otra explicación.

La segunda vez que le ocurrió, en cambio, la sensación fue absolutamente diferente. Ocurrió la noche del baile de máscaras ofrecido por su madre, justo antes de ver a la mujer del traje plateado. Como la vez anterior, la sensación le comenzó en los brazos y las piernas, pero en lugar de sentir adormecimiento sintió un extraño hormigueo, como si de pronto recobrara la vida, después de años de sonambulismo.

Y entonces se giró y la vio, y en ese momento supo que ella era el motivo de que él estuviera allí esa noche; el motivo de que viviera en Inglaterra; ¡demonios!, el motivo de que hubiera nacido.

Pero entonces ella desapareció, demostrándole que había estado equivocado, pero en ese momento había creído eso, y si ella se lo hubiera permitido, él se lo habría demostrado a ella también.

Y en ese momento, metido en la laguna, con el agua lamiéndole el diafragma, más arriba del ombligo, nuevamente tenía la extraña sensación de que, en cierto modo, estaba más vivo que unos segundos antes. Era una sensación agradable, una excitante oleada de emoción que lo dejaba sin aliento.

Era igual que en esa ocasión, cuando la conoció a «ella».

Iba a ocurrir algo, o tal vez alguien estaba cerca.

Su vida estaba a punto de cambiar.

Y estaba tan desnudo como cuando Dios lo trajo al mundo, pensó, curvando los labios en una sonrisa irónica. Eso no daba ninguna ventaja a un hombre, a no ser que estuviera en medio de dos sábanas de seda con una atractiva joven su lado.

O debajo.

Avanzó unos pasos hacia la parte ligeramente más profunda, sintiendo pasar el blando lodo del fondo por entre los dedos de los pies. Sintió subir el agua un par de centímetros. Estaba a punto de congelarse, maldita sea, pero al menos se sentía más cubierto.

Escrutó la orilla, mirando de arriba abajo los árboles y los arbustos. Tenía que haber alguien por allí. Nada fuera de eso podía explicar el extraño hormigueo que ya estaba sintiendo en todo el cuerpo.

Y si sentía hormiguear el cuerpo estando sumergido en un lago tan helado que le aterraba ver sus partes pudendas (se imaginaba a las pobres tan encogidas que ya no eran nada, lo cual no era lo que a un hombre le gusta imaginar), sí que tenía que ser un hormigueo muy potente.

—¿Quién está ahí? —gritó.

No hubo respuesta. La verdad, no había esperado que alguien contestara, pero valía la pena preguntarlo.

Con los ojos entrecerrados, escudriñó nuevamente la orilla, dándose una vuelta completa, atento a cualquier señal de movimiento. No vio nada, aparte del suave movimiento de las hojas agitadas por la brisa, pero cuando terminó el detenido examen de la orilla, en cierto modo lo «supo».

—¡Sophie!

Oyó una exclamación ahogada, seguida por una ráfaga de actividad.

—¡Sophie Beckett! —gritó—, si huye de mí ahora, le juro que la seguiré, y no me tomaré el tiempo para vestirme.

Los ruidos provenientes de la orilla se hicieron más lentos.

—Le daré alcance —continuó él— porque soy más fuerte y más rápido. Y podría sentirme obligado a arrojarla al suelo para impedir que escape.

Los ruidos de movimiento cesaron por completo.

—Bien —gruñó—. ¡Muéstrese!

Ella no apareció.

—¡Sophie! —dijo él, en tono amenazador.

Pasado un instante de silencio, se oyeron unos pasos lentos y vacilantes, y entonces la vio, de pie en la orilla, con ese horrible vestido que deseaba ver hundido en el fondo del Támesis.

—¿Qué hace aquí? —le preguntó.

—Salí a caminar. ¿Y qué hace usted aquí? Se supone que está enfermo. Eso —hizo un amplio gesto con el brazo, abarcándolo a él y al lago— de ninguna manera puede ser bueno para usted.

—¿Me ha seguido? —preguntó él, pasando por alto la pregunta y el comentario de ella.

—Desde luego que no —repuso ella.

Él la creyó. No la creía poseedora del talento de actriz necesario para fingir ese grado de virtud.

—Jamás le seguiría hasta un pozo para bañarse —continuó ella—. Sería indecente.

Y entonces se le puso roja la cara, porque los dos sabían que ese argumento no tenía ni una pata para sostenerse. Si a ella le importaba tanto la decencia, se habría marchado del lago en el instante mismo en que lo vio, ya fuera por casualidad o no.

Él sacó una mano del agua y la apuntó hacia ella, e hizo un giro con la muñeca, indicándole que se diera media vuelta.

—Deme la espalda y me espera —le ordenó—. Solo tardaré un momento en ponerme la ropa.

—Volveré a la casa —ofreció ella—, así tendrá más libertad de movimiento y...

—Se quedará —interrumpió él, con voz firme.

—Pero...

Él se cruzó de brazos.

—¿Tengo aspecto de estar de humor para que se me discuta?

Ella lo miró con expresión sublevada.

—Si huye, le daré alcance —le advirtió él.

Sophie observó la distancia que los separaba y luego intentó calcular la distancia hacia Mi Cabaña. Si él se detenía a ponerse la ropa podría tener tiempo para escapar, pero si no...

—Sophie, casi veo el vapor que le sale por las orejas. Deje de atormentar a su cerebro con inútiles cálculos matemáticos y haga lo que le pedí.

Ella notó que se le movía un pie. Si era por la urgencia de echar a correr de vuelta a casa o simplemente para darse media vuelta, jamás lo sabría.

—¡Ya! —ordenó él.

Soltando un suspiro y un gruñido audibles, Sophie se cruzó de brazos, se giró y fijó la vista en el hueco de un nudo del árbol que tenía enfrente, como si su vida dependiera de ello.

El infernal hombre no era en absoluto silencioso para hacer sus cosas, y aunque lo intentó, no fue capaz de dejar de escuchar y tratar de identificar cada uno de los sonidos de movimiento que oía detrás. Iba saliendo del agua, estaba cogiendo las calzas, empezaba a...

Un desastre; tenía una imaginación tremendamente perversa, y no había manera de evitarlo.

Él tendría que haberla dejado volver a la casa; pero no, la obligó a esperar, absolutamente humillada, mientras se vestía. Sentía la piel como si se la estuvieran quemando, y no le cabía duda de que tenía las mejillas de ocho tonalidades de rojo. Un caballero le habría permitido ir a esconder su vergüenza en su habitación de la parte de atrás de la casa y permanecer ahí lo menos tres días, a ver si en ese tiempo él olvidaba todo el asunto.

Pero era evidente que Benedict Bridgerton estaba resuelto a no ser caballeroso esa tarde, porque cuando movió uno de los pies, solo para flexionar los dedos, que se le estaban adormeciendo, ¡de verdad!, él no dejó pasar medio segundo para gruñir:

—Ni se le ocurra.

—No me iba a marchar —protestó ella—. Se me estaba durmiendo el pie. ¡Y dese prisa! No es posible que tarde tanto en vestirse.

—¿Ah, no? —se burló él con voz arrastrada.

—Solo hace esto para torturarme —masculló ella.

—Siéntase libre para mirarme en cualquier momento —dijo él, con la voz matizada de tranquila diversión—. Le aseguro que le pedí que me diera la espalda solo para respetar sus sensibilidades, no las mías.

—Estoy bien donde estoy —repuso ella.

Al cabo de lo que a ella le pareció una hora pero que tal vez solo fueron tres minutos, lo oyó decir:

—Ahora puede volverse.

Casi sintió miedo de hacerlo; él tenía ese tipo de sentido del humor perverso que lo impulsaría a ordenarle que se volviera antes de que hubiera terminado de vestirse.

Pero decidió creerle, aunque, la verdad, no tenía mucha opción en el asunto; se volvió. Con enorme alivio, y no poca desilusión, tuvo que reconocer si quería ser sincera consigo misma, comprobó que él estaba decentemente vestido, eso si no se tomaban en cuenta las manchas del agua que había pasado de su piel a la tela.

—¿Por qué no me permitió volver a la casa? —le preguntó.

—La quería aquí —repuso él tranquilamente.

—¿Pero por qué?

Él se encogió de hombros.

—Pues no lo sé. Tal vez para castigarla por haber estado espiándome.

—No estaba... —comenzó ella automáticamente, pero interrumpió la frase, porque sí que había estado espiándolo.

—Inteligente muchacha —musitó él.

Ella lo miró enfurruñada. Le habría gustado decirle algo absolutamente divertido e ingenioso, pero tuvo la sensación de que si dejaba salir algo por la boca sería todo lo contrario, así que se mordió la lengua. Mejor ser una tonta callada que una habladora.

—Es de muy mala educación espiar al anfitrión —dijo él, poniéndose manos en cadera y arreglándoselas para adoptar un aire autoritario y relajado al mismo tiempo.

—Fue una casualidad —arguyó ella.

—Ah, eso se lo creo. Pero aunque no tenía la intención de espiarme, queda el hecho de que cuando se le presentó la oportunidad la aprovechó.

—¿Y es muy raro eso?

—No, no, en absoluto. Yo habría hecho exactamente lo mismo.

Ella lo miró boquiabierta.

—No finja estar ofendida.

—No estoy fingiendo.

Él se le acercó un poco.

—A decir verdad, me siento muy halagado.

—Fue una curiosidad académica, se lo aseguro —dijo ella entre dientes.

La sonrisa de él se hizo irónica.

—¿Quiere decir que habría espiado a cualquier hombre desnudo que hubiera encontrado?

—¡Desde luego que no!

—Como he dicho —dijo él con voz arrastrada, apoyando la espalda en un árbol—, me siento halagado.

—Bueno, ahora que hemos establecido eso —dijo ella, sorbiendo por la nariz—, voy a volver a Su Cabaña.

Solo había dado dos pasos cuando él alargó la mano y la cerró en un trocito de la tela del vestido.

—Creo que no.

Sophie giró la cabeza y lo obsequió con un cansino suspiro.

—Ya me ha avergonzado sin remedio. ¿Qué más podría desear hacerme?

—Esa es una pregunta muy interesante —musitó él, haciéndola girar y tironeándola hacia él.

Sophie trató de plantar firmemente los talones en el suelo, pero no tenía fuerza para resistirse al tironeo de su mano. Avanzó un paso, medio tropezándose, y se encontró a solo unos centímetros de él. De pronto sintió el aire caliente, tremendamente caliente, y tuvo la extraña sensación de que ya no sabía mover las manos ni los pies. Le hormigueaba la piel, sentía desbocado el corazón, y el maldito se limitaba a mirarla fijamente, sin mover un solo músculo ni salvar lo que quedaba de distancia entre ellos.

Solo la miraba.

—¿Benedict? —susurró, olvidando que todavía lo llamaba señor Bridgerton.

Él sonrió, una sonrisa leve, perspicaz, una sonrisa que a ella le hizo bajar estremecimientos por toda la columna hasta otra parte.

—Me gusta cuando me llamas por mi nombre —dijo él.

—No fue mi intención —reconoció ella.

Él le puso un dedo sobre los labios.

—Shhh... No me digas eso. ¿No sabes que eso no es lo que le gusta oír a un hombre?

—No tengo mucha experiencia con hombres.

—Bueno, eso sí es algo que a un hombre le gusta oír.

—¿Sí? —preguntó ella, dudosa.

Sabía que los hombres desean inocencia en sus esposas, pero claro, Benedict no iba a casarse con una muchacha como ella.

Él le pasó la yema del dedo por la mejilla.

—Es lo que deseo oír de ti.

Una suave bocanada de aire pasó por los labios de Sophie, al ahogar una exclamación. La iba a besar.

La iba a besar. Eso era lo más maravilloso y espantoso que podía ocurrir.

¡Pero, ay, cómo deseaba eso!

Sabía que lo lamentaría al día siguiente. Se le escapó una risita ahogada. ¿A quién quería engañar? Lo lamentaría dentro de diez minutos. Pero se había pasado los dos últimos años recordando cómo era estar en sus brazos, y no sabía si lograría pasar el resto de sus días sin tener, por lo menos, un recuerdo más para mantenerse viva.

Él subió suavísimamente el dedo de la mejilla a la sien y desde allí lo pasó por su ceja, alborotándole el suave vello, y continuó hasta el puente de la nariz.

—¡Qué bonita! —musitó—. Como un hada de cuento. A veces pienso que no puedes ser real.

La única respuesta de ella fue acelerar la respiración.

—Creo que te voy a besar —susurró él.

—¿Crees?

—Creo que tengo que besarte —repuso él, con una expresión como si no creyera lo que decía—. Es como respirar; uno no tiene mucha opción en el asunto.

El beso de Benedict fue atormentadoramente tierno. Sus labios rozaron los de ella en una caricia ligera como una pluma, de un lado a otro con la más levísima fricción. Fue absolutamente impresionante, pero hubo algo más, algo que la hizo sentirse mareada y débil. Se cogió de sus hombros, pensando por qué se sentía tan desequilibrada y rara, y de pronto lo comprendió.

Era igual que antes.

El modo en que sus labios rozaban los de ella, con tanta suavidad y dulzura, el modo de empezar con lenta estimulación, no imponiéndose con violencia, era igual al que empleara en el baile de máscaras. Después de dos años de sueños, por fin estaba reviviendo el único y más exquisito momento de su vida.

—Estás llorando —dijo él, acariciándole la mejilla.

Sophie pestañeó y se pasó la mano por la cara para limpiarse unas lágrimas que no había notado caer.

—¿Quieres que pare? —susurró él.

Ella negó con la cabeza. No, no quería que parara. Deseaba que la besara tal como la besó esa noche, en que la suave caricia dio paso a una unión más apasionada. Y deseaba que la besara más, porque esta vez el reloj no iba a dar las campanadas de medianoche y no tendría que escapar.

Y deseaba que él supiera que ella era la mujer del baile de máscaras. Y al mismo tiempo deseaba desesperadamente que no la reconociera nunca. Y estaba tan terriblemente confusa y...

Y él la besó.

La besó de verdad, con labios ardientes, y lengua voraz, con toda la pasión y el deseo que podría anhelar una mujer jamás. La hacía sentirse hermosa, preciosa, valiosa, tratándola como a una mujer, no como a una sirvienta, y hasta ese momento ella no había caído en la cuenta de cuánto echaba en falta que la trataran como a una persona. La gente bien y los aristócratas no veían a los criados, y procuraban no oírlos, y cuando se veían obligados a hablar con ellos, hacían la conversación lo más corta y superficial posible.

Pero cuando Benedict la besaba se sentía real.

Y cuando la besaba, lo hacía con todo el cuerpo. Sus labios, que comenzaran el beso con esa suavísima reverencia, estaban voraces y exigentes sobre los de ella. Sus manos, tan grandes y fuertes que parecían cubrirle toda la espalda, la estrechaban con una fuerza que le quitaba el aliento. Y su cuerpo, santo Dios, debería ser ilegal la forma como lo apretaba contra el de ella, traspasándole su calor a través de la ropa, perforándole hasta el alma.

La hacía estremecerse; la hacía derretirse.

La hacía desear entregarse a él, algo que había jurado no hacer jamás fuera del sacramento del matrimonio.

—¡Oh, Sophie! —musitó él con voz ronca, sus labios rozándole los de ella—. Nunca había sentido...

Ella se tensó, porque estaba bastante segura de que le diría que nunca se había sentido así antes, y no sabía qué sentiría ella al oír eso. Por un lado, era fascinante ser la única mujer que lo hacía sentirse así, lo mareaba de deseo y necesidad. Por otro lado, la había besado antes. ¿No había sentido la misma exquisita tortura entonces también?

¡Cielo santo!, ¿iba a sentir celos de sí misma?

Él apartó la boca medio centímetro.

—¿Qué pasa?

Ella negó con un leve movimiento de la cabeza.

—Nada.

Él le puso un dedo bajo el mentón y le levantó la cara.

—No me mientas, Sophie. ¿Qué te pasa?

—Es... s-solo es-estoy nerviosa —medio tartamudeó ella—. Eso es todo.

Él entrecerró los ojos, con expresión de preocupada incredulidad.

—¿Estás segura?

—Absolutamente segura. —Se liberó de sus brazos y se apartó unos pasos, pasándose los brazos por el pecho, abrazándose—. No hago este tipo de cosas, ¿sabes?

Mientras ella se alejaba, él observó atentamente la postura de su espalda: expresaba desolación.

—Lo sé —dijo con dulzura—. No eres el tipo de muchacha que lo haría.

Ella soltó una risita, y aunque no se volvió a mirarlo, él se imaginó su expresión.

—¿Cómo sabes eso?

—Es evidente en todo lo que haces.

Ella no se volvió. No contestó nada.

Y entonces, antes de tener una idea de lo que iba a decir, a él le salió de la boca una pregunta de lo más extraña:

—¿Quién eres, Sophie? ¿Quién eres en realidad?

Ella continuó sin volverse, y cuando habló, su voz sonó apenas más fuerte que un susurro.

—¿Qué quieres decir?

—Algo no encaja bien —explicó él—. Hablas demasiado bien para ser una criada.

—¿Es un delito desear hablar bien? —preguntó ella pasando nerviosamente la mano por los pliegues de su falda—. No se puede llegar muy lejos en este país con una dicción inculta.

—Se podría argumentar que no has llegado muy lejos con eso —dijo él, con intencionada suavidad.

Los brazos de ella se transformaron en garrotes; unos rígidos garrotes con pequeños puños en los extremos. Y mientras él esperaba que dijera algo, ella echó a andar, alejándose.

—¡Espera! —gritó. En tres zancadas le dio alcance, la cogió por la cintura y la obligó a girarse hacia él—. No te vayas.

—No es mi costumbre continuar en compañía de personas que me insultan.

Benedict casi se encogió, al tiempo que comprendía que siempre lo acosaría la angustiada expresión que vio en sus ojos.

—No era un insulto —le dijo—, y lo sabes. Solo dije la verdad. No estás hecha para ser una criada, Sophie. Eso está claro para mí y debería estarlo para ti.

Ella se rio, con un sonido duro, frágil, que él nunca se habría imaginado oír en ella.

—¿Y qué me aconseja que haga, señor Bridgerton? ¿Que busque empleo como institutriz?

A él eso le pareció una buena idea, y abrió la boca para decírselo, pero ella le cortó la palabra:

—¿Y quién cree que me contrataría?

—Bueno...

—¡Nadie! —ladró ella—. Nadie me contrataría. No tengo recomendaciones y me veo demasiado joven.

—Y bonita —añadió él, tristemente.

Jamás había pensado en el asunto de contratar institutrices, pero sabía que normalmente la tarea recaía en la madre, en la señora de la casa. El sentido común le decía que ninguna madre querría introducir en su casa a una jovencita tan bonita. Solo había que ver lo que Sophie tuvo que soportar a manos de Phillip Cavender.

—Podrías ser la doncella de una señora —sugirió—. Por lo menos así no tendrías que limpiar orinales.

—Se llevaría una sorpresa —masculló ella.

—¿Dama de compañía de una señora anciana?

Ella exhaló un suspiro. Fue un suspiro triste, cansino, que casi le rompió el corazón a él.

—Es usted muy amable al querer ayudarme —le dijo ella—, pero ya he explorado todos esos caminos. Además, no soy responsabilidad suya.

—Podrías serlo.

Ella lo miró sorprendida.

En ese momento él supo que tenía que tenerla. Había una conexión entre ellos, un vínculo extraño, inexplicable, que solo había sentido otra única vez en su vida, con la dama misteriosa del baile de máscaras. Y mientras ella se había marchado, se había desvanecido en el aire, Sophie era muy real. Estaba cansado de espejismos. Deseaba una mujer a la que pudiera ver, tocar.

Y ella lo necesitaba. Tal vez ella no lo comprendiera todavía, pero lo necesitaba. Le cogió la mano y le dio un tirón, haciéndola perder el equilibrio, y la estrechó contra él cuando ella cayó sobre su cuerpo.

—¡Señor Bridgerton! —gritó ella.

—Benedict —corrigió él con los labios en su oído.

—Suélt...

—Di mi nombre —insistió él.

Sabía ser muy tenaz cuando convenía a sus intereses, y no la iba a soltar mientras no oyera salir su nombre de pila de sus labios.

Y tal vez incluso ni entonces.

—Benedict —cedió ella al fin—. Yo...

—Shhh...

La silenció con la boca, mordisqueándole la comisura de los labios. Cuando ella se ablandó y se relajó en sus brazos, él se apartó un poco, justo lo suficiente para mirarla a los ojos. Sus ojos estaban de un verde increíble a esa hora de la tarde, profundos como para ahogarse.

—Quiero que vengas a Londres conmigo —le susurró, hablando a borbotones para eliminar la posibilidad de considerar sus palabras—. Vente a vivir conmigo.

Ella lo miró sorprendida.

—Sé mía —continuó él, con la voz ronca y urgente—. Se mía ahora mismo. Sé mía eternamente. Te daré todo lo que desees. Lo único que quiero a cambio eres tú.

12

Continúan en abundancia las elucubraciones acerca de la desaparición de
Benedict Bridgerton. Según Eloise Bridgerton, que siendo su hermana debe
de saberlo, él tendría que haber vuelto a la ciudad hace varios días.

Pero, como ciertamente debe reconocer Eloise, un hombre de la edad y
talla del señor Bridgerton no tiene ninguna necesidad de informar de su para-
dero a su hermana menor.

REVISTA DE SOCIEDAD DE LADY WHISTLEDOWN
9 de mayo de 1817

—Quieres que sea tu querida —dijo ella secamente.

Él la miró confundido, aunque ella no logró discernir si eso se debía a que
su afirmación era demasiado obvia o a que no le gustó su elección de palabras.

—Quiero que estés conmigo —insistió él.

El momento era espantosamente doloroso, sin embargo, ella se sorprendió casi sonriendo.

—¿En qué difiere eso de ser tu querida?

—Sophie...

—¿En qué es diferente? —repitió ella, con la voz casi estridente.

—No lo sé, Sophie —repuso él, impaciente—. ¿Tiene importancia?

—Para mí, sí.

—Muy bien —dijo él, en tono cortante—. Muy bien. Sé mi querida y ten esto.

Ella escasamente tuvo tiempo para ahogar una exclamación cuando
los labios de él descendieron sobre los suyos con una pasión que le convir-
tió en agua las rodillas. Ese no era un beso como los anteriores; era violento de necesidad y mezclado con una extraña rabia.

Le devoraba la boca en una primitiva danza de pasión; sus manos parecían estar en todas partes, sobre sus pechos, alrededor de la cintura e incluso debajo de la falda; las deslizaba por su piel, acariciando, amasando, frotando. Y todo el tiempo la tenía tan fuertemente apretada contra él que ella pensó que se iba a derretir y meterse en su piel.

—Te deseo —dijo él ásperamente, buscando con los labios la hendidura de la base de la garganta—. Te deseo ahora mismo, te deseo aquí.

—Benedict...

—Te deseo en mi cama —gruñó él—. Te deseo mañana. Te deseo pasado mañana.

Y ella era tan mala, tan débil, que se entregó al momento, arqueando el cuello hacia atrás para que él tuviera más fácil acceso. Era tan agradable sentir sus labios en la piel, produciéndole estremecimientos y hormigueos hasta el centro mismo de su ser. La hacía desearlo, desear todas las cosas que no podía tener y maldecir las que podía.

Y sin saber cómo, de pronto estaba en el suelo y él tendido allí con ella, la mitad de su cuerpo sobre el de ella. Era tan grande, tan potente, y en ese momento, tan perfectamente de ella. Una pequeña parte de su mente seguía funcionando y le decía que tenía que decir no, tenía que poner fin a esa locura, pero, ¡Dios la amparase!, no podía. No todavía.

Llevaba tanto tiempo soñando con él, tratando de recordar el aroma de su piel, el sonido de su voz. Habían sido muchísimas las noches en que las fantasías con él eran lo único que le hacía compañía.

Había vivido de sueños, y no era una mujer a la que se le hicieran realidad muchos. No deseaba perder ese todavía.

—Benedict —susurró, acariciándole los sedosos cabellos, y simulando, simulando, que él no acababa de pedirle que fuera su amante, que ella era otra persona, cualquier otra.

Cualquier mujer, excepto la hija bastarda de un conde muerto, sin medios para mantenerse a no ser sirviendo a otros.

Al parecer sus murmullos lo envalentonaron, y la mano que llevaba rato haciéndole cosquillas detrás de la rodilla empezó a deslizarse hacia arriba, acariciándole y apretándole la suave piel del muslo. Años de arduo trabajo la habían hecho delgada, no rellenita y curvilínea como estaba de moda, pero a él no pareció importarle. De hecho, sintió más acelerados los latidos de su corazón y notó que la respiración le salía en resuellos más roncos.

—Sophie, Sophie, Sophie —gimió él, deslizándole frenético los labios por la cara hasta volver a encontrarle la boca—. Te necesito. —Apretó contra ella las caderas—. ¿Sientes cómo te necesito?

—Yo también te necesito —susurró ella.

Y sí que lo necesitaba. Dentro de ella había un fuego que llevaba años ardiendo suave. Verlo lo había atizado, reencendido, y su contacto era como queroseno, que la estaba incendiando.

Con los dedos de una mano él manipuló los grandes y feos botones de la espalda de su vestido.

—Voy a quemar esto —gruñó, acariciándole implacablemente la tierna piel de la corva de la rodilla con la otra mano—. Te vestiré de sedas y satenes. —Pasó la boca a la oreja, mordisqueándole el lóbulo y luego lamiéndole la piel que unía la oreja a la mejilla—. Te vestiré sin nada.

Ella se puso rígida. Él se las había arreglado para decir aquello que le recordaba por qué estaba ahí, por qué él la estaba besando. Eso no era amor, ni ninguna de las tiernas emociones con que había soñado; era pura lujuria. Y quería convertirla en una mujer mantenida.

Tal como fuera su madre.

¡Ay, Dios, qué tentador era eso, qué terriblemente tentador! Él le ofrecía una vida de ocio y lujos, una vida con él.

Al precio de su alma.

No, eso no era totalmente cierto, ni totalmente un problema. Ella sería capaz de vivir como la amante de un hombre. Los beneficios, ¿y cómo considerar la vida con Benedict otra cosa que beneficio?, podrían superar los inconvenientes. Pero si bien podía estar dispuesta a tomar esa decisión para su vida y reputación, no podía hacer eso para un hijo. ¿Y cómo podría no haber un hijo? Todas las amantes tenían hijos finalmente.

Emitiendo un atormentado sollozo, le dio un empujón y se apartó, rodando hacia el lado hasta ponerse en cuatro patas; después de recuperar el aliento, se puso de pie.

—No puedo hacer esto, Benedict —dijo, casi sin atreverse a mirarlo.

Él también se levantó.

—¿Y eso por qué?

Algo en él la pinchó; tal vez la arrogancia de su tono o la insolencia de su postura.

—Porque no quiero —espetó.

Él entrecerró los ojos, no con incredulidad sino con rabia.

—Hace unos segundos lo deseabas.

—No eres justo —dijo ella en voz baja—. No era capaz de pensar.

Él adelantó el mentón en actitud belicosa.

—No debes pensar. De eso se trata.

Ella se ruborizó y terminó de abotonarse la espalda del vestido. Él había hecho muy bien el trabajo de impedirle pensar. Casi había arrojado por la borda toda una vida de juramentos y moralidad, todo por un perverso beso.

—Bueno, no quiero ser tu querida —dijo otra vez.

Tal vez si lo repetía muchas veces se sentiría más segura de que él no lograría romperle las defensas.

—¿Y qué vas a hacer? —siseó él—. ¿Trabajar de criada?

—Si es preciso, sí.

—Prefieres servir a la gente, pulirles la plata, fregarles sus malditos orinales, que venirte a vivir conmigo.

Ella solo dijo una palabra, pero con voz grave y sincera:

—Sí.

A él le relampaguearon de furia los ojos.

—No te creo. Nadie haría esa elección.

—La he hecho.

—Eres una tonta.

Ella guardó silencio.

—¿Comprendes a qué renuncias? —insistió él, gesticulando como un loco.

Lo había herido, comprendió ella. Lo había herido e insultado su orgullo, y él daba manotazos como un oso herido. Asintió, aun cuando él no la estaba mirando.

—Podría darte todo lo que desees —continuó él, mordaz—. Ropa, joyas, ¡demonios!, olvida la ropa y las joyas, podría darte un maldito techo sobre tu cabeza, que es más de lo que tienes ahora.

—Eso es cierto —repuso ella, tranquilamente.

Él se le acercó, perforándole los ojos con los suyos.

—Podría darte todo.

Ella se las arregló para continuar bien erguida y no echarse a llorar. E incluso se las arregló para mantener firme la voz al decir:

—Si crees que eso es todo, tal vez no entenderías por qué debo rehusar.

Retrocedió un paso con el fin de volver a Su Cabaña a meter sus magras pertenencias en la bolsa, pero era evidente que él aún no había terminado con ella, porque la detuvo con un estridente:

—¡¿Adónde vas?!

—A la casa. A preparar mi bolsa.

—¿Y adónde piensas ir con esa bolsa?

Ella lo miró boquiabierta. No esperaría que se quedara, ¿verdad?

—¿Tienes un empleo? ¿Un lugar adonde ir?

—No, pero...

Él se puso las manos en las caderas y la miró indignado.

—¿Y crees que te voy a permitir marcharte de aquí sin dinero ni perspectivas de trabajo?

Ella estaba tan sorprendida que empezó a pestañear, descontrolada.

—B-bueno, no pensé...

—¡No, no pensaste! —ladró él.

Ella se limitó a mirarlo, con los ojos agrandados y los labios entreabiertos, sin poder dar crédito a sus oídos.

—¡Maldita idiota! ¿Tienes idea de lo peligroso que es el mundo para una mujer sola?

—Eh, sí —logró decir ella—. En realidad, sí.

Si él la oyó, no lo pareció. Simplemente siguió perorando acerca de los «hombres que se aprovechan», «mujeres indefensas» y «destinos peores que la muerte». Sophie no lo habría jurado, pero creyó oír incluso la frase «asados y púdines». A la mitad de su parrafada ya había perdido su capacidad de centrar la atención en sus palabras. Continuó mirándole la boca y oyendo el tono de su voz, al tiempo que trataba de asimilar el hecho de que él parecía extraordinariamente preocupado por su bienestar, tomando en cuenta que ella acababa de rechazarlo.

—¿Has escuchado una sola palabra de lo que he dicho? —le preguntó él.

Ella no asintió ni negó con la cabeza, sino que hizo una rara combinación de ambas cosas.

Benedict soltó una maldición en voz baja.

—Eso es —declaró—. Te vienes conmigo a Londres.

Eso pareció despertarla.

—¡Acabo de decir que no!

—No tienes por qué ser mi maldita amante —dijo él entre dientes—. Pero no voy a dejarte para que te las arregles sola.

—Me las arreglaba bastante bien antes de conocerte.

—¿Bien? —farfulló él—. ¿En la casa de los Cavender? ¿A eso le llamas «bien»?

—¡No eres justo!

—Y tú no hablas como una persona inteligente.

Benedict pensó que su argumento era bastante sensato, si bien algo imperioso, pero estaba claro que Sophie no coincidía con su opinión porque de pronto se encontró, para su sorpresa, tumbado de espaldas en el suelo, abatido por un gancho con la derecha notablemente rápido.

—No vuelvas a llamarme «estúpida» —siseó ella.

Benedict cerró y abrió los ojos varias veces con el fin de recuperar la visión lo suficiente para ver una sola Sophie.

—No te...

—Sí, me llamaste «estúpida» —repuso ella, en tono furioso.

Acto seguido giró sobre sus talones, y en la fracción de segundo anterior a que echara a andar, él comprendió que solo tenía una manera de impedírselo. No lograría levantarse rápidamente en el estado de aturdimiento en que se encontraba, de modo que se estiró y le cogió el tobillo con las dos manos, haciéndola caer de bruces en suelo, junto a él.

No fue una maniobra particularmente caballerosa, pero los mendigos no pueden elegir. Además, ella había dado el primer puñetazo.

—No irás a ninguna parte —gruñó.

Sophie levantó lentamente la cabeza, escupió tierra y luego lo miró furiosa.

—No puedo creer que hayas hecho esto —le dijo, dolida.

Benedict le soltó el pie y se incorporó hasta quedar de pie y agachado.

—Créelo.

—Eres un…

—No digas nada ahora —dijo él, levantando una mano—. Te lo ruego.

Ella lo miró con los ojos desorbitados.

—¿Me lo ruegas?

—He oído tu voz, por lo tanto, debes de haber hablado.

—Pero…

—En cuanto a rogarte —continuó él, interrumpiéndola eficientemente otra vez—. Te aseguro que solo fue lenguaje figurado.

Ella abrió la boca para decir algo, y luego, pensándolo mejor, volvió a cerrarla, con la expresión irritada de una niñita de tres años. Benedict hizo una espiración corta y le ofreció la mano. Después de todo ella seguía sentada en la tierra y no con una expresión especialmente feliz.

Ella le miró la mano con visible repugnancia y luego pasó la mirada a su cara, y lo miró con tanta ferocidad que él pensó si no le habrían brotado cuernos. Sin decir palabra, ella no aceptó su ofrecimiento de ayuda y se levantó sola.

—Como quieras —musitó él.

—¡Mala elección de palabras! —ladró ella y echó a andar.

Puesto que él ya estaba de pie, no fue necesario incapacitarla. La siguió, manteniéndose detrás de ella a una (molesta, seguro) distancia de solo dos pasos. Al cabo de un minuto ella giró la cabeza y le dijo:

—Por favor, déjame en paz.

—Creo que no puedo.

—¿No puedes o no quieres?

Él lo pensó un momento.

—No puedo.

Ella lo miró ceñuda y reanudó la marcha.

—Lo encuentro tan difícil de creer como tú —dijo él, reanudando la marcha también.

Ella se detuvo y se giró.

—Eso es imposible.

—No puedo evitarlo —explicó él, encogiéndose de hombros—. Me siento absolutamente reacio a dejarte marchar.

—«Reacio» dista mucho de «no puedo».

—No te salvé de Cavender para luego dejarte desperdiciar tu vida.

—Esa no es una decisión que debas tomar tú.

Ella tenía su punto de razón en eso, pero él no se sentía inclinado a ceder.

—Tal vez, pero la tomaré de todos modos. Te vienes conmigo a Londres. Y no se hable más.

—Quieres castigarme porque te rechacé.

—No —repuso él, considerando esas palabras mientras hablaba—. No. Me gustaría castigarte, y en el estado mental en que me encuentro incluso llegaría a decir que mereces que te castigue, pero no lo hago por eso.

—¿Por qué, entonces?

—Por tu bien.

—Eso es lo más paternalista, lo más desd...

—Tienes razón, sin duda —interrumpió él—, pero en este determinado caso, en este determinado momento, sé lo que es mejor para ti y es evidente que tú no, así que... no, no vuelvas a pegarme.

Sophie se miró la mano cerrada en un puño, la que sin darse cuenta había echado hacia atrás, lista para golpear. Él la estaba convirtiendo en un monstruo. No había otra explicación. Jamás había golpeado a nadie en su vida, y ahí estaba lista para hacerlo por segunda vez ese día.

Sin dejar de mirársela, abrió lentamente la mano y extendió y separó los dedos como una estrella de mar, y permaneció así contando hasta tres.

—¿Cómo pretendes impedirme que siga mi camino? —preguntó en voz muy baja.

—¿Importa eso? —preguntó él, encogiéndose de hombros tranquilamente—. Ya se me ocurrirá algo.

Ella lo miró boquiabierta.

—¿Quieres decir que me vas a atar y...?

—No he dicho nada de esa suerte —la interrumpió él—, pero la idea ciertamente tiene sus encantos —añadió, con una pícara sonrisa.

—Eres despreciable.

—Y tú hablas como la heroína de una mala novela —replicó él—. ¿Qué dijiste que estuviste leyendo esta mañana?

Sophie sintió moverse los músculos de su mejilla y la mandíbula tan apretada que estaba a punto de romperse los dientes. No entendería jamás cómo se las arreglaba Benedict para ser el hombre más maravilloso y el más horrendo del mundo al mismo tiempo. Aunque en ese momento parecía estar ganando el lado horrendo y, dejando de lado la lógica, estaba segura de que si continuaba un segundo más en su compañía, le explotaría la cabeza.

—¡Me marcho! —declaró, con gran resolución y dramatismo, en su opinión.

—Y yo te sigo —contestó él con una media sonrisa irónica.

Y el maldito continuó caminando a dos pasos detrás de ella todo el camino a la casa.

Benedict no solía tomarse mucho trabajo en molestar a los demás (con la notable excepción de sus hermanos), pero Sophie Beckett le hacía surgir el demonio que llevaba dentro. Se puso en la puerta de su habitación mientras ella metía sus cosas en su bolsa, apoyado despreocupadamente en el marco. Estaba cruzado de brazos de un modo que sabía la fastidiaría, y tenía la pierna derecha ligeramente doblada y la punta de la bota apoyada en la puerta para que no se cerrara.

—No olvides tu vestido —le dijo amablemente.

Ella lo miró furiosa.

—El feo —añadió, por si era necesaria esa aclaración.

—¡Los dos son feos! —ladró ella.

Ah, una reacción, por fin.

—Lo sé.

Ella reanudó la tarea de meter cosas en la bolsa.

—Siéntete libre para coger un recuerdo —dijo él haciendo un amplio gesto con el brazo.

Ella se enderezó y plantó las manos en las caderas.

—¿Incluye eso el servicio de té de plata? Podría vivir varios años con lo que me darían por él.

—Por supuesto que puedes llevarte el servicio de té —repuso él afablemente—, puesto que estarás en mi compañía.

—No seré tu querida —siseó ella—. Ya te lo dije. No. No puedo hacer eso.

Algo en la forma en que ella dijo «No puedo» le pareció importante, significativo. Lo pensó un momento, mientras ella echaba las últimas cosas y cerraba la bolsa tirando del cordón.

—Eso es —musitó.

Como si no lo hubiera oído, ella se dirigió a la puerta y lo miró con intención. Él comprendió que quería que le dejara paso para poder marcharse. Continuó inmóvil, sin ni siquiera mover un músculo, aparte del dedo que se pasó, pensativo, por el contorno de la mandíbula.

—Eres ilegítima —dijo.

Ella palideció.

—Lo eres —dijo él, más para sí mismo que para ella.

Curiosamente esa revelación lo aliviaba bastante. Explicaba el rechazo de ella, convirtiéndolo en algo que no tenía nada que ver con él y tenía todo que ver con ella.

Le quitaba la espina.

—No me importa que seas ilegítima —dijo, tratando de no sonreír.

Ese era un momento serio, pero, por Dios, sentía deseos de sonreír de oreja a oreja, porque ella iría con él a Londres y sería su amante. Ya no habría más obstáculos y...

—No entiendes nada —dijo ella, negando con la cabeza—. No se trata de si yo valgo lo suficiente para ser tu querida.

—Yo cuidaría de cualquier hijo que pudiéramos tener —dijo él solemnemente, apartándose del marco de la puerta.

Ella se puso aún más rígida, si era posible eso.

—¿Y tu esposa?

—No tengo esposa.

—¿Nunca la tendrás?

Él se quedó inmóvil. Por su mente pasó danzando la imagen de la misteriosa dama del baile de máscaras. Se la había imaginado de muchas maneras; a veces llevaba el vestido plateado que llevaba esa noche. A veces no llevaba nada encima.

A veces llevaba un vestido de boda.

Sophie, que le había estado observando la cara con los ojos entrecerrados, emitió un bufido despectivo, y pasó por su lado saliendo de la habitación.

Él la siguió pisándole los talones.

—Esa no es una pregunta justa, Sophie.

Ella continuó avanzando por el corredor y al llegar a la escalera comenzó a bajarla sin detenerse.

—Creo que es más que justa.

Él bajó corriendo la escalera y al llegar abajo se volvió, bloqueándole el paso.

—Tengo que casarme algún día, Sophie.

Ella se detuvo, por necesidad, pues él le bloqueaba el camino.

—Sí, tú tienes que casarte. Pero yo no tengo por qué ser la querida de nadie.

—¿Quién fue tu padre, Sophie?

—No lo sé —mintió ella.

—¿Quién fue tu madre?

—Murió al nacer yo.

—Creía haberte oído decir que era ama de llaves.

—Está claro que no dije la verdad —repuso ella, indiferente a que él la hubiera cogido en una mentira.

—¿Dónde te criaste?

—Eso no tiene ningún interés —dijo ella, tratando de pasar.

Él le cogió el brazo y la mantuvo firmemente en su lugar.

—Yo lo encuentro muy interesante.

—¡Suéltame!

El grito resonó en el silencioso vestíbulo, lo suficientemente fuerte para que acudieran los Crabtree corriendo a rescatarla. Pero la señora Crabtree había ido al pueblo y el señor Crabtree estaba fuera de la casa, no podía oírla. No había nadie que la ayudara; estaba a merced de él.

—No puedo dejarte marchar —le susurró él—. No estás hecha para una vida de servidumbre. Esa vida te matará.

—Si fuera a matarme, ya me habría matado hace años —replicó ella.

—Pero ya no tienes por qué seguir haciéndolo —insistió él.

—No te atrevas a hacerme esto —dijo ella, casi temblando de emoción—. No haces esto porque te preocupe mi bienestar. Lo que pasa es que no te gusta que te frustren.

—Eso es cierto —reconoció él—, pero tampoco quiero verte abandonada a la deriva.

—He estado a la deriva toda mi vida —susurró ella, y sintió el picor de unas traicioneras lágrimas.

¡Dios de los cielos! No quería llorar delante de ese hombre. No debía llorar en ese momento, sintiéndose tan desequilibrada y débil.

Él le acarició la barbilla.

—Permíteme que yo sea tu áncora.

Sophie cerró los ojos. Su caricia era dolorosamente dulce, y una parte no muy pequeña de ella ansiaba aceptar su ofrecimiento, dejar la vida que se había visto obligada a vivir y echar su suerte con él, con ese hombre fabuloso, maravilloso, enfurecedor, que había acosado sus sueños esos años.

Pero el dolor de su infancia estaba demasiado vivo todavía. Y el estigma de su bastardía lo sentía como una marca a fuego en el alma.

No podía hacerle eso a un hijo.

—No puedo —susurró—. Ojalá...

—¿Ojalá qué? —preguntó él, ansioso.

Ella negó con la cabeza. Había estado a punto de decirle que ojalá pudiera, pero comprendió que esas palabras serían imprudentes. Él se aferraría a ellas y empezaría a insistir de nuevo.

Y eso le haría más difícil negarse.

—No me dejas otra opción, entonces —declaró él, implacable.

Ella lo miró a los ojos.

—O vienes conmigo a Londres y... —levantó una mano para silenciarla al ver que ella iba a protestar— y te encuentro un puesto en la casa de mi madre —añadió con intención.

—¿O? —preguntó ella.

—O tendré que informar al magistrado de que me has robado.

De pronto a ella la boca le supo a ácido.

—No harías eso.

—No deseo hacerlo, ciertamente.

—Pero lo harías.

—Lo haría —asintió él.

—Me colgarían. O me deportarían a Australia.

—No si yo pidiera otra cosa.

—¿Y qué pedirías?

Notó que los ojos de él estaban extrañamente sosos, y comprendió que él no estaba disfrutando más que ella de esa conversación.

—Pediría que te dejaran bajo mi custodia —dijo él.

—Eso sería muy cómodo para ti.

La mano de él, que le había estado acariciando la barbilla, bajó hasta el hombro.

—Solo quiero salvarte de ti misma.

Sophie caminó hasta una ventana cercana y se asomó, sorprendida de que él no hubiera intentado impedírselo.

—Me vas a hacer odiarte, ¿sabes?

—Puedo vivir con eso.

Ella le hizo una seca inclinación de la cabeza.

—Te esperaré en la biblioteca, entonces. Quiero marcharme hoy.

Benedict la observó alejarse, manteniéndose absolutamente inmóvil hasta que ella entró en la biblioteca y cerró la puerta. No huiría. No era el tipo de persona que se echaba atrás una vez dada su palabra.

No podía dejar marchar a esta; «ella» se había marchado, la fabulosa y misteriosa «ella», pensó con una amarga sonrisa, la mujer que le había tocado el corazón.

La mujer que ni siquiera quiso decirle su nombre.

Pero ahora estaba Sophie, y le «producía» cosas, cosas que no había sentido desde «ella». Estaba harto de suspirar por una mujer que prácticamente no existía. Sophie estaba ahí, y Sophie sería de él.

Además, pensó con una sonrisa resuelta, Sophie no lo abandonaría.

—Puedo vivir con tu odio —dijo a la puerta cerrada—, pero no puedo vivir sin ti.

13

Se informó anteriormente en esta columna de que esta autora pronosticaba un posible enlace entre la señorita Rosamund Reiling y el señor Phillip Cavender. Esta autora puede decir ahora que no es probable que eso ocurra. Se ha oído decir a lady Penwood (la madre de la señorita Reiling) que no se conformará con un simple «señor» sin título, aun cuando el padre de la señorita Reiling, si bien de buena cuna, no era miembro de la aristocracia.

Por no mencionar, claro, que el señor Cavender ha comenzado a demostrar un decidido interés por la señorita Cressida Cowper.

REVISTA DE SOCIEDAD DE LADY WHISTLEDOWN
9 de mayo de 1817

Sophie comenzó a sentirse mal en el instante mismo en que salió el coche de Mi Cabaña. Cuando se detuvieron para pasar la noche en una posada de Oxfordshire, ya sentía muy delicado el estómago. Y cuando llegaron a las afueras de Londres, estaba convencida de que se iba a poner a vomitar.

Se las arregló para mantener el contenido del estómago donde debía estar, pero cuando el coche se adentró en las tortuosas calles de Londres, ya la invadía una intensísima aprensión.

No, no aprensión exactamente; una sensación de desastre.

Estaban en mayo, lo cual significaba que la temporada de fiestas estaba en pleno auge, lo cual significaba que Araminta estaba en Londres.

Lo cual significaba que su llegada allí era muy inconveniente, muy mala idea.

—Muy mala —masculló.

Benedict la miró.

—¿Has dicho algo?

—Solo que eres un hombre muy malo.

Él se echó a reír. Ella ya sabía que se iba a reír, pero la irritó de todas maneras.

Él apartó la cortina de la ventanilla y miró fuera.

—Ya casi hemos llegado —dijo.

Le había dicho que la llevaría directamente a la casa de su madre. Sophie recordaba la grandiosa mansión de Grosvenor Square como si hubiera estado ahí la noche anterior. El salón de baile era inmenso, con miles de candelabros en las paredes, cada uno con una perfecta vela de cera de abejas. Las salas más pequeñas estaban decoradas al estilo Adam, con exquisitas conchas en relieve en los cielos rasos, y las paredes de color pastel claro.

Esa había sido la casa de sus sueños, muy literalmente. En todos sus sueños con Benedict y su futuro juntos, ella siempre se veía en esa casa. Eso era una tontería, lógicamente, puesto que él era hijo segundo y por lo tanto no estaba en la línea de sucesión para heredar la propiedad; de todos modos, era la casa más hermosa que había visto en su vida, y los sueños no eran para hacerse realidad. Si hubiera querido soñar que entraba en Kensington Palace, tenía el derecho.

Claro que no era muy probable que viera el interior de Kensington Palace, pensó, sonriendo irónica.

—¿De qué sonríes? —le preguntó Benedict.

—Estoy planeando tu muerte —repuso ella, sin molestarse en mirarlo.

Él sonrió; no lo estaba mirando, pero era una de esas sonrisas que ella oía en su forma de respirar.

Detestaba ser tan sensible hasta en los más pequeños detalles de él. Sobre todo porque tenía la molesta sospecha de que a él le ocurría lo mismo con ella.

—Al menos parece interesante —comentó él.

—¿Qué? —preguntó ella, apartando los ojos del borde inferior de la cortina, que llevaba horas mirando.

—Mi muerte —contestó él, con una sonrisa sesgada y traviesa—. Si me vas a matar, bien podrías disfrutar mientras lo haces, porque, Dios lo sabe, yo no lo disfrutaré.

Ella casi se quedó boquiabierta.

—Estás loco.

—Probablemente. —Se encogió de hombros con despreocupación y, acomodándose en su asiento, apoyó los pies en el asiento del frente—. Poco menos que te he secuestrado, después de todo. Yo diría que eso se puede calificar de la locura más grande que he cometido en mi vida.

—Podrías dejarme marchar ahora —dijo ella, aun sabiendo que él no aceptaría.

—¿Aquí en Londres? ¿Donde te pueden atacar forajidos en cualquier momento? Eso sería una grave irresponsabilidad por mi parte, ¿no te parece?

—No se compara con raptarme en contra de mi voluntad.

—No te rapté —dijo él, examinándose tranquilamente las uñas—. Te hice chantaje. Hay un mundo de diferencia.

El brusco movimiento que hizo el coche al detenerse libró a Sophie de tener que responder.

Benedict apartó una última vez la cortina y la dejó caer.

—Ah, hemos llegado.

Sophie esperó a que él se apeara y se acercó a la puerta. Se le pasó por la mente no hacer caso de la mano que le ofrecía y saltar sola, pero la puerta estaba bastante separada del suelo, y realmente no quería hacer el ridículo tropezándose y aterrizando en la cuneta de desagüe. Le encantaría insultarlo, pero no a costa de un esguince en el tobillo. Suspirando, le cogió la mano.

—Muy inteligente decisión —susurró Benedict.

Sophie lo miró sorprendida. ¿Cómo supo lo que estaba pensando?

—Siempre sé lo que estás pensando —dijo él.

Ella tropezó.

—¡Epa! —gritó él, cogiéndola expertamente antes de que aterrizara en la cuneta.

La retuvo un momento más largo que el necesario y la depositó en la acera. Ella habría dicho algo si no hubiera tenido los dientes tan apretados que no dejaban salir ninguna palabra.

—¿No te mata la ironía? —le preguntó él, sonriendo perversamente.

Ella logró aflojar la mandíbula.

—No, pero bien podría matarte a ti.

Él se echó a reír, el muy condenado.

—Vamos. Te presentaré a mi madre. Seguro que ella te encontrará uno u otro puesto.

—Podría no tener ningún puesto vacante —observó ella.

Él se encogió de hombros.

—Me quiere. Creará un puesto.

Sophie se mantuvo en sus trece, negándose a dar un solo paso mientras no hubiera dejado claras las cosas.

—No voy a ser tu querida.

—Sí, ya lo has dicho —dijo él, su expresión extraordinariamente impasible.

—No, lo que quiero decir es que no va a resultar tu plan.

Él la miró, todo inocencia.

—¿Tengo un plan?

—Vamos, por favor. Vas a tratar de conquistarme con la esperanza de que yo claudique.

—Eso ni lo soñaría.

—Seguro que lo sueñas más que un poco —masculló ella en voz baja.

Él debió de oírla, porque se rio. Sophie se cruzó de brazos, sublevada, indiferente a lo poco decorosa que pareciera su postura, allí en la acera a plena vista de todo el mundo. Nadie se fijaría en ella, en todo caso, vestida como estaba con la lana basta de una sirvienta. Debería adoptar una actitud más alegre y considerar su nueva posición con más optimismo, pensó, pero, maldición, en ese momento le apetecía mostrarse hosca.

La verdad, se lo había ganado. Si alguien tenía derecho a estar resentida y contrariada, era ella.

—Podríamos quedarnos en la acera todo el día —dijo Benedict, en un tono bastante impregnado de sarcasmo.

Ella alzó la vista para mirarlo furiosa, pero entonces se fijó en el lugar donde estaban. No estaban en Grosvenor Square; en realidad no sabía dónde estaban. En Mayfair, seguro, pero la casa que tenían delante no era de ningún modo aquella donde asistió al baile.

—Eh..., ¿esta es la casa Bridgerton?

Él arqueó una ceja.

—¿Cómo sabías que mi casa se llamaba casa Bridgerton?

—Tú lo has dicho.

Por suerte, eso era cierto. En sus conversaciones él había hablado varias veces de la casa Bridgerton y de la residencia de la familia en el campo, Aubrey Hall.

Él pareció aceptar eso.

—¡Ah! Bueno, en realidad no lo es. Mi madre dejó la casa Bridgerton hace casi dos años. Ofreció un último baile allí, que fue un baile de máscaras, por cierto, y la entregó a mi hermano con su mujer. Siempre había dicho que se marcharía tan pronto como mi hermano se casara e iniciara una familia propia. Creo que su primer hijo nació un mes después de que se marchara mi madre.

—¿Fue niño o niña? —preguntó ella, aunque lo sabía. Lady Whistledown siempre informaba de esas cosas.

—Un niño. Edmund. Tuvieron otro hijo, Miles, a comienzos de este año.

—¡Qué bien! —exclamó ella, aunque sintió oprimido el corazón.

No era probable que ella tuviera hijos nunca, y esa era una de las conclusiones más tristes a las que había llegado. Para tener hijos se necesita un marido, y el matrimonio para ella era un sueño imposible. No fue educada para ser una sirvienta, por lo que tenía muy poco en común con la mayoría de los hombres con los que se encontraba en su vida diaria. Ciertamente los demás criados eran personas buenas y honorables, pero se le hacía difícil imaginarse compartiendo la vida con un hombre que, por ejemplo, no supiera leer.

No necesitaba casarse con un hombre de origen particularmente elevado, pero incluso la clase media estaba fuera de su alcance. Ningún hombre que se respetara en el comercio se casaría con una criada.

Benedict le indicó que lo siguiera, y lo siguió hasta que llegaron a la escalinata de la puerta principal. Allí se plantó.

—Entraré por la puerta lateral de servicio.

Él apretó los labios para reprimir una sonrisa.

—Entrarás por la principal.

—Entraré por la puerta lateral —repitió ella firmemente—. Ninguna mujer de alcurnia contrata a una criada que entra por la puerta principal.

—Vienes conmigo —dijo él, entre dientes—. Entrarás por la principal.

A ella se le escapó una risita.

—Benedict, solo ayer querías que me convirtiera en tu querida. ¿Te atreverías a traer a tu querida para presentarla a tu madre, haciéndola entrar por la puerta principal?

Eso lo confundió. Ella sonrió al verle arrugar la cara, frustrado. Eso la hizo sentirse mejor de lo que se había sentido desde hacía días.

—¿Traerías a tu querida a conocer a tu madre? —continuó, simplemente para torturarlo más.

—No eres mi querida.

—No.

Él adelantó el mentón y la miró, perforándole los ojos con una furia apenas contenida.

—Eres una maldita criadita, porque has insistido en serlo. Y en calidad de criada, si bien estás algo abajo en la escala social, sigues siendo una persona muy respetable. Ciertamente respetable para mi madre.

A Sophie se le desvaneció la sonrisa. Tal vez había llevado demasiado lejos la provocación.

—Muy bien —gruñó él, cuando tuvo claro que ella no iba a seguir discutiendo—. Ven conmigo.

Ella subió las gradas con él. En realidad eso podría representar una ventaja. Seguro que su madre no contrataría a una criada que tenía el descaro de entrar por esa puerta. Y puesto que ya se había negado firmemente a ser su querida, él tendría que aceptar la derrota y dejarla volver al campo.

Benedict empujó la puerta y la sostuvo abierta hasta que ella entró delante de él. El mayordomo solo tardó unos segundos en aparecer.

—Wickham, tenga la bondad de informar a mi madre de que estoy aquí.

—Al instante, señor Bridgerton —repuso Wickham—. ¿Y podría tomarme la libertad de informarle de que ella ha estado bastante curiosa respecto a su paradero esta semana pasada?

—Me sorprendería si no —contestó Benedict.

Wickham hizo un gesto hacia Sophie, con una expresión que se cernía entre curiosidad y desdén.

—¿Podría informarla de la llegada de su huésped?

—Sí, por favor.

—¿Podría informarla de la identidad de su huésped?

Sophie miró a Benedict con gran interés, pensando qué diría.

—Su nombre es señorita Beckett. Ha venido en busca de empleo.

Wickham arqueó una ceja. Eso sorprendió a Sophie. Por lo que sabía, los mayordomos debían ser absolutamente inexpresivos.

—¿De criada?

—De lo que sea —respondió Benedict, indicando con su tono que ya empezaba a impacientarse.

—Muy bien, señor Bridgerton —acató Wickham y desapareció en la escalera.

—Creo que no le pareció nada bien —comentó Sophie en un susurro, cuidando bien de ocultar su sonrisa.

—Wickham no está al mando aquí.

Sophie exhaló un suspiro como diciendo «Lo que tú digas».

—Me imagino que Wickham se opondría.

Benedict la miró incrédulo.

—Es el mayordomo.

—Y yo soy una criada. Lo sé todo de los mayordomos. Más que tú, diría.

—Tú actúas menos como criada que cualquier mujer de las que conozco —dijo él, mirándola con los ojos entrecerrados.

Ella se encogió de hombros y fingió estar contemplando atentamente una naturaleza muerta que colgaba de la pared.

—Usted hace surgir lo peor de mí, señor Bridgerton.

—Benedict —siseó él—. Ya nos tuteamos. Trátame con mi nombre de pila.

—Su madre no tardará en bajar la escalera —le recordó ella—, y usted insiste en que me contrate como criada. ¿Son muchos los criados que le tratan con su nombre de pila?

Él la miró indignado y ella comprendió que él sabía que ella tenía razón.

—No puede tener las dos cosas, señor Bridgerton —dijo, permitiéndose una leve sonrisa.

—Yo solo deseaba «una» —gruñó él.

—¡Benedict!

Sophie miró hacia la escalera, por la que venía bajando una mujer menuda y elegante. Sus cabellos eran más rubios que los de Benedict, pero su fisonomía decía claramente que era su madre.

—¡Madre, cuánto me alegra verte! —dijo él, avanzando para recibirla al pie de la escalera.

—Y a mí me alegraría más verte si hubiera sabido dónde estabas esta semana pasada —respondió ella con desparpajo—. Lo último que supe de ti fue que habías ido a la fiesta de Cavender, pero después todos volvieron y tú no.

—Me marché antes de la fiesta, y me fui a Mi Cabaña.

—Bueno —suspiró ella—, supongo que no puedo pretender que me notifiques de todos tus movimientos ahora que tienes treinta años.

Benedict le sonrió con cariño.

—Y ella debe de ser tu señorita Beckett —dijo ella mirando a Sophie.

—Sí. Me salvó la vida cuando estaba en Mi Cabaña.

Sophie pegó un salto.

—Yo no...

—Sí —la interrumpió Benedict suavemente—. Me enfermé por conducir bajo la lluvia, y ella cuidó de mí y me devolvió la salud.

—Podría haberse recuperado sin mí —insistió Sophie.

—Pero no con tanta rapidez ni comodidad —dijo Benedict dirigiéndose a su madre.

—¿No estaban en casa los Crabtree? —preguntó Violet.

—No estaban cuando llegamos —repuso Benedict.

Violet miró a Sophie con una curiosidad tan evidente que Benedict se vio obligado a explicar:

—La señorita Beckett estaba empleada en casa de los Cavender, pero ciertas circunstancias le hicieron imposible continuar allí.

—Comprendo —dijo Violet, aunque su tono indicaba que no comprendía.

—Su hijo me salvó de un destino horroroso —explicó Sophie serenamente—. Le debo una inmensa gratitud.

Benedict la miró sorprendido. Dado el grado de hostilidad hacia él, no se había imaginado que ella aportaría información elogiosa de él. Pero debería haberlo supuesto; Sophie tenía elevados principios, y no del tipo que permitiera que la ira obstaculizara la sinceridad.

Esa era una de las cosas que más le gustaban de ella.

—Comprendo —repitió Violet, esta vez con mucho más sentimiento.

—Tenía la esperanza de que le encontraras un puesto en tu casa —dijo Benedict.

—Pero no si es mucho problema —se apresuró a añadir Sophie.

—No —dijo Violet, fijando los ojos en su cara con una extraña expresión—. No sería ningún problema, pero...

Benedict y Sophie se quedaron en suspenso, pendientes del resto de la frase.

—¿Nos conocemos de antes? —preguntó Violet a bocajarro.

—Creo que no —contestó Sophie, con un ligero tartamudeo. ¿Cómo podía ocurrírsele a lady Bridgerton que la conocía? Estaba segura de que no se había cruzado con ella esa noche del baile de máscaras—. No me imagino cómo podríamos conocernos.

—Tiene razón, sin duda —dijo lady Bridgerton, desechando la idea con un gesto de la mano—. Tiene usted algo que me resulta vagamente conocido. Pero lo más seguro es que haya conocido a alguien que se le parece mucho. Ocurre todo el tiempo.

—En especial a mí —terció Benedict, con una sonrisa sesgada.

Lady Bridgerton miró a su hijo con visible cariño.

—No es culpa mía que todos mis hijos sean extraordinariamente parecidos.

—Si no podemos echarte la culpa a ti, ¿a quién, entonces? —le preguntó Benedict.

—A tu padre, totalmente —replicó lady Bridgerton con aire satisfecho. Miró a Sophie—: Todos se parecen mucho a mi difunto marido.

Sophie sabía que debía permanecer callada, pero encontró tan hermoso y agradable el momento, que dijo:

—Yo encuentro que su hijo se parece a usted.

—¿Le parece? —preguntó lady Bridgerton, juntando las manos, encantada—. ¡Qué maravilloso! Y yo que siempre me he considerado un recipiente para la familia Bridgerton.

—¡Madre! —exclamó Benedict.

—¿He hablado con demasiada franqueza? —suspiró ella—. Cada vez hago más eso en mi vejez.

—No eres vieja, madre.

Ella sonrió.

—Benedict, ¿por qué no vas a ver a tus hermanas mientras yo llevo a la señorita Bennet...?

—Beckett —enmendó él.

—Sí, claro, Beckett. La llevaré arriba para instalarla.

—Solo necesita llevarme al ama de llaves —dijo Sophie.

Era muy raro que la señora de la casa se ocupara de contratar a una criada. De acuerdo, la situación era bastante insólita, pues era Benedict el que pedía que la contrataran, pero era muy extraño que lady Bridgerton se tomara un interés especial en ella.

—La señora Watkins está muy ocupada —explicó lady Bridgerton—. Además, creo que necesitamos otra doncella de señora arriba. ¿Tiene experiencia en ese trabajo?

Sophie asintió.

—Excelente. Me lo imaginé. Habla muy bien.

—Mi madre era ama de llaves —dijo Sophie automáticamente—. Trabajaba para una familia muy generosa y...

Se interrumpió, horrorizada, recordando tardíamente que le había dicho la verdad a Benedict: que su madre había muerto al nacer ella. Lo miró, nerviosa, y él le contestó con un ladeo del mentón, ligeramente burlón, indicándole que no la iba a dejar como mentirosa.

—La familia era muy generosa —continuó ella, dejando escapar una espiración de alivio—, y me permitían asistir a muchas clases con las hijas de la casa.

—Comprendo —dijo lady Bridgerton—. Eso explica muchísimo. Me cuesta creer que haya estado trabajando como criada. Está claro que tiene educación suficiente para aspirar a puestos más elevados.

—Lee muy bien —dijo Benedict.

Sophie lo miró sorprendida.

—Me leía muchísimo durante mi convalecencia —continuó él, dirigiéndose a su madre.

—¿Escribe también? —preguntó lady Bridgerton.

—Tengo buena ortografía y bastante buena letra —repuso ella, asintiendo.

—Excelente. Siempre me va bien contar con un par de manos extras cuando escribo las invitaciones. Y tendremos un baile en verano. Presento en sociedad a dos hijas este año —le explicó a Sophie—. Tengo muchas esperanzas de que una de ellas elija marido antes de que acabe la temporada.

—No creo que Eloise desee casarse —dijo Benedict.

—Calla la boca.

—Esa declaración es un sacrilegio en esta casa —explicó Benedict a Sophie.

—No le haga caso —dijo lady Bridgerton echando a andar hacia la escalera—. Venga conmigo, señorita Beckett. ¿Cómo dijo que era su nombre de pila?

—Sophia. Sophie.

—Ven conmigo, Sophie. Te presentaré a las niñas. Y te buscaremos ropa nueva —añadió arrugando la nariz—. No puedo permitir que una de nuestras doncellas ande tan mal vestida. Alguien podría pensar que no te pagamos un salario justo.

Sophie no había visto nunca que los miembros de la alta sociedad se preocuparan por pagar salarios justos a sus sirvientes, y la conmovió la generosidad de lady Bridgerton.

—Tú espérame abajo —dijo lady Bridgerton a Benedict—. Tenemos mucho que hablar tú y yo.

—Mira cómo tiemblo —replicó él.

—Entre él y su hermano, no sé cual me va a matar primero —masculló lady Bridgerton.

—¿Cuál hermano? —preguntó Sophie.

—Cualquiera. Los dos. Los tres. Todos unos sinvergüenzas.

Pero unos sinvergüenzas a los que amaba muchísimo, pensó Sophie. Eso lo notaba en su manera de hablar, lo veía en sus ojos cuando se iluminaban de alegría al mirar a su hijo.

Y eso la hacía sentirse sola, triste y envidiosa. ¡Qué distinta podría haber sido su vida si su madre no hubiera muerto en el parto! No habrían sido respetables, tal vez, la señora Beckett, la querida de un noble, y ella, la hija bastarda, pero le agradaba pensar que su madre la habría amado.

Lo cual era más de lo que había recibido de cualquier otro adulto, incluido su padre.

—Vamos, Sophie —dijo lady Bridgerton enérgicamente.

Sophie la siguió escalera arriba, pensando por qué si solo iba a comenzar un nuevo trabajo, se sentía como si fuera a entrar en una nueva familia.

Era... agradable.

Y había transcurrido mucho, muchísimo tiempo desde que su vida fuera agradable.

14

Rosamund Reiling jura que vio a Benedict Bridgerton de vuelta en Londres. Esta autora se inclina a creer en la veracidad de ese informe; la señorita Reiling es capaz de ver a un soltero a cincuenta pasos.

Lamentablemente para la señorita Reiling, parece que no consigue cazar a ninguno.

REVISTA DE SOCIEDAD DE LADY WHISTLEDOWN
12 de mayo de 1817

Benedict solo había dado dos pasos en dirección a la sala de estar cuando apareció Eloise corriendo por el pasillo. Como todos los Bridgerton, tenía abundantes cabellos castaños y una amplia sonrisa. Pero, a diferencia de él, sus ojos eran de un luminoso y vivo color verde, el tono exacto de los ojos de su hermano Colin.

El tono exacto de los ojos de Sophie, pensó.

—¡Benedict! —exclamó ella, corriendo a abrazarlo con cierta exuberancia—. ¿Dónde has estado? Madre ha estado gruñendo toda la semana, preguntándose dónde te habías metido.

—Curioso, cuando hablé con ella, no hace dos minutos, sus gruñidos eran por ti, preguntándose cuándo pensarías en casarte por fin.

Eloise arrugó la nariz.

—Cuando conozca a alguien con quien valga la pena casarse, entonces. Ojalá llegara gente nueva a la ciudad. Tengo la impresión de que veo más o menos a las mismas cien personas una y otra vez.

—Pues sí que ves a las mismas cien personas más o menos una y otra vez.

—Exactamente lo que quiero decir. Ya no quedan secretos en Londres. Ya lo sé todo de todos.

—¿Ah, sí? —preguntó Benedict, con no poco sarcasmo.

—Búrlate todo lo que quieras —dijo ella, apuntando un dedo hacia él de una manera que, estaba seguro, su madre consideraría impropio de una dama—, pero no exagero.

—¿Ni siquiera un poco? —sonrió él.

Ella lo miró enfurruñada.

—¿Dónde estuviste la semana pasada?

Él entró en la sala de estar y se dejó caer en un sofá. Tal vez tendría que haber esperado a que ella se sentara primero, pero solo era su hermana, después de todo, y jamás sentía la necesidad de andarse con ceremonias cuando estaban solos.

—Fui a la fiesta de Cavender —contestó él, poniendo los pies sobre una mesilla—. Fue abominable.

—Madre te matará si te pilla con los pies en la mesa —le advirtió Eloise sentándose en un sillón que hacía esquina con el sofá—. ¿Por qué fue tan horrorosa la fiesta?

—La compañía. —Se miró los pies y decidió dejarlos donde estaban—. Un grupo de gamberros más aburridos no había visto jamás.

—Mientras no tengas pelos en la lengua.

Él arqueó una ceja ante el sarcasmo.

—Por lo tanto, se te prohíbe que te cases con cualquiera de los asistentes.

—Orden que, creo, no tendré ninguna dificultad para acatar.

Golpeó las manos en los brazos del sillón y Benedict no pudo dejar de sonreír; Eloise siempre había sido un manojo de nervios.

—Pero eso no explica dónde estuviste toda la semana —continuó ella, mirándolo con los ojos entornados.

—¿Te han dicho que eres muy fisgona?

—Ah, todo el tiempo. ¿Dónde estuviste?

—E insistente también.

—Es la única manera de ser. ¿Dónde estuviste?

—¿Te he contado que estoy pensando en invertir en una fábrica de bozales para humanos?

Ella le arrojó el cojín a la cabeza.

—¿Dónde estuviste?

—Da la casualidad —repuso él, lanzándole suavemente el cojín— que la respuesta no es de lo más interesante. Estuve en Mi Cabaña, recuperándome de un antipático resfriado.

—Creí que ya te habías recuperado.

Él la miró con una inverosímil expresión mezcla de sorpresa y disgusto.

—¿Cómo sabes eso?

—Lo sé todo. Eso ya deberías saberlo —añadió, sonriendo de oreja a oreja—. Sí que son antipáticos los resfriados. ¿Tuviste una recaída?

—Después de conducir bajo la lluvia —asintió él.

—Bueno, no fuiste muy inteligente al hacer eso.

—¿Hay alguna razón —preguntó él, mirando alrededor como si la pregunta fuera dirigida a otra persona— para que me deje insultar por mi boba hermana menor?

—Probablemente que yo lo hago muy bien —dijo ella, empujándole el pie sobre la mesa con el suyo, tratando de hacerlo caer—. Madre entrará en cualquier momento.

—No. Está ocupada —repuso él.

—¿Haciendo qué?

Él agitó la mano indicando el cielo raso.

—Orientando a la nueva criada.

Ella se enderezó.

—¿Tenemos una nueva criada? Nadie me lo ha dicho.

—¡Cielos, ha ocurrido algo y Eloise no lo sabe!

Ella volvió a echarse hacia atrás y a golpearle el pie con el suyo.

—¿Criada? ¿Doncella de señora? ¿Fregona?

—¿Por qué te interesa?

—Siempre va bien saber qué es qué.

—Doncella de señora, creo.

Eloise se tomó medio segundo para asimilar eso.

—¿Y cómo lo sabes?

Benedict calculó que valía más decirle la verdad. Dios sabía que a la puesta de sol ella ya sabría toda la historia, aun cuando él no la supiera.

—Porque yo la traje aquí.

—¿A la criada?

—No, a madre. Pues claro que a la criada.

—¿Desde cuándo te tomas la molestia de contratar sirvientes?

—Desde que esta determinada joven casi me salvó la vida, cuidando de mí cuando estaba enfermo.

Eloise se quedó boquiabierta.

—¿Tan enfermo estuviste?

Tal vez le convenía hacerla creer que había estado a las puertas de la muerte, pensó él. Un poco de lástima y preocupación podría funcionar a su favor la próxima vez que necesitara conseguir que lo ayudara en algo.

—Me he sentido mejor —dijo modestamente—. ¿Adónde vas?

Ella ya se había levantado.

—A buscar a madre para conocer a la nueva doncella. Es probable que nos atienda a Francesca y a mí, ahora que no está Marie.

—¿Perdisteis a vuestra doncella?

Ella hizo una mueca.

—Nos dejó por esa odiosa lady Penwood.

Benedict no pudo dejar de sonreír al oír ese epíteto. Recordaba muy bien su único encuentro con lady Penwood; él también la había encontrado odiosa.

—Lady Penwood es notoria por maltratar a sus criados. Ya ha tenido tres doncellas de señora este año. Una se la robó a la señora Featherington en sus mismas narices, pero la pobre muchacha solo duró con ella dos semanas.

Benedict escuchó pacientemente la parrafada de su hermana, asombrado por su interés en el tema. Pero por algún extraño motivo, le interesaba.

—Marie volverá arrastrándose dentro de una semana, a pedirnos que la recibamos, entiéndeme bien.

—Siempre entiendo bien lo que dices —repuso él—. Pero no siempre me interesa.

—Lamentarás haber dicho eso —replicó ella, apuntándolo con el dedo.

—Lo dudo —dijo él, negando con la cabeza y con una leve sonrisa.

—Mmm. Voy a subir.

—Que te diviertas.

Ella le sacó la lengua, ciertamente un gesto nada apropiado para una joven de veintiún años, y salió de la sala.

Benedict había logrado disfrutar de tres escasos minutos de soledad cuando oyó pasos en el corredor, rítmicos pasos en dirección a la sala de estar. Cuando levantó la vista, estaba su madre en la puerta.

Se puso de pie al instante. Se pueden descuidar ciertos buenos modales con una hermana, pero jamás con la propia madre.

—Te vi los pies sobre la mesa —dijo Violet antes de que él lograra abrir la boca.

—Solo quería abrillantar la superficie con mis botas.

Ella arqueó las cejas y fue a sentarse en el sillón que acababa de desocupar Eloise.

—De acuerdo, Benedict —dijo, en un tono extraordinariamente serio—. ¿Quién es?

—¿La señorita Beckett, quieres decir?

Violet hizo un formal gesto de asentimiento.

—No tengo idea, aparte de que trabajaba para los Cavender y su hijo la maltrataba.

Violet palideció.

—¿Quieres decir que él...? Dios mío. ¿La...?

—Creo que no —contestó Benedict—, pero no por falta de empeño por parte de él.

—La pobrecilla. ¡Qué suerte para ella que estuvieras tú ahí para salvarla!

Benedict descubrió que no quería revivir esa noche en el patio de entrada de los Cavender. Aunque la aventura acabó muy favorablemente, no conseguía dejar de pensar en toda la gama de «¿y si?». ¿Y si no hubiera llegado a tiempo? ¿Y si Cavender y sus amigos hubieran estado menos borrachos y hubieran sido más obstinados? Podrían haber violado a Sophie. Habrían violado a Sophie.

Y ahora que conocía a Sophie, y le había tomado afecto, la sola idea le producía escalofríos.

—Bueno —dijo Violet—, no es lo que dice ser. De eso estoy segura.

—¿Por qué dices eso? —preguntó él, enderezando la espalda.

—Es demasiado bien educada para ser una criada. Puede que los empleadores de su madre le hayan permitido asistir a algunas clases con sus hijas, ¿pero a todas? Benedict, ¡la muchacha habla francés!

—¿Sí?

—Bueno, que lo habla, no puedo estar segura —reconoció Violet—, pero la sorprendí mirando un libro escrito en francés que estaba en el escritorio de Francesca.

—Mirar no es lo mismo que leer, madre.

Ella lo miró impaciente.

—Te lo digo, vi cómo movía los ojos. Estaba leyendo.

—Si tú lo dices, debes de tener razón.

—¿Eso es un sarcasmo? —preguntó ella, con los ojos entrecerrados.

—Normalmente diría que sí —respondió él sonriendo—, pero en este caso lo he dicho en serio.

—Tal vez es la hija repudiada de una familia aristocrática —musitó Violet.

—¿Repudiada?

—Por quedar embarazada —explicó ella.

Benedict no estaba acostumbrado a que su madre hablara con tanta franqueza.

—Eh, no —dijo, pensando en la firmeza con que Sophie se negó a ser su querida—. No lo creo.

Pero entonces pensó: ¿por qué no? Tal vez se negaba a traer al mundo un hijo ilegítimo porque ya había tenido un hijo ilegítimo y no quería repetir el error. De pronto sintió un sabor amargo en la boca. Si Sophie había tenido un hijo, quería decir que había tenido un amante.

—O tal vez es la hija ilegítima de un noble —continuó Violet, entusiasmada con la tarea de descubrir la identidad de Sophie.

Eso era mucho más creíble, pensó él. Y más aceptable.

—Se podría pensar que él tendría que haber dispuesto para ella fondos suficientes para que no tuviera que trabajar como criada.

—Muchísimos hombres se desentienden totalmente de sus hijos bastardos —dijo Violet, arrugando la nariz, disgustada—. Es nada menos que escandaloso.

—¿Más escandaloso que engendrar hijos bastardos?

La expresión de Violet se tornó muy malhumorada.

—Además —continuó Benedict, reclinándose y poniéndose pierna arriba—, si es la hija ilegítima de un noble y él se ocupó de ella tanto como para darle una buena educación cuando era niña, ¿por qué ahora está sin un céntimo?

—Mmm, ese es buen argumento. —Violet se golpeteó la mejilla con el índice, frunció los labios y continuó golpeteándose—. Pero no temas —dijo finalmente—. Descubriré su identidad en menos de un mes.

—Te recomiendo que le pidas ayuda a Eloise —dijo Benedict, irónico.

—Buena idea —asintió Violet, pensativa—. Esa niña sería capaz de sonsacarle los secretos a Napoleón.

—Tengo que irme —dijo él, levantándose—. Estoy cansado del viaje y quiero llegar a casa.

—Siempre puedes disponer de esta casa.

Él le dirigió una media sonrisa. Nada le gustaba más a su madre que tener a sus hijos cerca.

—Necesito volver a mi morada —dijo, inclinándose a besarla en la mejilla—. Gracias por encontrarle un puesto a Sophie.

—¿La señorita Beckett, quieres decir? —preguntó ella, curvando traviesamente los labios.

—Sophie, señorita Beckett —dijo él, fingiendo indiferencia—. Llámala como quieras.

Cuando se marchaba, no vio la amplia sonrisa que iluminaba la cara de su madre mirándole la espalda.

Debía evitar llegar a sentirse demasiado a gusto en la casa de lady Bridgerton, pensaba Sophie; después de todo se marcharía tan pronto como pudiera disponerlo todo. Pero al pasear la vista por su habitación, sin duda la más hermosa que había visto en toda su vida asignada a una criada, y pensó en la amistosa actitud de lady Bridgerton y en su sonrisa llana...

No pudo evitar desear poder quedarse allí para siempre.

Pero eso era imposible. Eso lo sabía tan bien como sabía que su nombre era Sophia Maria Beckett y no Sophia Maria Gunningworth.

En primer y principal lugar siempre corría el peligro de encontrarse con Araminta, sobre todo dado que lady Bridgerton la había ascendido de criada a doncella de señora. Como doncella de señora podría tocarle, por ejemplo, hacer el papel de acompañante de las hijas solteras, o acompañar a las señoras en las salidas de la casa. Salidas a lugares tal vez frecuentados por Araminta y sus hijas.

Y no le cabía la menor duda de que Araminta encontraría la manera de hacerle la vida un infierno. Araminta la odiaba de una manera que desafiaba toda razón, toda emoción. Si la veía en Londres, no se contentaría con simplemente hacer caso omiso de ella, no. Mentiría, engañaría y robaría con el solo fin de hacerle la vida más difícil a ella.

Así era el odio de Araminta.

Pero si era sincera consigo misma, el verdadero motivo de que no pudiera continuar en Londres no era Araminta. Era Benedict.

¿Cómo lograría evitar encontrarse con él, viviendo en la casa de su madre? En esos momentos estaba furiosa con él, más que furiosa, la verdad, pero en el fondo sabía que esa furia sería de muy corta duración. ¿Cómo podría resistirse a él día tras día, cuando con solo verlo le flaqueaban las piernas de anhelo? Algún día él le sonreiría, con esa sonrisa sesgada, y ella tendría que aferrarse a un mueble para no caer derretida al suelo en un patético charco.

Se había enamorado del hombre que no debía. Jamás podría tenerlo según sus condiciones, y de ninguna manera podía aceptar las condiciones de él.

Su situación era irremediable.

Un enérgico golpe en la puerta la salvó de sumirse en pensamientos más deprimentes.

—¿Sí?

Se abrió la puerta y entró lady Bridgerton.

Sophie se levantó al instante y se inclinó en una venia.

—¿Necesitaba algo, milady?

—No, no, nada. Simplemente quería ver si te estabas instalando. ¿Se te ofrece algo?

Sophie pestañeó. ¿Lady Bridgerton le preguntaba a ella si se le ofrecía algo? Una relación señora-criada más bien al revés.

—Eh, no, gracias —dijo—. Pero a mí me gustaría servirla en algo.

Lady Bridgerton desechó el ofrecimiento agitando una mano.

—No hay ninguna necesidad. Hoy debes pensar que no tienes nada en qué servirnos. Prefiero que te instales bien primero para que no tengas distracciones cuando comiences.

Sophie hizo un gesto hacia su pequeña bolsa.

—No es mucho el equipaje que tengo que deshacer. De verdad, me encantaría comenzar a trabajar inmediatamente.

—Tonterías. Ya estamos casi al final del día, y no tenemos planeado salir esta noche. La semana pasada las niñas y yo hemos tenido que arreglárnoslas con una sola doncella; ciertamente sobreviviremos una noche más.

—Pero...

—Basta de discutir, por favor. Un día libre es lo menos que puedo darte por salvar a mi hijo.

—Hice muy poco. Él se habría puesto bien sin mí.

—De todos modos, cuidaste de él cuando lo necesitaba, y por eso estoy en deuda contigo.

—Para mí fue un placer —repuso Sophie—. Era lo menos que podía hacer en gratitud a lo que hizo él por mí.

Entonces, ante su gran sorpresa, lady Bridgerton fue a sentarse en la silla de su escritorio. ¡Tenía un escritorio! Todavía estaba tratando de asimilar eso. ¿Qué criada ha tenido alguna vez un escritorio en su habitación?

—Bueno, pues, Sophie, dime —le dijo lady Bridgerton con una encantadora sonrisa, que a ella le recordó al instante la sonrisa de Benedict—. ¿De dónde eres?

—Nací en East Anglia —repuso al instante; no veía ningún motivo para mentir en eso. Los Bridgerton eran de Kent; era improbable que lady Bridgerton conociera muy bien Norfolk, donde ella se crio—. No muy lejos de Sandrigham, si sabe dónde está.

—Sí que lo sé. No he estado ahí, pero me han dicho que es un edificio muy hermoso.

—Sí, mucho. Claro que nunca he estado en el interior. Pero el exterior es muy hermoso.

—¿Dónde trabajaba tu madre?

—En Blackheath Hall —mintió, sin que siquiera se le enredara la lengua. Le habían hecho esa pregunta muchas veces; hacía tiempo que le había puesto nombre a su hogar de ficción—. ¿La conoce?

Lady Bridgerton frunció el ceño.

—No. Creo que no.

—Está un poco al norte de Swaffham.

—No, no la conozco —dijo lady Bridgerton negando con la cabeza.

—No muchas personas la conocen —explicó Sophie, sonriendo amablemente.

—¿Tienes algún hermano o hermana?

Sophie no estaba acostumbrada a que una empleadora deseara saber tantos de sus datos personales; normalmente lo único que les interesaba saber eran referencias y recomendaciones de sus empleos anteriores.

—No —contestó—. Fui hija única.

—Ah, bueno, por lo menos tenías la compañía de las niñas con las que compartías estudios. Eso debe de haber sido agradable para ti.

—Nos divertíamos muchísimo —mintió Sophie.

Había sido una tortura estudiar con Rosamund y Posy. Había preferido con mucho las clases cuando estaba sola con su institutriz, antes de que ellas llegaran a Penwood Park.

—He de decir que los empleadores de tu madre fueron muy generosos... Mmm, perdón —añadió con el ceño fruncido—, ¿cómo dijiste que era el apellido de la familia?

—Grenville.

Lady Bridgerton volvió a fruncir el ceño.

—No los conozco.

—No suelen venir a Londres.

—Ah, eso lo explica. Pero, como decía, fue mucha su generosidad al permitirte que estudiaras con sus hijas. ¿Qué estudiaste?

Sophie se sintió paralizada; ya no sabía si eso era un interrogatorio o solo simple interés de lady Bridgerton. Nadie se había interesado jamás en ahondar en el pasado falso que se había inventado.

—Pues las asignaturas normales: aritmética, literatura, historia, algo de mitología, francés.

—¿Francés? —repitió lady Bridgerton, sorprendida—. ¡Qué interesante! Los tutores de francés suelen ser muy caros.

—La institutriz hablaba francés —explicó Sophie—. Por lo tanto, no costaba un precio extra.

—¿Cómo es tu francés?

De ninguna manera podía decirle la verdad, que su francés era perfecto. O casi perfecto, pues hacía mucho tiempo que no lo practicaba y había perdido algo de fluidez.

—Pasable —contestó—. Lo bastante bueno para pasar por criada francesa, si eso es lo que desea.

—¡Oh, no! —exclamó lady Bridgerton riendo alegremente—. ¡Cielos, no! Sé que está muy de moda tener criadas francesas, pero jamás te pediría que hicieras tus quehaceres tratando de hablar con acento francés.

—Muy amable por su parte —dijo Sophie, procurando que no se le reflejara la desconfianza en la cara.

Estaba segura de que lady Bridgerton era una señora encantadora; tenía que ser encantadora para haber criado a una familia tan encantadora. Pero eso era demasiado encanto.

—Bueno, es... Ah, buen día, Eloise. ¿Qué te trae por aquí?

Sophie miró hacia la puerta y vio a una joven que solo podía ser una Bridgerton. Llevaba sus abundantes cabellos castaños recogidos en un elegante moño en la nuca, y su boca era ancha y expresiva, igual que la de Benedict.

—Benedict me dijo que tenemos una nueva doncella —dijo Eloise.

Lady Bridgerton hizo un gesto hacia Sophie.

—Ella es Sophie Beckett. Estábamos charlando. Creo que nos vamos a llevar a las mil maravillas.

Eloise miró a su madre algo extrañada, o al menos a Sophie le pareció que su expresión era de extrañeza. Era posible que Eloise siempre mirara a su madre con cierta desconfianza, algo confusa, de soslayo. Pero algo la hizo pensar que no era así.

—Mi hermano me ha dicho que le salvaste la vida —dijo Eloise volviéndose hacia ella.

—Exagera —dijo, con una leve sonrisa.

Eloise la miró con una expresión extrañamente atenta, y Sophie tuvo la clara sensación de que le estaba analizando la sonrisa, intentando discernir si quería ridiculizar a Benedict, y en ese caso, si era en broma o con mala intención.

El momento pareció alargarse y de pronto Eloise curvó los labios de una manera sorprendentemente astuta.

—Creo que mi madre tiene razón. Nos vamos a llevar a las mil maravillas.

Sophie tuvo la impresión de que acababa de aprobar una especie de examen fundamental.

—¿Ya conoces a Francesca y Hyacinth? —le preguntó Eloise.

Negó con la cabeza, justo en el momento en que lady Bridgerton decía:

—No están en casa. Francesca fue a visitar a Daphne y Hyacinth está en casa de las Featherington. Parece que ya hizo las paces con Felicity y vuelven a ser inseparables.

—Pobre Penelope —rio Eloise—. Creo que le gustaba la relativa paz y silencio que disfrutaba en ausencia de Hyacinth. Sé que yo disfrutaba de la ausencia de Felicity.

—Mi hija Hyacinth —explicó lady Bridgerton a Sophie— suele encontrarse con más frecuencia que menos en la casa de su mejor amiga Felicity Featherington. Y cuando ella no está ahí, se puede encontrar a Felicity aquí.

Sophie sonrió y asintió, nuevamente tratando de entender por qué le contaban esos detalles a ella. La trataban como si fuera de la familia, algo que no le había ocurrido jamás en su propia familia.

Era muy extraño.

Extraño y maravilloso.

Extraño, maravilloso y horrible.

Porque no duraría.

Pero tal vez podría quedarse un tiempo. No mucho. Unas cuantas semanas, tal vez incluso un mes. El tiempo suficiente para ordenar sus asuntos y pensamientos. El tiempo suficiente para relajarse y simular que era algo más que una sirvienta.

Jamás podría formar parte de la familia Bridgerton. Pero tal vez sí podría ser una amiga.

Y hacía tanto tiempo que no había sido amiga de nadie...

—¿Te pasa algo, Sophie? —le preguntó lady Bridgerton—. Tienes una lágrima en el ojo.

Sophie negó con la cabeza.

—Una mota de polvo —dijo y se apresuró a fingir que estaba ocupada sacando las cosas de su bolsa.

Se dio cuenta de que no la creyeron, pero no le importó mucho.

Y aun cuando no tenía idea de adónde pretendía ir a partir de ese momento, tuvo la rarísima sensación de que acababa de comenzar su vida.

15

Esta autora es de la muy certera opinión de que a la mitad masculina de la población no le interesará la parte que viene a continuación, de modo que todos tenéis permiso para saltaros esto y pasar a la siguiente sección de la columna. Las señoras, sin embargo, permitid que esta autora sea la primera en informaros de que, no hace mucho, la familia Bridgerton fue arrastrada a la batalla por las criadas que ha hecho furor toda la temporada entre lady Penwood y la señora Featherington. Parece ser que la doncella que atendía a las hijas Bridgerton ha desertado a favor de las Penwood, para reemplazar a la doncella que volvió corriendo a la casa Featherington después que lady Penwood la obligara a limpiar trescientos pares de zapatos.

Otra noticia relativa a los Bridgerton es que Benedict Bridgerton, ciertamente, está de vuelta en Londres. Parece que cayó enfermo estando en el campo y prolongó su estancia allí. Ojalá hubiera una explicación más interesante (sobre todo cuando uno, como esta autora, depende de historias interesantes para ganarse la vida), pero lamentablemente, eso es todo lo que hay.

REVISTA DE SOCIEDAD DE LADY WHISTLEDOWN
14 de mayo de 1817

A la mañana siguiente Sophie ya conocía a cinco de los hermanos de Benedict. Eloise, Francesca y Hyacinth vivían en la casa con su madre; Anthony había ido con su hijo menor a desayunar, y Daphne, que era la duquesa de Hastings, había acudido a la llamada de lady Bridgerton para ayudarla a planificar el baile de fin de temporada. Los únicos Bridgerton que le faltaba por conocer eran Gregory, que estaba en Eton, y Colin, el cual, según palabras de Anthony, estaba solo Dios sabía dónde.

Aunque, si había de ser más exacta, a Colin ya lo conocía; lo conoció en el baile de máscaras. La aliviaba bastante que estuviera fuera de la ciudad. Dudaba de que la reconociera; después de todo, Benedict no lo había hecho. Pero encontraba estresante e inquietante la idea de encontrarse nuevamente con él.

Como si eso importara, pensó, pesarosa. Todo le resultaba muy estresante e inquietante ese último tiempo.

No se llevó la menor sorpresa cuando Benedict se presentó en casa de su madre esa mañana a tomar desayuno. Ella podría haberlo eludido totalmente si él no hubiera estado ganduleando en el corredor cuando ella iba de camino a la cocina, donde pensaba hacer su comida de la mañana con los demás criados.

—¿Y cómo fue tu primera noche en Bruton Street número seis? —le preguntó, con esa sonrisa perezosa y masculina.

—Espléndida —respondió ella, dando un paso a un lado para hacer un amplio círculo al pasar por su lado.

Pero al dar ella el paso a la izquierda, él dio un paso a la derecha y le bloqueó el camino.

—Me alegra que lo estés pasando bien.

Ella dio un paso a la derecha.

—Estaba —dijo intencionadamente.

Él era demasiado cortés para dar un paso a la izquierda, pero se las arregló para girarse y apoyarse en una mesa de tal forma que nuevamente le impidió pasar.

—¿Te han hecho el recorrido de la casa? —le preguntó.

—El ama de llaves.

—¿Y del parque?

—No hay parque.

Él sonrió, sus ojos castaños cálidos y seductores.

—Hay un jardín.

—Más o menos del tamaño de un billete de libra —replicó ella.

—Sin embargo...

—Sin embargo tengo que tomar desayuno —lo interrumpió ella.

Él se hizo a un lado gallardamente.

—Hasta la próxima vez —susurró.

Y Sophie tuvo la angustiosa sensación de que la próxima vez llegaría muy pronto.

Treinta minutos después, Sophie salió lentamente de la cocina, medio esperando que Benedict apareciera de repente por una esquina. Bueno, tal vez no medio esperando. A juzgar por la dificultad que sentía para respirar, lo más probable era que toda ella esperara.

Pero él no apareció.

Continuó avanzando. Seguro que bajaría corriendo la escalera en cualquier momento, avasallándola con su presencia.

Benedict continuó sin aparecer.

Abrió la boca y alcanzó a morderse la lengua, al darse cuenta de que estaba a punto de decir su nombre.

—Niña estúpida —masculló.

—¿Quién es estúpida? —le preguntó Benedict—. Tú no, supongo.

Sophie pegó un salto de más de un palmo.

—¿De dónde has salido? —le preguntó cuando ya casi había recuperado el aliento.

Él señaló una puerta abierta.

—De ahí —dijo él, su voz toda inocencia.

—¿Así que ahora me metes susto saliendo de armarios?

—Nooo —repuso él, ofendido—. Esa es una escalera.

Sophie se asomó por un lado de él. Era la escalera lateral, la escalera de los criados. Ciertamente no era ese un lugar para que se pasearan los miembros de la familia.

—¿Acostumbras a bajar a hurtadillas por la escalera de servicio? —le preguntó, cruzándose de brazos.

Él se le acercó, justo lo suficiente para hacerla sentir ligeramente incómoda y, aunque eso no lo reconocería jamás ante nadie, ni siquiera ante sí misma, ligeramente excitada.

—Solo cuando quiero escabullirme de alguien.

—Tengo trabajo que hacer —dijo ella, intentando pasar por su lado.

—¿Ahora?

—Sí, ahora —contestó entre dientes.

—Pero si Hyacinth está tomando desayuno... No puedes arreglarle el pelo mientras come.

—También atiendo a Francesca y Eloise.

Él se encogió de hombros, sonriendo inocentemente.

—También están desayunando. De verdad, no tienes nada que hacer.

—Lo cual indica lo poco que sabes de trabajar para vivir —replicó ella—. Tengo que planchar, remendar, abrillantar...

—¿Te hacen pulir la plata?

—¡Zapatos! —dijo ella, casi gritando—. Tengo que abrillantar zapatos.

—¡Ah! —Apoyó un hombro en la pared y se cruzó de brazos—. Eso parece aburrido.

—«Es» aburrido —repuso ella, tratando de desentenderse de las lágrimas que le escocían los ojos.

Sabía que su vida era aburrida, pero le dolía oírlo decir a otra persona.

Él curvó la comisura de la boca en una perezosa y seductora sonrisa.

—Tu vida no tiene por qué ser aburrida, lo sabes.

—La prefiero aburrida —espetó ella, intentando pasar.

Él movió el brazo hacia un lado en un amplio gesto, invitándola a pasar.

—Si así es como la deseas.

—Así la deseo —dijo ella, pero las palabras no le salieron con la firmeza que habría querido—. Así la deseo —repitió.

Ah, bueno, no le servía de nada mentirse a sí misma. No deseaba esa vida, no. Pero así tenía que ser.

—¿Quieres convencerte tú, o convencerme a mí? —le preguntó él dulcemente.

—No te voy a honrar con una respuesta —replicó ella, pero no lo miró a los ojos al decirlo.

—Será mejor que subas, entonces —dijo él, y arqueó una ceja al ver que ella no se movía—. Seguro que tienes muchísimos zapatos por limpiar.

Sophie subió corriendo la escalera, la de los criados, sin mirar atrás.

La vez siguiente Benedict la encontró en el jardín, ese trozo verde del que ella se burlara (acertadamente) comparando su tamaño con un billete de libra. Las hermanas Bridgerton habían ido a visitar a las hermanas Featherington, y lady Bridgerton estaba durmiendo una siesta. Sophie ya había planchado todos los vestidos y los tenía listos para el evento social de esa noche, había elegido cintas para el pelo que hicieran juego con cada vestido, y limpiado zapatos suficientes para toda la semana.

Terminado su trabajo, decidió tomarse un corto descanso e ir a leer en el jardín. Lady Bridgerton le había dicho que podía coger los libros que quisiera de su pequeña biblioteca, de modo que eligió una novela de reciente publicación y se instaló a leerla en un sillón de hierro forjado en el pequeño patio. Solo llevaba leído un capítulo cuando oyó pasos provenientes de la casa. Consiguió no levantar la vista hasta cuando la cubrió una sombra. Previsiblemente, era Benedict.

—¿Vives aquí? —le preguntó, sarcástica.

—No —repuso él, sentándose en el sillón de al lado—, aunque mi madre vive diciéndome que me sienta en casa aquí.

A ella no se le ocurrió ninguna réplica ingeniosa, de modo que se limitó a emitir un «mmm» y volvió a meter la nariz en el libro.

Él apoyó los pies en la mesilla que había delante.

—¿Y qué estás leyendo hoy?

—Esa pregunta —contestó ella cerrando el libro pero dejando el dedo para marcar la página— da a entender que «estoy» leyendo, lo cual te aseguro que no puedo hacer mientras estás sentado aquí.

—Así de irresistible es mi presencia, ¿eh?

—Así de perturbadora.

—Eso es mejor que aburrida —observó él.

—Me gusta mi vida aburrida.

—Si te gusta tu vida aburrida, significa que no entiendes la naturaleza de la emoción.

Su tono de superioridad la indignó. Aferró el libro con tanta fuerza que se le pusieron blancos los nudillos.

—Ya he tenido suficiente emoción en mi vida —replicó entre dientes—. Te lo aseguro.

—Me encantaría participar más en esta conversación —dijo él con voz arrastrada—, pero tú no has considerado conveniente contarme ningún detalle de tu vida.

—No ha sido por descuido.

Él chasqueó la lengua, desaprobador.

—¡Qué hostilidad!

Ella lo miró con los ojos agrandados.

—Me raptaste.

—Te coaccioné.

—¿Quieres que te golpee?

—No me importaría —contestó él, mansamente—. Además, ahora que estás aquí, ¿de verdad fue tan terrible que te haya intimidado para que vinieras? Te gusta mi familia, ¿verdad?

—Sí, pero...

—Y te tratan bien, ¿verdad?

—Sí, pero...

—¿Entonces cuál es el problema? —le preguntó él en tono más arrogante.

Sophie casi perdió los estribos. Estuvo a punto de levantarse de un salto, cogerlo por los hombros y sacudirlo, sacudirlo y sacudirlo, pero en el último instante comprendió que eso era exactamente lo que quería él. Por lo tanto, se limitó a sorber por la nariz y decir:

—Si no eres capaz de reconocer tú el problema, no tengo manera de explicártelo.

Él se echó a reír, el maldito.

—¡Buen Dios! Esa ha sido una hábil evasiva.

Ella abrió el libro.

—Estoy leyendo.

—Tratando, al menos.

Ella pasó la página, aunque no había leído los dos últimos párrafos. La verdad era que solo quería aparentar indiferencia hacia él; además, siempre podía retroceder y leerlos cuando él se hubiera marchado.

—Tienes el libro del revés —observó él.

Ella ahogó una exclamación y miró el libro.

—¡Está bien!

—Pero tuviste que mirarlo para comprobarlo, ¿no? —dijo él sonriendo guasón.

—Voy a entrar —anunció ella, levantándose.

Él se levantó al instante.

—¿Y vas a dejar este espléndido aire de primavera?

—Y a ti —replicó ella, aunque no le pasó inadvertido su gesto de respeto y cortesía. Los caballeros no solían levantarse por simples criadas.

—Ten piedad —susurró él—. Lo estaba pasando tan bien...

Ella pensó cuánto daño le haría si le arrojaba el libro. Tal vez no lo suficiente para compensar su pérdida de dignidad. Le asombraba la facilidad con que él la enfurecía. Lo amaba desesperadamente, ya hacía tiempo que había dejado de mentirse respecto a eso, y sin embargo él era capaz de hacerle temblar de rabia todo el cuerpo con solo una insignificante pulla.

—Adiós, señor Bridgerton.

—Hasta luego —respondió él, haciéndole un gesto de despedida.

Sophie se detuvo, nada segura de que le gustara esa indiferente despedida.

—Creí que te marchabas —dijo él, con expresión levemente divertida.

—Y me voy —insistió ella.

Él ladeó la cabeza pero no dijo nada. No tenía para qué. La expresión vagamente burlona de sus ojos hablaba con bastante elocuencia.

Ella se dio media vuelta y echó a andar hacia la puerta que llevaba al interior, pero cuando estaba a mitad de camino, le oyó decir:

—Tu vestido nuevo es muy bonito.

Se detuvo y suspiró. Bien podía haber pasado de falsa pupila de un conde a una simple doncella de señora, pero los buenos modales eran buenos modales, y de ninguna manera podía hacer caso omiso de un cumplido. Girándose dijo:

—Gracias. Me lo regaló tu madre. Creo que era de Francesca.

Él se apoyó en la reja en una postura engañosamente perezosa.

—Es una costumbre, ¿verdad?, regalar vestidos a la doncella.

Ella asintió.

—Cuando ya están bien usados, lógicamente. Nadie regalaría un vestido nuevo.

—Comprendo.

Ella lo observó desconfiada, pensando por qué demonios le importaba el estado de su vestido.

—¿No querías entrar?

—¿Qué te traes entre manos?

—¿Por qué crees que me traigo algo entre manos?

Ella frunció los labios y dijo:

—No serías tú si no estuvieras tramando algo.

—Creo que ese ha sido un cumplido —dijo él, sonriendo.

—No necesariamente; no era esa la intención.

—De todos modos, lo tomo como un cumplido —dijo él mansamente.

Ella no encontró una buena respuesta, así que no dijo nada. Tampoco avanzó hacia la puerta; no sabía por qué, puesto que había expresado muy claramente su deseo de estar sola. Pero sus palabras y sus sentimientos no siempre coincidían. En su corazón, suspiraba por ese hombre, soñaba con una vida que no podía ser.

No debería estar tan enfadada con él, pensó. Él no debería haberla obligado a venir a Londres en contra de sus deseos, cierto, pero no podía culparlo por haberle ofrecido el puesto de querida. Había hecho lo que habría hecho cualquier hombre de su posición. Ella no se hacía ninguna ilusión respecto a su lugar en la sociedad londinense. Era una criada, una sirvienta. Y lo único que la distinguía de los demás sirvientes era que había conocido el lujo de niña. La habían educado como a aristócrata, aun cuando fuera sin amor, y esa experiencia había configurado sus ideales y valores. Ahora estaba clavada para siempre entre dos mundos sin ningún lugar claro en ninguno de los dos.

—Estás muy seria —dijo él dulcemente.

Sophie lo oyó, pero no pudo apartar la mente de sus pensamientos.

Benedict se le acercó. Alargó la mano para tocarle la barbilla, pero se contuvo y la retiró. En ese momento había en ella un algo que la hacía intocable, inalcanzable.

—No soporto verte tan triste —le dijo.

Sus palabras lo sorprendieron. No había sido su intención decirle nada; simplemente se le escaparon de los labios.

Entonces ella lo miró.

—No estoy triste.

Él hizo un movimiento de negación con la cabeza, casi imperceptible.

—Hay una pena profunda en tus ojos. Rara vez desaparece.

Ella se tocó la cara, como si pudiera tocar esa pena, como si fuera sólida, como si se la pudiera quitar con una fricción.

Benedict le cogió la mano y la llevó a sus labios.

—Ojalá quisieras hacerme partícipe de tus secretos.

—No tengo ningún...

—No me mientas —dijo él, en tono más duro que el que hubiera querido—. Tienes más secretos que todas las mujeres que... —se interrumpió bruscamente, porque por su mente pasó como un relámpago la imagen de la mujer del baile de máscaras—. Más que casi todas las mujeres que conozco —concluyó.

Ella lo miró a los ojos por un brevísimo instante y desvió la vista.

—No hay nada malo en tener secretos. Si yo decidiera...

—Tus secretos te están comiendo viva —la interrumpió él con brusquedad. No quería estar ahí escuchando sus justificaciones, y la frustración estaba acabando con su paciencia—. Tienes la oportunidad de cambiar tu vida, de alargar la mano para coger la felicidad, pero no quieres hacerlo.

—No puedo —repuso ella.

La aflicción que él detectó en su voz, casi lo acobardó.

—Tonterías —dijo—. Puedes hacer lo que quieras. Lo que pasa es que no quieres hacerlo.

—No me pongas esto más difícil de lo que ya es —musitó ella.

Al oírla decir eso, algo se quebró dentro de él. Fue una extraña sensación, palpable, como de explosión, que le desencadenó un torrente de sangre que alimentó la rabia de frustración que llevaba hirviendo a fuego lento dentro de él desde hacía días.

—¿Crees que para mí no es difícil? ¿Crees que no es difícil?

—¡No he dicho eso!

Le cogió la mano y la acercó a él, estrechándola contra su cuerpo para que comprobara por sí misma lo terriblemente excitado que estaba.

—Ardo por ti —susurró, rozándole la oreja con los labios—. Todas las noches me paso horas despierto en la cama, pensando en ti, pensando por qué demonios estás en la casa de mi madre y no conmigo.

—Yo no quería...

—No sabes lo que quieres —interrumpió él.

Esa era una afirmación cruel, tremendamente desdeñosa, pero ya no le importaba. Ella lo había herido de una manera que no habría creído posible, con una potencia de la que no la habría imaginado poseedora. Ella había preferido una vida de pesado trabajo a una vida con él, y ahora él estaba condenado a verla casi cada día, a verla, saborearla y olerla justo lo suficiente para mantener vivo y fuerte su deseo.

Y él mismo tenía la culpa, desde luego. Podría haberla dejado quedarse en el campo, podría haberse ahorrado esa dolorosa tortura. Pero se había sorprendido a sí mismo insistiendo en que viniera con él a Londres. Era extraño, y sentía casi miedo de analizar lo que significaba, pero su necesidad de saber que estaba segura y protegida era superior a su necesidad de tenerla para él.

Ella musitó su nombre y él detectó anhelo en su voz; entonces comprendió que él no le era indiferente. Tal vez ella no entendía bien lo que era desear a un hombre, pero lo deseaba.

Le capturó la boca con la suya, prometiéndose al hacerlo que si ella decía no, si hacía cualquier tipo de indicación de que no deseaba ese beso, no continuaría. Sería lo más difícil que habría hecho en toda su vida, pero lo haría.

Pero ella no dijo no, ni se apartó de él, ni lo empujó para separarlo, ni se debatió. Lo que hizo fue enredar los dedos en su pelo y abrir los labios. Él no supo por qué de pronto ella había decidido permitirle besarla, no, «besarlo», pero de ninguna manera iba a separar los labios de los de ella para preguntarlo.

Aprovechó el momento, saboreándola, bebiéndola, inspirándola. Ya no estaba tan seguro de ser capaz de convencerla de convertirse en su amante, por lo que era imperioso que ese beso fuera algo más que un beso. Podría tener que durarle toda la vida.

La besó con renovado vigor, desentendiéndose de una molesta vocecita que dentro de la cabeza le decía que ya había estado en esa situación, que ya había hecho eso antes. Dos años atrás había bailado con una mujer, la había besado, y ella le dijo que tendría que poner toda una vida en un solo beso.

Él pecó de excesiva confianza entonces. No creyó a la mujer; y la perdió, tal vez lo perdió todo. Desde entonces, no había vuelto a conocer a nadie con quien pudiera imaginarse construir una vida.

Hasta conocer a Sophie.

A diferencia de la dama del vestido plateado, Sophie no era una mujer con la que pudiera esperar casarse, pero también a diferencia de esa dama, estaba allí.

Y él no le iba a permitir marcharse.

Estaba ahí, con él, y era como tener el cielo. El delicado aroma de su pelo, el sabor ligeramente salado de su piel, toda ella, estaba hecha para reposar en sus brazos. Y él había nacido para tenerla abrazada.

—Vente a casa conmigo —le susurró al oído.

Ella no contestó, pero él la sintió tensarse.

—Vente a casa conmigo —repitió.

—No puedo —susurró ella, haciéndole sentir su suave aliento en la piel.

—Puedes.

Ella negó con la cabeza pero no se apartó, por lo que él aprovechó el momento y volvió a cubrirle la boca con la suya. Introdujo la lengua y exploró los recovecos de su boca, saboreando su esencia. Su mano buscó y encontró el montículo de su pecho y lo apretó suavemente; tuvo que contener el aliento al oírla gemir de placer. Pero eso no le bastaba. Deseaba sentir su piel, no la tela del vestido.

Pero ese no era el lugar. Estaban en el jardín de su madre, ¡por el amor de Dios! Cualquiera podía pasar por ahí y, la verdad, si no la hubiera llevado hacia el esconce del lado de la puerta, cualquiera podría haberlos visto. Ese era el tipo de cosa que podría ser causa de que Sophie perdiera el trabajo.

Tal vez debería llevarla al lugar donde todos pudieran verlos, porque entonces ella quedaría desamparada nuevamente y no tendría más remedio que convertirse en su querida.

Que era justamente lo que él deseaba, recordó.

Pero entonces se le ocurrió, y francamente le sorprendió el hecho de tener el aplomo necesario para que se le ocurriera algo en ese momento, que una parte del motivo de que se preocupara tanto por ella, era el sólido sentido de identidad que tenía ella. Sabía quién era y, por desgracia para él, esa persona no se salía de los límites de la sociedad respetable.

Si la deshonraba tan públicamente, delante de personas a las que ella admiraba y respetaba, le rompería el alma. Y eso sería un crimen imperdonable.

Se apartó lentamente. Seguía deseándola, seguía deseando que fuera su amante, pero no debía forzar las cosas comprometiéndola en la casa de su madre. Cuando ella se entregara a él, y se entregaría, se prometió, sería libremente, por propia voluntad.

Mientras tanto, la cortejaría, la conquistaría. Mientras tanto...

—Has parado —susurró ella, sorprendida.

—Este no es el lugar.

Por un instante, ella no cambió la expresión. De pronto, como si alguien le estuviera cubriendo la cara con un velo, la expresión pasó a horrorizada. Le comenzó en los ojos, que se agrandaron enormemente y el color verde se hizo más intenso de lo habitual, luego le llegó a la boca, que se entreabrió para hacer entrar aire y ahogar una exclamación.

—No pensé —dijo, más para sí misma que para él.

—Lo sé —sonrió él—. Me fastidia cuando piensas. Siempre acaba mal para mí.

—No podemos volver a hacer esto.

—Ciertamente no podemos hacerlo «aquí».

—No, quiero decir...

—No lo estropees.

—Pero...

—Compláceme, dejándome creer que la tarde acabó sin que me dijeras que esto no volverá a ocurrir.

—Pero...

Él le puso un dedo en los labios.

—No me estás complaciendo.

—Pero...

—¿No me merezco esta pequeña fantasía?

Con eso lo logró. Ella sonrió.

—Eso. Eso está mejor.

A ella le temblaron los labios y luego, asombrosamente, ensanchó la sonrisa.

—Excelente —musitó él—. Bueno, ahora me voy. Y solo tienes una tarea mientras me marcho. Te quedarás aquí y continuarás sonriendo. Porque me rompe el corazón ver cualquier otra expresión en tu cara.

—No podrás verme —observó ella.

—Lo sé —dijo él acariciándole la mejilla.

Y acto seguido, antes de que ella cambiara esa expresión, encantadora combinación de conmoción y adoración, se marchó.

16

Anoche los Featherington ofrecieron una cena y, aunque esta autora no tuvo el privilegio de asistir, se ha comentado que la velada fue todo un éxito. Asistieron tres Bridgerton, pero, por desgracia para las señoritas Featherington, ninguno de la variedad masculina. Estaba ahí el siempre encantador Nigel Berbrooke, dedicando gran atención a la señorita Philippa Featherington.

Esta autora se ha enterado de que fueron invitados Benedict y Colin Bridgerton, pero tuvieron que enviar sus excusas.

REVISTA DE SOCIEDAD DE LADY WHISTLEDOWN
19 de mayo de 1817

A medida que los días se fundían en una semana, Sophie fue descubriendo que trabajar para las Bridgerton podía mantener ocupadísima a una muchacha. Su trabajo de doncella consistía en atender a las tres hijas solteras, por lo que sus días estaban repletos, entre peinarlas, arreglar ropa, planchar vestidos, lustrar zapatos, etcétera. No había salido de casa ni una sola vez, a no ser que contara los momentos que pasaba en el jardín de atrás.

Pero si la vida en casa de Araminta había sido triste, monótona y humillante, en casa de las Bridgerton abundaban las risas y las sonrisas. Las niñas reñían y se tomaban el pelo entre ellas, pero nunca con la crueldad con que ella había visto a Rosamund tratar a Posy. Y cuando el té era informal, en la sala de estar de arriba, y solo estaban presentes lady Bridgerton y sus hijas, a ella siempre la invitaban a participar. Normalmente ella llevaba su cesta de costuras, para remendar, zurcir o pegar botones mientras las otras charlaban, pero era maravilloso poder estar sentada allí, bebiendo té con leche fresca, en una fina taza, y panecillos calientes. Y pasados unos días, se sentía tan a gusto que comenzó intervenir en la conversación. La hora del té se había convertido en su favorita.

Una tarde, alrededor de una semana después de lo que ella había comenzado a llamar «el gran beso», Eloise preguntó:

—¿Dónde creéis que podría estar Benedict?

—¡Ay!

Cuatro caras Bridgerton se giraron hacia Sophie.

—¿Te sientes mal? —le preguntó lady Bridgerton, con la taza detenida a medio camino entre el platillo y su boca.

—Me pinché el dedo —contestó Sophie, haciendo una mueca.

Los labios de lady Bridgerton se curvaron en una misteriosa sonrisita.

—Madre te ha dicho —dijo Hyacinth, de catorce años— por lo menos mil veces...

—¿Mil veces? —preguntó Francesca con las cejas arqueadas.

—Cien veces —corrigió Hyacinth, mirando furiosa a su hermana— que no tienes que traer tus remiendos al té.

Sophie tuvo que reprimir una sonrisa.

—Me sentiría una holgazana si no los trajera —dijo.

—Bueno, yo no voy a traer mi bordado —declaró Hyacinth, aunque nadie le había pedido que lo trajera.

—¿Te sientes una holgazana? —le preguntó Francesca.

—Ni lo más mínimo —replicó Hyacinth.

—Has hecho sentirse holgazana a Hyacinth —dijo Francesca a Sophie.

—¡No me siento holgazana! —protestó Hyacinth.

—Llevas bastante tiempo trabajando en el mismo bordado, Hyacinth —dijo lady Bridgerton, después de acabar de tragar un sorbo de té—. Desde febrero, si no me falla la memoria.

—Nunca le falla la memoria —explicó Francesca a Sophie.

Hyacinth dirigió una mirada furibunda a Francesca, que sonrió a su taza de té.

Sophie tosió para ocultar su sonrisa. Francesca, que a sus veinte años era solo un año menor que Eloise, tenía un sentido del humor pícaro y provocador. Algún día Hyacinth estaría a su altura, pero aún no había llegado ese momento.

—Nadie ha contestado mi pregunta —terció Eloise, dejando la taza en el plato con un fuerte clac—. ¿Dónde está Benedict? No lo veo desde hace siglos.

—Hace una semana —enmendó lady Bridgerton.

—¡Ay!

—¿No te has puesto el dedal? —preguntó Hyacinth a Sophie.

—Normalmente no soy tan torpe —masculló Sophie.

Lady Bridgerton se llevó la taza a la boca y la mantuvo ahí un buen rato.

Sophie apretó los dientes y reanudó su trabajo con renovado brío. La sorprendía mucho que Benedict no se hubiera presentado en la casa en toda la semana, desde el «gran beso». Se había sorprendido asomándose a las ventanas, metiendo la nariz en los rincones, siempre con la esperanza de verlo.

Pero él no estaba nunca.

No sabía discernir si se sentía decepcionada o aliviada. O las dos cosas. Las dos cosas, ciertamente, concluyó, exhalando un suspiro.

—¿Has dicho algo, Sophie? —le preguntó Eloise.

—No —respuso ella, negando con la cabeza, pero sin apartar los ojos de su pobre índice maltratado.

Arrugando la nariz se apretó la yema y vio formarse lentamente una gotita de sangre.

—¿Dónde está? —insistió Eloise.

—Benedict tiene treinta años —dijo lady Bridgerton apaciblemente—. No tiene por qué informarnos de todas sus actividades.

Eloise emitió un fuerte bufido.

—Eso es un cambio radical respecto a la semana pasada, madre —comentó.

—¿Qué quieres decir?

—«¿Dónde está Benedict?» —remedó Eloise, en una buena imitación de su madre—. «¿Cómo se atreve a marcharse sin decir palabra? Es como si hubiera desaparecido de la faz de la Tierra».

—Eso era diferente —dijo lady Bridgerton.

—¿En qué? —preguntó Francesca, que tenía puesta su habitual sonrisa guasona.

—Había dicho que iría a la fiesta de ese horrendo muchacho Cavender, y después no volvió, mientras que esta vez... —se interrumpió y frunció los labios—. ¿Y por qué habría de explicaros mis motivos?

—No logro imaginarlo —masculló Sophie.

Eloise, que estaba a su lado, se atragantó con el té.

Francesca se apresuró a darle unas palmadas en la espalda y se inclinó a preguntar:

—¿Dijiste algo, Sophie?

Negando con la cabeza, Sophie enterró la aguja para dar la siguiente puntada en el dobladillo que estaba repasando y erró totalmente el blanco.

Eloise la miró de reojo, bastante extrañada.

Lady Bridgerton se aclaró la garganta.

—Bueno, creo que... —se interrumpió y ladeó la cabeza—. Oye, ¿hay alguien en el corredor?

Ahogando un gemido, Sophie miró hacia la puerta, esperando ver entrar al mayordomo. Wickham siempre la miraba desaprobador antes de decir cualquier recado o noticia que llevara. No aprobaba que la doncella tomara el té con las señoras de la casa, y si bien nunca expresaba su opinión sobre el asunto delante de las Bridgerton, rara vez se tomaba la molestia de impedir que se le reflejara la opinión en la cara.

Pero no fue Wickham el que apareció en la puerta, sino Benedict.

—¡Benedict! —exclamó Eloise, levantándose al instante—. Justamente estábamos hablando de ti.

—¿Ah, sí? —dijo él, mirando a Sophie.

—Yo no —masculló ella.

—¿Dijiste algo, Sophie? —preguntó Hyacinth.

—¡Ay!

—Tendré que quitarte esa costura —dijo lady Bridgerton sonriendo divertida—. Habrás perdido medio litro de sangre cuando haya acabado el día.

Sophie dejó a un lado la costura disponiéndose a levantarse.

—Iré a buscar un dedal.

—¡¿No tienes dedal?! —exclamó Hyacinth—. Yo jamás soñaría con remendar algo sin un dedal.

—¿Y alguna vez has soñado con remendar? —le preguntó Francesca, sonriendo burlona.

Hyacinth le dio un puntapié, con lo que casi volcó el servicio de té.

—¡Hyacinth! —la regañó lady Bridgerton.

Sophie miró hacia la puerta, tratando de fijar los ojos en cualquier cosa que no fuera Benedict. Se había pasado toda la semana deseando verlo, y ahora que estaba ahí, lo único que deseaba era escapar. Si le miraba la cara, su mirada se desviaría inevitablemente hacia sus labios, y si le miraba los labios, sus pensamientos irían inmediatamente a ese beso, y si pensaba en ese beso...

—Necesito ese dedal —dijo, levantándose de un salto. Había ciertas cosas que no se debían pensar en público.

—Eso dijiste —comentó Benedict, alzando una ceja en un arco perfecto, y perfectamente arrogante.

—Está abajo —explicó ella—, en mi habitación.

—Pero si tu habitación está arriba —observó Hyacinth.

Sophie la habría matado.

—Eso fue lo que dije —dijo ella entre dientes.

—No dijiste eso —rebatió Hyacinth, muy segura.

—Sí, dijo eso —afirmó lady Bridgerton—. Yo la oí.

Sophie giró la cabeza para mirar a lady Bridgerton y al instante comprendió que esta había mentido.

—Tengo que ir a buscar ese dedal —dijo, más o menos por enésima vez.

Corrió hacia la puerta, atragantándose con la saliva al acercarse a Benedict.

—No querría que te hicieras daño —dijo él, haciéndose a un lado para dejarla pasar por la puerta. Pero cuando ella pasó, se le acercó un poco y susurró—: Cobarde.

Ella sintió arder las mejillas y, cuando ya había bajado media escalera, cayó en la cuenta de que tenía que haber subido a su habitación. Maldición, no deseaba devolverse y pasar nuevamente junto a Benedict. Lo más probable era que él continuara de pie en la puerta, y curvaría los labios cuando ella pasara, en una de esas sonrisas levemente burlonas, levemente seductoras que siempre conseguían quitarle el aliento.

¡Qué desastre! De ninguna manera podía continuar en esa casa. ¿Cómo podría continuar con lady Bridgerton cuando cada vez que veía a Benedict se le licuaban las rodillas? Sencillamente no tenía la fuerza. Él la conquistaría, la haría olvidar todos sus principios, todos sus juramentos. Tendría que marcharse. No tenía otra opción.

Y eso era terrible también, porque le gustaba trabajar para las hermanas Bridgerton. La trataban como a un ser humano, no como a un caballo de tiro. Le hacían preguntas y parecían interesarse en sus respuestas.

Ella no era una de ellas, cierto, jamás lo sería, pero ellas le hacían fácil imaginar, simular, que lo era. Y por encima de todo, lo único que de verdad había deseado en su vida era una familia.

Con las Bridgerton, casi podía simular que tenía una familia.

—¿Te has extraviado?

Levantó la vista y vio a Benedict en lo alto de la escalera, apoyado despreocupadamente en la pared. Miró el suelo y cayó en la cuenta de que seguía a mitad de la escalera.

—Voy a salir.

—¿A comprar un dedal?

—Sí —respondió ella, retadora.

—¿No necesitas dinero?

Podía mentirle y decirle que llevaba dinero en el bolsillo o decirle la verdad y dejar al descubierto la patética tonta que era. O igual podía bajar corriendo la escalera y salir de la casa. Esa era la salida cobarde, pero...

—Tengo que irme —masculló, y bajó tan rápido que se olvidó de que debía salir por la puerta de servicio.

Atravesó corriendo el vestíbulo, abrió la pesada puerta y bajó a tropezones la escalinata de entrada. Al tocar sus pies la acera, giró en dirección norte, no por ningún motivo en particular, sino simplemente porque tenía que ir a alguna parte. Y entonces oyó una voz. Una voz chillona, horrible, espantosa.

Dios santo, era la voz de Araminta.

Se le paró el corazón. Corrió hacia la pared y se apretó contra ella. Araminta estaba mirando hacia la calle y, a menos que se girara, no la vería.

Por lo menos era fácil permanecer en silencio cuando no se tenían fuerzas ni para respirar.

¿Y qué hacía ahí Araminta? La casa Penwood estaba por lo menos a unas ocho manzanas, más cerca de...

Entonces le vino el recuerdo. Lo había leído en *Whistledown* el año anterior, en uno de los pocos ejemplares que habían caído en sus manos cuando trabajaba para los Cavender. El nuevo conde de Penwood había decidido tomar residencia en su casa de Londres, por lo que Araminta, Rosamund y Posy se vieron obligadas a buscarse otra casa.

¿Pero la casa vecina a la de los Bridgerton? Ni aunque lo hubiera intentado habría podido imaginarse una pesadilla peor.

—¿Dónde está esa muchacha insufrible? —estaba diciendo Araminta.

Al instante Sophie sintió lástima de esa determinada muchacha. Habiendo sido la anterior «muchacha insufrible» de Araminta, sabía que ese puesto iba acompañado de muy pocos beneficios.

—¡Posy! —chilló Araminta y fue a subir a un coche que estaba esperando.

Sophie se mordió el labio, con el corazón oprimido. En ese momento comprendió exactamente lo que debió de ocurrir cuando ella se marchó. Araminta habría contratado a una doncella, y seguro que la trataría horrorosamente, pero no podía degradarla y humillarla del mismo modo que a ella. Había que conocer a la persona y odiarla realmente para ser tan cruel. Cualquier criada no le serviría. Y puesto que Araminta necesitaba humillar a alguien, pues no podía sentirse bien consigo misma si no hacía sentirse mal a alguien, evidentemente eligió a Posy como cabeza de turco, o de turca, tal vez.

En ese momento Posy salió corriendo de la casa, con la cara pálida y ojerosa. Sophie la observó; se veía desgraciada, y tal vez un poco más gorda que hacía dos años. A Araminta no le gustaría nada eso, pensó tristemente. Araminta nunca había logrado aceptar que Posy no fuera menuda, rubia y hermosa, como ella y como Rosamund.

Si ella había sido el castigo de Araminta, Posy siempre había sido su desilusión, pensó.

Posy estaba agachada en lo alto de la escalinata, atándose las correas de los botines. Rosamund sacó la cabeza por la ventanilla del coche y gritó:

—¡Posy!

Una voz chillona bastante poco atractiva, pensó Sophie.

—¡Voy! —gritó Posy.

—¡Date prisa!

Posy acabó de atarse las correas y bajó, pero en su prisa se le resbaló el pie en el último peldaño y, al instante siguiente, estaba tumbada en la acera.

Instintivamente Sophie dio un paso para correr a ayudarla, pero volvió a pegarse a la pared. Posy no se había hecho ningún daño, y no había nada en la vida que deseara menos que la posibilidad de que Araminta se enterara de que estaba en Londres, y justamente en la casa vecina.

Posy se levantó del suelo y dedicó un momento a mover el cuello, primero a la izquierda, luego a la derecha y...

Y entonces la vio. De eso no cabía la menor duda, porque agrandó los ojos, abrió ligeramente la boca y luego formó un pequeño morro con los labios, como para decir «¿Sophie?».

Sophie negó enérgicamente con la cabeza.

—¡Posy! —gritó Araminta con voz airada.

Sophie volvió a negar con la cabeza, suplicándole con los ojos que no delatara su presencia.

—¡Voy, madre! —gritó Posy y, después de hacerle un leve gesto de asentimiento a ella, subió al coche.

El coche emprendió la marcha y, por suerte, iba en la dirección opuesta a donde se encontraba ella.

A punto de desplomarse, estuvo un minuto entero apoyada en la pared sin moverse.

Y luego continuó inmóvil otros cinco.

No había sido la intención de Benedict ir a tomar el té con su madre y sus hermanas, aunque al llegar lo había pensado mejor. Pero en el momento en que Sophie salió corriendo de la sala de estar de arriba, perdió todo el interés en el té y los panecillos.

—Justo estaba preguntando dónde estarías —estaba diciendo Eloise.

—¿Mmm? —Giró levemente la cabeza hacia la derecha y estiró el cuello, para ver cuánto de la calle lograba ver por la ventana desde ese ángulo.

—He dicho que estaba preguntando... —alcanzó a decir Eloise, casi a gritos.

—Eloise, baja la voz —la interrumpió lady Bridgerton.

—Pero es que no está escuchando.

—Si no está escuchando, gritando no vas a atraer su atención —dijo lady Bridgerton.

—Arrojarle un panecillo podría resultar —sugirió Hyacinth.

—Hyacinth, no te at...

Pero Hyacinth ya había arrojado el panecillo. Benedict se hizo a un lado un segundo antes de que el panecillo le rebotara en un lado de la cabeza. Lo primero que hizo fue mirar la pared, donde el panecillo había dejado una ligera mancha, y luego miró al suelo, donde había aterrizado, notablemente, en una sola pieza.

—Creo que esa es la señal para que me marche —dijo afablemente, dirigiendo una fresca sonrisa a su hermana menor.

El panecillo volante le daba el pretexto perfecto para salir de la sala a ver si lograba seguirle el rastro a Sophie hasta donde fuera que creía que iba.

—¡Pero si acabas de llegar! —dijo su madre.

Al instante él la observó con desconfianza. Ese no había sido ni remotamente el tono quejumbroso que empleaba habitualmente para decir «¡Pero si acabas de llegar!». La verdad, no parecía molesta en lo más mínimo porque él pensaba marcharse.

Lo cual significaba que se traía algo entre manos.

—Podría quedarme —dijo, solo para probarla.

—Oh, no —repuso ella, llevándose la taza a los labios, aunque él estaba seguro de que estaba vacía—. No permitas que te retengamos si estás ocupado.

Benedict trató de acomodar los rasgos en una expresión impasible, o por lo menos una que ocultara su sorpresa. La última vez que informó a su madre de que estaba «ocupado», ella reaccionó con un «¿Demasiado ocupado para tu madre?».

Su primer impulso fue afirmar «Me quedo» e instalarse en una silla, pero tuvo la sangre fría necesaria para comprender que quedarse ahí solo para frustrar a su madre era bastante ridículo, cuando lo que de veras deseaba hacer era marcharse.

—Me voy, entonces —dijo finalmente, retrocediendo hacia la puerta.

—Vete —dijo ella, haciéndole un gesto de despedida—. Que te diviertas.

Benedict decidió salir antes de que ella se las arreglara para confundirlo más. Se agachó a recoger el panecillo, y lo lanzó suavemente a Hyacinth, que lo cogió al vuelo, sonriendo. Después hizo su inclinación hacia su madre y sus hermanas y salió al corredor. Cuando llegaba a la escalera alcanzó a oír decir a su madre:

—Creí que no se marcharía nunca.

Muy extraño, francamente.

Bajó de prisa la escalera, atravesó el vestíbulo con largas y tranquilas zancadas, y salió. Dudaba de que Sophie estuviera cerca de la casa, pero si había ido a comprar, solo podía haber tomado una dirección. Giró a la derecha, con la intención de dirigirse a la pequeña hilera de tiendas, pero solo había dado tres pasos cuando la vio. Ella estaba pegada a la pared de ladrillos exterior, con el aspecto de recordar apenas la forma de respirar. Corrió hacia ella.

—¿Sophie? ¿Qué ha ocurrido? ¿Te sientes mal?

Ella se sobresaltó al verlo; después negó con la cabeza.

Él no la creyó, naturalmente, pero no le vio ningún sentido a decirle eso.

—Estás temblando —le dijo, mirándole las manos—. Dime qué ocurrió. ¿Alguien te molestó?

—No —dijo ella con voz temblorosa nada característica—. Solo..., esto..., eh... —Miró hacia el lado y vio la escalinata—. Me tropecé al bajar y me asusté. —Sonrió débilmente—. Seguro que sabes lo que quiero decir, esa sensación de que te han dado un vuelco las entrañas.

Benedict asintió porque sabía qué quería decir, pero no porque le creyera.

—Ven conmigo.

Ella lo miró y había algo en esas profundidades verdes que a él le oprimió el corazón.

—¿Adónde? —preguntó ella en un susurro.

—A cualquier parte, para no estar aquí.

—Eh...

—Vivo cinco casas más allá.

—¿Sí? —preguntó ella con los ojos agrandados—. Nadie me lo había dicho.

—Te prometo que tu virtud estará a salvo. —Y luego añadió, simplemente porque no lo pudo evitar—: A no ser que «tú» desees otra cosa.

Tuvo la impresión de que ella se habría resistido o protestado si no hubiera estado tan aturdida, pero se dejó llevar por la calle.

—Simplemente estaremos sentados en mi sala de estar hasta que te sientas mejor.

Ella asintió y él la hizo subir la escalinata y entrar en su casa, una modesta casa de ciudad un poco al sur de la de su madre.

Cuando ya estaban cómodamente instalados y él había cerrado la puerta para que no los molestara ningún criado al pasar, la miró pensando decirle «Ahora podrías contarme la verdad de lo que ocurrió», pero en el último minuto, algo lo obligó a morderse la lengua. Él podía preguntárselo, pero seguro que ella no se lo diría. Se pondría a la defensiva y eso no favorecería en nada su causa.

Poniéndose una expresión neutra en la cara, le preguntó:

—¿Cómo encuentras trabajar para mi familia?

—Son muy simpáticas.

—¿Simpáticas? —repitió él, sin poder evitar que se le reflejara la incredulidad en la cara—. Enloquecedoras, quizá, incluso agotadoras, ¿pero simpáticas?

—Yo las encuentro simpáticas —dijo Sophie firmemente.

Benedict sonrió porque quería muchísimo a su madre y sus hermanas, y le encantaba que Sophie estuviera empezando a quererlas, pero entonces cayó en la cuenta de que eso iba en contra de sus propios intereses, porque cuanto más se encariñara Sophie con ellas, menos posibilidades habría de que se deshonrara a sus ojos accediendo a ser su amante.

¡Maldición! Había cometido un grave error de cálculo al llevarla allí. Pero había estado tan empeñado en que se viniera con él a Londres que ofrecerle un puesto en la casa de su madre le pareció la única manera de convencerla.

Eso, combinado con su buena dosis de coacción.

¡Maldición, maldición, maldición! ¿Por qué no la había coaccionado a hacer algo que le hiciera más fácil arrojarse en sus brazos?

—Deberías estar agradecido por la suerte que tienes —dijo ella, con la voz más enérgica de lo que le había salido en toda la tarde—. Yo daría cualquier cosa por... —no acabó la frase.

—¿Darías cualquier cosa por qué? —le preguntó él, sorprendido de lo mucho que le interesaba oír la respuesta.

—Por tener una familia como la tuya —repuso ella, mirando tristemente por la ventana.

—No tienes a nadie —dijo él, no como pregunta, sino como afirmación.

—Nunca he tenido a nadie.

—¿Ni siquiera a tu...? —Recordó que en un descuido ella le había dicho que su madre había muerto al nacer ella—. A veces no es fácil ser un Bridgerton —dijo, en tono intencionadamente alegre y afable.

Ella giró lentamente la cabeza y lo miró.

—No puedo imaginarme nada más agradable.

—Y no hay nada más agradable, pero eso no quiere decir que siempre sea fácil.

—¿Qué quieres decir?

Y entonces Benedict se vio impulsado a expresar sentimientos que jamás había contado a ningún alma viviente, ni siquiera a, no, ni mucho menos a su familia.

—Para la mayor parte del mundo —explicó—, solo soy un Bridgerton. No soy Benedict, ni Ben y ni siquiera un caballero de posibles y algo de inteligencia. Soy simplemente —sonrió pesaroso— un Bridgerton. Concretamente, el número Dos.

A ella le temblaron los labios y por fin sonrió.

—Eres mucho más que eso.

—Me gusta pensar eso, pero la mayor parte del mundo no lo ve así.

—La mayor parte del mundo son unos tontos.

Él se echó a reír. No había nada más atractivo que Sophie con un entrecejo.

—No encontrarás oposición en mí respecto a eso.

Pero entonces, justo cuando creía que había acabado ese tema, ella lo sorprendió diciendo:

—No te pareces en nada al resto de tu familia.

—¿A qué te refieres? —preguntó él, sin mirarla a los ojos. No quería que ella viera lo importante que era para él su respuesta.

—Bueno, tu hermano Anthony... —arrugó la cara, pensando—. El hecho de ser el mayor le ha alterado toda su vida. Evidentemente siente una responsabilidad hacia la familia que tú no.

—Vamos a ver, espera un mo...

—No me interrumpas —dijo ella, colocándole una mano tranquilizadora en el pecho—. No he dicho que no quieras a tu familia ni que no darías tu vida por cualquiera de ellos. Pero en el caso de tu hermano es diferente. Se siente responsable, y de verdad creo que se consideraría un fracaso si cualquiera de sus hermanos fuera desgraciado.

—¿Cuántas veces has visto a Anthony?

—Una sola vez. —Tensó las comisuras de la boca como si quisiera reprimir una sonrisa—. Pero esa vez fue suficiente. En cuanto a tu hermano menor Colin..., bueno, no lo he visto, pero he oído hablar mucho...

—¿A quién?

—A todo el mundo. Por no decir que siempre lo mencionan en la hoja *Whistledown*, que, he de confesar, he leído durante años.

—Entonces sabías de mí antes de conocerme.

Ella asintió.

—Pero no te conocía. Eres mucho más de lo que imagina lady Whistledown.

—Dime —dijo él, colocando la mano sobre la de ella—. ¿Qué ves?

Sophie lo miró a los ojos, examinó esas profundidades color chocolate y vio algo que jamás habría soñado que existía. Una diminuta chispa de vulnerabilidad, de necesidad.

Él necesitaba saber qué pensaba ella de él, que él era importante para ella. Ese hombre, tan seguro de sí mismo, necesitaba su aprobación.

Tal vez la necesitaba a ella.

Giró la mano hasta que se tocaron las palmas y con el índice de la otra mano trazó círculos y remolinos sobre la fina cabritilla de su guante.

—Eres... —comenzó, tomándose su tiempo, porque sabía que cada palabra pesaba más en ese poderoso momento—. No eres del todo el hombre que presentas ante el resto del mundo. Te gusta que te consideren gallardo, elegante, irónico, perspicaz, y lo eres, pero bajo todo eso eres mucho más. Te importan las personas —continuó, consciente de que la voz le salía rasposa de emoción—. Te importa tu familia, e incluso te importo yo, aunque Dios sabe que no siempre me lo merezco.

—Siempre —interrumpió él, llevándose su mano a los labios y besándole la palma, con un fervor que a ella le cortó el aliento—. Siempre.

—Y... y... —le costaba continuar, estando esos ojos fijos en los de ella con una emoción tan transparente.

—¿Y qué? —la instó él en un susurro.

—Gran parte de lo que eres te viene de tu familia —dijo ella, casi a borbotones—. Eso es muy verdad. No se puede crecer con tanto amor y lealtad y no ser una persona mejor debido a eso. Pero en el fondo de ti, en tu corazón, en tu alma, está el hombre para ser el cual naciste. Tú, no el hijo de alguien, no el hermano de alguien. Tú.

Benedict la observó atentamente. Abrió la boca para hablar, pero descubrió que no tenía palabras. No había palabras para un momento como ese.

—En el fondo —continuó ella—, tienes el alma de un artista.

—No —dijo él, negando con la cabeza.

—Sí. He visto tus dibujos. Eres brillante. Yo no sabía cuánto hasta que conocí a tu familia. Los has captado a todos a la perfección, desde la expresión guasona de Francesca cuando sonríe hasta la travesura en la forma como Hyacinth pone los hombros.

—Nunca le he enseñado a nadie mis dibujos —reconoció él.

Ella levantó bruscamente la cabeza.

—¿No? ¿En serio?

—A nadie.

—Pero es que son excelentes. Tú eres excelente. Estoy segura de que a tu madre le encantaría verlos.

—No sé por qué —dijo él, sintiéndose tímido—, pero nunca he deseado enseñárselos a nadie.

—Pero a mí me los enseñaste —dijo ella dulcemente.

—No sé, me pareció... bien.

Y entonces el corazón se saltó un latido, porque de pronto «todo» estaba bien.

La amaba. No sabía cómo ocurrió eso, solo sabía que era cierto.

No era solo que ella conviniera a sus necesidades corporales. Había habido montones de mujeres convenientes en ese sentido. Sophie era distinta. Lo hacía reír. Lo hacía desear hacerla reír. Y cuando estaba con ella..., bueno, cuando estaba con ella la deseaba desesperadamente, pero durante esos momentos en que su cuerpo lograba mantenerse controlado...

Se sentía contento, satisfecho.

Era extraño, eso de encontrar una mujer que pudiera hacerlo feliz con su sola presencia. Ni siquiera necesitaba verla, ni oír su voz, ni oler su aroma. Simplemente necesitaba saber que estaba ahí.

Si eso no era amor, no sabía qué era.

La contempló, tratando de prolongar el momento, de retener esos instantes de perfección total. Vio que algo se ablandaba en sus ojos, y el color pareció fundirse, convertirse de una brillante esmeralda en un musgo blando y armonioso. Se le entreabrieron y ablandaron los labios y comprendió que tenía que besarla, y no porque lo deseara, sino porque tenía que besarla.

La necesitaba junto a él, debajo de él, encima de él.

La necesitaba dentro de él, alrededor de él, como una parte de él.

La necesitaba como necesitaba el aire.

Y, pensó en ese último instante racional antes de que sus labios encontraran los de ella, la necesitaba en ese preciso momento.

17

Esta autora ha sabido de muy buena tinta que hace dos días, cuando tomaba el té en Gunter's, a lady Penwood le golpeó un lado de la cabeza una galleta volante.

Esta autora ha sido incapaz de determinar quién arrojó la galleta, pero todas las sospechas apuntan a las clientas más jóvenes del establecimiento: las señoritas Felicity Featherington y Hyacinth Bridgerton.

REVISTA DE SOCIEDAD DE LADY WHISTLEDOWN
21 de mayo de 1817

A Sophie la habían besado antes, Benedict la había besado antes, pero nada, ni un solo momento de un solo beso, la había preparado para ese beso.

No era un beso. Era el mismo cielo.

Él la besaba con una intensidad que casi no alcanzaba a comprender, acariciándola con los labios, rozando, mordisqueando, tentándola, atizando el fuego en su interior, incitándole el deseo de ser amada, el deseo de amar; y, Dios la amparara, cuando la besaba, lo único que deseaba hacer era besarlo también.

Lo oía susurrar su nombre, pero el susurro apenas le llegaba a través del rugido que sentía en los oídos. Eso era deseo; eso era necesidad. ¡Qué tonta había sido al pensar que podría negarse eso! ¡Qué engreimiento el suyo al creer que podría ser más fuerte que la pasión! «Sophie, Sophie», decía él una y otra vez, deslizándole los labios por las mejillas, el cuello, las orejas. Repetía su nombre tantas veces que parecía penetrarle la piel.

Sintió sus manos en los botones de su vestido, sintió soltarse la tela a medida que cada botón salía de su ojal. Eso era todo lo que siempre había jurado no hacer jamás y, sin embargo, cuando el corpiño le bajó a la cintura, dejándola impúdicamente al descubierto, gimió su nombre y arqueó la espalda, ofreciéndose a él como una especie de fruto prohibido.

Benedict dejó de respirar cuando la vio. Se había imaginado ese momento muchas veces, todas las noches cuando yacía en la cama, y en todos los sueños cuando estaba durmiendo. Pero eso, la realidad, era mucho más dulce que un sueño, y mucho más erótico.

Lentamente deslizó hacia delante la mano con que le había estado acariciando la espalda para acariciarle la caja torácica.

—Eres preciosa —le susurró, incapaz de encontrar palabras más adecuadas.

No había palabras para expresar lo que sentía. Y cuando su temblorosa mano acabó su viaje y se posó sobre su pecho, se le escapó un trémulo gemido. Ya era imposible encontrar palabras; su necesidad era tan intensa, tan primitiva, que lo despojó de su capacidad de hablar. ¡Demonios, escasamente podía pensar!

No sabía cómo esa mujer había llegado a significar tanto para él; tenía la impresión de que un día era una desconocida, y al siguiente le era tan indispensable como el aire. Y, sin embargo, eso no había ocurrido en un relámpago cegador. Había sido un proceso imprevisto, lento, tortuoso, que le fue coloreando calladamente las emociones hasta que comprendió que sin ella su vida carecía de sentido.

Le tocó la barbilla y le levantó la cara hasta poder mirarle los ojos; estos parecían irradiar luz desde dentro, brillaban con lágrimas no derramadas. A ella también le temblaban los labios, y él comprendió que estaba tan afectada como él por ese momento.

Fue acercando su cuerpo lenta, muy lentamente. Quería darle la oportunidad de decir no. Lo mataría si decía no, pero peor sería escucharla lamentarlo en la proverbial mañana siguiente.

Pero ella no dijo no, y cuando él estaba a escasos centímetros, ella cerró los ojos y ladeó ligeramente la cabeza, invitándolo silenciosamente a besarla.

Era extraordinario, pero cada vez que la besaba sentía más dulces sus labios, más seductor su aroma. Y aumentaba su necesidad también. Sentía acelerada la sangre de deseo, y tenía que valerse hasta de su última hilacha de control para no tumbarla sobre el sofá y arrancarle la ropa.

Eso vendría después, pensó, sonriendo para sus adentros. Esta vez, seguramente la primera para ella, sería lento, tierno, todo lo que soñaba una jovencita.

Bueno, tal vez no. Sonrió de verdad. A ella no se le habría ocurrido ni soñar con la mitad de las cosas que iba a hacerle.

—¿De qué sonríes? —le preguntó ella.

Él se apartó un poco y le cogió la cara entre las manos.

—¿Cómo sabes que sonreí?

—Sentí tu sonrisa en mis labios.

Él deslizó un dedo por el contorno de esos labios y luego le rozó la parte carnosa con el borde de la uña.

—Tú me haces sonreír —susurró—. Cuando no me haces desear chillarte, me haces sonreír.

A ella le temblaron los labios y él sintió su aliento, caliente y húmedo en el dedo. Le cogió la mano y se la llevó a la boca, y con un dedo de ella se rozó los labios del mismo modo que le había rozado los labios a ella. Al verla agrandar los ojos, se metió el dedo en la boca y se lo chupó suavemente, lamiéndole y mordisqueándole la yema. Ella ahogó una exclamación, en un sonido dulce y erótico al mismo tiempo.

Eran miles las cosas que deseaba preguntarle, por ejemplo, cómo se sentía, qué sentía, pero lo aterraba que ella se echara atrás si él le daba la oportunidad de poner en palabras alguno de sus pensamientos. Por lo tanto, en lugar de hacerle preguntas, le dio besos, posando otra vez sus labios sobre los de ella, en una atormentadora y escasamente controlada danza de deseo.

Susurrando su nombre como una bendición, la fue haciendo descender sobre el sofá rozándole la espalda desnuda contra la tela del respaldo.

—Te deseo —gimió—. No puedes imaginarte cuánto. No tienes idea.

La única reacción de ella fue un suave y ronco gemido que pareció salirle del fondo de la garganta. Eso fue como echarle aceite al fuego que ardía dentro de él, y la aferró más fuerte con los dedos, enterrándoselos en la piel, mientras deslizaba los labios por la esbelta columna de su cuello.

Fue bajando, bajando los labios, dejándole una estela caliente en la piel, deteniéndose muy brevemente cuando llegó al comienzo de la elevación de su pecho. Ella ya estaba completamente debajo de él, sus ojos velados de deseo. Y eso era muchísimo mejor que cualquiera de sus sueños.

Y vaya si había soñado con ella.

Emitiendo un posesivo gruñido, se introdujo el pezón en la boca. A ella se le escapó un gritito, y él no pudo reprimir un ronco rugido de satisfacción.

—Shhh... —la arrulló—, déjame...

—Pero...

Él le puso un dedo sobre los labios, tal vez con demasiada fuerza, pero es que se le estaba haciendo cada vez más difícil controlar sus movimientos.

—No pienses. Limítate a reposar la cabeza en el sofá y deja que yo te dé placer.

Ella pareció dudosa, pero cuando él pasó la boca al otro pecho y reanudó su asalto sensual, a ella se le velaron más los ojos, entreabrió los labios y apoyó la cabeza en los cojines.

—¿Te gusta esto? —susurró él, siguiendo el contorno del pezón con la lengua.

Sophie no logró abrir los ojos, pero asintió.

—¿Te gusta esto? —preguntó él, bajando la lengua por el costado del pecho y mordisqueando la sensible piel de más abajo.

Ella asintió, con la respiración superficial y rápida.

—¿Y esto? —Le bajó más el vestido, y deslizó la boca hacia abajo, mordisqueándole suavemente la piel hasta llegar al ombligo.

Esta vez Sophie ni siquiera logró hacer un gesto de asentimiento. ¡Dios santo!, estaba prácticamente desnuda ante él y lo único que era capaz de hacer era gemir, suspirar y suplicar que continuara.

—Te necesito —susurró, jadeante.

—Lo sé —dijo él con la boca sobre la suave piel del abdomen.

Sophie se agitó debajo de él, nerviosa, amilanada por esa primitiva necesidad de moverse. Sentía expandirse algo raro dentro de ella, una especie de calor, de hormigueo. Era como si ella misma se estuviera expandiendo, como preparándose para estallar, para salirse a través de la piel. Era como si, después de veintidós años de vida, estuviera por fin cobrando vida.

Deseosa de sentir la piel de él, le cogió la camisa de fino lino y la tironeó hasta sacarla de las calzas. Lo acarició, deslizando las manos por la parte inferior de su espalda, sorprendida y encantada al sentir estremecerse sus músculos al contacto con sus manos.

—¡Uy, Sophie! —gimió él, estremeciéndose, cuando ella metió las manos bajo la camisa para acariciarle la piel.

Su reacción la envalentonó y lo acarició más, subiendo las manos hasta llegar a los hombros, anchos y musculosos.

Él volvió a gemir y se incorporó soltando una maldición en voz baja.

—Esta maldita camisa estorba —masculló, sacándosela y arrojándola al otro extremo de la sala.

Sophie tuvo un breve instante para mirarle el pecho desnudo antes de que él volviera a ponerse encima de ella; y esta vez sí estaban piel con piel.

Era la sensación más maravillosa que podría haberse imaginado.

Sintió su piel cálida, y aunque sus músculos eran duros y potentes, su piel era seductoramente suave. Incluso olía bien, a una agradable y masculina combinación de sándalo y jabón.

Cuando él bajó la cabeza para besarle y mordisquearle el cuello, ella aprovechó para pasar los dedos por entre sus cabellos. Su pelo era abundante y fuerte, y le hacía cosquillas en el mentón.

—¡Ay, Benedict! —suspiró—. Esto es absolutamente perfecto. No logro imaginarme nada mejor.

Él levantó la cabeza para mirarla, sus ojos oscuros tan pícaros como su sonrisa.

—Yo sí —dijo.

A ella se le abrió la boca como por voluntad propia, y pensó en qué aspecto debía de tener, tumbada allí mirándolo como una idiota.

—Espera, ya verás —dijo él—. Tú espera.

Pero... ¡Oh! —exclamó ella con un gritito cuando él le sacó los zapatos.

Entonces él cerró la mano en su tobillo y la deslizó hacia arriba, por toda la pierna.

—¿Te imaginabas esto? —le preguntó, rozándole la corva de la rodilla.

Ella negó enérgicamente con la cabeza, tratando de no agitar el cuerpo por la sensación.

—¿No? Entonces, seguro que no te has imaginado esto —dijo él soltándole las ligas.

—¡Uy, Benedict! No debes...

—¡Ah, no! «Debo». —Le bajó las medias por las piernas con una torturante lentitud—. De verdad, debo.

Boquiabierta de placer, ella lo observó arrojar las medias al aire por encima de su cabeza. Sus medias no eran de la mejor calidad, pero de todos modos eran bastante ligeras, y flotaron un momento en el aire como vilanos de diente de león hasta aterrizar, una sobre una lámpara y la otra en el suelo.

Y cuando todavía se estaba riendo y mirando la media que colgaba como borracha de la pantalla de la lámpara, él la sobresaltó subiendo las manos por sus piernas hasta llegar a los muslos.

—Parece que nunca nadie te ha tocado aquí —dijo él, travieso.

Ella negó con la cabeza.

—Y parece que nunca te lo imaginaste.

Ella volvió a negar con la cabeza.

—Si no te has imaginado esto —le apretó los muslos, haciéndola lanzar un gritito y arquear el cuerpo—, entonces tampoco te has imaginado esto —añadió, deslizando los dedos hacia arriba, rozándole ligeramente la piel con las redondeadas uñas, hasta llegar a la mata de suave vello de la entrepierna.

—Eso no —dijo ella, más por reflejo que por otra cosa—. No puedes...

—Pues claro que puedo. Te lo aseguro.

—Pero... ¡Oooooh!

De repente se sintió como si el cerebro le hubiera salido volando por la ventana, porque le era imposible pensar en nada mientras los dedos de él la acariciaban ahí. Bueno, casi nada, porque sí era capaz de pensar en lo absolutamente inmoral que era eso y en que no deseaba por nada del mundo que él parara.

—¿Qué me vas a hacer? —resolló, notando que se le tensaban todos los músculos mientras él movía los dedos de una manera particularmente perversa.

—Todo —repuso él, capturando sus labios con los de él—. Todo lo que deseas.

—Deseo... ¡Oooh!

—Te gusta, ¿verdad? —susurró él, con la boca pegada a su mejilla.

—No sé qué deseo —suspiró ella.

—Yo sí. —Deslizó la boca hacia la oreja y le mordisqueó suavemente el lóbulo—. Sé exactamente qué deseas. Fíate de mí.

Y así fue de fácil. Ella se entregó totalmente a él, y no que no hubiera llegado ya a ese punto. Pero cuando él le dijo «Fíate de mí», y comprendió que se fiaba, algo cambió ligeramente en su interior. Estaba preparada para eso. Seguía estando mal, pero estaba dispuesta y lo deseaba, y por una vez en su vida haría algo insensato y descabellado, absolutamente atípico en ella.

Como si él le hubiera leído los pensamientos, se apartó un poco y le ahuecó la enorme mano en la mejilla.

—Si quieres que pare tienes que decírmelo ahora —le dijo con una voz increíblemente ronca—. No dentro de diez minutos ni dentro de uno. Tiene que ser ahora.

Conmovida porque él se había tomado el tiempo para pedirle eso, le puso la mano en la mejilla igual como ella a él. Pero cuando abrió la boca, lo único que logró decir fue:

—Por favor.

En los ojos de él relampagueó el deseo y en el mismo instante cambió, como si algo hubiera estallado dentro de él. Desapareció el amante suave y lánguido, y fue reemplazado por un hombre poseído por el deseo. Sus manos estaban en todas partes, sobre sus piernas, alrededor de su cintura, acariciándole la cara. Y antes de que se diera cuenta, su vestido estaba en el suelo, al lado de una de sus medias. Estaba completamente desnuda; se sintió muy rara, pero al mismo tiempo muy bien, mientras él siguiera acariciándola.

El sofá era estrecho, pero eso no parecía importarle a Benedict mientras se quitaba las botas y las calzas. Estaba sentado junto a ella desvistiéndose, porque no podía dejar de tocarla, de acariciarla. Le llevó más tiempo desnudarse, pero por otro lado, tenía la extrañísima sensación de que perecería ahí mismo si se apartaba de ella.

Creía que había deseado a una mujer antes. Creía que había necesitado a una mujer. Pero eso, eso trascendía el deseo y la necesidad. Era algo espiritual; estaba en su alma.

Cuando terminó de quitarse la ropa, volvió a colocarse encima de ella, y se quedó así durante un estremecido momento para saborear la sensación de tenerla debajo, piel con piel, de la cabeza a los pies. Estaba duro como una piedra, más duro de lo que recordaba haber estado nunca, pero batalló con sus impulsos y procuró avanzar lentamente.

Esa era la primera vez para ella. Tenía que ser perfecto.

Y si no perfecto, por lo menos condenadamente fabuloso.

Deslizó una mano por entre ellos y la tocó. Ella estaba preparada, más que lista para él. Le introdujo un dedo, y sonrió de satisfacción al sentir agitarse todo su cuerpo y tensarse alrededor de su dedo.

—Eso es muy... —dijo ella con la voz rasposa, resollante—. Muy...

—¿Raro?

Ella asintió.

Él sonrió; una sonrisa lenta, como la de un gato.

—Te acostumbrarás —le aseguró—. Tengo la intención de acostumbrarte, mucho.

Sophie echó atrás la cabeza. Eso era locura, fiebre. Sentía acrecentarse algo dentro de ella, en el fondo de las entrañas, enrollándose, desenrollándose, vibrando, tensándola. Era algo que necesitaba salir, liberarse, algo que la oprimía, pero aún con toda esa opresión, era espectacularmente maravilloso, como si estuviera naciendo en ese momento.

—¡Ah, Benedict! —suspiró—. ¡Aaah, mi amor!

Él se quedó inmóvil, solo una fracción de segundo, pero eso bastó para que ella comprendiera que la había oído. Pero no dijo nada, simplemente le besó el cuello y le apretó la pierna mientras se situaba entre sus muslos y le tocaba la entrada con el miembro.

Ella entreabrió los labios, conmocionada.

—No te preocupes —le dijo él, alegremente, leyéndole la mente, como siempre—. Irá bien.

—Pero...

—Créeme —susurró él con los labios sobre los de ella.

Ella lo sintió entrar, lentamente. La sensación era de ensanchamiento, de invasión, pero no podía decir que fuera desagradable. Era... era...

—Estás muy seria —dijo él, acariciándole la mejilla.

—Es que estoy pensando cómo es la sensación.

—Si tienes la sangre fría para hacer eso, quiere decir que no lo estoy haciendo nada bien.

Sobresaltada, ella lo miró. Él le estaba sonriendo, con esa sonrisa sesgada que nunca dejaba de reducirla a pulpa.

—Deja de pensar —musitó él.

—Pero es que es difícil no... ¡Oooh! —exclamó, poniendo los ojos en blanco y arqueándose.

Benedict hundió la cabeza en su cuello, para que ella no viera su expresión divertida. Le pareció que continuar moviéndose sería la mejor manera de impedir que ella analizara un momento que debería ser pura sensación y emoción.

Y eso hizo. Entrando y saliendo fue adentrándose inexorablemente hasta llegar a la frágil barrera de su virginidad.

Era la primera vez que estaba con una virgen, pensó, algo ceñudo. Había oído decir que dolía, que el hombre no podía hacer nada para evitar el dolor, pero seguro que si lo hacía con la mayor suavidad, a ella le sería menos doloroso.

La miró. Ella tenía la cara sonrosada y su respiración era rápida. Tenía los ojos velados, claramente extáticos de pasión.

Eso estimuló su ardor. La deseaba tanto, que le dolían los huesos.

—Esto podría dolerte —le mintió.

Le dolería. Pero estaba desgarrado entre el deseo de decirle la verdad para que estuviera preparada y el de decirle la versión moderada para que no se pusiera nerviosa.

—No me importa —resolló ella—. Sigue, por favor. Te necesito.

Bajó la cabeza para darle un último y abrasador beso al tiempo que embestía impulsándose con las caderas. La sintió tensarse cuando le rompió la telilla, y tuvo que morderse la mano para no eyacular en ese mismo instante.

Parecía más un muchacho novato de dieciséis años que un hombre experimentado de treinta.

Ella le hacía eso. Solo ella. Ese pensamiento le inspiraba humildad.

Apretando los dientes para controlar sus impulsos más bajos, comenzó a moverse dentro de ella, de forma lenta, cuando lo que en realidad deseaba era desenfrenarse totalmente.

—Sophie, Sophie... —musitó, y siguió repitiendo su nombre en silencio para recordar que esta vez era para ella.

Estaba ahí para satisfacer las necesidades de ella, no las de él.

Sería perfecto. Tenía que ser perfecto. Necesitaba que a ella le gustara eso. Necesitaba que ella lo amara.

Ella ya había empezado a moverse, cada vez más rápido, y cada movimiento acicateaba su propio frenesí. Quería hacerlo más pausado, más suave, por ella, pero ella le estaba poniendo condenadamente difícil aguantarse. Sentía sus manos por todas partes, en las caderas, en la espalda, apretándole los hombros.

—Sophie... —gimió otra vez.

No podría contenerse mucho rato más. No tenía la fuerza, no tenía la nobleza, no era...

—¡Oooooooohhhh!

Ella se estremeció, arqueando el cuerpo y soltando un gritito. Le enterró los dedos en la espalda, arañándole la piel, pero a él no le importó. Lo único que sabía era que ella había llegado a su liberación, y eso era fantástico y, ¡por el amor de Dios!, por fin podía...

—¡Aaahhhh!

Explotó. Ninguna otra palabra podía describirlo.

Por unos momentos, no pudo dejar de seguir moviéndose, no pudo dejar de estremecerse, y de pronto, en un instante, se desmoronó, vagamente consciente de que la estaba aplastando; pero era incapaz de mover ni un solo músculo.

Debería decirle algo, decirle algo sobre lo maravilloso que había sido. Pero tenía la lengua torpe, sentía pesados los labios y, más encima, apenas podía abrir los ojos. Las palabras bonitas tendrían que esperar. Solo era un hombre al fin y al cabo, y tenía que recuperar el aliento.

—¿Benedict? —susurró ella.

Él dejó caer la mano, rozándola ligeramente. Fue lo único que logró hacer para indicarle que la había oído.

—¿Siempre es así?

Él movió la cabeza de uno a otro lado, con la esperanza de que ella sintiera el movimiento y entendiera que quería decir no.

Ella suspiró y pareció hundirse más en los cojines.

—Ya me lo parecía.

Benedict le besó el lado de la cabeza, que fue lo más lejos que logró llegar. No, no siempre era así. Había soñado con ella muchas veces, pero eso... eso...

Eso era mucho más que los sueños.

Sophie no lo habría creído posible, pero tenía que haberse quedado dormida, aun con el sensacional peso de Benedict aplastándola en el sofá y haciéndole un poco difícil respirar. Él debió de quedarse dormido también, y al despertar la despertó a ella, con la repentina ráfaga de aire fresco que le dio en el cuerpo al quitarse él de encima.

Él la cubrió con una manta antes de que ella tuviera la posibilidad de azorarse por su desnudez. Sonrió al mismo tiempo de ruborizarse, porque no era mucho lo que se podía hacer para aliviarle el azoramiento. Y no era que se arrepintiera de lo que acababa de hacer. Pero una mujer no pierde la virginidad en un sofá sin sentir un poco de vergüenza. Eso sencillamente no es posible.

De todos modos, colocarle la manta fue un gesto considerado, aunque no sorprendente. Benedict era un hombre considerado.

Pero estaba claro que él no compartía su modestia, pensó, porque no hizo ni amago de cubrirse cuando atravesó la sala para ir a recoger la ropa que arrojara de cualquier manera. Lo miró descaradamente mientras él se ponía las calzas. Él estaba erguido y orgulloso, y la sonrisa con que la obsequió cuando la sorprendió mirándola fue cálida y franca.

¡Dios santo, cómo amaba a ese hombre!

—¿Cómo te sientes? —le preguntó él.

—Muy bien. Estupendamente bien. —Sonrió tímida—. Espléndidamente.

Él recogió su camisa y metió un brazo.

—Enviaré a alguien a recoger tus cosas.

Ella pestañeó.

—¿Qué quieres decir?

—No te preocupes, elegiré a uno que sea discreto. Sé que podría ser violento para ti ahora que conoces a mi familia.

Sophie se apretó la manta contra el cuerpo, deseando que su ropa no estuviera fuera de su alcance. Porque, repentinamente, se sintió avergonzada. Había hecho lo que siempre había jurado no hacer jamás, y ahora Benedict suponía que iba a ser su querida. ¿Y por qué no habría de suponerlo? Era una suposición muy natural.

—Por favor, no envíes a nadie —dijo con una débil vocecita.

Él la miró sorprendido.

—¿Prefieres ir tú?

—Prefiero que mis cosas sigan donde están —dijo dulcemente.

Era más fácil decirle eso que decirle que no se convertiría en su querida.

Una vez, podía perdonársela. Una vez, podía incluso ser un recuerdo entrañable. Pero una vida con un hombre que no era su marido, eso sí sabía que no lo podría hacer.

Se miró el vientre, rogando que no hubiera allí un hijo que nacería ilegítimo.

—¿Qué me has dicho? —le preguntó él, mirándole atentamente la cara.

—He dicho —contestó ella, tragando saliva para pasar el nudo que se le había formado en la garganta— que no puedo ser tu querida.

—¿Y cómo le llamas a esto? —preguntó él entre dientes, agitando los brazos hacia ella.

—Lo llamo «un error de juicio» —repuso ella, sin mirarlo a los ojos.

—Ah, ¿o sea, que soy un error de juicio? —dijo él en un tono exageradamente agradable—. ¡Qué bien! Creo que nunca antes he sido un error de juicio de nadie.

—Sabes que no es eso lo que quise decir.

—¿Sí? —Cogió una bota y se sentó en el brazo de un sillón a ponérsela—. Francamente, querida mía, ya no sé qué quieres decir.

—No debería haber hecho esto.

Él giró bruscamente la cabeza para mirarla, la furia que despedían sus ojos reñida con la suavidad de su sonrisa.

—¿Ahora soy un «no debería»? Excelente. Incluso mejor que un error de juicio. Suena mucho más malvado, ¿no crees? Un error es simplemente una equivocación.

—No hay ninguna necesidad de que trates esto de un modo tan repugnante.

Él ladeó la cabeza como si estuviera considerando esas palabras.

—¿Eso he hecho? Yo creía actuar del modo más amistoso y comprensivo. Oye, ni gritos ni chillidos.

—Preferiría los gritos y chillidos a esto.

Él recogió el vestido y se lo lanzó, sin demasiada suavidad.

—Bueno, no siempre tenemos lo que preferimos, ¿verdad señorita Beckett? Yo puedo dar fe de eso.

Ella cogió el vestido y lo metió bajo la manta, con la esperanza de encontrar la manera de ponérselo sin retirar la manta.

—Será un estupendo truco si descubres la forma de hacerlo —le dijo él, mirándola con aire de superioridad.

Ella lo miró indignada.

—No te pediré que te disculpes de ese insulto.

—Bueno, eso es un alivio. Dudo de mi capacidad para encontrar las palabras.

—Por favor, no seas tan sarcástico.

—No estás en posición de pedirme nada —repuso él, con una sonrisa muy burlona.

—Benedict...

Él se inclinó sobre ella con una sonrisa groseramente impúdica.

—A no ser, claro, que me pidas que vuelva a acostarme contigo, lo que haría con mucho gusto.

Ella guardó silencio.

—¿Sabes cómo sienta el verse rechazado? —continuó él, dulcificando un tanto la expresión de sus ojos—. ¿Cuántas veces crees que puedes rechazarme hasta que yo deje de intentarlo?

—No es que yo quiera...

—Vamos, déjate de esa vieja excusa. Está gastada. Si quisieras vivir conmigo, vivirías conmigo. Si te niegas es que no quieres.

—No lo comprendes —dijo ella en voz baja—. Tú siempre has estado en una posición en que puedes hacer lo que quieres. Algunos no tenemos ese lujo.

—¡Tonto de mí! Pensé que lo que te ofrecía era justamente ese lujo.

—El lujo de ser tu querida —dijo ella amargamente.

Él se cruzó de brazos, frunciendo los labios.

—No harás nada que no hayas hecho ya.

Ella decidió pasar por alto el insulto. No era más de lo que se merecía. Se había acostado con él. ¿Por qué no iba a pensar él que sería su querida?

—Me dejé llevar —contestó al fin—. Cometí un error. Pero eso no significa que deba cometerlo otra vez.

—Puedo ofrecerte una vida mejor —dijo él en voz baja.

—No seré tu querida —repuso ella, negando con la cabeza—. No seré la querida de ningún hombre.

Él entreabrió los labios, anonadado al entender el sentido de sus palabras. La miró incrédulo.

—Sophie, sabes que no puedo casarme contigo.

—Claro que lo sé —espetó ella—. Soy una criada, no una idiota.

Benedict trató de ponerse en su piel por un momento. Sabía que ella deseaba respetabilidad, pero tenía que entender que él no podía dársela.

—Sería difícil para ti también si me casara contigo —dijo dulcemente—. No te aceptarían. La alta sociedad sabe ser cruel.

A Sophie se le escapó una risita hueca.

—Lo sé —dijo, sonriendo sin humor—. Puedes estar seguro de que lo sé.

—¿Entonces por qué...?

—Hazme un favor —interrumpió ella, desviando la cara para no continuar mirándolo—. Busca a alguien para casarte. Encuentra a una persona aceptable, que te haga feliz, y entonces déjame en paz.

Esas palabras dieron en el clavo. Repentinamente Benedict recordó a la dama del baile de máscaras. Ella era de su mundo, de su clase. Habría sido aceptable. Y mientras miraba a Sophie, que estaba acurrucada en el sofá tratando de no mirarlo, cayó en la cuenta de que esa era la mujer que siempre había visto en su mente cuando pensaba en el futuro, cuando se imaginaba con una esposa e hijos.

Había pasado los dos años anteriores con un ojo puesto en la puerta de cada salón en que se encontrara, siempre esperando que entrara su dama del vestido plateado. A veces se sentía tonto, incluso estúpido, pero nunca había logrado borrarla de sus pensamientos.

Tampoco había logrado librarse del sueño, de aquel en que se casaba con ella y vivían felices para siempre.

Era una fantasía tonta para un hombre de su reputación, dulzona y sensiblera, pero no había podido evitarla. Ese era el resultado de criarse con una familia numerosa y amorosa: quería tener una familia igual.

Pero la misteriosa mujer del baile había sido apenas algo más que un espejismo. ¡Demonios, si ni siquiera sabía cómo se llamaba! En cambio, Sophie estaba allí.

No podía casarse con ella, pero eso no significaba que no pudieran vivir juntos. Eso significaría transigencia, principalmente por parte de ella, reconoció. Pero era posible. Y ciertamente serían más felices que si estuvieran separados.

—Sophie, sé que la situación no es ideal...

—No —interrumpió ella, en voz muy baja, apenas audible.

—Si quisieras escucharme...

—Por favor, no.

—Pero si no...

—¡Basta! —exclamó ella, elevando peligrosamente el volumen de su voz.

Tenía los hombros tan tensos que casi le tocaban las orejas, pero Benedict continuó de todos modos. La amaba; la necesitaba. Tenía que hacerla entrar en razón.

—Sophie, sé que estarías de acuerdo si...

—¡No quiero tener un hijo ilegítimo! —gritó ella, poniéndose de pie y tratando de envolverse en la manta—. ¡No quiero! Te amo, pero no tanto como para eso. A nadie amo tanto.

—Bien podría ser ya demasiado tarde para eso —musitó él mirándole el vientre.

—Lo sé —repuso ella en voz baja—, y eso ya me está royendo por dentro.

—Los remordimientos suelen hacer eso.

—No me arrepiento de lo que hicimos —dijo ella desviando la vista—. Ojalá pudiera. Sé que debería, pero no puedo.

Benedict se limitó a contemplarla. Deseaba entenderla, pero no lograba comprender cómo podía ser tan inflexible en su negativa a ser su querida y tener sus hijos y, al mismo tiempo, no lamentar haberse acostado con él.

¿Cómo podía decir que lo amaba? Eso le hacía aún más intenso el dolor.

—Si no hemos engendrado un hijo —continuó ella en voz baja—, me consideraré muy afortunada. Y no quiero volver a tentar a la suerte.

—No, solo me tentarás a mí —dijo él, detestando la burla que detectó en su voz.

Ella hizo como si no lo hubiera oído y se arrebujó más la manta, mirando sin ver un cuadro de la pared.

—Tendré un recuerdo que mimaré siempre. Y por eso, supongo, no puedo arrepentirme de lo que hicimos.

—No te calentará por la noche.

—No —concedió ella tristemente—, pero llenará mis sueños.

—Eres una cobarde. Una cobarde por no tratar de hacer realidad esos sueños.

Ella se giró a mirarlo.

—No, cobarde no —dijo, con la voz extraordinariamente serena dada la ferocidad con que la miraba él—. Lo que soy es una hija ilegítima, una bastarda. Y antes de que digas que no te importa, permíteme que te diga que a mí sí. Y a todos los demás les importa. No ha pasado un solo día sin que se me recuerde de alguna manera la ilegitimidad de mi nacimiento.

—Sophie...

—Si tuviera una hija —continuó ella, con la voz algo quebrada—, ¿sabes cuánto la amaría? Más que a mi vida, más que a mi respiración, más que a nada. ¿Cómo podría hacer a una hija mía el daño que me han hecho a mí? ¿Cómo podría someterla al mismo tipo de sufrimiento?

—¿Rechazarías a tu hija?

—¡Por supuesto que no!

—Entonces no sentiría el mismo tipo de sufrimiento —dijo él, encogiéndose de hombros—. Porque yo tampoco la rechazaría.

—No lo entiendes —dijo ella, acabando con un sollozo ahogado.

Él hizo como si no la hubiera oído.

—¿Tengo razón en suponer que a ti te rechazaron tus padres?

Ella sonrió irónica.

—No exactamente. «Desentenderse» sería una mejor definición.

—Sophie —dijo él corriendo a cogerla en sus brazos—, no tienes por qué repetir los errores de tus padres.

—Lo sé —repuso ella, sin rechazar el abrazo pero sin corresponderlo tampoco—. Y por eso no puedo ser tu querida. No quiero revivir la vida de mi madre.

—No la rev...

—Dicen que una persona inteligente es aquella que aprende de sus errores —interrumpió ella con voz enérgica, silenciándolo—. Pero una persona verdaderamente inteligente es aquella que aprende de los errores de los demás. —Se apartó de él y levantó la cara para mirarlo—. Me agrada pensar que soy una persona verdaderamente inteligente. Por favor, no me quites eso.

Él vio en sus ojos un dolor desesperado, casi palpable, que le golpeó el pecho y lo hizo retroceder un paso.

—Querría vestirme —dijo ella volviéndose hasta darle la espalda—. Creo que deberías salir.

Él le miró la espalda unos segundos y luego dijo:

—Podría hacerte cambiar de opinión. Podría besarte y tú...

—No lo harías —repuso ella sin mover un músculo—. Eso no está en ti.

—Lo está.

—Me besarías y luego te odiarías. Y eso solo llevaría un segundo.

Sin decir otra palabra él salió, y dejó que el ruido de la puerta al cerrarse le indicara su salida.

Entonces Sophie, con las manos temblorosas, dejó caer la manta y se arrojó en el sofá, manchando para siempre la delicada tela con sus lágrimas.

18

Estas dos últimas semanas han escaseado las posibilidades para las señoritas interesadas en el matrimonio y sus madres. Para empezar, no es abundante la cosecha de solteros esta temporada, puesto que dos de los mejores partidos de la temporada pasada, el duque de Ashbourne y el conde de Macclesfield, ya están engrilletados.

Para empeorar las cosas, han brillado por su ausencia los dos hermanos Bridgerton solteros (descontando a Gregory, pues a sus dieciséis años no está en posición de acudir en auxilio de ninguna de las pobres damitas del mercado del matrimonio). Colin, según se ha enterado esta autora, está fuera de la ciudad, posiblemente en Gales o Escocia (aunque nadie parece saber a qué puede haber ido a Gales o Escocia a mitad de la temporada). La historia de Benedict es más desconcertante. Por lo visto está en Londres, pero evita todas las reuniones de la buena sociedad en favor de medios menos refinados.

Aunque si quiere ser fiel a la verdad, esta autora no debería causar la impresión de que el susodicho señor Bridgerton ha pasado todas sus horas de vigilia en desenfrenado libertinaje. Si los informes son correctos, ha pasado la mayor parte de estas dos semanas en sus aposentos de Brutton Street.

Puesto que no ha habido ningún rumor de que esté enfermo, esta autora solo puede suponer que finalmente ha llegado a la conclusión de que la temporada en Londres es absolutamente aburrida y no vale su tiempo.

Hombre inteligente, sin duda.

REVISTA DE SOCIEDAD DE LADY WHISTLEDOWN
9 de junio de 1817

Sophie ya llevaba dos semanas enteras sin ver a Benedict. No sabía si sentirse complacida, sorprendida o decepcionada. Y no sabía si se sentía complacida, sorprendida o decepcionada.

No sabía nada esos días. La mitad del tiempo se sentía como si ni siquiera se conociera a sí misma.

Estaba segura de que había tomado la decisión correcta al rechazar nuevamente la proposición de Benedict. Eso lo sabía en la cabeza, y aunque suspiraba por el hombre que amaba, lo sabía también en su corazón. Había sufrido demasiado a causa de su bastardía para arriesgarse a imponerle el mismo sufrimiento a un niño o niña, sobre todo si era hijo o hija de ella.

No, eso no era cierto. Se había arriesgado una vez. Y aunque lo intentara no podía lamentarlo; el recuerdo era preciosísimo. Pero eso no significaba que debiera volverlo a hacer.

Pero si estaba tan segura de que había hecho lo correcto, ¿por qué le dolía tanto? Se sentía como si el corazón se le estuviera rompiendo perpetuamente. Cada día se le desgarraba un poco más, y cada día se decía que el dolor no podía empeorar, que su corazón ya había acabado de romperse, que ya estaba total y absolutamente roto, y sin embargo cada noche lloraba hasta quedarse dormida, añorando a Benedict.

Y cada día se sentía peor.

A esto se sumaba su terror a dar un paso fuera de la casa, lo que intensificaba su angustia y nerviosismo. Estaba segura de que Posy la andaba buscando, y ciertamente era mejor que no la encontrara.

Y no era que creyera que Posy iba a revelar su presencia en Londres a Araminta; la conocía bastante bien, y estaba segura de que nunca faltaría a una promesa intencionadamente. Y el gesto de asentimiento que le hizo esa tarde cuando ella negaba con la cabeza bien podía considerarse una promesa.

Pero, por fiel que fuera Posy en su corazón para cumplir promesas, desgraciadamente su boca la traicionaba. Y no era difícil imaginarse una situación, muchas situaciones en realidad, en que a Posy se le salía accidentalmente la revelación de que ella estaba en Londres. Lo cual significaba que su única ventaja era que Posy no sabía dónde estaba viviendo. Podía suponer que esa tarde ella solo iba pasando por ahí dando un paseo, o que tal vez había ido ahí a espiar a Araminta.

Y, sin duda alguna, eso último parecía horriblemente más creíble que la verdad: que lo que ocurrió fue que la chantajearon para que tomara el puesto de doncella de señora justo en la casa de al lado.

Con todo esto, esos días los había pasado zarandeada por emociones que pasaban de melancolía a nerviosismo y de sufrimiento por el amor frustrado a absoluto miedo.

Se las había arreglado para ocultar sus emociones, pero se daba cuenta de que estaba distraída y más callada, y sabía que lady Bridgerton y sus hijas también lo habían notado. La miraban con expresiones preocupadas y le hablaban con extraordinaria amabilidad. Y vivían preguntándole por qué no iba a tomar el té con ellas.

Iba a toda prisa con su cesto de costura por el corredor en dirección a su habitación, donde la esperaba un montón de ropa para arreglar, cuando la vio la señora Bridgerton.

—¡Sophie! ¡Estás ahí!

Se detuvo y logró sonreír al hacerle la venia de saludo.

—Buenas tardes, lady Bridgerton.

—Buenas tardes, Sophie. Te he estado buscando por toda la casa.

Ella la miró sin expresión. Al parecer hacía muchísimo eso últimamente. No era capaz de centrar la atención en nada.

—¿Sí?

—Sí. Quería preguntarte por qué no has ido a tomar el té con nosotras en toda la semana. Sabes que siempre estás invitada cuando estamos en familia.

Sophie sintió subir el calor a las mejillas. Había evitado la hora del té porque le resultaba muy difícil estar en la misma habitación con todas las Bridgerton al mismo tiempo y no pensar en Benedict; todas se le parecían mucho. Además, siempre que estaban juntas se comportaban como una familia. Eso la hacía pensar en todo lo que no tenía ella, le recordaba lo que nunca había tenido: una familia propia. Alguien a quien amar, alguien que la amara, todo dentro de la respetabilidad del matrimonio.

Sabía que había mujeres capaces de trocar la respetabilidad por la pasión y el amor. Una gran parte de ella deseaba ser una de esas mujeres. Pero no lo era. El amor no era capaz de vencerlo todo, al menos en su caso.

—He estado muy ocupada —dijo finalmente.

Lady Bridgerton se limitó a sonreírle, con una leve sonrisa vagamente interrogante, imponiendo un silencio que la obligaba a decir algo más.

—Con los remiendos —añadió.

—¡Qué terrible para ti! No sabía que habíamos hecho tantos agujeros en las medias.

—¡No, no es eso! —se apresuró a decir ella, arrepintiéndose al instante; había dejado escapar la excusa—. Tengo que remendar cosas mías también —improvisó.

Tragó saliva al comprender tardíamente su error. Lady Bridgerton sabía muy bien que no tenía ropa fuera de la que ella misma le había regalado. Y que toda esa ropa estaba en perfectas condiciones. Además, era de muy mal gusto que ella arreglara su ropa durante el día, cuando su deber era atender a las niñas. Lady Bridgerton era una señora comprensiva; probablemente no le importaría, pero eso iba contra su propio código ético. Le habían dado un trabajo, uno bueno, y aunque entrañara desgarrarse el corazón día tras día, ella se enorgullecía de su trabajo.

—Comprendo —dijo lady Bridgerton, con esa enigmática sonrisa todavía en la cara—. Ciertamente podrías llevar ese trabajo al té.

—Ah, pero eso ni lo soñaría.

—Pero acabo de decirte que puedes.

Y a juzgar por el tono de su voz, Sophie comprendió que lo que quería decir era que «debía».

—Desde luego —musitó, y la siguió a la sala de estar de arriba.

Estaban todas las niñas ahí, en sus lugares habituales, riñendo, sonriendo y embromándose (aunque, afortunadamente, no arrojándose panecillos). También estaba la hija mayor, Daphne, la duquesa de Hastings, con su hija menor, Caroline, en brazos.

¡Sophie! —exclamó Hyacinth sonriendo de oreja a oreja—. Pensé que estarías enferma.

—Pero si me viste esta mañana cuando te peiné...

—Sí, pero estabas muy rara.

Sophie no encontró ninguna respuesta adecuada a eso, porque sí que había estado rara; no podía contradecir la verdad. Por lo tanto, simplemente tomó asiento, y asintió cuando Francesca le ofreció una taza de té.

—Penelope Featherington dijo que vendría hoy —dijo Eloise a su madre cuando Sophie estaba tomando su primer sorbo.

Sophie no conocía personalmente a Penelope, pero lady Whistledown escribía con frecuencia acerca de ella. También sabía que era íntima amiga de Eloise.

—¿Alguien se ha fijado que hace tiempo que Benedict no viene a vernos? —preguntó Hyacinth.

Sophie se pinchó el dedo, pero logró contener la exclamación de dolor.

—Tampoco ha ido a vernos a Simon y a mí —dijo Daphne.

—Bueno, me prometió que me ayudaría en aritmética —gruñó Hyacinth—, y ha faltado a su palabra.

—Seguro que no se ha acordado —terció lady Bridgerton diplomáticamente—. Tal vez si le enviaras una nota...

—O simplemente le golpearas la puerta —dijo Francesca, alzando ligeramente las cejas como extrañada de que no vieran lo evidente—. No vive tan lejos.

—Soy una mujer soltera —bufó Hyacinth—. No puedo visitar a un soltero en su casa.

Sophie tosió.

—Solo tienes catorce años —dijo Francesca, desdeñosa.

—¡De todas maneras!

—Deberías pedirle ayuda a Simon —sugirió Daphne—. Es mucho mejor para los números que Benedict.

—¿Sabes?, tiene razón —dijo Hyacinth mirando a su madre, después de lanzar una mirada furiosa a Francesca—. Lo siento por Benedict, ya no me es de ninguna utilidad.

Todas se echaron a reír, porque sabían que era una broma. Todas a excepción de Sophie, que creía que ya no sabía reír.

—Pero ahora en serio —continuó Hyacinth—, ¿para qué es bueno? Simon es mejor para los números y Anthony sabe más historia. Colin es más divertido, claro, y...

—Arte —interrumpió Sophie en tono áspero, irritada porque la propia familia de Benedict no veía su individualidad ni sus puntos fuertes.

—¿Qué has dicho? —le preguntó Hyacinth, mirándola sorprendida.

—Es bueno para el arte —repitió Sophie—. Bastante mejor que cualquiera de vosotras, me imagino.

Eso atrajo la atención de todas, porque si bien Sophie las había dejado ver su ingenio naturalmente agudo, normalmente hablaba con voz suave y jamás había dicho una palabra en tono duro a ninguna de ellas.

—No sabía que dibujaba —dijo Daphne, con tranquilo interés—. ¿O pinta?

Sophie la miró. De las mujeres Bridgerton era la que menos conocía, pero habría sido imposible no ver la expresión de aguda inteligencia en sus ojos. Daphne sentía curiosidad por el talento oculto de su hermano, le extrañaba su ignorancia al respecto y, principalmente, deseaba saber cómo era que ella sí lo sabía. En menos de un segundo, Sophie vio todo eso en los ojos de la joven duquesa. Y en menos de un segundo comprendió que había cometido un error. Si Benedict no había dicho nada a su familia sobre su arte, no le correspondía a ella decirlo.

—Dibuja —dijo finalmente, en un tono que esperaba fuera lo bastante seco para impedir más preguntas.

Y lo consiguió. Nadie dijo una palabra, aunque cinco pares de ojos continuaron mirándole atentamente la cara.

—Hace dibujos —musitó.

Miró las caras, una a una. Eloise estaba pestañeando rápidamente. Lady Bridgerton no pestañeaba en absoluto.

—Dibuja muy bien —continuó, dándose de patadas mentalmente mientras hablaba.

Había algo en el silencio de las Bridgerton que la impulsaba a llenar el vacío.

Finalmente, cuando el momento de silencio más largo entre ellas llenó el espacio de un segundo, lady Bridgerton se aclaró la garganta y dijo:

—Me encantaría ver uno de sus dibujos. —Se llevó la servilleta a los labios, aunque no había tomado ni un solo sorbo de té—. Siempre que él quiera enseñármelo, lógicamente.

Sophie se levantó.

—Creo que debo irme.

Los ojos de lady Bridgerton la clavaron donde estaba.

—Quédate, por favor —le dijo con una voz que era terciopelo sobre acero.

Sophie volvió a sentarse.

—¡Creo que oigo a Penelope! —exclamó Eloise levantándose de un salto.

—No la has oído —dijo Hyacinth.

—¿Por qué iba a mentir?

—No lo sé, pero...

Apareció el mayordomo en la puerta.

—La señorita Penelope Featherington —entonó.

Eloise miró a Hyacinth con los ojos agrandados como diciendo «¿Lo ves?».

—¿Es mal momento? —preguntó Penelope.

—No —contestó Daphne, con una leve sonrisa vagamente divertida—, solo uno extraño.

—¡Ah! Bueno, supongo que podría volver después.

—De eso ni hablar —dijo lady Bridgerton—. Haz el favor de sentarte a tomar té.

Sophie observó a la joven mientras tomaba asiento en el sofá, al lado de Francesca. Penelope no era ninguna refinada beldad, pero sí muy atractiva a su nada complicada manera. Tenía el pelo castaño rojizo y las mejillas ligeramente espolvoreadas con pecas. Su tez era un poquito cetrina, aunque tal vez eso tenía más que ver con su nada atractivo vestido amarillo que con cualquier otra cosa.

Pensándolo bien, creyó recordar haber leído algo en la hoja de lady Whistledown acerca de los feos vestidos de Penelope. ¡Qué lástima que la pobre muchacha no pudiera convencer a su madre para que la dejara usar el color azul!

Pero mientras observaba disimuladamente a Penelope se dio cuenta de que esta la estaba examinando sin mucho disimulo.

—¿Nos hemos visto? —le preguntó Penelope de pronto.

A Sophie la asaltó una horrorosa sensación, que le pareció premonitoria, o tal vez de algo... conocido, ya visto.

—Creo que no —se apresuró a contestar.

Penelope continuó mirándola sin pestañear.

—¿Está segura?

—Bueno, eh..., no veo cómo podríamos habernos conocido.

Penelope hizo una corta espiración y agitó la cabeza, como para limpiarla de telarañas.

—Sin duda tiene razón. Pero hay algo en usted que me resulta conocido.

—Sophie es nuestra nueva doncella —terció Hyacinth como si eso lo explicara todo—. Normalmente viene a tomar el té con nosotras cuando estamos en familia.

Sophie observó a Penelope mientras respondía algo y, repentinamente, recordó. ¡Sí que había visto a Penelope antes! Fue en el baile de máscaras, tal vez no más de diez segundos antes de conocer a Benedict.

Acababa de entrar en el salón, y los jóvenes que se apresuraron a rodearla todavía iban caminando hacia ella. Penelope estaba allí, vestida con un atuendo verde bastante raro y un curioso sombrero; y no llevaba antifaz. Ella estaba mirándola, tratando de determinar de qué iba disfrazada, cuando un joven chocó con Penelope y esta casi cayó al suelo. Ella alargó la mano y la ayudó a recuperar el equilibrio. Y solo había alcanzado a decirle algo así como «Ya está» cuando la rodearon más jóvenes y las separaron.

Entonces apareció Benedict y ella solo tuvo ojos para él. Hasta ese momento había olvidado a Penelope, y la abominable manera como la trataron los jóvenes caballeros.

Y era evidente que la ocasión había quedado enterrada en la memoria de Penelope también.

—Sin duda debo de estar equivocada —dijo Penelope cogiendo la taza que le ofrecía Francesca—. No es su cara, exactamente, sino más bien su manera de estar, si es que eso tiene algún sentido.

Sophie decidió que era necesaria una intervención persuasiva, de modo que se puso su mejor sonrisa social y dijo:

—Tomaré eso como un cumplido, puesto que estoy segura de que las damas con que se relaciona son verdaderamente elegantes y amables.

Pero en el instante en que cerró la boca comprendió que se había excedido. Francesca la estaba mirando como si le hubieran brotado cuernos, y se curvaron las comisuras de la boca de lady Bridgerton cuando dijo:

—Vaya, Sophie, juro que esa es la frase más larga que has dicho en dos semanas.

Sophie se llevó la taza a los labios para ocultar un poco la cara.

—No me he sentido muy bien.

—¡Oh! —exclamó alarmada Hyacinth—. Espero que no te sientas demasiado mal porque quería pedirte que me ayudaras esta tarde.

—¡Cómo no! —dijo Sophie, impaciente por desviar la cara de Penelope, que seguía observándola como si fuera un rompecabezas humano—. ¿Qué necesitas?

—Prometí entretener a mis primos esta tarde.

—Ah, pues sí —dijo lady Bridgerton, dejando la taza en la mesa—. Casi lo había olvidado.

Hyacinth asintió.

—¿Podrías ayudarme? Son cuatro. Demasiados para mí.

—Claro que sí. ¿Qué edades tienen?

Hyacinth se encogió de hombros.

—Entre seis y diez años —contestó lady Bridgerton, mirando desaprobadora a Hyacinth—. Son los hijos de mi hermana menor —añadió, dirigiéndose a Sophie.

—Ve a avisarme cuando lleguen —dijo Sophie a Hyacinth—. Me encantan los niños y te ayudaré con mucho gusto.

—Excelente —exclamó Hyacinth, juntando las manos—. Son unos críos tan activos que a mí sola me agotarían.

—Hyacinth, no eres una vieja decrépita —terció Francesca.

—¿Cuándo fue la última vez que pasaste dos horas con cuatro niños menores de diez años?

—¡Basta! —dijo Sophie, riendo por primera vez desde hacía dos semanas—. Yo te ayudaré. Nadie se agotará. Y tú deberías venir también, Francesca. Lo pasaremos muy bien, estoy segura.

—¿Es usted...? —comenzó Penelope, pero dejó sin terminar la pregunta—. Nada, no importa.

Pero cuando Sophie la miró, Penelope seguía mirándola con una expresión de lo más perpleja. De pronto abrió la boca, la cerró y volvió a abrirla para decir:

—Sé que la conozco.

—Y seguro que tiene razón —dijo Eloise, sonriendo satisfecha—. Penelope jamás olvida una cara.

Sophie palideció.

—¿Te sientes mal? —preguntó lady Bridgerton, inclinándose—. Estás muy pálida.

—Creo que algo me sentó mal —se apresuró a mentir Sophie, poniéndose la mano en el estómago, para dar más veracidad a sus palabras—. Tal vez la leche estaba cortada.

—¡Ay, Dios! —exclamó Daphne, ceñuda, mirando a su bebé—. Le di un poco a Caroline.

—A mí me pareció buena —terció Hyacinth.

—Podría ser algo que comí esta mañana —dijo Sophie, para que Daphne no se preocupara—. De todos modos, creo que me iré a echar un rato. —Se levantó y dio un paso hacia la puerta—. Si le parece bien, lady Bridgerton.

—Por supuesto. Espero que mejores pronto.

—Seguro que sí —repuso Sophie, sinceramente. Ya se sentía mejor, tan pronto como salió de la línea de visión de Penelope Featherington.

—Te iré a buscar cuando lleguen mis primos —le dijo Hyacinth.

—Si te sientes mejor —añadió lady Bridgerton.

Sophie asintió y se apresuró a salir, pero en el instante en que salía alcanzó a ver a Penelope observándola con una expresión tan atenta que la sobrecogió una horrorosa sensación de miedo.

Benedict estaba de mal humor desde hacía dos semanas. Y ese mal humor estaba a punto de empeorarle, pensó, caminando lentamente hacia la casa de su madre. Había evitado ir a la casa porque no quería ver a Sophie; no quería ver a su madre, quien advertiría su mal humor y le haría preguntas; no quería ver a Eloise, que advertiría el interés de su madre y también intentaría interrogarlo; no quería ver a...

¡Demonios, no quería ver a nadie! Y dada la forma en que había estado machacando las cabezas de sus criados (de palabra, eso sí, aunque de tanto en tanto con los puños en sus sueños), el resto del mundo haría bien en no querer verlo tampoco.

Pero quiso su suerte que en el instante en que ponía el pie en el primer peldaño de la escalinata, oyó gritar su nombre y, al girarse, vio a sus dos hermanos adultos caminando hacia él por la acera.

Se le escapó un gemido. Nadie lo conocía mejor que Anthony y Colin, y no había la más mínima posibilidad de que estos no advirtieran ni comentaran algo como un corazón roto.

—Hace siglos que no te veo —dijo Anthony—. ¿Dónde has estado?

—Por aquí y por allá. En casa, principalmente. ¿Y tú dónde has estado? —preguntó a Colin.

—En Gales.

—¿En Gales? ¿Y eso?

—Me apetecía —repuso Colin, encogiéndose de hombros—. Nunca había estado allí.

—La mayoría de las personas necesitarían un motivo algo más irresistible para marcharse a mitad de la temporada —comentó Benedict.

—Yo no.

Benedict lo miró fijamente. Anthony lo miró fijamente.

—Bueno, muy bien —dijo Colin enfurruñado—. Necesitaba alejarme. Madre ha iniciado conmigo ese cochino asunto del matrimonio.

—¿Cochino asunto del matrimonio? —repitió Anthony, sonriendo divertido—. Te aseguro que la desfloración de la propia esposa no tiene nada de cochino.

Benedict mantuvo la expresión escrupulosamente impasible. Había encontrado una mancha de sangre en su sofá después de que le hiciera el amor a Sophie. Le había puesto un cojín encima, esperando que cuando alguno de los criados la viera, hubiera olvidado que había estado con una mujer allí. Le hacía ilusión creer que nadie del personal había estado escuchando en la puerta ni cotilleando, pero la propia Sophie le contó una vez que por lo general los sirvientes sabían todo lo que ocurría en una casa, y él tendía a pensar que tenía razón en eso.

Pero si se ruborizó, y sí que sintió acaloradas las mejillas, ninguno de sus hermanos lo notó, porque no dijeron nada, y si había algo en la vida tan cierto como, digamos, que el sol sale por el este, era que un Bridgerton jamás desaprovechaba la oportunidad de embromar y atormentar a otro Bridgerton.

—No para de hablarme de Penelope Featherington —refunfuñó Colin—. Vamos, conozco a la muchacha desde que los dos llevábamos pantalones cortos, eh, desde que yo llevaba pantalones cortos al menos. Ella llevaba...

—Frunció más el entrecejo porque sus dos hermanos se estaban riendo—. Llevaba lo que fuera que usan las crías.

—¿Vestidos? —suplió Anthony, generosamente.

—¿Faldas? —sugirió Benedict.

—De lo que se trata —interrumpió Colin enérgicamente— es de que la conozco de toda la vida y os puedo asegurar que no es probable que me enamore de ella.

—Se casarán antes del año —dijo Anthony a Benedict.

—¡Anthony! —bramó Colin, cruzándose de brazos.

—Tal vez dentro de dos —dijo Benedict—. Es joven aún.

—A diferencia de ti —replicó Colin—. ¿Por qué madre me asedia a mí, digo yo? ¡Buen Dios, tú tienes treinta y uno!

—¡Treinta!

—De todas maneras, lo lógico sería que tú te llevaras la mayor parte del asedio.

Benedict frunció el ceño. Desde hacía un tiempo su madre había estado atípicamente reservada en sus opiniones sobre él y el matrimonio y sobre por qué debía casarse y pronto. Claro que esas últimas semanas él había evitado la casa de su madre como a la peste, pero incluso antes de eso ella no le había dicho ni una palabra sobre el tema.

Era de lo más extraño.

—En todo caso —estaba gruñendo Colin—, no me voy a casar pronto, y ciertamente no me voy a casar con Penelope Featherington.

—¡Ah!

Era un «¡ah!» femenino, y sin siquiera mirar, Benedict comprendió que estaba a punto de experimentar uno de los momentos más violentos de su vida. Atemorizado, levantó la cabeza y se giró hacia la puerta. Allí estaba Penelope Featherington, enmarcada a la perfección por dicha puerta abierta, sus labios entreabiertos por la sorpresa, sus ojos llenos de pena.

Y en ese momento él comprendió lo que tal vez había sido demasiado estúpido (y estúpidamente masculino) para ver: Penelope Featherington estaba enamorada de su hermano.

Colin se aclaró la garganta.

—Penelope —dijo, con una vocecita chillona, como si hubiera retrocedido diez años y estuviera en plena pubertad—, eh..., me alegra verte.

Miró a sus hermanos, esperando que lo salvaran diciendo algo, pero los dos habían decidido no intervenir. Benedict hizo un gesto de dolor para sus adentros. Ese era uno de esos momentos que, sencillamente, no se podían salvar.

—No sabía que estabas ahí —continuó Colin, titubeante.

—Eso es evidente —repuso Penelope, pero sin mucha energía.

Colin tragó saliva.

—¿Viniste a ver a Eloise?

—Me invitaron —asintió ella.

—¡Claro que te invitaron! —se apresuró a decir él—. ¡Claro que te invitaron! Eres una fabulosa amiga de la familia.

Silencio. Horrible, incómodo silencio.

—Como si fueras a venir sin invitación —masculló Colin.

Penelope no dijo nada. Trató de sonreír pero no lo consiguió. Finalmente, cuando Benedict pensó que la muchacha iba a pasar veloz junto a ellos y echar a correr calle abajo, ella miró a Colin y dijo:

—Nunca te he pedido que te cases conmigo.

Las mejillas de Colin se tiñeron de un rojo más subido que el que Benedict hubiera imaginado posible. Abrió la boca pero no le salió ningún sonido.

Esa era la primera vez, y posiblemente sería la única, que Benedict veía a su hermano menor sin saber qué decir.

—Y nunca... —continuó Penelope, tragando saliva al cortársele la voz—. Nunca le he dicho a nadie que deseara que me lo pidieras.

—Penelope —logró decir Colin al fin—. Perdona, lo siento mucho.

—No hay nada que perdonar.

—Sí que lo hay —insistió él—. Herí tus sentimientos y...

—No sabías que yo estaba aquí.

—De todos modos...

—No te vas a casar conmigo —dijo ella, con voz hueca—. No hay nada malo en eso. Yo no me voy a casar con tu hermano Benedict.

Benedict había estado tratando de no mirar, pero al oír eso se irguió, atento.

—A él no le hiero los sentimientos cuando declaro que no me voy a casar con él. —Penelope giró la cabeza hacia Benedict y fijó sus ojos castaños en él—. ¿Verdad, señor Bridgerton?

—Claro que no —se apresuró a contestar él.

—Todo arreglado entonces —dijo ella entre dientes—. No se ha herido ningún sentimiento. Y ahora, si me disculpáis, caballeros, tendría que irme a casa.

Benedict, Anthony y Colin se apartaron cual aguas del Mar Rojo al bajar ella la escalinata.

—¿No te acompaña una doncella? —le preguntó Colin.

—Vivo solo a la vuelta de la esquina —contestó ella.

—Lo sé, pero...

—Yo te acompañaré —dijo Anthony tranquilamente.

—Eso no es necesario, milord, de verdad.

—Dame ese gusto —dijo él.

Ella asintió y los dos echaron a andar calle abajo.

Benedict y Colin se quedaron mirándolos alejarse, en silencio, durante treinta segundos enteros. Después Benedict se giró hacia su hermano y le dijo:

—Lo has hecho muy bien.

—¡No sabía que estaba ahí!

—Es evidente —se burló Benedict.

—No te burles. Me siento fatal.

—Como debe ser.

—¿Ah, y tú nunca has herido los sentimientos de una mujer sin darte cuenta?

El tono de Colin era defensivo, y tanto que Benedict comprendió que se sentía como un percebe.

Lo salvó de contestar la aparición de su madre en lo alto de la escalinata, enmarcada en la puerta más o menos igual que había estado Penelope hacía unos instantes.

—¿Aún no ha llegado vuestro hermano? —preguntó Violet.

—Fue a acompañar a la señorita Featherington a su casa —contestó Benedict, haciendo un gesto hacia la esquina.

—¡Ah, bueno! ¡Qué atento! Quería... ¿Adónde vas, Colin?

—Necesito beber algo —repuso Colin, deteniéndose brevemente pero sin volver la cabeza.

—Es un poco temprano para...

Benedict la interrumpió colocándole una mano en el brazo.

—Déjalo.

Ella abrió la boca, como para protestar, pero cambió de opinión y se limitó a hacer un gesto de asentimiento.

—Quería reunir a toda la familia para hacer un anuncio —suspiró—, pero supongo que eso puede esperar. Mientras tanto, ¿por qué no me acompañas a un té?

Benedict miró hacia el reloj del vestíbulo.

—¿No es un poco tarde para el té?

—Sáltate el té entonces —dijo ella, encogiéndose de hombros—. Simplemente buscaba un pretexto para hablar contigo.

Benedict logró hacer una débil sonrisa. No estaba de humor para conversar con su madre. Para ser franco, no estaba de humor para hablar con nadie, hecho que podían atestiguar todas las personas con que se había cruzado ese último tiempo.

—No es nada serio —lo tranquilizó Violet—. ¡Cielos, tienes una cara como si te estuvieras preparando para ir a la horca!

Habría sido grosero decir que así era exactamente como se sentía, de modo que simplemente se inclinó a darle un beso en la mejilla.

—Bueno, eso es una agradable sorpresa —dijo ella, sonriéndole de oreja a oreja—. Ahora, ven conmigo —añadió, indicando con un gesto la sala de estar de abajo—. Hay una persona de la que quiero hablarte.

—¡Madre!

—Simplemente escúchame. Es una muchacha encantadora...

La horca, desde luego.

19

La señorita Posy Reiling (la hijastra menor del difunto conde de Penwood) no es tema frecuente en esta columna (como tampoco es, lamenta decir esta autora, objeto frecuente de atención en las funciones sociales), pero una no pudo dejar de observar que su comportamiento fue muy extraño en la velada musical que ofreció su madre la noche del martes. Insistió en sentarse junto a la ventana y durante toda la actuación no hizo otra cosa que mirar hacia la calle, como si buscara algo, ¿o a alguien tal vez?

REVISTA DE SOCIEDAD DE LADY WHISTLEDOWN
11 de junio de 1817

Al cabo de cuarenta y cinco minutos, Benedict estaba repantigado en el sillón con los ojos vidriosos. De tanto en tanto tenía que hacerse una revisión para asegurarse de que no le colgaba la mandíbula.

Así de aburrida era la conversación de su madre.

La damita de la que quería hablarle había resultado ser siete damitas, cada una de las cuales, le aseguraba, era mejor que la anterior.

Pensó que se iba a volver loco. Ahí mismo en la sala de estar de su madre se iba a volver loco de furioso. De repente saltaría del sillón y se arrojaría al suelo, frenético, agitando brazos y piernas, echando espuma por la boca, y...

—Benedict, ¿me estás escuchando siquiera?

Él alzó la vista y pestañeó. ¡Maldición!, tendría que centrar la atención en la lista de posibles novias que le tenía su madre. La perspectiva de perder la cordura era infinitamente más atractiva.

—Te estaba hablando de Mary Edgeware —dijo Violet, con expresión más divertida que frustrada.

Al instante lo asaltó la desconfianza. Cuando se trataba del tema de arrastrar a sus hijos al altar, su madre jamás tenía expresión divertida.

—¿Mary cuánto?

—Edge... Bah, dejémoslo. Ya veo que no puedo competir con lo que sea que te atormenta en este momento.

—Madre...

Ella ladeó ligeramente la cabeza, sus ojos curiosos y tal vez algo sorprendidos.

—¿Sí?

—Cuando conociste a padre...

—Ocurrió en un instante —dijo ella dulcemente, como si hubiera sabido lo que él le iba a preguntar.

—¿O sea, que supiste al instante que era él?

Ella sonrió y sus ojos adquirieron una expresión lejana, nebulosa.

—¡Uy!, yo no lo habría admitido, al menos no inmediatamente. Me creía una muchacha práctica. Siempre me había mofado de la idea del amor a primera vista.

Se quedó callada y Benedict comprendió que ya no estaba en la sala con él, sino en un baile de años atrás, conociendo a su padre. Pasado un rato, cuando él ya creía que ella había olvidado la pregunta, ella lo miró y dijo:

—Pero lo supe.

—¿En el momento en que lo viste por primera vez?

—Bueno, la primera vez que hablamos, por lo menos.

Cogió el pañuelo que él le tendía y se lo pasó por los ojos, sonriendo tímidamente, como avergonzada de sus lágrimas.

Benedict sintió formarse un bulto en la garganta y desvió la cara, no fuera que ella viera que tenía los ojos empañados. ¿Lloraría alguien por él después de diez años de haber muerto? Inspiraba humildad estar en presencia del verdadero amor, pensó, y de pronto se sintió condenadamente envidioso de sus propios padres.

Ellos encontraron el amor y tuvieron la sensatez de reconocerlo y mimarlo. Pocas personas eran tan afortunadas.

—Había un algo en su voz tremendamente tranquilizador, muy cálido —continuó Violet—. Cuando hablaba, uno tenía la sensación de que era la única persona presente en la habitación.

—Lo recuerdo —dijo él, con una sonrisa cálida, nostálgica—. Toda una proeza ser capaz de hacer eso, con ocho hijos.

Violet tragó saliva como para ahogar un sollozo y dijo, con la voz nuevamente enérgica:

—Sí, bueno, no llegó a conocer a Hyacinth, así que digamos que solo eran siete.

—De todas maneras...

—De todas maneras —asintió ella.

Benedict se inclinó a darle una palmadita en la mano. No supo por qué lo hizo; no había planeado hacerlo. Simplemente le pareció que era lo adecuado.

—Sí, bueno —dijo ella, dándole un suave apretón en la mano y volviendo a ponerla en su falda—. ¿Has preguntado por tu padre por algún motivo especial?

—No —mintió él—. Al menos no... Bueno...

Ella esperó pacientemente, con esa expresión apaciblemente expectante que hacía imposible ocultarle los sentimientos.

—¿Qué pasa cuando uno se enamora de una persona inadecuada?

—Una persona inadecuada —repitió ella.

Benedict asintió, ya lamentando angustiosamente sus palabras. No debería haberle dicho nada a su madre, y sin embargo...

Suspiró. Su madre siempre había sido extraordinaria para escuchar. Y pese a todos sus fastidiosos métodos casamenteros, realmente estaba más cualificada que cualquiera de las personas que él conocía para dar consejos en asuntos del corazón.

Cuando Violet habló, daba la impresión de estar eligiendo cuidadosamente las palabras.

—¿Qué quieres decir con «una persona inadecuada»?

—Alguien... —lo pensó un momento—. Una persona con la que probablemente no debería casarse alguien como yo.

—¿Tal vez una persona que no es de nuestra clase social?

—Una persona así —contestó él, con los ojos clavados en un cuadro de la pared.

—Comprendo. Bueno... —arrugó un poquito la frente y continuó—: Supongo que dependería de a qué distancia está esa persona de nuestra clase social.

—Lejos.

—¿Un poco lejos o muy lejos?

Benedict estaba convencido de que ningún hombre de su edad y reputación había tenido jamás una conversación así con su madre, pero contestó:

—Muchísimo.

—Comprendo. Bueno, yo diría... —Se mordió el labio inferior y estuvo así un momento—: Yo diría... —repitió en tono ligeramente más enérgico (aunque nada enérgico si se midiera en términos absolutos)—. Yo diría —repitió por tercera vez— que te quiero muchísimo y te apoyaría en todo. —Se aclaró la garganta—. Si es que estamos hablando de ti.

No servía de nada negarlo, de modo que Benedict asintió.

—Pero —continuó Violet— te recomendaría pensarlo bien. El amor es ciertamente el elemento más importante en cualquier unión, pero las influencias externas pueden crear tensiones en el matrimonio. Si te casas con una mujer de, digamos —se aclaró la garganta—, de la clase servil, serás objeto de mucho cotilleo y no poco ostracismo. Y eso será difícil de soportar para uno como tú.

—¿Uno como yo? —preguntó él, erizado.

—Tienes que saber que no ha sido mi intención insultarte. Pero tú y tus hermanos lleváis vidas encantadas. Sois hermosos, inteligentes, atractivos. Caéis bien a todo el mundo. No sabes lo feliz que me hace eso. —Sonrió, pero su sonrisa era melancólica, ligeramente triste—. No es fácil ser la fea del baile.

Repentinamente Benedict comprendió por qué su madre siempre lo obligaba a bailar con muchachas como Penelope Featherington. Con aquellas que estaban en las orillas del salón, aquellas que siempre fingían que no deseaban bailar.

Ella había sido poco atractiva.

Era difícil imaginarse eso. Su madre era tremendamente popular, siempre sonriente, y tenía montones de amistades. Y si él había oído correctamente la historia, su padre había estado considerado el mejor partido de la temporada.

—Solo tú podrás tomar esta decisión —continuó Violet, volviéndolo al presente—, y me temo que no será fácil.

Él miró por la ventana, otorgando con su silencio.

—Pero —añadió ella— si decidieras unir tu vida a la de una mujer que no es de nuestra clase, yo ciertamente te apoyaré de todas las maneras posibles.

Benedict giró bruscamente la cabeza para mirarla. Pocas mujeres de la alta sociedad dirían eso a sus hijos.

—Eres mi hijo —dijo ella simplemente—. Daría mi vida por ti.

Él abrió la boca para hablar pero comprobó, sorprendido, que no podía hacer ni un sonido.

—Ciertamente no te desterraré por casarte con una persona inadecuada.

—Gracias —dijo él. Fue lo único que consiguió decir.

Violet exhaló un suspiro, lo bastante fuerte para atraer toda su atención. Se veía cansada, melancólica.

—Ojalá estuviera aquí tu padre —dijo.

—No dices eso muy a menudo.

—Siempre deseo que tu padre estuviera aquí. —Cerró los ojos un breve momento—. Siempre.

Y entonces Benedict lo vio todo claro. Al mirar la cara de su madre, al caer en la cuenta por fin, no, al «entender» por fin, la profundidad del amor entre sus padres, se le aclaró todo.

Amor. Amaba a Sophie. Eso era lo único que debía importar.

Había creído que amaba a la mujer del baile de máscaras; había creído que deseaba casarse con ella. Pero en ese momento comprendía que eso solo había sido un sueño, una fantasía fugaz con una mujer a la que apenas conocía.

En cambio, Sophie era...

Sophie era Sophie. Y eso era todo lo que necesitaba.

Sophie no era una gran creyente en el destino ni en los hados, pero cuando llevaba una hora con Nicholas, Elizabeth, John y Alice Wentworth, los primos pequeños del clan Bridgerton, ya comenzaba a pensar que tal vez había una razón que explicara por qué nunca había logrado obtener un puesto de institutriz.

Estaba agotada.

No, pensó, con más de un poco de desesperación. La palabra «agotamiento» no era una definición adecuada para el estado en que se encontraba en esos momentos. «Agotamiento» no llegaba a captar el ribete de locura que había producido en su mente ese cuarteto.

—No, no y no, esa es mi muñeca —le estaba diciendo Elizabeth a Alice.

—¡Es mía! —replicó Alice.

—¡No es tuya!

—¡Es mía!

—Yo arreglaré esto —gritó Nicholas, acercándoseles con las manos en las caderas.

Sophie emitió un gemido. Tenía la clara impresión de que no era nada conveniente dejar resolver la pelea a un niño de diez años, que daba la casualidad se creía pirata.

—Ninguna de las dos va a querer la muñeca —dijo Nicholas con un astuto destello en los ojos —si yo le corto la...

—No le cortarás la cabeza, Nicholas Wentworth —intervino Sophie.

—Pero es que así dejarán de...

—¡No! —dijo Sophie enérgicamente.

Él la miró un momento, como evaluando su resolución de impedírselo, y luego se alejó gruñendo.

—Creo que necesitamos otro juego —le susurró Hyacinth a Sophie.

—Sí que necesitamos otro juego —convino Sophie.

—¡Suelta mi soldado! —chilló John—. ¡Suéltalo, suéltalo, suéltalo!

—Jamás tendré hijos —declaró Hyacinth—. De hecho, jamás me casaré.

Sophie se abstuvo de decirle que cuando se casara y tuviera hijos tendría una flotilla de niñeras que la ayudarían en su crianza y cuidado.

Hyacinth hizo un gesto de dolor al ver a John tirándole el pelo a Alice, y tragó saliva disgustada cuando Alice le enterró el puño en el estómago a John.

—La situación se está poniendo desesperada —susurró a Sophie.

—¡La gallina ciega! —exclamó Sophie—. ¿Qué os parece a todos? ¿Jugamos a la gallina ciega?

Alice y John asintieron entusiasmados. Elizabeth lo pensó un momento y al final dijo, de mala gana:

—De acuerdo.

—¿Y qué dices tú, Nicholas? —preguntó Sophie al último dudoso.

Él se tomó otro momento.

—Podría ser divertido —contestó al fin, aterrando a Sophie con un diabólico destello en los ojos.

—Excelente —dijo Sophie, tratando de que no se notara su recelo.

—Pero tú tienes que ser la gallina ciega —añadió él.

Sophie abrió la boca para protestar, pero en ese momento los otros tres niños comenzaron a saltar y gritar encantados. Y su destino quedó sellado cuando Hyacinth la miró con una astuta sonrisa y le dijo:

—Vamos, tienes que ser tú.

Puesto que era inútil protestar, Sophie exhaló un largo suspiro, bien exagerado, para divertir a los niños, y se giró, para que Hyacinth le vendara los ojos.

—¿Ves algo? —le preguntó Nicholas.

—No —mintió Sophie.

—Ve —dijo él a Hyacinth haciendo una mueca.

¿Cómo podía saberlo?

—Átale un segundo pañuelo —dijo el niño—. Ese es demasiado transparente.

—Qué indignidad —masculló Sophie, pero agachó un poco la cabeza para que Hyacinth le atara otro pañuelo.

—¡Ahora sí que está ciega! —gritó John a todo pulmón.

Sophie los obsequió a todos con una empalagosa sonrisa.

—Muy bien, entonces —dijo Nicholas, que había tomado el mando— espera diez segundos para que ocupemos nuestros lugares.

Sophie asintió y reprimió un mal gesto al oír el ruido de un choque.

—¡Procurad no romper nada! —gritó, como si eso fuera a influir en un sobreexcitado niño de seis años.

—¿Listos? —preguntó.

No hubo respuesta. Eso significaba sí.

—¡Gallina ciega! —gritó.

—¡Píllame! —gritaron cinco voces al unísono.

Sophie frunció el ceño, calculando. Una de las niñas estaba detrás del sofá. Dio unos pasos a tientas a la derecha.

—¡Gallina ciega!

—¡Píllame!

A eso siguieron, lógicamente, unos cuantos chillidos y risitas.

—¡Gallina, ay!

Más gritos y carcajadas. Sophie gruñó y se agachó a frotarse la espinilla.

—¡Gallina ciega! —gritó con mucho menos entusiasmo.

—¡Píllame!

—¡Píllame!

—¡Píllame!

—¡Píllame!

—¡Píllame!

—Eres toda mía, Alice —musitó en voz baja, decidiendo ir a por la más pequeña y, presumiblemente, la más débil del grupo—. Toda mía.

Benedict casi logró escapar sin ser visto. Después de que saliera su madre de la sala de estar, él se bebió una muy necesitada copa de coñac y se dirigió al vestíbulo. Estaba a punto de llegar a la puerta cuando lo sorprendió Eloise y lo informó de que de ninguna manera podía marcharse todavía, que su madre había hecho el enorme esfuerzo de reunir a todos sus hijos en un lugar porque Daphne tenía que hacer un importantísimo anuncio.

—¿Embarazada otra vez? —preguntó él.

—Finge sorpresa. Se supone que no lo sabes.

—No voy a fingir nada. Me voy.

De un salto ella le dio alcance y le cogió la manga.

—No puedes.

Benedict exhaló un largo suspiro y trató de quitarle la mano del brazo, pero ella tenía bien cogida la camisa.

—Voy a levantar un pie —dijo él en tono de lo más tedioso— y dar un paso. Después levantaré el otro pie...

—Le prometiste a Hyacinth que la ayudarías en aritmética —soltó Eloise— y no te ha visto el pelo en dos semanas.

—Como si fuera a suspender en un colegio —masculló Benedict.

—¡Benedict, qué terrible lo que has dicho!

—Lo sé —gimió él, con la esperanza de ahorrarse un sermón.

—Que a las mujeres no se nos permita estudiar en colegios como Eton o Cambridge no significa que nuestra educación no sea importante —despotricó Eloise, como si no hubiera oído su débil «Lo sé»—. Además...

Benedict se desmoronó contra la pared.

—... soy de la opinión de que el motivo de que no se nos permita el acceso a colegios es que si nos lo permitieran, ¡os derrotaríamos en todas las asignaturas!

—Sin duda tienes razón —suspiró él.

—No me trates con ese aire de superioridad.

—Te aseguro, Eloise, que jamás se me ocurriría ni soñar con tratarte así.

Ella lo miró desconfiada un momento y después se cruzó de brazos.

—Bueno, no decepciones a Hyacinth.

—No —dijo él cansinamente.

—Creo que está en la sala de los niños.

Después de hacerle un distraído gesto de asentimiento, él se dirigió a la escalera y comenzó a subir.

Pero mientras subía no vio a Eloise girarse hacia su madre, que estaba asomada a la puerta de la sala de música, y hacerle un guiño, sonriendo.

La sala de los niños estaba en la segunda planta. No era frecuente que Benedict subiera allí. Los dormitorios de la mayoría de sus hermanos estaban en la primera planta; solo Gregory y Hyacinth seguían teniendo sus dormitorios contiguos a la sala de los niños, y estando Gregory en Eton la mayor parte del año y Hyacinth aterrorizando a alguien en alguna otra parte de la casa, él simplemente no tenía motivos para subir allí.

No se le escapaba que aparte de la sala de estudio y dormitorios de los niños, también estaban en esa planta los dormitorios de los criados de más categoría, entre ellos las doncellas de señora.

El dormitorio de Sophie.

Probablemente ella estaba en algún rincón por ahí, ocupada en sus remiendos, no en el cuarto de los niños, lógicamente, que era el dominio de las niñeras. Una doncella de señora no tendría ningún motivo para...

—¡Ja ja ja ja ja!

Benedict arqueó las cejas. Esas eran ciertamente risas de niños pequeños, no un sonido que pudiera salir de la boca de Hyacinth.

Ah, claro. Estaban de visita sus primos Wentworth, algo le había dicho su madre al respecto. Bueno, eso sería un extra. Hacía meses que no los veía, y eran niños bastante simpáticos, si bien un poco revoltosos.

Cuando se acercaba a la sala de los niños, las risas aumentaron, mezcladas con unos cuantos gritos. Eso lo hizo sonreír, y cuando llegó a la puerta abierta miró dentro, y entonces...

La vio.

A «ella».

No a Sophie, a «ella».

Y sin embargo era Sophie.

Tenía los ojos vendados y estaba sonriendo con las manos extendidas hacia los risueños niños. Solo se le veía la parte inferior de la cara, y entonces fue cuando cayó en la cuenta.

Solo había otra única mujer en el mundo a la que le había visto solamente la parte inferior de la cara.

La sonrisa era igual; el atractivo hoyuelo en el extremo del mentón era igual. Todo era igual.

Sophie era la mujer del vestido plateado, la mujer del baile de máscaras.

De pronto todo cobró sentido. Solo dos veces en su vida había sentido esa atracción inexplicable, casi mística, por una mujer. Le había parecido extraordinario encontrar a dos, cuando en su corazón siempre había creído que solo había una mujer perfecta para él.

Su corazón no se había equivocado. Solo había una.

La había buscado durante meses; había suspirado por ella más tiempo aún. Y estaba ahí, ante sus mismas narices.

Y ella no se lo había dicho.

¿Comprendería cuánto lo había hecho sufrir? ¿Las horas que había yacido despierto en la cama pensando que hacía traición a la dama del vestido plateado porque se estaba enamorando de una criada?

¡Dios santo, eso rayaba en lo absurdo! Finalmente había decidido olvidar a la dama del baile; le iba a pedir a Sophie que se casara con él, y a la mierda las consecuencias sociales.

Y resultaba que eran una y la misma.

Un extraño rugido le llenó la cabeza, como si le hubieran tapado cada oído con una enorme concha; sentía silbidos, chirridos, zumbidos; y de pronto sentía un olor algo acre en el aire, y todo empezaba a tomar un color rojo, y...

No podía apartar los ojos de ella.

Todos los niños se habían quedado en silencio, mirándolo con los ojos agrandados, boquiabiertos.

—¿Pasa algo? —preguntó Sophie.

—Hyacinth —dijo él—, ¿harías el favor de evacuar la sala?

—Pero...

—¡Ahora mismo! —rugió él.

—Nicholas, Elizabeth, John, Alice, venid conmigo —se apresuró a decir Hyacinth con voz cascada—. Hay galletas en la cocina y sé que...

Benedict no oyó el resto. Hyacinth se las había arreglado para evacuar la sala en tiempo récord y su voz se fue perdiendo por el corredor llevándose a los niños.

—¿Benedict? —estaba diciendo Sophie, con las manos detrás de la cabeza tratando de desatarse los pañuelos—. ¿Benedict?

Él cerró la puerta de un golpe; el ruido fue tan fuerte que ella pegó un salto.

—¿Qué pasa? —preguntó en un susurro.

Él no contestó, limitándose a observarla tironear del pañuelo. Le agradaba que estuviera impotente. No se sentía nada amable ni caritativo en ese momento.

—¿Tienes algo que necesites decirme? —le preguntó con la voz controlada, aunque le temblaban las manos.

Ella se quedó inmóvil, tan inmóvil que él habría jurado que le veía salir calor del cuerpo. Después se aclaró la garganta, indicando con el sonido que se sentía incómoda, violenta, y reanudó la tarea de desatarse los nudos. Sus movimientos le ceñían el vestido a los pechos, pero él no sintió ni una pizca de deseo.

Era la primera vez que no sentía deseos por esa mujer, en ninguna de sus dos encarnaciones, pensó con ironía.

—¿Puedes ayudarme en esto? —le preguntó ella, pero con voz titubeante.

Benedict no se movió.

—¿Benedict?

—Es interesante verte con un pañuelo atado alrededor de la cabeza, Sophie —le dijo él en voz baja.

Ella bajó lentamente las manos a los costados.

—Es casi como un antifaz, ¿no te parece?

Ella entreabrió los labios, y la suave bocanada de aire que pasó por entre ellos fue el único sonido que se oyó en la sala.

Él caminó hacia ella, lenta, inexorablemente, el ruido de sus pasos lo suficientemente fuerte para que ella supiera que se le iba acercando.

—Hace años que no he estado en un baile de máscaras —dijo.

Ella comprendió. Lo vio en su cara, en la expresión de su boca, apretada en las comisuras y sin embargo ligeramente entreabierta. Ella sabía que él sabía.

Esperaba que estuviera aterrada.

Dio otros dos pasos hacia ella y bruscamente viró a la derecha, rozándole la manga con el brazo.

—¿Ibas a decirme alguna vez que ya nos conocíamos?

Ella movió la boca pero no dijo nada.

—¿Ibas a decírmelo? —insistió él, en voz baja y controlada.

—No —balbuceó ella.

—¿No?

Ella no dijo nada.

—¿Por algún motivo en particular?

—No... no me parecía pertinente.

—¿No te parecía pertinente? —bramó él, girándose a mirarla—. Me enamoré de ti hace dos años, ¿y no te parecía pertinente?

—¿Puedo quitarme el pañuelo, por favor? —susurró ella.

—Puedes continuar ciega.

—Benedict...

—Como he estado ciego yo este mes —continuó él furioso—. ¿Por qué no ciega tú, a ver si te gusta?

—No te enamoraste de mí hace dos años —dijo ella, tironeándose la venda.

—¿Cómo podías saberlo? Desapareciste.

—Tenía que desaparecer —exclamó ella—. No tenía opción.

—Siempre tenemos opciones —dijo él, desdeñoso—. A eso le llamamos «libre voluntad».

—Para ti es fácil decir eso —replicó ella, tironeándose el pañuelo desesperada—. Para ti, ¡que lo tienes todo! Yo tenía que... ¡Ay!

Con un violento tirón logró bajar los pañuelos hasta dejarlos colgando sueltos del cuello. Cerró los ojos ante el repentino asalto de la luz; cuando los abrió vio la cara de Benedict y retrocedió un paso.

Él tenía los ojos brillantes, ardiendo de rabia y, sí, de un dolor que ella no alcanzaba a comprender del todo.

—Me alegra verte, Sophie —dijo él en un tono peligrosamente suave—. Si es que ese es tu verdadero nombre.

Ella asintió.

—Se me ha ocurrido —continuó él, en un tono exageradamente despreocupado— que si estuviste en el baile de máscaras no eres de la clase servil.

—No tenía invitación —se apresuró a contestar ella—. Era una impostora. No tenía ningún derecho a estar allí.

—Me mentiste. En todas las cosas, en todo esto, me mentiste.

—Tuve que hacerlo —susurró ella.

—Vamos, por favor. ¿Qué podía ser tan terrible que no pudieras revelarme tu identidad «a mí»?

Sophie tragó saliva. Ahí, en el cuarto de los niños Bridgerton, frente a él, no lograba recordar por qué decidió no decirle que era la dama del baile de máscaras.

Tal vez temió que él deseara hacerla su querida.

Lo cual ocurrió de todos modos.

O tal vez no quiso decirle nada porque cuando comprendió que ese no iba a ser un encuentro casual, que él no iba a dejar salir de su vida a Sophie la criada, ya era demasiado tarde. Ya había pasado mucho tiempo sin decírselo, y temió su ira.

Y eso ocurrió, exactamente.

Lo cual demostraba que había tenido razón. Claro que eso no era ningún consuelo al encontrarse allí, frente a él, viendo sus ojos ardientes de rabia y fríos de desdén al mismo tiempo.

Tal vez la verdad, por poco halagadora que fuera, era que sintió herido su orgullo. La había decepcionado que él no la reconociera. Si la noche del baile de máscaras había sido tan mágica para él como para ella, ¿no debería haberla reconocido al instante?

Dos años había pasado soñando con él. Dos años había visto su cara en la mente todas las noches. Y cuando él vio la de ella, vio a una desconocida.

O tal vez, solo tal vez, no fue por ninguna de esas cosas. Tal vez fue algo más sencillo: solo deseaba proteger su corazón. No sabía por qué, pero se había sentido algo más segura, algo menos expuesta como una criada anónima. Si Benedict hubiera sabido quién era, o por lo menos sabido que ella era la dama del baile de máscaras, le habría ido detrás, implacablemente.

Bueno, sí que le había ido detrás cuando la creía una criada. Pero habría sido distinto si hubiera sabido la verdad. Estaba segura. No habría considerado tan grande la diferencia de clase, y entonces ella habría perdido una importante barrera entre ellos. Su posición social, o su falta de posición social, había sido un muro protector alrededor de su corazón. No podía acercarse demasiado porque, simplemente, no podía; un hombre como Benedict, hijo de vizconde, hermano de vizconde, jamás se casaría con una criada.

Pero para una hija ilegítima de un conde, bueno, la situación era mucho más difícil. A diferencia de una criada, una bastarda aristocrática podía soñar.

Aunque, como en el caso de una criada, esos sueños no tenían probabilidades de hacerse realidad, lo cual los hacía mucho más dolorosos. Y comprendía, cada vez que había estado a punto de revelar su secreto lo había comprendido, que decirle la verdad a él la llevaría derecho a un corazón roto.

Sintió deseos de reírse. Su corazón no podía sentirse peor que en ese momento.

—Te busqué —dijo él, su voz intensa penetrando sus pensamientos.

Ella abrió más los ojos, los sintió mojados.

—¿Sí?

—Durante seis malditos meses —maldijo él—. Fue como si hubieras desaparecido de la faz de la tierra.

—No tenía adónde ir —dijo ella, sin saber por qué le decía eso.

—Me tenías a mí.

Las palabras quedaron suspendidas en el aire, opresivas, sombrías. Finalmente, impulsada por un tardío sentido de sinceridad, Sophie dijo:

—No sabía que me buscabas. Pero, pero... —se atragantó con las palabras, no pudo decirlas, y cerró fuertemente los ojos, como para protegerse del sufrimiento.

—¿Pero qué?

Ella tragó saliva y abrió los ojos, pero no lo miró a la cara.

—Aunque hubiera sabido que me buscabas —dijo, cruzando los brazos para abrazarse—, no habría permitido que me encontraras.

—¿Tan repugnante era yo para ti?

—¡No! —exclamó ella, mirándolo a la cara.

Vio dolor en sus ojos. Él lo ocultaba, pero ella lo conocía bien. Estaba herido; lo veía en sus ojos.

—No —repitió, tratando de hablar calmada—. No por eso. Eso no podría ser jamás.

—¿Entonces por qué?

—Somos de mundos diferentes, Benedict. Incluso entonces yo sabía que no podía haber ningún futuro para nosotros. Y habría sido una tortura. ¿Torturarme con un sueño que no podía hacerse realidad? No podía hacer eso.

—¿Quién eres? —preguntó él repentinamente.

Ella solo pudo mirarlo, sin poder hablar, paralizada.

—Dímelo. Dime quién eres. Porque no eres ninguna condenada doncella de señora, eso seguro.

—Soy exactamente lo que te dije que era —dijo ella. Al ver su mirada asesina, se apresuró a añadir—: Casi.

—¿Quién eres? —repitió él, acercándose un paso.

Ella retrocedió un paso.

—He sido sirvienta desde los catorce años.

—¿Y quién eras antes de eso?

—Una bastarda —repuso ella en un susurro.

—¿De quién?

—¿Importa eso?

Él adoptó una postura más belicosa.

—A mí me importa.

Sophie se sintió desanimada. No había esperado que él hiciera caso omiso de los deberes impuestos por su posición para casarse con una persona como ella, pero tampoco había esperado que a él le importara tanto.

—¿Quiénes fueron tus padres? —insistió él.

—Nadie que tú conozcas.

—¿Quiénes fueron tus padres? —rugió él.

—El conde de Penwood.

Él se quedó inmóvil, sin mover ni un solo músculo. Ni siquiera pestañeó.

—Soy la bastarda de un noble —continuó ella, en tono áspero, dejando salir años de rabia y resentimiento—. Mi padre fue el conde de Penwood, y mi madre, una criada. —Al ver que él palidecía, espetó—: Sí, mi madre era una doncella de señora, tal como yo ahora soy una doncella de señora. —Al cabo de un denso silencio, añadió—: No quiero ser como mi madre.

—Y sin embargo —dijo él—, si ella se hubiera comportado de otro modo, tú no estarías aquí para decírmelo.

—No se trata de eso.

Benedict se retorció las manos, que había tenido en puños a los costados.

—Me mentiste —dijo en voz baja.

—No había ninguna necesidad de decirte la verdad.

—¿Quién demonios eres tú para decidir eso? —explotó él—. Pobre Benedict, no es capaz de enfrentar la verdad, es incapaz de decidirse. No es...

Se interrumpió disgustado al percibir su voz quejumbrosa. Ella lo había convertido en alguien a quien no conocía, alguien que le caía mal. Tenía que salir de ahí, tenía que...

—¿Benedict...?

Ella lo estaba mirando extrañada, sus ojos preocupados.

—Tengo que irme —masculló—. No puedo estar contigo en este momento.

—¿Por qué? —preguntó ella, y él notó que al instante se arrepentía de haber preguntado eso.

—Estoy tan enfadado en este momento —dijo, lentamente, marcando bien cada palabra— que no me conozco. No...

Se miró las manos; le temblaban. Deseaba herirla, comprendió. No, no deseaba herirla. Jamás desearía herirla. Y sin embargo...

Y sin embargo...

Era la primera vez en su vida que se sentía tan descontrolado. Lo asustaba eso.

—Tengo que irme —repitió, pasó bruscamente por su lado, llegó a la puerta y salió.

20

Continuando con el tema, la madre de la señorita Reiling, la condesa de Pen-
wood, también ha actuado de modo muy raro últimamente. Según los coti-
lleos de los criados (los que, todos sabemos, siempre son los más fiables), la
condesa tuvo una pataleta anoche, y arrojó nada menos que diecisiete zapatos
a sus criados.

Un lacayo luce un ojo morado, pero aparte de eso, todos continúan con
buena salud.

REVISTA DE SOCIEDAD DE LADY WHISTLEDOWN
11 de junio de 1817

Antes de una hora Sophie ya tenía lista su bolsa para marcharse. No sabía
qué más hacer. Estaba poseída, dolorosamente poseída, por una energía nerviosa, y no podía tenerse quieta. Los pies se le movían solos, le temblaban las
manos y cada tantos minutos se sorprendía inspirando una cantidad extra
de aire, como si este pudiera tranquilizarla por dentro.

No le cabía en la cabeza que le permitieran continuar al servicio de
lady Bridgerton después de ese horroroso altercado con Benedict. Lady
Bridgerton le tenía afecto, cierto, pero Benedict era su hijo. Los lazos de
sangre eran más fuertes que nada, en especial tratándose de la familia
Bridgerton.

Era una pena, en realidad, pensó, sentándose en la cama, sin dejar de
retorcer entre las manos un pobre pañuelo ya destrozado sin remedio. Pese
a todo el trastorno interior que le causaba Benedict, le gustaba vivir en esa
casa. Nunca en su vida había tenido el honor de vivir entre un grupo de personas que entendían verdaderamente el significado de la palabra «familia».

Las echaría de menos.

Echaría de menos a Benedict.

Y lloraría por la vida que no podía tener.

Sin poder continuar sentada, se levantó de un salto y fue a asomarse a la ventana.

—¡Maldito seas, papá! —dijo, mirando el cielo—. ¡Toma, te he llamado «papá»! Nunca me permitiste eso. Nunca quisiste ser eso. —No pudo contener unos estremecedores sollozos, y se limpió la nariz con el dorso de la mano—. Te he llamado «papá». ¿Cómo te sienta eso?

Pero no hubo ningún repentino trueno ni apareció ningún nubarrón negro para tapar el sol de la tarde. Su padre no sabría jamás lo furiosa que estaba con él por haberla dejado sin un céntimo, por haberla dejado en manos de Araminta. Lo más probable era que no le hubiera importado.

Se sintió cansada y se apoyó en el marco de la ventana, limpiándose los ojos con la mano.

—Me diste a probar otro tipo de vida, y luego me dejaste en el aire —musitó—. Habría sido mucho más fácil para mí si me hubieras criado como una sirvienta. Entonces yo no habría deseado tanto. Me habría resultado más fácil.

Dio la espalda a la ventana y sus ojos se posaron en su pequeña bolsa con sus escasas pertenencias. Habría preferido no tener que llevarse ninguno de los vestidos que le habían regalado lady Bridgerton y sus hijas, pero no tenía elección, puesto que sus vestidos viejos ya habían sido arrojados al cubo de basura. Había elegido solamente dos, el mismo número con el que llegara: el que llevaba cuando Benedict descubrió su identidad y otro de muda, que ya estaba guardado en su bolsa. Los demás estaban colgados, bien planchados, en el ropero.

Suspirando cerró los ojos y estuvo así un momento. Era hora de marcharse. Adónde, no lo sabía, pero no podía continuar allí.

Se agachó a recoger la bolsa. Tenía un poco de dinero ahorrado; no mucho, pero si trabajaba y era frugal en sus gastos, dentro de un año tendría lo suficiente para comprar un pasaje a Estados Unidos. Había oído decir que allí las cosas eran más fáciles para aquellos de cuna menos que respetable, que allí las fronteras entre diferentes clases sociales no eran tan definidas como en Inglaterra.

Asomó la cabeza al corredor; afortunadamente no había nadie. Era una cobarde, sí, pero no deseaba tener que despedirse de las hijas Bridgerton; podría hacer algo realmente estúpido, como echarse a llorar, y luego se sentiría peor aún. Nunca en su vida había tenido la oportunidad de pasar tiempo con mujeres de su edad que la trataran con respeto y afecto. Hubo una época en que deseó que Rosamund y Posy fueran sus hermanas, pero ese deseo nunca llegó a hacerse realidad. Posy podría haberlo intentado, pero Araminta no lo hubiera permitido. Pese a su naturaleza amable, Posy nunca había tenido la fuerza necesaria para enfrentar a su madre.

Pero sí tendría que despedirse de lady Bridgerton; de ninguna manera podía saltarse eso. Lady Bridgerton la había tratado con una amabilidad que superaba toda expectativa, y ella no podía darle las gracias marchándose a hurtadillas y desapareciendo como una delincuente. Si tenía suerte, lady Bridgerton aún no se habría enterado de su altercado con Benedict. Podía avisarle de que se iba, despedirse y ponerse en marcha.

Era última hora de la tarde; ciertamente ya hacía rato que había acabado la hora del té, de modo que decidió ver si lady Bridgerton estaba en la pequeña oficina que tenía contigua a su dormitorio. Era un cuartito muy acogedor, con un escritorio y varias estanterías de libros, el lugar donde lady Bridgerton escribía su correspondencia y llevaba las cuentas de la casa.

La puerta estaba entreabierta. Golpeó suavemente, y al contacto de su puño con la madera la puerta se abrió otro poco.

—¡Adelante! —dijo la voz de lady Bridgerton.

Sophie empujó más la puerta y asomó la cabeza.

—¿Interrumpo? —preguntó en voz baja.

—Sí, pero es una interrupción bienvenida —repuso lady Bridgerton dejando su pluma a un lado—. Nunca me ha gustado cuadrar las cuentas de la casa.

—Yo podría... —empezó Sophie, pero alcanzó a morderse la lengua.

Había estado a punto de decir que con mucho gusto podría relevarla en esa tarea; siempre había sido buena para los números.

—¿Decías? —preguntó lady Bridgerton, mirándola afablemente.

—Nada —repuso ella, negando ligeramente con la cabeza.

Pasado un momento de silencio, lady Bridgerton la miró con una sonrisa ligeramente divertida y le preguntó:

—¿Tenías algún motivo concreto para golpear mi puerta?

Sophie hizo una honda inspiración, con el fin de calmar los nervios (que no calmó), y contestó:

—Sí.

Lady Bridgerton la miró expectante, pero sin decir nada.

—Creo que debo renunciar a mi trabajo aquí —dijo.

Lady Bridgerton pegó un salto que casi la hizo caer de la silla.

—¿Pero por qué? ¿No eres feliz aquí? ¿Alguna de las niñas te ha tratado mal?

—No, no. Eso no podría estar más lejos de la verdad. Sus hijas son muy bellas, de corazón y de apariencia. Nunca he..., es decir, nunca nadie...

—¿Qué pasa, Sophie?

Sophie se cogió del marco de la puerta, para no perder el equilibrio y caerse. Sentía poco firmes las piernas, sentía poco firme el corazón. En cualquier momento se echaría a llorar, ¿y por qué? ¿Porque el hombre al que amaba no se casaría nunca con ella? ¿Porque la detestaba por haberle mentido? ¿Porque ya le había roto el corazón dos veces: una al pedirle que fuera su querida y la otra al hacerla amar a su familia y luego obligándola a marcharse?

Aunque no le hubiera pedido que se marchara, no podía ser más evidente que ella no podía continuar allí.

—Es por Benedict, ¿verdad?

Sophie levantó bruscamente la cabeza y la miró. Lady Bridgerton sonrió tristemente.

—Es evidente que hay sentimiento entre vosotros —dijo dulcemente, contestando la pregunta que sin duda veía en sus ojos.

—¿Por qué no me despidió? —preguntó en un susurro.

No creía que lady Bridgerton supiera que había tenido relaciones íntimas con Benedict, pero ninguna mujer de su posición querría que su hijo suspirara por una criada.

—No lo sé —contestó lady Bridgerton, con una expresión más afligida de lo que Sophie hubiera imaginado posible—. Probablemente debería haberlo hecho. —Se encogió de hombros, con una extraña expresión de impotencia en sus ojos—. Pero me gustas.

Las lágrimas que Sophie había estado tratando de contener, empezaron a rodarle por la cara, pero aparte de eso, consiguió mantener la calma; no sollozó estremecida, no emitió ningún sonido; simplemente continuó donde estaba, absolutamente inmóvil, mientras le brotaban lágrimas y más lágrimas.

Cuando lady Bridgerton volvió a hablar, lo hizo con palabras muy medidas, como si las hubiera elegido con sumo cuidado para obtener una respuesta concreta.

—Eres el tipo de mujer que me gustaría para mi hijo —dijo, sin dejar de mirarle la cara ni un solo instante—. No nos conocemos de mucho tiempo, pero conozco tu carácter y conozco tu corazón. Y ojalá...

A Sophie se le escapó un sollozo ahogado, pero se apresuró a reprimir los que pugnaban por salir.

Lady Bridgerton reaccionó al sollozo ladeando la cabeza, compasiva, y haciéndole un guiño de tristeza con los ojos.

—Ojalá tus antecedentes fueran diferentes —continuó—. Y no es que yo piense mal de ti ni te considere menos por eso, pero hace las cosas muy difíciles.

—Imposibles —susurró Sophie.

Lady Bridgerton no dijo nada, y Sophie comprendió que en su corazón estaba de acuerdo, si no del todo, en un noventa y nueve por ciento, con su afirmación.

—¿Es posible que tus antecedentes no sean exactamente lo que parecen? —preguntó lady Bridgerton, pronunciando las palabras con más mesura y cuidado que antes.

Sophie guardó silencio.

—Hay cosas en ti que no cuadran, Sophie.

Sophie sabía que esperaba que le preguntara qué, pero tenía bastante buena idea de lo que quería decir.

—Tu dicción es impecable —continuó lady Bridgerton—. Me explicaste que asistías a las clases con las hijas de la casa donde trabajaba tu madre, pero para mí esa explicación no es suficiente. Esas clases comenzarían cuando ya tenías unos años, seis por lo menos, edad en que ya tendrías firmemente establecida tu forma de hablar.

Sophie agrandó los ojos. Nunca había visto ese determinado fallo en su historia inventada, y la sorprendió que nadie lo hubiera visto hasta ese momento. Pero claro, lady Bridgerton era muchísimo más inteligente que la mayoría de las personas a las que les había contado esa historia.

—Y sabes latín —continuó lady Bridgerton—. No intentes negarlo. Te oí mascullar en voz baja el otro día cuando Hyacinth te irritó.

Sophie mantuvo la vista fija en la ventana, a la izquierda de lady Bridgerton, sin lograr atreverse a mirarla a los ojos.

—Gracias por no negarlo —dijo lady Bridgerton, y se quedó esperando que ella dijera algo.

Esperó tanto que Sophie se vio obligada a poner fin a ese interminable silencio.

—No soy pareja adecuada para su hijo —dijo.

—Comprendo.

—De verdad tengo que marcharme —se apresuró a continuar, antes de tener tiempo para arrepentirse.

—Si ese es tu deseo —dijo lady Bridgerton, asintiendo—, no puedo hacer nada para impedírtelo. ¿Adónde piensas ir?

—Tengo parientes en el norte —mintió Sophie.

Fue evidente que lady Bridgerton no le creyó, pero contestó:

—Ciertamente usarás uno de nuestros coches.

—No, de ninguna manera.

—No creerás que te permitiría hacer otra cosa. Te considero mi responsabilidad, al menos durante los próximos días, y es demasiado peligroso que te marches sin compañía. Este mundo no es seguro para mujeres solas.

Sophie no pudo reprimir una pesarosa sonrisa. El tono de lady Bridgerton podía ser distinto, pero sus palabras eran casi las mismas que le dijera Benedict unas semanas antes. ¡Y en qué la habían metido esas palabras! No podía decir que lady Bridgerton y ella fueran íntimas amigas, pero la conocía lo suficiente para saber que no haría concesiones.

Podía pedirle al cochero que la dejara en algún lugar, de preferencia no demasiado lejos de algún puerto, donde finalmente podría comprar un pasaje para Estados Unidos, y luego decidir qué haría a partir de eso.

—Muy bien —dijo—. Gracias.

Lady Bridgerton la obsequió con una leve y triste sonrisa.

—Supongo que ya tienes hechas tus maletas...

Sophie asintió. No había ninguna necesidad de decir que solo tenía una bolsa, en singular.

—¿Ya has hecho tus despedidas?

—Prefiero no hacerlas —repuso Sophie, negando con la cabeza.

Lady Bridgerton se puso de pie y asintió.

—A veces eso es lo mejor. ¿Por qué no me esperas en el vestíbulo de entrada? Iré a ordenar que lleven un coche a la puerta.

Sophie se giró y echó a caminar, pero justo antes de salir se detuvo y se giró nuevamente.

—Lady Bridgerton...

Se le iluminaron los ojos a la señora, como si esperara oír una buena noticia, o si no buena, por lo menos diferente.

—¿Sí?

Sophie tragó saliva.

—Quería darle las gracias.

Se apagó un tanto la luz en los ojos de lady Bridgerton.

—¿Por qué?

—Por tenerme aquí, por aceptarme y permitirme simular que formaba parte de su familia.

—No seas ton...

—No tenía por qué invitarme a tomar el té con usted y las niñas —interrumpió Sophie. Si no sacaba todo eso perdería el valor—. La mayoría de las señoras no lo hubieran hecho. Fue hermoso... y nuevo... y... —se atragantó—. Las echaré de menos a todas.

—No tienes por qué marcharte —dijo lady Bridgerton dulcemente.

Sophie intentó sonreír, pero la sonrisa le salió a medias, y le supo a lágrimas.

—Sí, tengo que irme —dijo, casi ahogada por las palabras.

Lady Bridgerton la contempló un largo rato, con sus ojos azul claro llenos de compasión y tal vez un poquito de comprensión.

—Ya veo —dijo en voz baja.

Y Sophie tuvo la incómoda sensación de que sí veía.

—Espérame abajo —dijo.

Sophie asintió y se hizo a un lado para dejarla pasar. La vizcondesa viuda se detuvo en la puerta a mirar la raída bolsa que estaba en el suelo.

—¿Eso es todo lo que posees?

—Todo en el mundo.

Lady Bridgerton tragó saliva, incómoda, y las mejillas se le tiñeron levemente de rosa, casi como si la avergonzaran sus riquezas, y la carencia de ella.

—Pero eso —dijo Sophie haciendo un gesto hacia la bolsa—, eso no es lo importante. Lo que usted tiene... —se interrumpió para tragarse el bulto que se le había formado en la garganta—. No quiero decir lo que posee...

—Sé lo que quieres decir, Sophie —dijo lady Bridgerton, limpiándose los ojos con los dedos—. Gracias.

—Es la verdad —contestó ella, elevando ligeramente los hombros.

—Permíteme que te dé algo de dinero antes de que te marches, Sophie.

—No podría —negó ella con la cabeza—. Ya cogí dos de los vestidos que me regaló. No quería, pero...

—Has hecho bien —la tranquilizó lady Bridgerton—. ¿Qué otra cosa podías hacer? Los que trajiste contigo ya no están. —Se aclaró la garganta—. Pero, por favor, acéptame un poco de dinero. —Al verla abrir la boca para protestar, insistió—: Por favor. Me haría sentir mejor.

Lady Bridgerton tenía una manera de mirar que hacía desear hacer lo que pedía. Y además, pensó Sophie, necesitaba ese dinero. Lady Bridgerton era una señora generosa; tal vez podría darle lo suficiente para comprar un pasaje de tercera clase para atravesar el océano.

—Gracias —dijo, antes de que su conciencia tuviera la oportunidad de convencerla de rechazar el ofrecimiento.

Después de un breve gesto de asentimiento, lady Bridgerton echó a andar por el corredor.

Cuando la perdió de vista, Sophie hizo una larga y temblorosa inspiración, se agachó a recoger su bolsa y lentamente caminó hasta la escalera y bajó al vestíbulo. Después de estar un rato esperando allí, decidió que igual podía esperar fuera. Era un hermoso día de primavera y tal vez sentir un poquitín de sol en la nariz era justo lo que necesitaba para sentirse mejor. Bueno, al menos un poco mejor. Además, allí había menos probabilidades de encontrarse de repente con una de las niñas Bridgerton, y por mucho que las fuera a echar de menos, no quería verse obligada a despedirse.

Con la bolsa firmemente cogida en una mano, abrió la pesada puerta y bajó la escalinata.

El coche no tardaría mucho en dar la vuelta. Cinco minutos, tal vez diez, tal vez...

—¡Sophie Beckett!

El estómago le cayó a los tobillos. Era Araminta. ¿Cómo podía haberlo olvidado?

No pudo moverse, paralizada. Miró alrededor y luego los peldaños, tratando de decidir hacia dónde huir. Si volvía a entrar en la casa, Araminta sabría dónde encontrarla, y si echaba a correr por la calle...

—¡Policía! —chilló Araminta—. ¡Necesito un policía!

Sophie soltó la bolsa y echó a correr.

—¡Que alguien la detenga! —gritó Araminta—. ¡Detengan a la ladrona! ¡Detengan a la ladrona!

Sophie continuó corriendo, aun sabiendo que eso la haría parecer culpable. Corrió con todas las fibras de sus músculos, con cada bocanada de aire que conseguía hacer entrar en los pulmones; corrió, corrió y corrió...

Hasta que alguien le cerró el paso y de un empujón la arrojó de espaldas en la acera.

—¡La tengo! —gritó el hombre—. ¡La tengo!

Sophie cerró y abrió los ojos, ahogando una exclamación de dolor. La cabeza le había chocado con la acera en un golpe aturdidor, y el hombre que la cogió estaba prácticamente sentado en su abdomen.

—¡Ahí estás! —graznó Araminta, corriendo hacia ella—. Sophie Beckett, ¡qué descaro!

Sophie la miró furibunda. No existían palabras para expresar el aborrecimiento que sentía en su corazón. Por no decir que no podía hablar por el dolor.

—Te he andado buscando —le dijo Araminta con una diabólica sonrisa—. Posy me dijo que te había visto.

Sophie cerró los ojos y los mantuvo así un rato más largo que un pestañeo normal. ¡Ay, Posy! Dudaba de que la muchacha hubiera querido delatarla, pero su lengua tenía una manera ineludible de adelantarse a su mente.

Araminta afirmó el pie muy cerca de su mano, que estaba inmoviliza-
da por la muñeca por el hombre que la cogió, y sonriendo trasladó el pie
hasta plantarlo sobre la mano.

—No deberías haberme robado —dijo Araminta, con sus ojos azules
brillantes.

Sophie se limitó a gruñir. Fue lo único que consiguió hacer.

—¿Lo ves? —continuó Araminta alegremente—. Ahora puedo hacerte
encarcelar. Supongo que podría haber hecho eso antes, pero ahora tengo la
verdad de mi parte.

En ese momento llegó un hombre corriendo y se detuvo con un patinazo ante Araminta.

—Las autoridades vienen de camino, milady. Dentro de nada tendremos a esta ladrona en prisión.

Sophie se cogió el labio inferior entre los dientes, una parte de ella rogando
que las autoridades se retrasaran hasta que saliera lady Bridgerton, y otra parte rogando que llegaran inmediatamente para que las Bridgerton no vieran su
vergüenza.

Y al final logró su deseo, es decir, el segundo. No habían pasado dos
minutos cuando llegaron las autoridades, la metieron en un carretón y la
llevaron a la cárcel.

Y lo único que podía pensar Sophie mientras la llevaban era que los
Bridgerton no sabrían nunca lo que le había ocurrido, y que tal vez eso era
lo mejor.

21

¡Vaya si no hubo emoción ayer en la escalinata de la puerta principal de la residencia de lady Bridgerton en Bruton Street!

La primera fue que se vio a Penelope Featherington en la compañía, no de uno ni de dos, sino de TRES hermanos Bridgerton, ciertamente una proeza hasta el momento imposible para la pobre muchacha, que tiene la no muy buena fama de ser la fea del baile. Por desgracia (aunque tal vez previsiblemente) para la señorita Featherington, cuando finalmente se marchó, lo hizo del brazo del vizconde, el único hombre casado del grupo.

Si la señorita Featherington llegara a arreglárselas para llevar al altar a un hermano Bridgerton, querría decir que habría llegado el fin del mundo tal como lo conocemos, y que esta autora, que no vacila en reconocer que ese mundo no tendría ni pies ni cabeza para ella, se vería obligada a renunciar a esta columna en el acto.

Y como si la señorita Featherington no hubiera sido suficiente noticia, aún no habían transcurrido tres horas cuando lady Penwood, que vive tres puertas más allá, abordó violentamente a una mujer delante de la casa de la familia Bridgerton. Parece ser que dicha mujer, que, según sospecha esta autora, trabajaba para la familia Bridgerton, había trabajado para lady Penwood anteriormente. Lady Penwood alega que esta mujer no identificada le robó, e inmediatamente hizo encarcelar a la pobre criatura.

Esta autora no sabe bien cómo se castiga el robo en esta época, pero es de suponer que si alguien tiene la audacia de robarle a la condesa, el castigo es muy estricto. Es posible que cuelguen a esa pobre muchacha o, como muy mínimo, la deporten.

Ahora parece insignificante la guerra por las criadas (de la que se informó en esta columna el mes pasado).

REVISTA DE SOCIEDAD DE LADY WHISTLEDOWN,
13 de junio de 1817

La primera inclinación de Benedict a la mañana siguiente fue servirse una buena copa de licor fuerte. O tal vez tres. Podía ser escandalosamente temprano para beber licor, pero se le antojaba bastante atractivo el aturdimiento alcohólico después de la estocada que recibiera la tarde anterior de manos de Sophie Beckett.

Entonces recordó que había quedado con su hermano Colin esa mañana para una competición de esgrima. De pronto encontró bastante atractiva la idea de darle unas buenas estocadas a su hermano, aun cuando este no tuviera nada que ver con su pésimo humor.

Para eso estaban los hermanos, pensó, sonriendo tristemente mientras se ponía la indumentaria.

—Solo tengo una hora —dijo Colin, insertando el botón redondeado en la punta de su florete—. Tengo una cita más tarde.

—No importa —contestó Benedict, haciendo unas cuantas fintas para aflojar los músculos de las piernas; hacía tiempo que no practicaba; sentía cómodo el florete en la mano. Retrocedió y tocó el suelo con la punta, doblando ligeramente la hoja—. No me llevará más de una hora derrotarte.

Colin miró al cielo poniendo los ojos en blanco antes de bajarse la careta.

Benedict avanzó hasta el centro de la sala.

—¿Estás preparado?

—No del todo —repuso Colin siguiéndolo.

Benedict le hizo otra finta.

—¡He dicho que aún no estoy preparado! —rugió Colin saltando hacia un lado.

—¡Eres muy lento! —ladró Benedict.

Colin soltó una maldición en voz baja y añadió otra en voz alta:

—¡Condenación! ¿Qué mosca te ha picado?

—Ninguna —casi gruñó Benedict—. ¿Por qué lo dices?

Colin retrocedió hasta ponerse a una distancia adecuada para comenzar el combate.

—Ah, no sé —canturreó, sarcástico—. Supongo que será porque casi me hiciste volar la cabeza.

—Tengo el botón en la punta.

—Y moviste el florete como si fuera un sable —replicó Colin.

—Así es más divertido —rebatió Benedict, sonriendo con dureza.

—No para mi cuello. —Cambió de mano el florete para flexionar y estirar los dedos. Detuvo el movimiento y frunció el ceño—. ¿Estás seguro de que es un florete lo que tienes?

—¡Por el amor de Dios, Colin! —refunfuñó Benedict—. Jamás usaría un arma de verdad.

—Solo era para asegurarme —masculló Colin, tocándose ligeramente el cuello—. ¿Preparado?

Benedict asintió y flexionó las rodillas.

—Las reglas normales —dijo Colin, adoptando la postura inicial—. Nada de tirar tajos.

Benedict asintió secamente.

—*En garde!*

Los dos levantaron el brazo derecho hasta tener la palma arriba, los dedos cerrados en el puño del florete.

—¿Es nueva esa? —preguntó de pronto Colin, mirando interesado la empuñadura del florete de Benedict.

Benedict maldijo su pérdida de concentración.

—Sí —ladró—. Prefiero la empuñadura italiana.

Colin retrocedió, abandonando la postura de esgrima, y miró su florete, que tenía una empuñadura francesa menos adornada—. ¿Me la prestarías alguna vez? Me gustaría ver si...

—¡Sí! —gritó Benedict, resistiendo apenas el deseo de atacar en ese mismo instante—. ¿Vas a volver a ponerte en guardia?

Colin lo miró con una sonrisa sesgada, y Benedict comprendió que le había preguntado por su empuñadura solo para molestarlo.

—Como quieras —musitó Colin, readoptando la postura. Pasado un momento en que los dos estuvieron inmóviles, gritó:

—¡Al ataque!

Benedict avanzó, haciendo fintas y atacando, pero Colin siempre había tenido un excelente juego de pies, y retrocedía y respondía con expertas paradas sus ataques.

—Estás de un humor de mil diablos hoy —comentó Colin, atacando y casi tocando a Benedict en el hombro.

Benedict esquivó y levantó el florete para parar el ataque.

—Sí, bueno, es que tuve un mal —volvió a avanzar con el florete apuntando recto— día.

Colin hizo el quite limpiamente.

—Bonita estocada —comentó, tocándose la frente con su empuñadura en fingido saludo.

—¡Cállate y ataca! —ladró Benedict.

Colin se rio y avanzó moviendo el florete aquí y allá, manteniendo a Benedict en retirada.

—Tiene que ser una mujer —dijo.

Benedict paró el ataque y comenzó su avance.

—No es asunto tuyo.

—Es una mujer —dijo Colin, sonriendo satisfecho.

Benedict atacó y le tocó la clavícula con la punta de su florete.

—Punto —gruñó.

—*Touché* para ti —dijo Colin, asintiendo secamente.

Los dos volvieron al centro de la sala.

—¿Preparado?

Benedict asintió.

—*En garde!* ¡Al ataque!

Esta vez Colin fue el primero en atacar.

—Si necesitas consejo sobre mujeres... —dijo, llevando a Benedict hacia el rincón.

Benedict levantó el florete y paró el ataque con tanta fuerza que su hermano menor retrocedió tambaleante.

—Si necesitara consejo sobre mujeres, la última persona a la que acudiría serías tú.

—Me has herido —dijo Colin, recuperando el equilibrio.

—No —dijo Benedict, burlón—. Para eso está la punta de seguridad.

—Ciertamente tengo mejor historial con mujeres que tú.

—¿Ah, sí? —dijo Benedict, sarcástico. Apuntó la nariz hacia arriba y remedó, bastante bien, por cierto—: ¡No me voy a casar con Penelope Featherington!

Colin hizo una mueca.

—Tú no deberías darle consejo a nadie.

—No sabía que estaba ahí.

—Esa no es excusa. —Avanzó el florete y por poco no le tocó el hombro—. Estabas en un lugar público, y a plena luz del día. Aunque ella no hubiera estado ahí, cualquiera podría haberte oído y el maldito asunto habría acabado apareciendo en *Whistledown*.

Colin paró el golpe y se abalanzó con una estocada tan veloz que tocó a Benedict en medio del abdomen.

—Mi *touché* —gruñó.

Benedict asintió, reconociéndole el punto.

—Fui tonto —dijo Colin mientras volvían al centro de la sala—. Tú, en cambio, eres estúpido.

—¿Qué demonios significa eso?

Colin exhaló un suspiro y se levantó la careta.

—¿Por qué no vas y nos haces el favor a todos de casarte con la muchacha?

Benedict se lo quedó mirando fijamente, y se le aflojó la mano en el puño del florete. ¿Había alguna posibilidad de que Colin no supiera de quién estaban hablando?

Se quitó la careta, miró los ojos verdes de su hermano y casi emitió un gemido. Colin lo sabía. No sabía cómo, pero estaba claro que lo sabía. Aunque eso no debería sorprenderlo. Colin siempre lo sabía todo. De hecho, la única persona que siempre parecía saber más cotilleos que Colin era Eloise, y esta nunca tardaba más de unas pocas horas en impartir sus dudosos conocimientos a Colin.

—¿Cómo lo supiste? —preguntó finalmente.

—¿Lo de Sophie? Es bastante evidente.

—Colin, es...

—¿Una criada? ¿Y a quién le importa? ¿Qué te va a pasar si te casas con ella? —preguntó Colin, encogiéndose de hombros como diciendo «a quién diablos le importa»—. ¿Personas que no podrían importarte menos te van a excluir de su sociedad? ¡Demonios!, no me importaría que a mí me excluyeran algunas personas con las que estoy obligado a tratar.

—Ya he decidido que no me importa nada de eso —dijo Benedict, con un desdeñoso encogimiento de hombros.

—¿Entonces cuál es el problema?

—Es complicado.

—Nunca nada es tan complicado como uno cree.

Benedict rumió eso un momento, apoyando la punta del florete en el suelo y haciendo doblarse la flexible hoja hacia delante y atrás.

—¿Te acuerdas del baile de máscaras de madre?

—¿Hace unos años? ¿Justo antes de dejar la casa Bridgerton?

—Ese —asintió Benedict—. ¿Recuerdas que conociste a una mujer de vestido plateado? Nos encontraste en el corredor.

—Claro. Tú estabas bastante interesado... —de pronto agrandó los ojos—. ¿No era Sophie?

—Extraordinario, ¿verdad? —musitó Benedict, la inflexión de su voz gritando que eso quedaba corto.

—Pero... ¿Cómo...?

—No sé cómo llegó allí, pero no es una criada.

—¿No?

—Bueno, lo es —aclaró Benedict—. Pero también es la hija bastarda del conde de Penwood.

—¿No el actual, sup...?

—No, el que murió hace varios años.

—¿Y tú sabías todo eso?

—No —dijo Benedict, haciendo vibrar la palabra en la lengua—. No.

¡Ah! —Colin se cogió el labio inferior entre los dientes, asimilando el sentido de la lacónica respuesta de su hermano—. Comprendo. ¿Qué vas a hacer?

El florete de Benedict, que había estado doblando hacia delante y atrás, apoyado en el suelo, de pronto se enderezó y se le escapó de la mano. Él lo observó impasible deslizarse por el suelo, y mientras iba a recogerlo contestó, sin alzar la vista:

—Esa es una muy buena pregunta.

Seguía furioso con Sophie por su engaño, pero él tampoco estaba libre de culpa. No debería haberle pedido que fuera su querida. Tenía el derecho a pedírselo, sí, pero ella también tenía el derecho a negarse. Y una vez que ella se negó, él debería haberla dejado en paz.

Él no había crecido siendo un bastardo, y si la experiencia de ella había sido tan terrible que no quería arriesgarse a tener hijos bastardos, bueno, él debería haber respetado eso.

Si la respetaba a ella, tenía que respetar sus creencias.

No debería haber sido tan frívolo con ella, insistiendo en que todo era posible, que ella era libre para hacer lo que fuera que deseara su corazón. Su madre tenía razón: sí que vivía una vida encantada. Tenía riqueza, familia, felicidad, y nada estaba fuera de su alcance. Lo único terrible que había ocurrido en su vida era la prematura muerte de su padre, e incluso entonces, había tenido a su familia a su lado para soportarla. Le era difícil imaginarse ciertos sufrimientos porque nunca los había experimentado.

Y a diferencia de Sophie, nunca había estado solo.

¿Y ahora qué? Ya había decidido que estaba preparado para hacer frente al ostracismo social y casarse con ella. La hija bastarda no reconocida de un conde era ligeramente más aceptable que una criada, pero solo ligeramente. La sociedad londinense podría aceptarla si él los obligaba, pero no harían mayor esfuerzo por ser amables. Probablemente tendrían que vivir discretamente en el campo, evitando la sociedad de Londres, que casi con toda seguridad les volvería la espalda.

Pero su corazón tardó menos de un segundo en saber que una vida discreta con Sophie era infinitamente preferible a una vida pública sin ella.

¿Importaba que ella fuera la mujer del baile de máscaras? Le había mentido respecto a su identidad, pero él conocía su alma. Cuando se besaban, cuando reían juntos, cuando simplemente estaban sentados conversando, ella jamás fingía, ni por un instante.

La mujer capaz de hacerle cantar el corazón con una simple sonrisa, la mujer que lo llenaba de satisfacción simplemente estando sentada a su lado mientras él dibujaba, esa era la verdadera Sophie.

Y él la amaba.

—Tienes el aspecto de haber llegado a una decisión —comentó Colin en voz baja.

Benedict lo contempló pensativo. ¿Cuándo se había vuelto tan perspicaz su hermano? Pensándolo bien, ¿cuándo había crecido? Él siempre había considerado a Colin un jovencito pícaro, encantador y gallardo, pero no uno que hubiera tenido que asumir ningún tipo de responsabilidad jamás.

Pero al observarlo en ese momento, vio a otra persona. Tenía los hombros algo más anchos, la postura un poco más firme y seria. Y sus ojos parecían más sabios. Ese era el mayor cambio. Si de verdad los ojos eran los espejos del alma, el alma de Colin había crecido en algún momento en que él no estaba prestando atención.

—Le debo unas cuantas disculpas —dijo.

—Seguro que te perdonará.

—Ella me debe varias también. Más que varias.

Benedict advirtió que su hermano deseaba preguntar «¿De qué?», pero tuvo que reconocerle el mérito cuando lo único que le preguntó fue:

—¿Estás dispuesto a perdonarla?

Benedict asintió.

Colin se acercó y le quitó el florete de la mano.

—Yo te guardaré esto.

Benedict contempló la mano de su hermano con su florete un rato estúpidamente largo, hasta que levantó bruscamente la cabeza.

—¡Tengo que irme! —exclamó.

—Eso supuse —repuso Colin, medio reprimiendo una sonrisa.

Benedict lo miró y de pronto, sin otro motivo que un avasallador deseo, le dio un rápido abrazo.

—No digo esto a menudo —dijo, con una voz que a sus oídos sonó bronca—, pero te quiero.

—Yo también te quiero, hermano mayor —contestó Colin, ensanchando la sonrisa, siempre un poco sesgada—. Ahora, ¡fuera de aquí!

Benedict le pasó su careta y salió de la sala con largas zancadas.

—¿Qué quieres decir con que «se marchó»?

—Pues eso —dijo lady Bridgerton, con los ojos tristes y compasivos—. Que se marchó.

Benedict sintió una insoportable presión en las sienes; era un milagro que no le estallara la cabeza.

—¿Y tú la dejaste?

—No habría sido legal que la obligara a quedarse.

Benedict casi emitió un gemido. Tampoco había sido legal obligarla a venir a Londres, pero él la obligó de todos modos.

—¿Adónde fue?

Su madre pareció desmoronarse en su asiento.

—No lo sé. Le insistí en que usara uno de nuestros coches, en parte porque temía por su seguridad, pero también porque deseaba saber adónde iba.

—¿Qué fue lo que ocurrió, pues? —dijo él golpeando el escritorio con las palmas.

—Como te estaba explicando, insistí en que usara uno de nuestros coches, pero era evidente que ella no quería, y desapareció antes de que el coche diera la vuelta hasta la puerta.

Benedict soltó una maldición en voz baja. Era probable que Sophie todavía estuviera en Londres, pero la ciudad era enorme y muy populosa. Era prácticamente imposible localizar a una persona que no quería que la encontraran.

—Supuse que habíais tenido una riña —dijo Violet delicadamente.

Benedict se pasó la mano por el pelo y entonces se fijó en su manga blanca. Había ido allí con su indumentaria de esgrima.

—¡Pardiez! —masculló. Vio el gesto que hacía su madre, enseñando los blancos de los ojos—. Nada de sermones sobre blasfemias ahora, madre, por favor.

—Ni lo soñaría —repuso ella, los labios curvados en una sonrisa.

—¿Dónde la voy a encontrar?

Desapareció la expresión risueña de los ojos de Violet.

—No lo sé, Benedict. Ojalá lo supiera. Me gustaba mucho Sophie.

—Es la hija de Penwood.

—Sospechaba algo así —dijo Violet, ceñuda—. ¿Ilegítima, supongo?

Benedict asintió.

Su madre abrió la boca para decir algo, pero él no llegó a saber qué iba a decir, porque en ese momento se abrió bruscamente la puerta del despacho, con tanto ímpetu que se golpeó contra la pared con un fuerte estruendo. Francesca, que sin duda había venido corriendo por toda la casa, no alcanzó a frenar y fue a estrellarse con el escritorio, y Hyacinth, que venía corriendo detrás, chocó con ella.

—¿Qué pasa? —preguntó Violet, levantándose.

—Sophie —resolló Francesca.

—Lo sé —dijo Violet—. Se marchó. Estábamos...

—¡No! —interrumpió Hyacinth, poniendo una hoja sobre el escritorio—. ¡Mirad!

Benedict alargó la mano para coger el papel, que al instante reconoció como un número de *Whistledown*, pero su madre se le adelantó y comenzó a leer.

—¿Qué pasa? —preguntó, con un nudo en el estómago, al ver que su madre palidecía.

Ella le pasó la hoja. Él pasó rápidamente la vista por los cotilleos sobre el duque de Ashbourne, el conde de Macclesfield y Penelope Featherington, hasta llegar a la parte que tenía que ser sobre Sophie.

—¿Prisión? —dijo, su voz apenas un susurro.

—Tenemos que sacarla de ahí —dijo su madre, cuadrando los hombros como un general aprestándose para la batalla.

Pero Benedict ya había salido por la puerta.

—¡Espera! —gritó Violet, corriendo tras él—. Yo también voy.

Benedict se detuvo justo antes de llegar a la escalera.

—Tú no vienes —le ordenó—. No permitiré que te expongas a...

—Vamos, no digas tonterías. No soy ninguna débil florecilla. Y puedo dar fe de la honradez e integridad de Sophie.

—Yo también voy —dijo Hyacinth, deteniéndose con un patinazo junto a Francesca, que los había seguido.

—¡No! —respondieron madre y hermano, al unísono.

—Pero...

—¡He dicho no! —interrumpió Violet en tono firme.

Francesca emitió un resentido bufido.

—Supongo que no sacaría nada si insistiera en...

—Ni se te ocurra acabar esa frase —bramó Benedict.

—Como si fueras a dejarme —masculló ella.

—Si quieres ir —dijo Benedict a su madre, sin hacer caso de Francesca—, tenemos que irnos inmediatamente.

—Ordenaré que saquen el coche y te estaré esperando en la puerta.

Diez minutos después, ya estaban en marcha.

22

¡Qué agitación y prisas en Bruton Street! El viernes por la mañana vieron salir corriendo de su casa a la vizcondesa Bridgerton viuda acompañada por su hijo Benedict. El señor Bridgerton prácticamente arrojó a su madre dentro de un coche, y al instante partieron como alma que lleva el diablo. Francesca y Hyacinth se quedaron en la puerta, y esta autora ha sabido de muy buena tinta que se oyó exclamar a Francesca una palabra muy impropia de una dama.

Pero la casa Bridgerton no es la única en que se ha visto semejante agitación. También ha habido muchísima actividad en la casa de las Penwood, que culminó en una pelea en público, en la escalinata de entrada de la casa, entre la condesa y su hija, la señorita Posy Reiling.

Puesto que esta autora nunca le ha tenido simpatía a lady Penwood, solo puede exclamar: «¡Hurra por Posy!».

REVISTA DE SOCIEDAD DE LADY WHISTLEDOWN
16 de junio de 1817

Hacía frío, un frío tremendo. Y se oía un desagradable ruido de furtivos correteos por los rincones, correteos que no dejaban ninguna duda de que eran de animalillos de cuatro patas. O incluso peor, de animales de cuatro patas. O, para ser más exactos, de versiones grandes de animalillos de cuatro patas.

Ratas.

—¡Ay, Dios! —gimió Sophie.

No tenía por costumbre pronunciar el nombre del Señor en vano, pero ese le pareció tan buen momento como cualquiera para empezar. Tal vez Él la oiría, y tal vez Él castigaría a las ratas. Sí, eso iría muy bien: un buen golpe con un rayo. Un rayo grande, de proporciones bíblicas. El rayo golpearía la tierra, se extendería como tentáculos eléctricos alrededor del globo y achicharraría a todas las ratas.

Era un sueño bonito para tener ahí, junto con aquel en que se encontraba viviendo feliz para siempre como la señora de Benedict Bridgerton.

Hizo una rápida inspiración al sentir atravesado el corazón por una repentina punzada de dolor. De los dos sueños, temía que el que tenía más probabilidades de hacerse realidad era el del raticidio.

Estaba sola. Absoluta y verdaderamente sola. No entendía por qué eso le dolía tanto, porque, la verdad, siempre había estado sola. Desde que su abuela la depositara en la escalinata de la entrada principal de Penwood Park, no había tenido jamás a nadie que la defendiera, a ninguna persona que pusiera los intereses de ella por encima, o siquiera al mismo nivel de los propios.

Le gruñó el estómago, recordándole que podía añadir hambre a su creciente lista de desgracias.

Y sed. No le habían llevado ni siquiera un sorbo de agua para beber. Empezaba a tener fantasías muy raras con el té.

Hizo una larga y lenta espiración, procurando no olvidar que debía inspirar por la boca después. La hediondez era espantosa, abrumadora. Le habían dado un tosco orinal para que aliviara sus necesidades corporales, pero hasta el momento había tratado de usarlo con la menor frecuencia posible. Habían vaciado el orinal antes de arrojarlo dentro de su celda, pero no lo habían limpiado, y cuando lo cogió notó que estaba mojado, lo cual la impulsó a soltarlo inmediatamente, con todo el cuerpo estremecido de repugnancia.

Claro que había vaciado muchos orinales en su vida, pero las personas para las que trabajaba, por lo general, se las arreglaban para acertar dentro, por así decirlo. Por no decir que siempre había podido lavarse las manos después.

Y allí, además del frío y el hambre, no podía ni sentirse limpia en su piel.

Era una sensación horrible.

—Tienes una visita.

Sophie se puso de pie de un salto al oír la voz bronca y hostil del alcaide. ¿Podría ser que Benedict hubiera descubierto dónde estaba? ¿Podría ser que hubiera deseado acudir en su ayuda? ¿Habría...?

—Bueno, bueno, bueno.

Era Araminta. Se le cayó el corazón al suelo.

—Sophie Beckett —cacareó Araminta, acercándose a la celda y cubriéndose la nariz con un pañuelo como si Sophie fuera la causa del hedor—. Nunca me habría imaginado que fueras a tener la audacia de enseñar tu cara en Londres.

Sophie cerró firmemente la boca para obligarse a no hablar. Araminta quería enfurecerla con burlas, y de ninguna manera le daría esa satisfacción.

—Las cosas no van bien para ti, me temo —continuó Araminta, sacudiendo la cabeza en fingida compasión. Se acercó otro poco y susurró—: El magistrado no siente mucha simpatía por los ladrones.

Sophie se cruzó de brazos y se puso a mirar fijamente la pared. Si miraba a Araminta, aunque solo fuera fugazmente, no sería capaz de resistirse a abalanzarse sobre ella y seguro que los barrotes de la celda le lastimarían gravemente la cara.

—Ya le pareció mal el robo de las pinzas de los zapatos —continuó Araminta, dándose golpecitos en el mentón con el índice—, pero se puso muy furioso cuando le informé del robo de mi anillo de bodas.

—¡Yo no...!

Alcanzó a reprimir el resto de la exclamación; justamente eso era lo que deseaba Araminta: sacarla de quicio.

—¿Ah, no? —replicó Araminta, sonriendo maliciosamente y agitando los dedos—. Parece que no lo llevo, y es tu palabra contra la mía.

Sophie abrió la boca, pero de ella no salió ningún sonido. Araminta tenía razón; ningún juez aceptaría su palabra contra la de la condesa de Penwood.

Araminta sonrió con una expresión vagamente felina.

—El hombre de la puerta, creí oírle decir que era el alcaide, dijo que no es probable que te cuelguen, así que no tienes por qué preocuparte en ese punto. La deportación es una consecuencia mucho más probable.

Sophie casi se echó a reír. Solo el día anterior había estado haciendo planes para emigrar a Estados Unidos. Y al parecer sí dejaría Inglaterra, aunque su destino sería Australia. E iría encadenada.

—Suplicaré que tengan clemencia —dijo Araminta—. No quiero que te maten, solo quiero que... te marches.

—Todo un modelo de caridad cristiana —masculló Sophie—. Seguro que el juez se conmoverá.

Araminta se pasó distraídamente los dedos por la sien echándose atrás un mechón.

—¿Pero no será conmovedor? —dijo, mirándola y sonriendo, con una expresión dura, lúgubre.

Repentinamente Sophie sintió la urgente necesidad de saber...

—¿Por qué me odia? —preguntó en un susurro.

Araminta estuvo un momento mirándola fijamente y después contestó:

—Porque él te amaba.

Sophie no pudo decir nada, muda por la sorpresa.

Los ojos de Araminta brillaron con una dureza que los hacían parecer quebradizos.

—Jamás le perdonaré eso.

Sophie negó con la cabeza, incrédula.

—Nunca me amó.

—Te vestía, te alimentaba —dijo Araminta, entre dientes, con los labios fruncidos—. Me obligó a vivir contigo.

—Eso no era amor. Eso era sentimiento de culpabilidad. Si me hubiera amado no me habría dejado con usted. No era estúpido, tenía que saber lo mucho que usted me odiaba. Si me hubiera amado no me habría olvidado en su testamento. Si me hubiera amado... —no pudo continuar, atragantada con sus palabras.

Araminta se cruzó de brazos.

—Si me hubiera amado —continuó Sophie—, se habría tomado el tiempo para hablar conmigo. Podría haberme preguntado cómo me había ido el día, o qué estaba estudiando, o si me gustaba mi desayuno. —Tragó saliva para evitar un sollozo, y se volvió de espaldas. Le resultaba muy difícil mirar a Araminta en ese momento—. Nunca me amó —dijo en voz baja—. No sabía amar.

Durante un largo rato ninguna de las dos dijo nada.

—Quería castigarme —dijo Araminta finalmente.

Sophie se giró lentamente.

—Por no darle un heredero —continuó Araminta, y las manos comenzaron a temblarle—. Me odiaba por eso.

Sophie no supo qué decir. No sabía si había algo que decir. Pasado otro largo rato, Araminta volvió a hablar:

—Al principio te odiaba porque eras un insulto para mí. Ninguna mujer debería tener que albergar a la bastarda de su marido.

Sophie guardó silencio.

—Pero después... Pero después...

Ante la enorme sorpresa de Sophie, Araminta se apoyó en la pared como desmoronada, como si los recuerdos la hubieran despojado de toda su fuerza.

—Pero después eso cambió —dijo Araminta al fin—. ¿Cómo él pudo tenerte a ti con una puta y yo no pude darle un hijo?

Sophie no le vio mucha utilidad a defender a su madre.

—No solo te odiaba —continuó Araminta en un susurro—. Odiaba verte.

Eso no sorprendió a Sophie.

—Odiaba oír tu voz; odiaba ver que tus ojos eran iguales a los de él; odiaba saber que estabas en mi casa.

—Era mi casa también —dijo Sophie tranquilamente.

—Sí. Lo sé. También odiaba eso.

De pronto Sophie levantó la cara y la miró a los ojos.

—¿A qué ha venido? ¿No le basta lo que ha hecho? Ya ha conseguido que me deporten a Australia.

Araminta se encogió de hombros.

—No sé, parece que no puedo mantenerme alejada. Hay algo tan agradable en verte en prisión... Tendré que estar tres horas en la bañera para quitarme la fetidez, pero vale la pena.

—Entonces ha de disculparme si voy a sentarme al rincón y hago como que leo un libro —espetó Sophie—. No hay nada agradable en verla a usted.

Fue hasta la destartalada banqueta de tres patas, que era el único mueble de su celda, y se sentó, procurando disimular lo desgraciada que se sentía. Araminta la había derrotado, cierto, pero no destrozado el alma, y de ninguna manera permitiría que creyera eso.

Se cruzó de brazos, sentada de espaldas a la puerta de la celda, con el oído atento a cualquier sonido que indicara que Araminta se marchaba.

Pero Araminta continuó allí.

Finalmente, pasados unos diez minutos de esa tontería, Sophie se levantó de un salto y gritó:

—¡¿Se va a marchar?!

Araminta ladeó ligeramente la cabeza.

—Estoy pensando —dijo.

Sophie deseó preguntarle «¿en qué?», pero sintió un poco de miedo de oír la respuesta.

—Me gustaría saber cómo es la vida en Australia —musitó Araminta—. Nunca he estado allí, naturalmente; ninguna persona civilizada que yo conozca consideraría la posibilidad de ir allí. Pero he oído decir que el clima es tremendamente caluroso. Y tú con esa piel tan blanca... Ese precioso cutis tuyo no va a sobrevivir a ese ardiente sol. De hecho...

Pero una repentina conmoción en el corredor que hacía esquina con ese interrumpió lo que fuera que iba a decir (afortunadamente, porque Sophie ya temía verse impulsada a intentar asesinarla si oía una palabra más).

—¡¿Qué demonios pasa?! —exclamó Araminta, retrocediendo unos pasos y estirando el cuello para ver mejor hacia el otro corredor.

En ese instante Sophie oyó una voz muy conocida.

—¿Benedict? —musitó.

—¿Qué has dicho? —le preguntó Araminta.

Pero Sophie ya estaba con la cara pegada a los barrotes de su celda.

—¡He dicho «¡Déjenos pasar!»! —tronó la voz de Benedict.

Sophie olvidó que no deseaba particularmente que los Bridgerton la vieran en ese degradante lugar. Olvidó que no tenía ningún futuro con Benedict. Lo único que fue capaz de pensar fue que él estaba ahí, que había venido a por ella.

—¡Benedict! —gritó. Si hubiera podido pasar la cabeza por entre los barrotes lo habría hecho.

Entonces resonó en el aire un fuerte golpe, claramente el de un puño contra un hueso, seguido por un ruido más apagado, lo más probable el de un cuerpo al encontrarse con el suelo.

Se oyeron pasos apresurados y entonces...

—¡Benedict!

—¡Sophie! ¡Dios mío!, ¿cómo estás?

Benedict pasó las manos por entre los barrotes y las ahuecó en sus mejillas. Sus labios encontraron los de ella. El beso no fue uno de pasión, sino de terror y alivio.

—¿Señor Bridgerton? —graznó Araminta.

Con un esfuerzo, Sophie logró apartar los ojos de Benedict para mirar la horrorizada cara de Araminta. En la agitación y emoción del momento había olvidado que Araminta aún no sabía nada sobre sus lazos con la familia Bridgerton.

Ese era uno de los momentos más perfectos de su vida. Tal vez eso significaba que era una persona frívola, pensó. Tal vez significaba que no tenía en el orden adecuado sus prioridades. Pero simplemente le encantó que Araminta, para quien la posición social y el poder lo eran todo, fuera testigo de ese beso dado por uno de los solteros más codiciados de Londres.

Claro que también estaba muy feliz de ver a Benedict.

Benedict se apartó de mala gana, sus manos acariciándole suavemente la cara mientras retrocedía unos pasos. Después se cruzó de brazos y dirigió a Araminta una mirada de furia capaz de chamuscar la tierra.

—¿De qué la acusa? —le preguntó.

Los sentimientos de Sophie hacia Araminta bien podían calificarse de «aversión extrema», pero jamás habría calificado a la mujer de estúpida. Pero en ese momento pensó que tal vez tendría que reevaluar ese juicio, porque Araminta, en lugar de echarse a temblar y acobardarse ante esa furia, plantó las manos en sus caderas y chilló:

—¡Robo!

En ese momento apareció lady Bridgerton en la esquina del corredor.

—No creo que Sophie haya hecho algo así —dijo, corriendo a ponerse al lado de su hijo. Miró a Araminta un momento, con los ojos entornados—. Y usted nunca me ha caído bien, lady Penwood —añadió, en tono bastante desdeñoso.

Araminta retrocedió un paso y se puso una mano en el pecho, ofendida.

—No se trata de mí —resopló. Dirigió una mirada fulminante a Sophie—. Se trata de esa muchacha, que tuvo la audacia de robarme mi anillo de bodas.

—No le he robado su anillo de bodas, y lo sabe —protestó Sophie—. Lo último que querría de usted...

—¡Robaste las pinzas de mis zapatos!

Sophie apretó los labios en una línea belicosa.

—¡Ja! ¿Lo ven? —exclamó Araminta, mirando alrededor como para contar cuántas personas lo habían visto—. Clara admisión de culpa.

—Es su hijastra —rechinó Benedict—. Jamás tendría que haber estado en una posición en que se le ocurriera que tenía que...

—¡No se atreva a llamarla jamás «hijastra» mía! —chilló Araminta con la cara contorsionada y roja—. No significa nada para mí. ¡Nada!

—Con su perdón —terció lady Bridgerton en un tono extraordinariamente amable—, pero si de verdad no significara nada para usted, no estaría en esta asquerosa prisión intentando hacerla colgar por robo.

Araminta se salvó de tener que contestar por la llegada del magistrado, seguido por un malhumorado alcaide que, daba la casualidad, también llevaba un ojo sorprendentemente morado.

Puesto que el alcaide le había dado una palmada en el trasero cuando la arrojó de un empujón en la celda, Sophie no pudo resistir una sonrisa.

—¿Qué pasa aquí? —preguntó el magistrado.

—Esa mujer —dijo Benedict, imposibilitando con su voz fuerte y grave cualquier otro intento de contestar— ha acusado de robo a mi novia.

¿Novia? Sophie consiguió mantener la boca bien cerrada, pero de todos modos tuvo que cogerse firmemente de los barrotes de la celda porque las piernas se le habían convertido en agua.

—¿Novia? —exclamó Araminta.

El magistrado se irguió en toda su estatura.

—¿Y puede saberse quién es usted, señor? —preguntó, muy consciente de que Benedict era alguien importante, aunque no sabía exactamente quién.

Benedict se cruzó de brazos y dijo su nombre.

El magistrado palideció.

—¿Algún parentesco con el vizconde?

—Es mi hermano.

—Y ella... —tragó saliva y apuntó a Sophie— ¿es su novia?

Sophie esperó que algún signo sobrenatural agitara el aire, marcando a Benedict como mentiroso, pero ante su sorpresa, no ocurrió nada. Vio incluso que lady Bridgerton asentía.

—No puede casarse con ella —dijo Araminta.

Benedict giró la cabeza hacia su madre.

—¿Hay algún motivo que indique la necesidad de que yo consulte a lady Penwood sobre esto?

—Ninguno que se me ocurra —repuso lady Bridgerton.

—No es otra cosa que una puta —siseó Araminta—. Su madre era una puta y eso se here... ¡Ay!

Benedict la había cogido por el cuello antes de que alguien se diera cuenta de que se había movido.

—No me obligue a golpearla —gruñó.

El magistrado le tocó el hombro.

—Debería soltarla, de verdad.

—¿Podría amordazarla?

El magistrado pareció dudoso, pero al final negó con la cabeza.

Benedict soltó a Araminta con visible renuencia.

—Si se casa con ella —dijo Araminta, masajeándose el cuello—, me encargaré de que todo el mundo se entere de quién es: la hija bastarda de una puta.

—Me parece que no necesitamos ese tipo de lenguaje —dijo severamente el magistrado a Araminta.

—Le aseguro que no tengo la costumbre de hablar de esa manera —repuso ella, sorbiendo desdeñosamente por la nariz—, pero la ocasión justifica un lenguaje fuerte.

Sophie se mordió un nudillo al ver a Benedict flexionando y estirando los dedos de un modo de lo más amenazador. Estaba claro que él pensaba que la ocasión justificaba puños fuertes.

El magistrado se aclaró la garganta y miró a Araminta.

—La ha acusado de un delito muy grave. —Tragó saliva—. Y se va a casar con un Bridgerton.

—Yo soy la condesa de Penwood —chilló Araminta—. ¡Condesa!

El magistrado miró de uno en uno a los ocupantes del corredor. En calidad de condesa, Araminta tenía el rango superior, pero al mismo tiempo era solo una Penwood contra dos Bridgerton, uno de los cuales era muy corpulento, estaba muy furioso y ya había metido su puño en el ojo del alcaide.

—¡Me robó! —gritó Araminta.

—¡No, usted le robó a ella! —rugió Benedict.

Sus palabras produjeron un silencio instantáneo.

—¡Le robó su infancia! —exclamó Benedict, estremecido de ira.

Había grandes lagunas en su conocimiento de la vida de Sophie, pero sabía que esa mujer había causado gran parte del sufrimiento que él siempre veía reflejado en el fondo de sus ojos verdes. Y estaría dispuesto a apostar que su querido y difunto padre era el causante del resto. Miró al magistrado y explicó:

—Mi novia es la hija ilegítima del difunto conde de Penwood. Y a eso se debe que la condesa viuda la haya acusado falsamente de robo. Su motivo es venganza y odio, pura y simplemente.

El magistrado pasó la mirada de Benedict a Araminta. Al cabo de un instante, dijo a Sophie:

—¿Es cierto eso? ¿La han acusado falsamente?

—¡Robó las pinzas de los zapatos! —chilló Araminta—. Juro por la tumba de mi marido que robó las pinzas.

—¡Vamos, madre, por el amor de Dios, yo cogí esas pinzas!

Sophie abrió la boca, pasmada.

—¿Posy?

Benedict miró a la recién llegada, una jovencita baja, ligeramente regordeta, que claramente era la hija de la condesa. Después miró a Sophie, que se había puesto blanca como una sábana.

—¡Vete! —siseó Araminta—. No tienes nada que hacer en esta discusión.

—Pues sí que tiene —dijo el magistrado a Araminta—, si ella cogió las pinzas de los zapatos. ¿Desea presentar cargos contra ella?

—¡Es mi hija!

—¡Pónganme en la celda con Sophie! —exclamó Posy, poniéndose una mano en el pecho con gran dramatismo—. Si la deportan por robo, a mí también deben deportarme.

Por primera vez en varias semanas, Benedict se sorprendió sonriendo.

El alcaide sacó sus llaves y dio un codazo al magistrado.

—¿Señor? —dijo, titubeante.

—Guarde esas llaves —espetó el magistrado—. No vamos a encarcelar a la hija de la condesa.

—No las guarde todavía —terció lady Bridgerton—. Quiero libre inmediatamente a mi futura nuera.

El alcaide miró al magistrado, indeciso.

—Ah, pues, muy bien, déjela libre —dijo el magistrado apuntando en dirección a Sophie—. Pero nadie va a ir a ninguna parte mientras yo no haya aclarado esto.

Araminta se ofendió y refunfuñó, pero el alcaide abrió la puerta de la celda. Sophie salió y al instante avanzó para echarse en brazos de Benedict, pero el magistrado la interceptó estirando un brazo.

—No tan rápido. No tendremos ninguna reunión de tortolitos mientras yo no descubra a quién se ha de arrestar.

—No se va a arrestar a nadie —gruñó Benedict.

—¡Irá a Australia! —chilló Araminta apuntando a Sophie.

—¡Métanme en la celda! —suspiró Posy, poniéndose el dorso de la mano en la frente—. ¡Fui yo!

—Posy, ¿quieres callarte? —le susurró Sophie—. Créeme, no te conviene estar en esa celda. Es horrorosa. Y hay ratas.

Posy retrocedió, alejándose de la celda.

—Nunca recibirá otra invitación en esta ciudad —dijo lady Bridgerton a Araminta.

—¡Soy condesa! —siseó Araminta.

—Y yo soy más popular —replicó lady Bridgerton.

Tan extrañas eran esas despectivas palabras en su boca que tanto Benedict como Sophie la miraron boquiabiertos.

—¡Basta! —exclamó el magistrado. Miró a Posy y, señalando a Araminta, le preguntó—: ¿Es su madre?

Posy asintió.

—¿Y confiesa haber sido usted la que robó las pinzas de los zapatos?

Posy volvió a asentir.

—Y nadie le ha robado su anillo de bodas. Está en su joyero, en casa.

Nadie hizo ninguna exclamación de sorpresa, porque a nadie sorprendió eso. Pero Araminta protestó de todos modos:

—¡No está!

—En tu otro joyero —aclaró Posy—. En el que guardas en el tercer cajón de la izquierda.

Araminta palideció.

—Parece que no tiene nada de qué acusar a la señorita Beckett, lady Penwood —dijo el magistrado.

Araminta se estremeció de rabia y, estirando un brazo tembloroso, apuntó con un dedo a Sophie:

—Me robó —dijo con voz ahogada y volvió sus ojos furiosos hacia Posy—. Mi hija miente. No sé por qué, y no sé qué espera ganar con eso, pero miente.

Sophie sintió un desagradable revoloteo en el estómago. Posy iba a tener problemas terribles cuando volviera a su casa. Era imposible saber qué haría Araminta para vengar esa humillación en público. No podía permitir que Posy se echara la culpa por ella. Tenía que...

—Posy, no...

Las palabras le salieron de la boca antes de tener tiempo para pensarlo, pero no pudo acabar la frase porque Posy le enterró el codo en el abdomen.

—¿Iba a decir algo? —le preguntó el magistrado.

Sophie negó con la cabeza, sin poder hablar, sin aliento: Posy le había enviado el aliento a Escocia.

El magistrado exhaló un cansino suspiro y se pasó la mano por sus ralos cabellos rubios. Miró a Posy, después a Sophie, después a Araminta y después a Benedict. Lady Bridgerton se aclaró la garganta, obligándolo a mirarla a ella también.

—Es evidente que esto es muchísimo más que una pinza de zapato robada —dijo el magistrado, con una expresión que decía a las claras que preferiría estar en cualquier otra parte.

—Pinzas —corrigió Araminta sorbiendo por la nariz—. Eran dos.

—Sean una o dos, está claro que hay odio entre ustedes, y antes de condenar a nadie quiero saber por qué.

Durante un instante nadie habló, y de pronto hablaron todos a la vez.

—¡Silencio! —rugió el magistrado—. Usted —señaló a Sophie—. Comience.

Al tener a todos los presentes pendientes de sus palabras, Sophie se sintió tremendamente tímida.

—Ehhh...

El magistrado se aclaró la garganta, muy audiblemente.

—Lo que dijo él es correcto —se apresuró a decir Sophie, señalando a Benedict—. Soy hija del conde de Penwood, aunque él nunca me reconoció como a tal.

Araminta abrió la boca para decir algo, pero el magistrado le dirigió una mirada tan fulminante que volvió a cerrarla.

—Viví en Penwood siete años antes de que ella se casara con el conde —continuó Sophie haciendo un gesto hacia Araminta—. El conde decía que era mi tutor, pero todos sabían la verdad. —Calló un momento, al recordar la cara de su padre, pensando que no debía sorprenderla el no poder imaginárselo con una sonrisa en la cara—. Me parezco mucho a él.

—Conocí a tu padre —dijo lady Bridgerton dulcemente—. Y a tu tía. Eso explica por qué desde el principio he tenido la impresión de que ya te conocía.

Sophie la miró y le sonrió, agradecida. En el tono de lady Bridgerton había un no sé qué muy tranquilizador, que le produjo un agradable calorcillo interior y la hizo sentirse un poco más segura.

—Continúe, por favor —dijo el magistrado.

Ella asintió y continuó:

—Cuando el conde se casó con la condesa, ella no quería que yo siguiera viviendo allí, pero él insistió. Yo lo veía muy rara vez, y no creo que pensara mucho en mí, pero me consideraba su responsabilidad y no quería que me echaran. Pero cuando murió... —Tragó saliva, para pasar el bulto que se le había formado en la garganta. Jamás había contado su historia a nadie; las palabras que salían de su boca se le antojaban raras, desconocidas—. Cuando murió, su testamento especificaba que la parte de lady Penwood se triplicaría si me mantenía en su casa hasta que yo cumpliera los veinte años. Y eso hizo ella. Pero mi posición cambió drásticamente. Me convertí en sirvienta. Bueno, no en sirvienta exactamente. —Sonrió irónica—. A una sirvienta se le paga. Así que, en realidad, podría decir que me convertí en una especie de esclava.

Miró a Araminta. Esta estaba de brazos cruzados con la nariz apuntando hacia arriba y con los labios ligeramente fruncidos. De pronto cayó en la cuenta de las muchas veces que había visto esa misma expresión en la cara de Araminta; más veces de las que se atrevía a contar, tantas como para destrozarle el alma.

Sin embargo, allí estaba, sucia y sin un céntimo, pero con su mente y temple todavía fuertes.

—¿Sophie? —dijo Benedict, mirándola con expresión preocupada—. ¿Te ocurre algo?

Ella negó lentamente con la cabeza, porque acababa de comprender que de verdad todo estaba bien. El hombre al que amaba acababa de pedirle (de un modo algo indirecto) que se casara con él, Araminta iba a recibir por fin el apaleo que se merecía, y a manos de los Bridgerton, nada menos, que la dejarían hecha jirones cuando acabaran, y Posy..., bueno, tal vez eso era lo más hermoso de todo. Posy, que siempre había deseado ser una hermana para ella, que jamás había tenido el valor de ser ella misma, se había enfrentado a su madre, y muy posiblemente la había salvado. Estaba segura al cien por cien de que, si Benedict no hubiera ido allí y declarado que ella era su novia, el testimonio de Posy habría sido lo único que la habría salvado de la deportación, o incluso de la ejecución. Y ella sabía mejor que nadie que Posy pagaría muy caro su valor. Era posible que Araminta ya estuviera planeando la manera de hacerle la vida un infierno.

Sí, todo estaba bien, y de pronto se sorprendió irguiéndose más.

—Permítanme que acabe mi historia —dijo—. Después de que muriera el conde, lady Penwood me mantuvo en su casa en calidad de doncella de señora sin salario. Aunque la verdad es que yo hacía el trabajo de tres criadas.

—¡Lady Whistledown dijo eso mismo hace solo un mes! —exclamó Posy, entusiasmada—. Le dije a madre que...

—¡Cierra la boca, Posy! —ladró Araminta.

—Cuando cumplí los veinte —continuó Sophie—, no me echó de casa. Hasta el día de hoy no sé por qué.

—Creo que ya hemos oído suficiente —dijo Araminta.

—¡Pues yo no creo que hayamos oído suficiente! —ladró Benedict.

Sophie miró al magistrado, en busca de orientación. Él asintió, y ella continuó:

—Solo puedo deducir que disfrutaba con tener a alguien a quien mandar. O tal vez le gustaba tener una criada a la que no tenía que pagarle. El conde no me dejó nada en su testamento.

—¡Eso no es cierto! —exclamó Posy.

Sophie la miró asombrada.

—Te dejó dinero —insistió Posy.

Sophie sintió que se le aflojaba la mandíbula.

—Eso no es posible. Yo no tenía nada. Mi padre se preocupó de dejar asegurado mi mantenimiento hasta los veinte años, pero después de eso...

—Para después de eso te dejó una dote —dijo Posy con bastante energía.

—¿Una dote?

—¡Eso no es cierto! —chilló Araminta

—«Es» cierto —rebatió Posy—. No deberías dejar pruebas incriminatorias por ahí, madre. El año pasado leí la copia del testamento del conde. —Dirigiéndose a los demás presentes, añadió—: Estaba en el mismo joyero donde guardó su anillo de bodas.

—¿Me robó la dote? —dijo Sophie a Araminta, con una voz que sonó apenas como un débil susurro.

Todos esos años había creído que su padre la dejó sin nada. Sabía que nunca la había amado, que la consideraba poco más que su responsabilidad, pero le dolió que le dejara dotes a Rosamund y a Posy, que ni siquiera eran hijas de él, y no a ella.

Jamás se le había ocurrido pensar que no le hubiera dejado nada adrede; había creído que, simplemente, la había olvidado. Lo cual le sentaba peor que un desaire intencionado.

—Me dejó una dote —musitó, como desconcertada. —Tengo una dote —dijo a Benedict.

—No me importa si tienes o no tienes una dote —repuso él—. Yo no la necesito.

—A mí sí me importa —dijo ella—. Yo creía que me había olvidado. Todos estos años he creído que, cuando hizo su testamento, simplemente se olvidó de mí. Sé que no podría haberle dejado dinero a su hija bastarda, pero él decía a todo el mundo que yo era su pupila. Y no había ningún motivo para que no asegurara el porvenir de su pupila. —Sin saber por qué, miró a lady Bridgerton—. Podría haber legado algo a su pupila. La gente hace eso todo el tiempo.

El magistrado se aclaró la garganta y miró a Araminta.

—¿Y qué le ocurrió a esa dote?

Araminta no contestó.

Lady Bridgerton se aclaró la garganta.

—Creo que no es muy legal malversar la dote de una joven. —Sonrió, con una sonrisa muy satisfecha—. ¿Eh, Araminta?

23

Me han dicho que lady Bridgerton se ha marchado de la ciudad. Lo mismo dicen de lady Penwood. Muy interesante.

REVISTA DE SOCIEDAD DE LADY WHISTLEDOWN,
18 de junio de 1817

Benedict decidió que nunca había querido más a su madre que en ese momento. Se esforzaba en no sonreír, pero eso le resultaba sumamente difícil viendo resollar sofocada a lady Penwood como un pez fuera del agua.

El magistrado miró a lady Bridgerton con los ojos desorbitados.

—¿No querrá insinuar que arreste a la condesa?

—No, claro que no —repuso Violet—. Quedaría en libertad. La aristocracia rara vez paga sus delitos. Pero —añadió, ladeando ligeramente la cabeza y echando una rápida e intencionada mirada a lady Penwood— si la arrestara, sería terriblemente vergonzoso lo que diría al defenderse de las acusaciones.

—¿Qué quiere decir? —le preguntó lady Penwood con los dientes apretados.

Violet se dirigió al magistrado:

—¿Podría hablar un momento a solas con lady Penwood?

—Ciertamente, milady —repuso él, haciéndole una brusca venia—. ¡Todos fuera! —ladró a los demás.

—No, no —dijo Violet con una dulce sonrisa a la vez que le ponía en la palma de la mano algo que tenía muchas trazas de ser un billete de libra—. Mi familia puede quedarse.

Sonrojándose levemente, el magistrado cogió del brazo al alcaide y se lo llevó por el otro corredor.

—Ya está —musitó Violet—. ¿Dónde estábamos?

Benedict sonrió de oreja a oreja, orgulloso, al ver a su madre acercarse a lady Penwood y mirarla fijamente hasta hacerla bajar los ojos. Miró hacia Sophie y vio que esta tenía la boca abierta.

—Mi hijo se va a casar con Sophie —dijo Violet—, y usted le va a decir a todo el mundo que quiera escuchar que ella era la pupila de su difunto marido.

—Jamás mentiré por ella —replicó lady Penwood.

—Muy bien —dijo Violet, encogiéndose de hombros—. Entonces puede esperar que mis abogados comiencen de inmediato a averiguar el paradero de la dote de Sophie. Después de todo, Benedict tendrá derecho a ella una vez que se casen.

—Si alguien me lo pregunta —dijo lady Penwood entre dientes—, confirmaré cualquier historia que ustedes echen a correr. Pero no espere que haga un esfuerzo por ayudarla.

Violet simuló estar rumiando eso un momento y luego dijo:

—Excelente, creo que eso irá muy bien. —Se giró hacia su hijo—. ¿Benedict?

Él asintió enérgicamente, y su madre volvió a girarse hacia lady Penwood.

—El padre de Sophie se llamaba Charles Beckett y era un primo lejano del conde, ¿verdad?

Lady Penwood dio la impresión de haberse tragado una almeja podrida, pero asintió.

Violet dio ostentosamente la espalda a la condesa y dijo:

—No me cabe duda de que los miembros de la alta sociedad la considerarán poco elegante, puesto que nadie sabrá nada de su familia, pero por lo menos será respetable. Después de todo —añadió, y se giró a obsequiar con una radiante sonrisa a Araminta—, existe esa conexión con los Penwood.

Araminta emitió un extraño sonido, muy parecido a gruñido. Benedict tuvo que hacer un enorme esfuerzo para no echarse a reír.

—¡Eh, magistrado! —gritó Violet, y cuando el hombre reapareció a toda prisa en el corredor, le sonrió bravamente y le dijo—: Creo que ya está concluido mi trabajo aquí.

Él exhaló un suspiro de alivio.

—¿Entonces no tengo que arrestar a nadie?

—Parece que no.

Él se apoyó en la pared, prácticamente desmoronado de alivio.

—Bueno, yo me marcho —anunció lady Penwood, como si alguien fuera a echarla de menos. Se volvió hacia su hija con ojos furiosos—. Vamos, Posy.

Benedict vio cómo el color abandonaba la cara de Posy, pero antes de que él pudiera intervenir, Sophie dio un salto hacia delante.

—¡Lady Bridgerton! —exclamó, justo en el momento en que Araminta decía a Posy:

—¡Muévete, nos vamos!

—¿Sí, cariño?

Sophie cogió el brazo de Violet y la acercó para susurrarle algo al oído.

—Muy bien —dijo Violet y se giró hacia Posy.

—¿Señorita Gunningworth?

—En realidad soy señorita Reiling —enmendó Posy—. El conde no me adoptó.

—Muy bien, señorita Reiling. ¿Qué edad tiene?

—Veintiún años, milady.

—Bueno, esa ya es una edad para que tome sus propias decisiones. ¿Le gustaría venir a pasar unos días en mi casa?

—¡Oh, sí!

—Posy, ¡no tienes permiso para ir a vivir con los Bridgerton! —bramó Araminta.

—Creo que me iré antes de Londres esta temporada —continuó Violet dirigiéndose a Posy, sin hacer caso de Araminta—. ¿Le gustaría pasar con nosotros una larga estancia en Kent?

Posy se apresuró a asentir.

—Se lo agradecería muchísimo.

—Arreglado, entonces.

—No hay nada arreglado —ladró Araminta—. Es mi hija y...

—Benedict —dijo lady Bridgerton en tono algo aburrido—, ¿cómo se llama mi abogado?

—¡Ve! —espetó Araminta a Posy—. Y no vuelvas jamás a oscurecer mi puerta.

Por primera vez en toda la reunión, Posy pareció un poco asustada. Y el susto empeoró cuando Araminta se puso frente a ella y le siseó muy cerca de la cara:

—Si te vas con ellos ahora, estás muerta para mí. ¿Entiendes? ¡Muerta!

Posy miró aterrada a Violet, que se apresuró a acercársele y a entrelazar su brazo con el de ella.

—No pasa nada, Posy —le dijo dulcemente—. Puedes vivir con nosotros todo el tiempo que quieras.

Sophie también se le acercó y le cogió el brazo libre.

—Ahora sí que seremos hermanas de verdad —le dijo, dándole un beso en la mejilla.

—¡Oh, Sophie! —sollozó Posy, con los ojos anegados en lágrimas—. Perdona, lo siento tanto... Nunca te defendí. Debería haber dicho algo. Debería haber hecho algo, pero...

—Eras una niña —la interrumpió Sophie, negando con la cabeza—. Yo era una niña. Y sé mejor que nadie lo difícil que es desafiarla —añadió mirando duramente a Araminta.

—¡No me hables así! —chilló Araminta, levantando la mano como para golpearla.

—¡Eh, eh! —intervino Violet—. Los abogados, lady Penwood. No olvide a los abogados.

Araminta bajó la mano, pero su expresión daba a entender que igual estallaría en llamas espontáneamente en cualquier momento.

—¿Benedict? ¿Cuánto tardaríamos en llegar a las oficinas de nuestros abogados?

Sonriendo para sus adentros, él se pasó la mano por el mentón, pensativo.

—No es muy lejos. ¿Veinte minutos? Treinta si hay mucho atasco en las calles.

Araminta se estremeció de rabia y dirigió sus palabras a Violet:

—Llévesela, entonces. Para mí nunca ha sido otra cosa que decepción. Y puede esperar estar clavada con ella hasta el día de su muerte, puesto que no hay ninguna probabilidad de que alguien le pida la mano. He tenido que sobornar a hombres solo para que la saquen a bailar.

Y entonces ocurrió algo de lo más extraño. Sophie empezó a temblar, se le puso la cara roja, le rechinaron los dientes y le salió un increíble rugido por la boca. Y antes de que a alguien se le ocurriera siquiera intervenir, se abalanzó sobre Araminta y le enterró el puño en el ojo, arrojándola al suelo.

Benedict había pensado que nunca nada podría sorprenderlo más que la vena maquiavélica que acababa de descubrir en su madre.

Estaba equivocado.

—Eso no es por robarme la dote —siseó Sophie—. No es por todas las veces que intentó expulsarme de mi casa antes de que muriera mi padre. Y no es por haberme convertido en su esclava personal.

—Eh, Sophie —dijo Benedict apaciblemente—. ¿Por qué, entonces?

—Por no amar igual a sus dos hijas —contestó Sophie, sin apartar los ojos de la cara de Araminta.

Posy se puso a hipar, llorando desconsolada.

—Hay un lugar especial en el infierno para las madres como usted —dijo Sophie, con voz peligrosamente grave.

—Han de saber —graznó el magistrado— que tenemos urgente necesidad de desocupar esta celda para el próximo ocupante.

—Tiene razón —dijo Violet, poniéndose rápidamente delante de Sophie, no fuera a decidir empezar a dar de patadas a Araminta—. ¿Hay alguna pertenencia que desees ir a recoger? —preguntó a Posy.

Posy negó con la cabeza.

A Violet se le tornaron tristes los ojos, y le apretó suavemente la mano.

—Nosotros te haremos nuevos recuerdos, querida mía.

Araminta se puso de pie y, después de lanzar una horrible mirada de furia a Posy, se marchó pisando fuerte.

—Bueno —dijo Violet, plantándose las manos en las caderas—. Creí que no se iba a ir nunca.

—No muevas ni un solo músculo —susurró Benedict a Sophie, quitándole el brazo de la cintura. Después fue a ponerse al lado de su madre.

—¿Te he dicho últimamente lo mucho que te quiero? —le susurró al oído.

—No, pero lo sé de todos modos —repuso ella, con una sonrisa satisfecha.

—¿Te he dicho que eres la mejor de las madres?

—No, pero eso también lo sé.

—Estupendo —dijo él dándole un beso en la mejilla—. Gracias. Es un privilegio ser tu hijo.

Entonces su madre, que se había mantenido firme todo ese tiempo demostrando que era la menos sentimental y la más práctica e ingeniosa de todos ellos, se echó a llorar.

—¿Qué le has dicho? —le preguntó Sophie a Benedict.

—No pasa nada —dijo Violet, sorbiendo por la nariz—. Es... —Estrechó en sus brazos a Benedict—. Yo también te quiero.

—Esta es una familia maravillosa —comentó Posy a Sophie.

Sophie giró la cabeza para mirarla.

—Lo sé —dijo.

Una hora después, Sophie estaba en la sala de estar de Benedict, sentada en el mismo sofá donde perdiera la inocencia solo hacía unas semanas. Lady Bridgerton había manifestado sus dudas respecto a la prudencia (y decoro) de que ella fuera a la casa de Benedict sola, pero él la miró con tal expresión que se apresuró a dar marcha atrás y solo puso la condición de que estuviera de vuelta en casa a las siete.

Eso les daba una hora para estar juntos.

—Lo siento —dijo en el instante en que su trasero tocaba el sofá.

Durante el trayecto a casa en coche, por algún inexplicable motivo, no habían hablado nada. Vinieron cogidos de las manos y Benedict le había besado los dedos, pero ninguno de los dos dijo nada. Para ella eso fue un alivio. No se sentía preparada para decir palabras. En la prisión le había resultado fácil hablar, con toda la conmoción y las muchas personas, pero en ese momento, a solas con él, no se le ocurrió nada, aparte del «Lo siento».

—No, yo lo siento —contestó él, sentándose a su lado y cogiéndole las manos.

—No, yo... —de pronto sonrió—. Esto es muy tonto.

—Te amo —dijo él.

Ella entreabrió los labios.

—Quiero casarme contigo.

Ella dejó de respirar.

—Y no me importan tus padres ni el pacto de mi madre con lady Penwood para hacerte respetable. —La miró con los ojos ardientes de amor—. Me habría casado contigo fuera como fuera.

Sophie pestañeó. Sentía calientes y grandes las lágrimas en los ojos, y tuvo la molesta sospecha de que estaba a punto de hacer el ridículo lloriqueando y mojándolo entero. Consiguió pronunciar su nombre, pero no supo qué más decir.

Benedict le apretó las manos.

—No podríamos haber vivido en Londres, lo sé, pero no tenemos ninguna necesidad de vivir aquí. Siempre que pensaba en lo que verdaderamente necesitaba en mi vida, no lo que deseaba, sino lo que necesitaba, lo único que aparecía en mi mente eras tú.

—Eh...

—No, déjame terminar —dijo él, con la voz sospechosamente ronca—. No debería haberte pedido que fueras mi querida. Eso no fue correcto de mi parte.

—Benedict, ¿qué otra cosa podrías haber hecho? —le dijo ella dulcemente—. Me creías una sirvienta. En un mundo perfecto podríamos habernos casado, pero este no es un mundo perfecto. Los hombres como tú no se casan con...

—Bueno, no fue incorrecto pedírtelo, entonces —dijo él. Trató de sonreír, y la sonrisa le salió sesgada—. Habría sido un tonto si no te lo hubiera pedido. Te deseaba tanto, tanto, y creo que ya te amaba. Y...

—Benedict, no tienes por qué...

—¿Explicártelo? Sí que tengo. No debería haber insistido después que rechazaste mi proposición. Fui injusto al pedírtelo, sobre todo cuando los dos sabíamos que yo tendría que casarme finalmente. Moriría antes que compartirte con otro. ¿Cómo podía pedirte que hicieras eso tú?

Ella alargó la mano y le quitó algo de la mejilla. ¡Cielo santo!, ¿estaba llorando? Ni recordaba la última vez que lloró. ¿Cuando murió su padre, tal vez? Pero incluso entonces, derramó sus lágrimas en privado.

—Hay muchos motivos para amarte —le dijo, marcando cada palabra con esmerada precisión.

Sabía que la había conquistado; ella no iba a huir, sería su esposa. Pero de todos modos quería que el momento fuera perfecto. Un hombre solo tiene una oportunidad para declararse a su verdadero amor, y él no quería estropearla.

—Pero una de las cosas que más me gustan —continuó— es que te conoces. Sabes quién eres y lo que vales. Tienes principios, Sophie, y te atienes a ellos. —Se llevó una mano a los labios para besarla—. Eso es muy excepcional.

A ella se le llenaron los ojos de lágrimas y él deseó abrazarla inmediatamente, pero tenía que terminar. Eran muchas las palabras que bullían dentro de él y tenía que decirlas todas.

—Además —le dijo, en voz más baja—, te tomas el tiempo para verme, para conocerme. A mí, a Benedict, no al señor Bridgerton, no al Número Dos. A Benedict.

Ella le acarició la mejilla.

—Eres la persona más maravillosa que conozco. Adoro a tu familia, pero a ti te amo.

Él la estrechó en sus brazos, no pudo evitarlo. Tenía que sentirla en sus brazos, cerciorarse de que estaba ahí y que siempre estaría ahí, con él, a su lado, hasta que la muerte los separara. Era raro, pero sentía la extrañísima necesidad de abrazarla, simplemente abrazarla.

La deseaba, por supuesto. Siempre la deseaba. Pero más que eso, deseaba abrazarla, olerla, sentirla.

Su presencia lo consolaba, comprendió. No necesitaban hablar. Ni siquiera necesitaban acariciarse (aunque no iba a soltarla). Dicho simplemente, era un hombre más feliz, y muy posiblemente un hombre mejor, cuando ella estaba cerca.

Hundió la cara en su pelo, aspirando su aroma; olía a...

Olía a...

Se apartó.

—¿Te apetecería darte un baño?

A ella le subieron los colores al instante, se puso roja.

—¡Oh, no! —gimió, apagando las palabras al cubrirse la boca con la mano—. Era terrible la suciedad en la celda, tuve que dormir en el suelo y...

—No me digas nada más —dijo él.

—Pero...

—Por favor.

Si oía una cosa más podría tener que matar a alguien. Mientras ella no hubiera sufrido un daño permanente, prefería no conocer los detalles.

—Creo —dijo, con un primer asomo de sonrisa en la comisura izquierda de la boca— que deberías darte un baño.

—Muy bien —asintió ella, poniéndose de pie—. Me iré derecha a la casa de tu mad...

—Aquí.

—¿Aquí?

A él se le extendió la sonrisa hasta la comisura derecha.

—Aquí.

—Pero le dijimos a tu madre...

—Que estarías en casa a las nueve.

—Creo que dijo a las siete.

—¿Sí? ¡Qué raro, yo oí nueve!

—Benedict...

Él le cogió la mano y la tironeó hacia la puerta.

—Siete suena tremendamente parecido a nueve.

—Benedict...

—En realidad, suena más parecido a once.

—¡Benedict!

Él la dejó junto a la puerta.

—Quédate aquí.

—¿Qué?

—No muevas ni un solo músculo —dijo él acariciándole la nariz con un dedo.

Sophie lo observó indecisa salir al corredor. Solo tardó dos minutos en volver.

—¿Adónde fuiste?

—A ordenar que prepararan un baño.

—Pero...

Él la miró con ojos muy, muy pícaros.

—Para dos.

Ella tragó saliva.

—Dio la casualidad de que ya estaban calentando agua.

—¿Sí?

—No tardarán más de unos minutos en llenar la bañera.

Ella miró hacia la puerta principal.

—Ya son casi las siete.

—Pero tengo permiso para tenerte hasta las doce.

—¡Benedict!

Él la acercó hacia él.

—Quieres quedarte.

—No he dicho eso.

—No tienes para qué. Si de verdad no estuvieras de acuerdo conmigo habrías hecho algo más que decir «¡Benedict!».

Ella no tuvo más remedio que sonreír; él le imitaba muy bien la voz.

Él curvó la boca en una sonrisa traviesa.

—¿Me equivoco?

Ella desvió la vista, pero se le curvaron los labios.

—Creo que no —musitó él. Le hizo un gesto con la cabeza hacia la escalera—. Ven conmigo.

Ella fue.

Ante la gran sorpresa de Sophie, Benedict salió de la habitación para que ella se desvistiera. Retuvo el aliento cuando se sacó el vestido por la cabeza. Él tenía razón, olía fatal.

La doncella que preparó el baño había perfumado el agua con aceite aromático y un jabón espumoso que formaba burbujas en la superficie.

Cuando terminó de quitarse la ropa, metió un dedo del pie en el agua caliente. El resto del cuerpo no tardó en seguirlo.

¡Cielos! Era difícil creer que se había bañado solo hacía dos días. Una noche en la cárcel la hacía sentirse como si hiciera un año que no se bañaba.

Trató de despejarse la mente y disfrutar del placer del momento, pero le resultaba difícil disfrutar con la sensación de expectación que le iba aumentando en las venas. Cuando decidió quedarse sabía que Benedict planeaba unirse con ella. Podría haberse negado; con todos sus mimos y halagos, él la habría llevado de vuelta a la casa de su madre.

Pero ella había decidido quedarse. En algún momento, entre la puerta de la sala de estar y la escalera, comprendió que «deseaba» quedarse. Un larguísimo camino había llevado a ese momento, y no estaba nada dispuesta a renunciar a él, ni aunque solo fuera hasta la mañana siguiente, cuando con toda seguridad él iría a desayunar a casa de su madre.

Vendría pronto. Y cuando estuviera...

Se estremeció. Dentro de la bañera con agua caliente, se estremeció. Y cuando se estaba sumergiendo más en el agua, para que le cubriera los hombros y el cuello, e incluso hasta la nariz, oyó abrirse la puerta.

Benedict. Llevaba una bata verde oscuro atada con cinturón. Estaba descalzo, y las piernas desnudas de rodilla para abajo.

—Espero que no te importe si hago destruir eso —dijo él indicando el vestido que estaba en el suelo.

Ella le sonrió y negó con la cabeza. No era eso lo que había esperado que dijera, y comprendió que él lo había dicho para tranquilizarla.

—Enviaré a alguien a buscarte otro.

—Gracias.

Se movió ligeramente hacia un lado para hacerle espacio a él, pero él la sorprendió colocándose en el extremo de la bañera, a su espalda.

—Inclínate —le dijo él en voz baja.

Ella se inclinó, y suspiró de placer cuando él comenzó a lavarle la espalda.

—He soñado con hacer esto durante años.

—¿Años? —preguntó ella, divertida.

—Mmm. Tuve muchísimos sueños contigo después del baile de máscaras.

Sophie se alegró de estar inclinada con la frente apoyada en las rodillas flexionadas, porque se ruborizó.

—Hunde la cabeza para poder lavarte el pelo —le ordenó él.

Ella sumergió la cabeza y volvió a sacarla rápidamente.

Él se frotó el jabón en las manos y empezó a extenderle la espuma por el pelo.

—Lo llevabas más largo antes —comentó.

—Tuve que cortármelo. Lo vendí a un fabricante de pelucas.

No podría asegurarlo, pero creyó oírlo gruñir.

—Lo tuve aún más corto —añadió.

—Listo para aclarar.

Ella volvió a hundir la cabeza en el agua y la movió de un lado a otro hasta que tuvo que sacarla fuera para respirar.

Benedict cogió agua en las manos ahuecadas.

—Todavía te queda espuma atrás —dijo, dejando caer el agua sobre el pelo.

Sophie lo dejó repetir la operación varias veces y finalmente le preguntó:

—¿No te vas a meter?

Esa era una pregunta horrorosamente descarada, y seguro que tenía la cara sonrojada como una frambuesa, pero tenía que saberlo.

Él negó con la cabeza.

—Eso pensaba hacer, pero esto es mucho más divertido.

—¿Lavarme? —preguntó ella, dudosa.

A él se le curvó la comisura de la boca en un asomo de sonrisa.

—Me hace bastante ilusión secarte también. —Alargó la mano para coger una enorme toalla blanca—. Arriba.

Sophie se mordió el labio inferior, indecisa. Ya había tenido con él toda la intimidad que pueden tener dos personas, pero no llegaba a tanto su desenfado como para salir desnuda de la bañera sin sentir cierto pudor.

Benedict sonrió levemente mientras desdoblaba la toalla. La puso extendida delante de ella y desvió la cara.

—Te tendré toda envuelta antes de tener la posibilidad de ver algo.

Sophie hizo una honda inspiración y se levantó, con la extraña sensación de que ese solo acto podría marcar el comienzo del resto de su vida.

Benedict la envolvió en la toalla con suma suavidad y al terminar subió las manos hasta los lados de la cara, y se las pasó por las mejillas, donde tenía algunas gotitas de agua; después acercó la cara y le besó la nariz.

—Me alegra que estés aquí.

—A mí también.

Él le acarició la mejilla, sin dejar de mirarla a los ojos, y ella casi sintió que él le acariciaba los ojos también. Y entonces, con la más suave y tierna de las caricias, la besó en la boca. Sophie no solo se sintió amada, se sintió adorada.

—Debería esperar hasta el lunes —dijo él—, pero no quiero esperar.

—Y yo no quiero que esperes —susurró ella.

Él volvió a besarla, esta vez con un poco más de urgencia.

—¡Qué hermosa eres! —musitó—. Eres todo lo que he soñado en mi vida.

Sus labios le encontraron la mejilla, el mentón, el cuello y con cada beso, con cada suave succión le fue robando el equilibrio y el aliento. Estaba segura de que le cederían las piernas, le fallarían las fuerzas con ese tierno asalto, y justo cuando estaba convencida de que caería desplomada al suelo, él la levantó en brazos y la llevó a la cama.

—En mi corazón ya eres mi esposa —juró él depositándola sobre los edredones y almohadones.

A Sophie se le cortó el aliento.

—Después nuestra boda será legal, bendecida por Dios y el país —continuó él tumbándose a su lado—, pero en este momento... —añadió con la voz más ronca, incorporándose un poco, apoyado en el codo, para mirarla a los ojos—. En este momento es verdadera.

Sophie le acarició la cara.

—Te amo —le susurró—. Siempre te he amado. Creo que te he amado desde antes de conocerte.

Él se inclinó a besarla otra vez, pero ella lo detuvo con un estremecido:

—No, espera.

Él detuvo el movimiento con la boca a unos dedos de sus labios.

—En el baile de máscaras —continuó ella con voz temblorosa—, incluso antes de verte, te sentí. Sentí expectación, magia. Había un no sé qué en el aire. Y cuando me giré y tú estabas ahí, fue como si me hubieras estado esperando, y comprendí que tú eras el motivo de que yo me hubiera colado furtivamente en el baile.

Sintió caer una gota en la mejilla, era una sola lágrima, caída de un ojo de él.

—Tú eres la razón de mi existencia —dijo dulcemente—, el motivo de que yo haya nacido.

Él abrió la boca y ella esperó un momento, segura de que diría algo, pero lo único que salió de su boca fue un sonido ronco, entrecortado. Comprendió que él estaba tan avasallado que no podía hablar.

Y no supo qué decir.

Entonces Benedict la besó, tratando de demostrar con hechos lo que no podía decir con palabras. No se había imaginado que pudiera amarla más de lo que la amaba hacía cinco segundos, pero cuando ella dijo...

Cuando ella le dijo...

Se le ensanchó el corazón y llegó a creer que le iba a estallar.

La amaba. Repentinamente el mundo era un lugar muy sencillo. La amaba y eso era lo único que importaba.

Salieron volando su bata y la toalla de ella, y cuando estuvieron piel contra piel la adoró con sus manos y labios. Deseaba que ella comprendiera cuánto la necesitaba y deseaba que ella conociera el mismo deseo.

—¡Oh, Sophie! —gimió, porque su nombre era la única palabra que conseguía decir—. Sophie, Sophie...

Ella le sonrió y él sintió el más extraordinario deseo de reír. Se sentía feliz, comprendió, condenadamente feliz.

Y eso era agradable.

Se colocó encima de ella, listo para entrar, listo para hacerla suya. Eso era diferente de la vez anterior, en que los dos se dejaron llevar por la emoción. Esta vez los dos tenían la intención; habían elegido más que pasión; se habían elegido mutuamente.

—Eres mía —dijo, sin dejar de mirarla a los ojos mientras la penetraba—. Eres mía.

Y mucho después, cuando estaban saciados y agotados, cada uno reposando en los brazos del otro, él le acercó los labios al oído y le susurró:

—Y yo soy tuyo.

Varias horas después, Sophie bostezó, abrió los ojos y pestañeó para despabilarse, pensando por qué se sentía tan maravillosamente bien, abrigada y...

—¡Benedict! ¿Qué hora es?

Él no contestó, por lo que ella le cogió el hombro y lo sacudió con fuerza.

—¡Benedict! ¡Benedict!

—Estoy durmiendo —gruñó él, dándose la vuelta.

—¿Qué hora es?

Él hundió la cara en la almohada.

—No tengo la menor idea.

—Tenía que estar en la casa de tu madre a las siete.

—A las once —masculló él.

—¡A las siete!

Él abrió un ojo, lo que al parecer le costó un enorme esfuerzo.

—Cuando decidiste darte un baño sabías que no lograrías volver a las siete.

—Ya, pero creí que podría volver no muy pasadas las nueve.

Benedict cerró y abrió los ojos varias veces y miró alrededor.

—No creo que logres volver a esa...

Pero ella ya había visto el reloj de la repisa del hogar y estaba agitando la cabeza, sofocada.

—¿Te sientes mal? —le preguntó él.

—¡Son las tres de la mañana!

—Bien podrías pasar la noche aquí, entonces —dijo él sonriendo.

—¡Benedict!

—No querrás incomodar a alguno de los criados, ¿verdad? Están todos bien dormidos, seguro.

—Pero es que...

—Ten piedad, mujer. Nos casaremos la próxima semana —declaró él finalmente.

Eso captó la atención de ella.

—¿La próxima semana? —preguntó con una vocecita aguda.

Él trató de poner una expresión seria:

—Es mejor ocuparse de estas cosas rápido.

—¿Por qué?

—¿Por qué? —repitió él.

—Sí, ¿por qué?

—Eh, eh..., para poner fin a los cotilleos y todo eso.

Ella entreabrió los labios y agrandó los ojos.

—¿Crees que lady Whistledown escribirá sobre mí?

—¡Dios, espero que no!

A ella se le alargó la cara.

—Bueno, supongo que podría. ¿Por qué demonios quieres que escriba sobre ti?

—Llevo años leyendo su columna. Siempre soñé con ver mi nombre en ella.

—Tienes unos sueños muy raros —comentó él, moviendo la cabeza.

—¡Benedict!

—Muy bien, sí, me imagino que lady Whistledown informará de nuestra boda, si no antes de la ceremonia, ciertamente muy pronto después. Es diabólica en eso.

—Me encantaría saber quién es.

—A ti y a medio Londres.

—A mí y a todo Londres, diría yo. —Sophie suspiró y añadió, no muy convencida—: Debería irme, de verdad. Tu madre debe de estar preocupada por mí.

—Sabe dónde estás —dijo él, encogiéndose de hombros.

—Pero pensará mal de mí.

—Lo dudo. Te dará más libertad, seguro, tomando en cuenta que nos casaremos dentro de tres días.

—¿Tres días? —exclamó ella—. Creí oírte decir «la próxima semana».

—Dentro de tres días es la próxima semana.

Sophie frunció el ceño.

—Ah, tienes razón. ¿El lunes, entonces?

Él asintió, con expresión muy satisfecha.

—Imagínate, apareceré en *Whistledown*.

Él se incorporó apoyado en un codo y la miró con desconfianza:

—¿Te hace ilusión casarte conmigo, o es simplemente la mención en *Whistledown* lo que te entusiasma tanto?

Ella le dio una traviesa palmada en el hombro.

—En realidad —musitó él, pensativo—, ya has aparecido en *Whistledown*.

—¿Sí? ¿Cuándo?

—Después del baile de máscaras. Lady Whistledown comentó que yo parecía muy conquistado por una misteriosa dama de vestido plateado. Y que pese a todos sus intentos no había logrado deducir tu identidad. —Sonrió—. Muy bien podría ser el único secreto de Londres que no ha descubierto.

Al instante Sophie puso la cara seria y se apartó algo más de un palmo de él.

—¡Ay, Benedict! Tengo que... Deseo... Es decir... —Desvió la cara un momento y volvió a mirarlo—. Perdona.

Él consideró la posibilidad de atraerla de un tirón a sus brazos, pero ella estaba tan condenadamente seria que no tuvo más remedio que tomarla en serio.

—¿Qué?

—El no haberte dicho quién era. Fue incorrecto de mi parte. —Se mordió el labio—. Bueno, no incorrecto exactamente.

Él se apartó un poco.

—Si no fue incorrecto, ¿qué fue, entonces?

—No lo sé. No sé explicar exactamente por qué hice lo que hice, pero es que...

Se mordió más el labio. Él ya empezaba a pensar que se haría un daño irremediable en el labio, cuando ella suspiró:

—No te lo dije inmediatamente porque me pareció que no tenía ningún sentido hacerlo. Estaba muy segura de que nos separaríamos tan pronto como nos alejáramos de la propiedad Cavender. Pero entonces tú caíste enfermo, yo tuve que cuidarte y tú no me reconociste y...

Él le puso un dedo sobre los labios.

—No importa.

Ella arqueó las cejas.

—Me parece que la otra noche te importaba muchísimo.

Él no sabía por qué, pero no quería entrar en una conversación seria en ese momento.

—Han cambiado muchas cosas desde entonces.

—¿No quieres saber por qué no te dije quién era?

—Sé quién eres —repuso él, acariciándole la mejilla.

Ella se mordió el labio.

—¿Y quieres oír la parte más divertida? —continuó él—. ¿Sabes uno de los motivos de que yo vacilara tanto en entregarte totalmente el corazón? Había estado reservando una parte de él para la dama del baile de máscaras, siempre con la esperanza de que algún día la encontraría.

—¡Oh, Benedict! —suspiró ella, emocionada por sus palabras, y al mismo tiempo triste por haberlo hecho sufrir tanto.

—Decidir casarme contigo significaba abandonar mi sueño de casarme con ella —musitó él—. Irónico, ¿verdad?

—Lamento haberte hecho sufrir al no revelarte mi identidad —dijo ella, sin mirarlo a los ojos—, pero no sé si lamento haberlo hecho. ¿Tiene algún sentido eso?

Él no dijo nada.

—Creo que lo volvería a hacer.

Él continuó sin decir nada. Ella comenzó a sentir una inmensa inquietud.

—Me pareció que eso era lo correcto en el momento —prosiguió—. Decirte que había estado en el baile de máscaras no habría servido a ninguna finalidad.

—Yo habría sabido la verdad —dijo él dulcemente.

—Sí, ¿y qué habrías hecho con esa verdad? —Se sentó y subió el edredón hasta tenerlo bien cogido bajo los brazos—. Habrías deseado que tu misteriosa mujer fuera tu querida, tal como deseaste que la criada fuera tu querida.

Él guardó silencio, sin dejar de mirarla a la cara.

—Supongo que lo que quiero decir —se apresuró a decir ella— es que si entonces hubiera sabido lo que sé ahora, habría dicho algo. Pero no lo sabía, y pensé que solo me pondría en posición para sufrir, y... —se atragantó con las últimas palabras y le miró angustiada la cara, en busca de algún signo que revelara sus sentimientos—. Por favor, di algo.

—Te amo —dijo él.

Eso era todo lo que ella necesitaba oír.

Epílogo

La fiesta del domingo en la casa Bridgerton será, sin duda, el acontecimiento de la temporada. Se reunirá toda la familia con unos cien de sus mejores amigos para celebrar el cumpleaños de la vizcondesa viuda.

Se considera grosería mencionar la edad de una dama, por lo tanto, esta autora no revelará qué cumpleaños celebra lady Bridgerton.

Pero no temáis, ¡esta autora lo sabe!

REVISTA DE SOCIEDAD DE LADY WHISTLEDOWN
30 de abril de 1824

—¡Para! ¡Para!

Desternillándose de risa, Sophie bajó corriendo la escalinata de piedra que llevaba al jardín de atrás de la casa Bridgerton. Después de tres hijos y siete años de matrimonio, Benedict todavía la hacía sonreír, todavía la hacía reír, y seguía persiguiéndola por toda la casa siempre que se le presentaba la oportunidad.

—¿Dónde están los niños? —preguntó resollante cuando él le dio alcance en el último peldaño.

—Francesca los está vigilando.

—¿Y tu madre?

Él sonrió de oreja a oreja.

—Yo diría que Francesca la está vigilando también.

—Cualquiera podría sorprendernos aquí —dijo ella, mirando a uno y otro lado.

La sonrisa de él se tornó pícara.

—Tal vez —dijo, cogiéndole la falda de terciopelo verde y enrollándola en ella— deberíamos retirarnos a la terraza privada.

Esas palabras tan conocidas no tardaron más de un segundo en transportarla al baile de máscaras, nueve años atrás.

—¿La terraza privada, dice? —preguntó, sus ojos bailando traviesos—. ¿Y cómo sabe, por favor, de la existencia de una terraza privada?

Él le rozó los labios con los suyos.

—Digamos que tengo mis métodos —susurró.

—Y yo tengo mis secretos —repuso ella, sonriendo pícara.

Él se apartó un poco.

—¿Ah, sí? ¿Y me los vas a contar?

—Los cinco —dijo ella, asintiendo— vamos a ser seis.

Él le miró atentamente la cara y luego le miró el vientre.

—¿Estás segura?

—Tan segura como estaba la última vez.

Él le cogió una mano y se la llevó a los labios.

—Este será una niña.

—Eso fue lo que dijiste la última vez.

—Lo sé, pero...

—Y la vez anterior.

—Tanta más razón para que las probabilidades estén a mi favor esta vez.

—Me alegra que no seas un jugador —dijo ella moviendo la cabeza.

Él sonrió ante eso.

—No se lo digamos a nadie aún.

—Creo que unas cuantas personas ya lo sospechan —reconoció ella.

—Quiero ver cuánto tarda en descubrirlo esa mujer Whistledown —dijo Benedict.

—¿Lo dices en serio?

—La maldita mujer descubrió lo de Charles, descubrió lo de Alexander y descubrió lo de William.

Sonriendo, Sophie se dejó llevar hacia las sombras del jardín.

—¿Te das cuenta de que me han mencionado doscientas treinta y dos veces en *Whistledown*?

Él paró en seco.

—¿Has llevado la cuenta?

—Doscientas treinta y tres si contamos la vez después del baile de máscaras.

—No me puedo creer que las hayas contado.

Ella hizo un despreocupado encogimiento de hombros.

—Es emocionante ser mencionada.

Benedict encontraba horriblemente molesto ser mencionado, pero no le iba a aguar el placer diciéndoselo, por lo que simplemente añadió:

—Por lo menos siempre escribe cosas simpáticas de ti. Si no, podría tener que darle caza y expulsarla del país.

Sophie no pudo evitar sonreír.

—Vamos, por favor. No creo que lograras descubrir su identidad; nadie de la alta sociedad lo ha logrado.

Él arqueó una arrogante ceja:

—Eso no parece reflejar el cariño y la fe de una esposa.

Ella hizo como si estuviera examinando atentamente uno de su guantes.

—No tienes para qué gastar energía en eso. Evidentemente es muy buena en lo que hace.

—Bueno, no se enterará de lo de Violet —juró Benedict—. Al menos no antes de que sea evidente al resto del mundo.

—¿Violet? —preguntó Sophie dulcemente.

—Ya es hora de que mi madre tenga un descendiente que lleve su nombre, ¿no te parece?

Sophie se abrazó a él, apoyando la mejilla en su camisa de lino almidonada.

—Encuentro precioso el nombre Violet —musitó, acomodándose más en el refugio de sus brazos—. Es de esperar que sea una niña. Porque si es un niño, no nos lo perdonará jamás.

Esa noche, en una casa del mejor barrio de Londres, una mujer cogió su pluma y escribió:

Ah, amables lectores, esta autora se ha enterado de que el número de nietos Bridgerton muy pronto va a aumentar de diez a once.

Pero cuando intentó seguir escribiendo, lo único que pudo hacer fue cerrar los ojos y exhalar un suspiro. Llevaba mucho tiempo haciendo eso. ¿Podía ser posible que ya fueran once años?

Tal vez era hora de pasar a otra cosa. Estaba cansada de escribir acerca de todos los demás. Era hora de que comenzara a vivir su propia vida.

Así pues, dejando su pluma, lady Whistledown se dirigió a la ventana, abrió las cortinas verde salvia y contempló el negro cielo nocturno.

—Es hora de que haga algo distinto —susurró—. Es hora de que, por fin, sea yo misma.

¿TE GUSTÓ ESTE LIBRO?

escríbenos y
cuéntanos tu opinión en

f /Sellotitania   🐦 /@Titania_ed

📷 /titania.ed

#SíSoyRomántica

Ecosistema
digital

Floqq
Complementa tu
lectura con un curso
o webinar y sigue
aprendiendo.
Floqq.com

Redes sociales
Sigue toda nuestra
actividad. Facebook,
Twitter, YouTube,
Instagram.

Amabook
Accede a la compra de
todas nuestras novedades en
diferentes formatos: papel,
digital, audiolibro
y/o suscripción.
www.amabook.com

EDICIONES URANO